人間の彼方

ユーリ・ツェー

酒寄進一 訳

Über Menschen

Juli Zeh

人間の彼方

この小説のエピソードと登場人物はすべて創作である。
存命の人物に類似していても、それは偶然にすぎない。

目次

第1部　四角四面

1　ブラッケン　10
2　ロベルト　22
3　ゴート　38
4　ゴミの島　48
5　グスタフ　55
6　ゴミ分別のルール違反　63
7　R2-D2　73
8　植物カナッケン　81
9　懐中電灯　89
10　バス　94
11　ショッピングセンター　98

12　アクセル　102
13　トム　107

第2部　ジャガイモの植え付け

14　「ドイツ《A》のための《f》選択肢《D》」　116
15　ヨーヨー　123
16　ブランデンブルク　134
17　シュテフェン　140
18　モンシェリ　146
19　フランツィ　156
20　ホルスト・ヴェッセル　163
21　ロッヘン　174
22　クリッセ　179
23　アジサイ　182
24　兵隊　188

25　Eメール　192
26　ペンキ　197
27　ザディ　204
28　博物館　215
29　ナイフ　223
30　人間の彼方　228

第3部　腫瘍

31　ごきげんよう　238
32　彫刻　243
33　父、娘　252
34　プロクシュさん　259
35　脳腫瘍による圧迫《ラウムフォルデルング》　266
36　春植えジャガイモ　275
37　一角獣　285

38 肉の塊 293
39 プリン 303
40 ピープス 309
41 怒鳴り声 317
42 フロイド 324
43 花咲く友情 334
44 お祭り 340
45 シュッテ 350
46 狩猟櫓 360
47 パワー・フラワー 365
48 渋滞 370
49 プロクシュが死んだ 377
50 雨 389

訳者あとがき 405

第1部　四角四面〔原語はRECHTE WINKEL。「右翼の田舎」という意味もある〕

1　ブラッケン

続けるのよ、なにも考えず。

ドーラはシャベルを地面に突き刺し、抜き取っては、強情な根っこを切り、砂まじりの地面の別の場所へ向き直る。それからシャベルを投げ捨てて、両手を腰に当てる。背中が痛い。自分の歳を考える。三十六歳。二十五歳の誕生日以降、数えないと自分の年齢を思いだせない。

なにも考えず野良仕事を続ける。天地返しした地面が細い筋となって伸びている。お世辞にも成果が上がったとはいえない。見渡せば、焼け石に水だとよくわかる。土地はあまりに広い。もはやこれは「庭」ではない。庭といえば芝生になっていて、そこにガーデンハウスが建っているものだ。ドーラが育ったミュンスター〔ドイツ北西部にあるノルトライン＝ヴェストファーレン州の都市〕の郊外では、そういうものと相場が決まっていた。最近まで住んでいたベルリン・クロイツベルク区なら、丸太の輪切りで囲んだミニチュア花壇のことだ。

いまドーラを取り巻いているのは庭ではない。かといって、庭園とも、農地ともいえない。ただの「土地」だ。実際、土地登記簿にもそう記されている。四千平方メートルの敷地は母屋と組になっている。サッカーグラウンドの半分近い広さの地面と古い家屋。荒れ放題の休耕地は土が固く、冬が終わったのにまだ冬景色だ。植物学的破局。これをロマンチックなカントリーガーデン、つまり菜園に変えようと思い立つなんて。

そういう計画だ。半径七十キロ圏内に知り合いもいなければ、母屋には家具もない。せめて自分で野菜を栽培しようと思い立ったのだ。ドーラとしては、トマト、ニンジン、ジャガイモから毎日上出来と言ってもらいたい。古い大農場管理官屋敷の衝動買い。修繕が必要。脂身のように大都市にへばりつく別荘地からは遠くかけ離れている。といっても気が触れたわけじゃない。人生という旅に当然の次なる一歩だ。カントリーガーデンを持てば、週末にベルリンから友人が遊びにくるだろう。生い茂る草むらで古い椅子にすわって、友人は嘆息するはずだ。「ここはなんて素敵なの」それまでに、誰が友だちかはっきりすればいいが。それよりまず、お互いに行き来できるようにならなくては。

ガーデニング知識はゼロ。だけど、そんなことは問題にならない。そのためにユーチューブがある。幸運にも、ドーラは暖房機のメーターを読み取るのに機械の構造まで知ろうとするタイプではない。なにごとにもこだわる完璧主義のロベルトとは違う。ドーラとの関係をドブに投げすて、黙示録に恋をしたロベルト。黙示録はライバルとしては格が上すぎる。黙示録には家来がついている。集団的運命への高度な対処という家来まで。とてもではないが、ついていけない。どうしてドーラが逃げなければならないのか、ロベルトには理解不能だった。ロックダウンが原因ではないと言っても納得しなかった。ドーラが私物を持って階段を下りていくとき、頭がおかしいとでもいうようにドーラを見ているだけだった。

なにも考えずにただ続ける。インターネットから情報を得て、植え付け時期が四月にはじまることはわかっていた。今年は冬が温暖だったから、もっと早くその時期が来るともいえる。いまは四月半ば。天地返しを急がなくては。二週間前、引っ越した直後に突然、雪が降った。今年最初で一回だけの降雪だった。大きな雪片が空から舞い落ちた。なんだか作ったような光景。自然の特殊効果。土地は一面うっすらと白くなり、ようやく清潔で静かになった。ドーラは深い静寂の瞬間を味わった。雪がないあいだ、土地は絶えず、なおざりにされ、荒れ放題にされてきたと訴えていた。いますぐすべてに秩序を、としつこく命令する声まで聞こえる。

ドーラは典型的な都会避難民とは違う。ここへ来たのは、オーガニックトマトを育てて、命の洗濯をするためではない。もちろん都会で暮らしていると、びしばしストレスがかかる。人でごった返す鉄道、路上のいかれた連中。職場である広告代理店での納期や会議、時間やライバルのプレッシャーがそこに加わる。だがそれも悪くはない。都会でのストレスは、それなりにうまく組織されているからだ。でもここ田舎は無政府状態もいいところだ。やることがいっぱいある。修理しなければいけないもの、うまく動かないもの、薄汚れ、荒れ果て、完璧に壊れ、至急必要なのにないものだらけ。都会では物事はそこそこコントロールされている。都会というのは、もので溢れた世界のコントロールセンターだ。どんなものにも、最低一人は担当者がいる。ものが欲しければ手に入るし、いらなくなれば、持っていける場所がある。しかし田舎では、なにごとも自分でしなければならず、そこに支配欲満点の自然が立ちはだかる。蔓を伸ばして、すべてを絡め取る。

クロウタドリが数羽飛んできて、天地返しした地面をつつき、ミミズを探している。一羽がシャベルの柄に止まった。あつかましいったらない。ドーラの愛犬、メスの小型犬、ヨッヘン・デア・ロッヘンが頭を上げた。冷え冷えする屋敷で夜を過ごしたヨッヘンはちょうどいま、春の太陽を浴びて、のんびりしていたところだ。しかし、あつかましい鳥が来たからには起きあがるほかない。翼を生やした田舎者に意見するのは都会育ちの矜持だ。それがすむと、またぞろ日当たりのいいポカポカの場所に戻って、後ろ脚を投げだし、腹ばいになる。エイ《ロッヘン》にそっくりの恰好。だからヨッヘンにはそういう二つ目の名がある。

ドーラには、どこかで読んだ文言を思いだすと、それにこだわる癖がある。と言うか、文言が彼女に貼りついて離れない。ドーラの精神は、なかなかはがれないかさぶたのようにその文言をいじりまわす。熱力学第二法則という言葉も、そういうかさぶたのひとつだ。それをもじるとこうなる。秩序を回復するために多大なエネルギーを放出できないとき、無秩序はつねに最大の値を叩きだす。エントロピーだ。自分の土地を見まわすたびに、その言葉が脳裏をかすめる。いや、村全体、郡全体もそうだ。でこぼこの道、崩れかけた納屋や家畜小屋、蔦の絡まる廃業した飲み屋、休耕地に積みあげられたゴミの山、森の中の破けたゴミ袋。新しいフェンスで囲まれ、ペンキを塗ったばかりの家並みは、人間がエントロピーと悪戦苦闘している島と同じだ。ひとりひとりがばらばらにやっていては、数平方メートルの世界を維持するのがやっとだ。だがドーラにはその島すらない。よくて筏だ。納屋で見つけた錆びついたシャベルで武装して、エントロピーに立ち向かっている。

ドーラは六ヶ月前、今とはまったくちがった世界にいたとき、イーベイで売り物件を見つけ、グーグルでこの集落を検索した。ウィキペディアによるとこう書いてある。「ブラッケンはブランデンブルク州プリグニッツ郡プラウジッツ市ガイヴィッツ町にある集落で、元は廃村となったシュッテの一部である。この集落は一一八四年、ジークフリート司教の古文書にはじめて言及されている。またスラヴ人が残した発掘品が出土していることから、ブラッケンはもともとスラヴ人の入植地だったと見られている」

まあ、旧東ドイツによくある街道沿いに生まれた集落だ。集落の中心は教会と広場で、そこにバス停と消防団と郵便ポストがある。住民は二百八十四人。ドーラが来て二百八十五人になった。といっても、住民登録はまだ済ませていない。コロナ禍のせいで役場の出先機関が閉まっていて、公衆《プブリクム》の転入転出は把握されていないという。ガイヴィッツ役場のホームページにはそう書いてあった。

ドーラは自分が観客《プブリクム》だとは知らなかった。役者は誰だろう？　考えるな。こだわるな。いまは変な新造語が巷に溢れている。**ソーシャル・ディスタンス**、指数関数的成長。超過死亡率、飛沫感染防止ボード。そういう言葉についていけなくなって数週間になる。いや、何ヶ月、何年も前からついていけてなかったかもしれない。だがコロナになって、「ついていけない」のが明白になった。新造語が頭のまわりを飛びまわっている。追いはらっても逃げないハエと同じだ。だから、そういう言葉と縁を切ることにしたのだ。新造語は知らない土地の知らない言葉だ。その代わりに手に入れたのが「ブラッケン」だ。といっても、この言葉にも違和感がある。休閑地《ブラッヘ》と仮設小屋《バラッケ》の合いの子みたいな響きだ。あるいは工事現場でやる不良品の選別《ブラッケン》。

エン・トロ・ピー、エン・トロ・ピーと頭に響く。ドーラは戦いつづけろと自分に言い聞かす。むりだと思っても、続けることならお手のものだ。広告代理店では続けることが日課だ。新しいデッドライン、新しいフィールド。人が少なすぎる。時間が無さすぎる。プレゼンテーションはうまく行くこともあれば、失敗することもある。予算の獲得、予算の棚上げ。必要なのはもっとデジタルな思考だ。全方位思考が求められる。カルーセル広告〔単体の広告に複数の画像や動画を掲載する手法〕、ラジオ版スポット広告、ソーシャルビデオ〔消費者とコミュニケーションを取ることを第一に考えるビデオ広告〕。Ｓｕｓ－Ｙ社の創設者ズザンネが「月曜朝食会」という朝食にかこつけた二時間のミーティングで毎度口にする言葉だ。私たちはクリエイティブ・エクセレンスと独自のポジショニングで稼ぐ。依頼主をよく理解し、依頼主の問題を解決する手助けをして稼ぐ。「月曜朝食会」がなくなって、むしろせいせいしている。「月曜朝食会」がなくなるなら、コロナが永遠につづいてもかまわない。

　むりだと思いながら続けると、息が詰まることがある。皿にのっている腐ったものをむりやり喉に押し込むようなものだ。目と鼻を塞いでぐいっといく。シャベルを地面に突き刺す。エントロピー。エンで突き刺し、トロで踏みつけ、ピーで土を掘り返す。

　ドーラは菜園にぴったりの場所を見つけていた。リンゴ、洋ナシ、チェリーの花が綻びはじめている果樹のあいだだ。母屋から少し離れているが、台所の窓から眺めるのにちょうどいい。地面はほぼ平らで、そこの若木は土地の前面の若木ほど密生していない。若木の幹は親指くらいの太さで、まるで格子垣のように見える。楓とニセアカシアだ。樹木の知識はある。ロベルトが大学で生物学を専攻していたこともあって、ティーアガルテン〔ベルリン・ミッテ区にある広い公園〕を散歩するたびに樹木のレクチャーを受けていた。樹木の育て方や増やし方。なにを考え、感じるかも。ドーラはそのレクチャーが好きで、それなりに習い覚えていた。ニセアカシアは外来種、渡来植物だ。急速にはびこって、他の植物を駆逐する。といっても、ハチには人気だ。剪定バサミやノコギリで若木を伐採するとなると、数週間はかかりそうだ。

菜園にしようとしているところにニセアカシアの茂みはないが、代わりにブラックベリーが繁茂している。もっといえば、前年の枯れた蔓だ。ドーラが移り住んだときには地面をほぼ覆いつくしていた。古い鎌はあるものの、ユーチューブのチュートリアルを参考にしてもうまく研げない。刃がなまくらでは、マチェテ〔中南米で使われる山刀〕でジャングルの道なき道を行くのと変わらなかった。体の芯まで凍える最初の夜を過ごしたあと、ドーラは冬着を着込んで外に出た。長袖の木綿の下着、厚手のスウェットシャツ、綿入りのジャケット。十五分後、玉ねぎの皮をむくように一枚一枚脱いだ。脱いだ服の山の横に下着だけで立った。それからはTシャツ姿で玄関を出るようになった。朝がどんなに冷え込んでも平気だった。朝の空気は清々しい。鳥肌が立つのも心地よい。屋内は冷え冷えしているが、外気温は日が高くなるにつれ、二十度近くまで上がるようになった。新しい住まいに引っ越してから、夜中にドーラの毛布にもぐり込んでばかりいるヨッヘンも大喜びだ。ヨッヘンは日中、一番ポカポカしている日溜まりを探して庭をうろつく。動く小型太陽光パネルといったところだ。

復活祭はひっそりと終わった。ロックダウンがいろいろなことを変えた。平日と休日に差がなくなった。作業が終わると、果樹のあいだに十メートル掛ける十五メートルの耕地ができ、境界に紐を張った。四隅はきれいな直角だ。赤い紐があると、新しい耕地がプロはだしに見える。これでもうできたも同然だ。

だがそれはとんだ勘違いだった。ここ数日、ドーラは紐に沿ってシャベルを突き刺し、芝土の塊を取り除いている。といっても、それは芝と呼べる代物ではない。「雑草の根っこ」と言ったほうがいい。根っこは地中にはびこり、シャベルの刃に何度も両脚で跳び乗らないと、切れないほどだ。骨の折れる作業であり、問題のはじまりだった。本当の難敵は地面のもう少し深いところにあったからだ。残留品だ。エントロピーに挑む者がいるなどと誰も思わなかったようだ。旧東ドイツ時代に誰がこの古い大農場管理官屋敷に住んでいたか知らないが、ゴミというゴミを平気で庭に捨てるような輩だった。レンガの破片、錆びた金属片、古いプラスチックのバケツ、割れたガラス瓶、靴の片割れ、錆びついた鍋。子どものおもちゃもあった。色とりどりの砂遊び道具、おもちゃの車の車輪。人形の頭部が地面の中からこっちを見上げていることもあった。ドーラは発掘品を畑の縁に集め、それが耕した地面の縁取りになった。

ドーラはシャベルを地面に刺して、握りに寄りかかった。手足にゆっくり力が戻ってくる。二週間の田舎暮らしで、両手には赤切れやタコができていた。ドーラは掌と手の甲を見た。体の一部とは思えない。両手は昔から特大だった。ドーラはときおり、自分の手がいうことを利かないのではないかと不安になることがある。背後に大きな人間がいて、そいつが袖を通してドーラの腕を動かしている図が脳裏に浮かぶのだ。昔は兄のアクセルにもずいぶんからかわれた。「ドーラのヒレ！」と兄に言われてはかっかしたものだ。母が亡くなるまでそんなことが続いた。その後はお互いに干渉しなくなり、やさしくするようになった。なにもかも、そう、ドーラの大きな手までが壊れやすいガラスになったかのように。

ロベルトはドーラの手が好きだといつも言っていた。むろんドーラのことが好きなあいだだけだったが。その後、ドーラは二酸化炭素排出の問題児となり、ついには潜在的なコロナウイルス培養器になりはてた。

ドーラは経験から休みすぎてはいけないとわかっていた。長く休みすぎると、やる意味があるのか疑問を持ちはじめてしまうものだ。ちょうど二週間前に開墾に着手し、三日前から天地返しに精をだしてきた。できあがった幅はおよそ一メートル半。それでも予定の六分の一も達成していない。この調子だと種芋の植え付けは五月半ばになってしまう。困るのは、それでも困らないことだ。いざとなれば野菜はスーパーで買える。しかも水やりのコストを考えると、庭で育てるよりも安上がりかもしれない。ロックダウンは困りものだが、自分でジャガイモを育てるほかないほど深刻ではない。菜園をはじめる理由などそもそもなかった。カントリーハウス・ロマンチックを満喫し、訪ねてくる友だちのためでもあったが、カントリーハウス・ロマンチックなどじつは性に合わないし、友だちもいない。ベルリンでは、友だちがいなくても目立ちはしなかった。そもそも友だちなんていたら、仕事の時間が減ってしまうし、ロベルトのほうに充分友だちがいた。だがここ田舎では、友だちの存在がないことは地平線で鈍く轟く雷と同じだ。

いきなりこんな広い菜園にするなんてどうかしている。典型的な初歩的過ちだ。百五十平方メートルのはずが、十五平方メートル止まり。まあ、入門編としては充分だ。しかしせっかくきれいに張った境界の紐を立て直す気にはなれない。それにこの数年、はじめたプロジェクトは必ず最後までやり遂げてきた。それがどんなに馬鹿げたプロジェクトでも。毎日考えを変え、新しいバリエーションを求め、矛盾したことをいい、上司が恐くて決断できない、そういう依頼主を相手にしてきた。土いじりよりもずっと厄介だ。続けろ。菜園も作れないようなら、なんでこの家を買ったのかわからなくなる。

　去年の秋に新型コロナウイルスが押し寄せることを予感していたと言い張れるなら楽だ。田舎の家はパンデミックが収束するまでの避難場所だと。でもその時点では、なんの予感もなかった。ドーラがインターネットで不動産を物色しだしたころは、気候変動と右翼ポピュリズムが喫緊の問題だと思われていた。十二月にベルリン・シャルロッテンブルク区の公証人を内緒で訪ねたとき、コロナはアジアで起きているなにかで、ネットニュースの見出しをはるか下までスクロールしなければ見つからないほどだった。母親のささやかな遺産と貯金を合わせて頭金を振り込んだとき、本気で田舎に引っ込みたいのか、自分でもまだよくわかっていなかった。それでも家が欲しかった。それも大至急。ただの思いつき。メンタルなサバイバルテクニックとして。暫定的な人生の非常口として。

　ここ数年、人は郊外に家を構えるものだ、とことあるごとに聞かされていた。主に別荘として。ドーラはプロジェクトのループから逃れたい一心でそうした。ドーラの知り合いはみな、そういうループに慣れきっている。プロジェクトをひとつ仕上げると、すぐ次のプロジェクトがはじまる。はじめのうちは、現在進行中のプロジェクトこそ世界で一番重要だ、完遂するためならなんでもしようと思う。だが終了してみれば、すべての意味が崩壊し、同時に次のもっと重要なプロジェクトがはじまる。終わりはない。厳密には継続ですらない。ただのループ。みんな、立ち止まるのが恐くて走っているだけだ。でも無意味だと、ほとんどの者がうすうす勘づいている。ただそれを口にしたくないだけだ。同僚の目、深いところで怯えているその目から、それが読み取れる。「それ」をやれると信じているのは新人くらいのものだ。けれども「それ」はやり遂げられない。「それ」というのは考え得るすべてのプロジェクトの総体で、次なるプロジェクトを依頼されることではなく、依頼されなくなることこそが最大の破局だからだ。「それ」をやり抜くのは、現代の生活世界と労働世界の基本だ。だけど集団的自己欺瞞はすでに音もなく、はじけている。

そういう認識が都会の地下鉄に浸透し、あらゆるコーヒーマシン、あらゆるエスカレーター、高層ビルのあらゆる階を密かに席巻するようになると、人はバーンアウトする。同時に車輪の回転はどんどん加速する。もっと速く走れば無意味な駆け足から抜けだせるとでもいうように。

そこから抜けだすのは可能だ。ドーラはいつもそうしてきた。プロジェクトのループに決して抗わず、時代にマッチしたライフモデルとして受け入れればいい。だがなにかが変わった。ドーラではない。まわりが変わったのだ。ドーラはついていけなくなった。そして郊外に家を構えるというアイデアが、みんなについていけなくなった者に居場所を与えた。去年の秋のことだ。そしていまブラッケンの荒れ果てた土地にいて、不安に苛まれている。プロジェクトのループが軌道をはずれそうだ。敷地を見たとき、そう自覚した。その敷地はドーラの新たな呪うべきプロジェクトになった。しかも今回は手に余りそうだ。

気に染まないが、作業を続けるのをやめることにした。三十分間なにもしないことを自分に課す。ドーラはシャベルから手を放すと、前年のイラクサをかき分けて母屋へ歩いていった。菩提樹の木陰に屋外家具が並べてある。ガタがきているが、納屋で将来の田舎暮らしで使えそうなほかのものと一緒に見つけたものだ。不動産会社はなんと言っていたっけ？　「牧歌的なのは、そうなるよう快適にしたときです」この地域で空き家を急いで売るときの謳い文句だ。

ドーラは椅子に腰を下ろし、足を伸ばす。予定でいっぱいの日々にヨガのレッスンや瞑想の時間をむりやり放り込んで、人生を減速しようとするプレンツラウアーベルク区の人間と同じで、間抜けもいいところだ。プロジェクトのループはワナだ。容易には抜けだせないことはわかっている。脱プロジェクト化の試みさえも、新たなプロジェクトに変えてしまう。そうでなければ数百万もの犠牲者をだすはずがない。ドーラは腹式呼吸をして、問題は別のところにある、と自分に言い聞かせた。問題はプロジェクトではなくて、ロベルトだ。なにかがあって、ついていけなくなった。

2　ロベルト

いつからそうなったのか、ドーラにはもう覚えがない。覚えているのは、ロベルトが気候保護に熱を入れているあいだ、大げさだと感じていたことだけだ。政治家は大馬鹿で、周囲の人々は身勝手で無知蒙昧だ、とロベルトは罵っていた。ドーラがゴミの分別を間違えると、犯罪行為でもしたかのように騒ぎたてた。ドーラには彼が性急で、情け知らずに思えた。あのやさしく思慮深い人間がものに取り憑かれたようになるなんて、一種のノイローゼ、政治的洗浄強迫にかかっているように思えてならなかった。

それでもはじめのうちは、若干の良心の呵責を覚え、ロベルトの言動に感心した。ロベルトは真剣そのもので、政治活動まではじめた。寄稿しているオンライン新聞に環境問題を扱う自分のコラムを立ちあげ、生き方を変えた。食事はビーガン、衣服は環境にやさしい素材、そして金曜デモ〔気候変動問題に向き合うため若者を中心にはじまったフライデー・フォー・フューチャー（未来のための金曜日）を指す〕に欠かさず参加。ドーラがついてこられなくても、おかまいなしだった。〝きみは人間が気候変動を引き起こしたことを信じないのか？〟〝世界が滅びようとしているのがわからないのか？〟やがて日々の会話でも統計を話題にするようになり、専門用語を並べ立てた。ロベルトから見ると、ドーラはいくら言ってもわからない愚民の代表だ。熱が入ると、ドーラの仕事まで貶《けな》した。〝きみの仕事は消費を煽っている〟〝じつは欲しくもないし、不必要なものを人々に押しつけている〟ドーラは消費社会の代理人というわけだ。エネルギーを浪費し、ゴミの山を増やす。広告代理店を弁護する必要を感じたのははじめてだった。ロベルトのそうした物言いに、ドーラは酷く傷ついた。

ドーラだって、それなりにわかっている。気候変動が喫緊の問題だということも認識している。しかしその言い方がいただけない。「私には夢がある」という代わりに「よくもそんなことができるものだ」と貶す。温度目標の設定を議論するより先に、もっと本質的なことに集中すべきだ、とドーラは思っていた。いくら市民を教育しても化石燃料時代を終わらせることはできない。インフラの再構築、交通手段や産業の変革を進めなくては。ロベルトはそのために車に乗らないことを誇ってみせるが、ドーラにはそれが奇異に思えた。

ドーラは絶対的な真理とか権威に頼るのが好きではない。そういうものに敵愾心を燃やす。ドーラには、自分のしていることが正しいと訴える気力もなければ、意見を同じくする集団の一員になる気もなかった。ドーラの抵抗は身を守ることとは違う。傍目には見えないことだが、ドーラはうまく社会に適応してきた。抵抗はむしろ一種の意地。さまざまな関係性と心の中で闘うことだった。だから、統計を深刻さの証明でなく、自分の正当性の主張に使わないように気をつけたほうがいい、とロベルトに言うほかなかった。ロベルトは啞然としてドーラを見つめ、ドナルド・トランプの「もう一つの《オルタナティブ》事実《ファクト》［ホワイトハウス報道官がドナルド・トランプ大統領就任式に関して虚偽発言をしたことを、大統領顧問が擁護したときに使った言葉］」と同じだって言うのかとたずねた。

ドーラの考えが理解に苦しむもので、もっと言えば非難に値すると言われては、もはやどうしようもない。ドーラの前にすわるロベルトは判事と同じだ。目を輝かせ、自信に満ち、誤謬や懐疑を超越している。欠陥生物「人間」のはるか高みにいる集団のメンバー。ドーラにはとてもついていけない。同時にドーラは抵抗し、意地を見せたのを恥じた。厳密には、ロベルトが正しいかぎり、どうやっても正当化しようがない。環境政策が昔から大事なことは言うまでもない。それにドーラが疑心暗鬼に陥ると、ロベルトは満足げな顔をする。大事なことのために戦うのは気分がいいのだろう。ロベルトにはもはや、意味があるかどうか問いを立てる必要がなかった。おそらく実現不能な大きな目標の代わりに達成可能なたくさんの小さな目標に取り組むことで、プロジェクトのループすら克服していた。うまい王手、巧妙なキャスリングだ。

ドーラも努力してみることにした。まず肉食をやめた。買いものはオーガニックショップだけと決めた。ロベルトのために転職までした。Ｓｕｓ－Ｙ社は中堅の広告代理店で、対象を持続可能な製品や非営利団体に特化し、ソーシャルエコロジーの理念を支援する責任感のある企業の広告代理業務を行っていた。ドーラは缶詰スープや豪華クルーズや企業年金ではなく、人工皮革シューズ、ビニール袋を使わない日、フェアトレードのチョコレートなどの広告を担当した。名刺には「シニアコピーライター」ではなく、ただ「コピーライター」としか印刷されていなかったが、それは気にしなかった。以前より収入が減ったこともかまわなかった。けれどもロベルトから見ると、これでもまだ充分ではないらしい。いや、まったく足りなかったのだ。そしてようやく彼の望みがはっきりした。自分の手足になる従者が欲しかったのだ。ドーラの意志を挫き、黙示録に忠誠を誓わせたかったのだ。だから意地を張るドーラ、自分と一緒に先頭を歩こうとしないドーラに腹を立てていた。ふたりは以前ほど笑わなくなったが、それでもまだなんとかチームを組んでいた。

そこにコロナ禍が来て、ロベルトは真の使命に目覚めた。地震計のような敏感さで、一月にはもう、世界規模で状況が悪化すると言いだした。欧米諸国がまだ中国に限った問題だと思っていたころに、オンライン・コラムで政府に向けてマスクの調達を進言した。

ジャーナリスト仲間ははじめのうちロベルトの警告を笑っていた。少しすると、ロベルトは予言者とみなされ、コロナの専門家になった。何年も前からこのウイルスの出現を待っていたかのようだ。待ちに待った破局の到来。船は座礁し、ようやく出番が来た。みんなが指示を仰ぐようになり、疑いを差しはさむと、反乱分子扱いされた。ついにみんなが同じ考えでまとまる。ついにみんなが同じ話題を話すようになる。ついに制御できなくなった世界をつなぎなおすルールができる。ついに憎きグローバリゼーションが膝を屈する。ついに人と物と情報の制限なき移動に終止符が打たれる。

ドーラにもロベルトの気持ちはよくわかる。環境のために闘うのは骨が折れる。そんなことに本気で取り組んでいたのは彼くらいのものだ。だがいまは違う。いきなりすべてが可能になった。これまでむりだとされていたことが突然、問題視されなくなった。猛獣資本主義にブレーキがかかり、活動は極端に制限された。コロナは具体性がある。図解すれば、じつにうまく説明ができる。結果も測定可能だ。それにウイルスにはまさに聖書的な必然性があるようだった。危機的状況はいつまでつづくのだろう。いずれ取りかえしのつかない終局が来るはず。みんなそのことがわかっていた。みんなが予感していた。西欧の文化はまだ没落していないとはいえ、とっくに没落への道をひた走っている。そこにこのパンデミックだ。欲望と搾取とたがはずれたライフスタイルという、あらゆる罪悪への罰だと言える。

ロベルトが二年前から無能ぶりを非難してきた連中には、もう逃げ道がない。みんな、右往左往して、いきなり専門家の言葉に素直に耳を傾けだした。公人も私人も、左翼も右翼も、貧しい者も富める者も、不安に怯えてひとつになった。

世間がパニックになって、ロベルトは満足そうだ。本格的にこのエントツァイトシュピール〔第三次世界大戦後の世界を舞台にしたドイツ発のブラウザゲーム〕、ベルリン版『ウォーキングデッド』に没頭した。ロベルトは保存食の棚をいっぱいにし、トイレットペーパーと手指消毒剤をインターネットで注文し、最悪の事態を覚悟しなければならないと、ことあるごとに言った。ドーラも不安になった。酷く怯えることもあった。けれどもいまは気持ちを落ち着けるのが先決だ。まずは様子見。政治家が状況を正しく把握し、正確な情報を発信するのを信じて待つ。ロベルトはそんなドーラを笑い飛ばした。政治家のことも笑い飛ばした。政治家にまともなことができるわけがないという。情報が少なすぎるし、発信するのも遅すぎる。ここは民主主義の国だ、決定のプロセスには時間がかかる、とドーラが言うと、ロベルトは怒りを爆発させた。早めに注文しておいたマスクをつけて自転車で街中を走りまわり、役所や路上でさまざまな意見を集めた。日中は自転車を漕ぎ、夜中はコンピュータの前で新しいニュースやデータや予測値を夢中で吸収した。ロベルトは陶酔しているようだった。彼のコラムの人気はうなぎのぼりだが、肝心の彼はどんどんドーラの知らない人間になっていった。どのコラムでも、どのEメールでも、どのSMSでも、ロベルトは必ず「健康に気をつけよう！」と締めくくった。まるで大衆運動と化した秘密結社の合い言葉のようだった。

ロベルトとの共同生活はすでに前年から苦になっていた。一月には神経がすり減り、二月には耐えがたくなった。三月には学校やレストランや商店が閉鎖した。次々と新しい言葉が人口に膾炙した。ロックダウン、シャットダウン、流行曲線の平坦化。死亡率、罹患率、重症度判定検査。病気と死が新しく発見されたかのように、パニックはどんどん酷くなっていった。

ドーラはある日突然、ホームオフィスを持つことになった。はじめは嫌ではなかった。むしろいいところもあると感じた。他の広告代理店と同じく、Ｓｕｓ－Ｙ社のオフィスも個室ではなく、二十五人のスタッフがいわゆる「オープンスペース」を共有し、とんでもない騒音を巻き起こしていた。コンサルタントは一日中、電話をかけて、依頼主から情報を聞きだし、機嫌を取っていた。基本的にしゃべりどおしだ。これといった付加価値など生まれはしないのに。アイデアをひねりださなくてはならないコピーライターにとっては過酷な環境だ。ホームオフィスのほうがはるかに静かで落ち着ける。もちろんマスコット犬としてかわいがられていたヨッヘンは、会社に行けないのが残念でならないだろう。ドーラがその日最初のエスプレッソをいれているあいだ、ヨッヘンはデスクからデスクへ走りまわり、みんなから声をかけてもらい、ヨッヘン用に買ってきたおいしいものをもらったものだ。

ホームオフィスは最初のうちはうまくいっていた。スタッフとのブレインストーミングはワッツアップでやれる。ミーティングはビデオ会議で済む。残念なのは冷蔵庫にぎっしり入っている無料のオーガニックビールを終業時に飲めなくなったことだ。そのビールはＳｕｓ－Ｙ社がクレッヒャービール会社の収益に貢献したことで得たものだ。

だがそのうちクロイツベルク区の住居は窮屈になった。フリージャーナリストであるロベルトはもともと家にいることが多く、自分の書斎をしっかり確保していた。引っ越した当初、ドーラは申し分ない広さだと思っていたが、いまでは身の回りのものくらいしか置けない。いまはその身の回りのものまですべて萎んでいく。対面での活動に制限がかかったせいで、ロベルトは大事な市内巡回を毎日一時間に減らした。残りの時間、ドーラとヨッヘンとロベルトは八十平方メートルの空間でなんとかやりくりするほかなくなった。リビングにはカウチ用の低いテーブルしかなかったので、ドーラはノートパソコンを持って台所で働くしかなくなった。ヨッヘンとの散歩は頻繁にした。犬を飼っている者の散歩の義務は特権と化した。

人気のない通りはゴーストタウンのようだった。車も歩行者もほとんど見かけない。ヴィクトリア公園を歩行器に頼って歩く高齢者たちの姿も消えた。薬局のショーウィンドウの奥では、みんな、白いマスクで顔を覆っている。この人たちは最前線で戦っている、とロベルトは言った。そういう言い方はどうも気に入らない。パンデミックは戦争ではない。戦争は人間同士でやるものだ。

あるとき路上で、ある男性が自分の犬をあわてて脇に引っ張っていったことがある。まるでヨッヘン・デア・ロッヘンからウイルスがうつるとでもいうように。舌を垂らして息をはずませながら、裸足でアスファルトを歩くのはお互いさまなのに。若い母親がジョギングをしている人に、そんなに激しく呼吸するな、と叫ぶ場面に出くわしたこともある。多くの窓に「ステイ・ホーム！」と書かれた旗が下げられた。この人たちはなにかを共有している。でも、それがなにかドーラにはわからなかった。この人たちは旗に隠れて、ベルリンが他の都市のように酷くなりませんようにと祈っているのだ。

散歩をしていると重苦しい気持ちになるが、同時に息抜きにもなった。閉所恐怖症からのささやかな逃走だ。ところがロベルトは、ドーラが一日三回もヨッヘンと外に出るのはとんでもないことだと言いだした。そもそも、民衆がなかなか言うことを聞かないことにやたらと激昂する。ドーラが食卓で依頼主の要望をうまいキャッチコピーに仕上げようと頭を絞っていたとき、ロベルトがドスドス歩いてきて、みんな、馬鹿揃いでうんざりだ、と大声で罵声を吐いたことがある。ロベルトはドーラが同意するのを待った。少なくともうなずくのを。しかしドーラにはうなずくことができなかった。みんながみんな、馬鹿とはかぎらないからだ。そもそも、みんなって誰のことだろう。犬を引っ張る連中？　それともキオスクの前に敢えてたむろしてビールを飲む連中？

誰が善で、誰が悪なのか、ドーラにはわからないし、わかりたいとも思わなかった。そういうのはとても危険な問いだと思っていた。「歴史的な規模」とか「時代の転換点」という言葉をやたらに振りまわす連中は好かない。この世には、はるかに酷いことがある。それもたいていは別のどこかに。単純な解決策がないからといって、むりに答えをだそうとするのはどうかと思っている。とくにいまは普段より単純な解決策がない状況だ。政治家もウイルス学者も、特効薬を提供できずにいる。人生はたいてい「試行錯誤」の連続だ。人間は自分が信じているほど理解したり、制御したりできないものだ。だがそういうジレンマがあっても、無為に過ごしたり、過激な行動に出たりするのは正解とは言えない。ドーラに言わせれば、大事なのは慎重な行動と、できるだけ正直なコミュニケーションだ。正直になるには、まずよくわからないと白状するしかない。だからドーラが抵抗するのは命令形の思考に対してだけだ。決まりそのものに抵抗するわけではない。ドーラだって決まりを守ることはできる。ただそれだけでいいとは思っていない。自分が自由だとか、重要だとかいうことを証明するのに、キオスクの前にたむろしてビールを飲む必要はない。社会が選んだ戦術がソーシャル・ディスタンスなら、それに従う用意はある。理性的に。でも率先する気はない。その意味でスウェーデン方式のコロナ対策が自分の性に合っていそうだ。けれども、暮らしているのはドイツであって、スウェーデンではない。ドーラはそれが運命だと思っている。だが考えるのは自由だ。キオスクの前にたむろしてビールを飲む連中が共同体を脅かす裏切り者だと言われても、それに同調する気はなかった。

　けれどもロベルトは同調しろと迫ってきた。ドーラが賛同するものと思っていた。だからドーラはまたしても、主人に楯突く従者になった。黙示録への忠誠の欠如。ドーラが彼の悪口雑言にうなずかず、そのままノートパソコンの画面を凝視していたものだから、彼のドーラに対する攻撃がエスカレートした。ドーラのノートパソコンはこのところ日に一度はフリーズして、再起動する羽目に陥るようになっていた。「ランタイムエラー0×0〔プログラムが実行中に予期せず終了すること〕。ご不便をおかけして、申し訳ございません」というメッセージ。ロベルトのせいだという考えが脳裏をよぎった。ドーラは泣きたくなった。ロベルトは人生のパートナー、連れ合い、最高の友人だったのに。でもいまは彼のオーラがコンピュータをフリーズさせるようになった。

　ドーラは散歩の途中、距離測定装置を手にした男性を見かけたことがある。装置がピーと音をだすと、男性は手を振って、「離れてくれ！」と叫んだ。

　これにはさすがにショックを受けた。社会全体が理性を失うなんてことが起こりえるのだろうか。そのことをロベルトに話すと、まったく世間知らずだ、情報に疎い、危険を前にして目をつむるのと同じだと言われた。距離測定装置を持った男性は分別があるという。ドーラは自分がなにもわからない子どものような気がした。

情報に疎いというロベルトの批判には、痛いところをつかれた。実際、パンデミックが起きてから、ドーラは情報の消費を大幅に制限していた。危険を感じて目をつむる気はないが、急にこの世にはコロナしかないような状況になるのは耐えられなかったのだ。シリア内戦も、難民の苦しみも、ネオナチのテロリストも、世界中に蔓延している貧困も、現実の問題ではないと言うのだろうか。ただの情報番組、暇を持て余すメディア消費者の時間つぶしだったというのか。パンデミックが起きたいまとなっては、もうどうでもいいことだと言うのか。ドーラには唖然とするほかなかった。新聞の見出しを読むと、気分が悪くなった。だが同時に最新の罹患率を知らない自分が恥ずかしかった。メディア消費には参加義務があるとでもいうように。ロベルトが言うように、禁欲は犯罪ということか。

正しい考えを巡る確執以外にも、ふたりはよくぶつかった。ドーラが窓を閉めたとき、ロベルトが別の窓を開けようとしていたとか。ドーラがトイレに入っていると、ドアがノックされ、「いつまで入ってるんだ？」という声が聞こえるとか。ドーラが何ページものレポートを書いていたり、長期のキャンペーンにちょうどいい、あわよくば賞が取れそうなクオリティのラジオスポットを練っていたりするすぐそばで、食洗機の中の食器類を片づけはじめる。ロベルトはヨッヘンにけつまずき、手狭なために床に並べていたドーラの書類を踏んだこともある。ドーラが冷蔵庫を開けようとすると、もちろん先に冷蔵庫の前に立っている。コーヒーをいれようとすると、早くしろとでもいうようにこれ見よがしにそばに立つ。ドーラがバルコニーでタバコを吸っていると、部屋中にタバコの煙が入ってくると家の中から文句を言う。ロベルトはコラムを書くとき、廊下を歩きまわり、ぶつぶつと声にだす。やめてくれと頼むと、こうしないと生産的になれないと言い返す。

家賃は折半だというのに、アパートはロベルトに占拠されているようなものだ。それまで彼はいつもアパートを仕事場にし、ドーラは会社に出勤していた。それに黙示録的思考に迎合しないせいで、ドーラはどっちみち生存権を喪失していた。そのうち気持ちが抑えられなくなり、ゴミ分別のルール違反をはじめた。いまとなっては思いだしたくもないことだ。

そういうわけで、散歩で時間をつぶすようになった。公園にあるフェンスで囲まれた子どもの遊び場のそばでベンチにすわり、ヨッヘンを膝に乗せて、スマートフォンで電子書籍を読む。たいていは数分後に読書をやめ、ぼんやり遠くを見つめる。声、考え、見出し、不安。大きな手でぬくぬくした犬の被毛を撫でる。その瞬間だけ、誰のものでもない空間がまわりに広がる。静かだ。すわっていられる。だが帰宅すると、「いつまで散歩してるんだ。なにをしてたんだ?」というロベルトの詰問が飛んでくる。ドーラは頭の中で彼を「ロベルト・コッホ〔細菌学の父と呼ばれるドイツの医者〕」と呼ぶようになった。バイエルン州で、警察が公園のベンチにすわることを禁止すると、ロベルトはもうこれ以上散歩を認められないと言いだした。ドーラには理解できないと思っているのか、彼はゆっくりはっきりそう言った。どんな形にせよ外出には感染リスクが伴う。ドーラは軽率で、しかもロベルトまで危険にさらしている。これ以上黙っていられない。ヨッヘンは日に三度用を足すために切り株でも探させれば充分だ、とまで言われた。

ドーラははじめ、これはエイプリルフールかと思った。ベルリンではまだ全面的な外出禁止令が出ていない、犬を連れてひとりで散歩することは禁止されていない、と言い返した。

ロベルトは、問題はそこじゃないと答えた。「ウイルスの拡散を避けるためにあらゆることをすべきなんだ。誰もがそのために最善を尽くさなければならない。不必要な行動は慎むべきだ」

「あなただって毎日一時間、自転車で街を回っているじゃない」

ロベルトは腹を立てた。「それは仕事だ。今回の危機について取材してるんだ。俺のコラムはオンライン新聞で一番読まれている。悪いが俺の仕事は絶対的にシステムに関わって《ジュステームレレヴァント》いる〔コロナ禍の中で生まれた新語で、社会を支える基本的な仕事をしている人材を指す言葉〕」

ドーラは念のためもう一度たしかめた。「ねえ、本当に家から出るなって言うの？」

ロベルトは少し考えてから、半笑いしてうなずいた。食卓で起動していたドーラのノートパソコンがフリーズした。「ランタイムエラー。ご不便をおかけして、申し訳ございません」

その瞬間、ドーラの脳内でスイッチが切り替わった。黒くなった画面を、それからロベルトを見る。この男のことがわからなくなった。いまの状況は、台本を読まずにドタバタコメディに出演しているようなものだ。それともロベルトかドーラの頭がおかしくなったのだろうか。そんなこと、知りたくもない。もうここにいたくない。もう頭がついていけない。痛みはない。心の平衡を失い、ただただここから逃げだしたかった。そこでロベルトに、しばらく別居すると言って、荷物をまとめた。

田舎に家を買ったことはまだ話していなかった。いま言うのはもってのほかだ。ロベルトはどこへ行くのか訊きもしなかった。びっくりしている？　それとも喜んでいる？　シャルロッテンブルク区にある空き家同然の父親の住居にしばらく転がり込むのだろうとたかを括っているのかもしれない。実際、父親のヨーヨーが手術の執刀をするためにベルリンに来るのは二週間に一度くらいだ。ロベルトは荷物を下ろす手伝いすらしてくれなかった。たぶんなにを持ってでたかも知らないだろう。旅行カバンふたつと段ボール三個に、衣類、書籍、寝具、タオル、台所用具、仕事道具、コンピュータ関連機器を詰め込んだ。重いマットレスは階段を滑り台代わりにして下ろした。

ステーションワゴンをレンタルして、ドーラは町を出た。町から一キロ離れるごとに気持ちが楽になった。捨ててきたのはロベルトだけではない。大都市、狭苦しさ、情報と感情の連続放火に背を向けたのだ。勝手知った世界をあとにして、宇宙船で新たな銀河系をめざしている気分だった。ドーラは去年の秋、こっそり下見をしたときからすでにこの感覚を知っていた。

脱出。ドーラはこの言葉が気に入っている。監獄から逃げるのと変わらない。不動産会社に断って、下見はひとりで行ったこともある。遠すぎたり、値引きが利かなかったり、なかなかこれはという物件がなく、PDF、写真、住所、外観を見比べた。本当に家が買えるかもしれないと思ってどきどきした。郊外に行くほど、販売価格は手頃になる。年齢も定職も申し分ないから間違いなくローンが組めるはずだ。金利は最底辺にある。それに頭金もある。母親のささやかな遺産と、シニアコピーライターになってから月々貯めた定期預金でまかなえる。緑に囲まれた一軒家。母親が生きていたら気に入っただろう。きっと愛したはず。そしてドーラが内緒で計画していると知って笑っただろう。「いけない子ね」と言って、髪を撫でてくれたはずだ。意地を張るのは母親譲りじゃないかと、ときどき思うことがある。

それでも、密かに遠出することに罪悪感はあった。どうしてロベルトが一緒じゃないのだろう。どうして彼には内緒にして、共有財産にしなかったのだろう。彼に嘘をつき、だましていることを楽しんでいるようだった。とにかく気分がよかった。広々した畑、砂混じりのくすんだ大地、大きな空。心から楽しいと感じたのはひさしぶりだった。結局、下見した売り家はどれも気に入らなかったが。家は小さすぎるか、大きすぎるかして、心に響かなかった。落ち葉が積もるころ、気に入った家はもう見つからないだろうと思った。それでも週末の遠出を続けた。ロベルトには、ワークショップに参加していると思わせておいて。

だがそんなときにブラッケン村の大農場管理官屋敷に出会った。ガタのきたフェンスの前にレンタカーを止めたとき、すぐにこれだと思った。大きな樹木、荒れた敷地、漆喰が塗られた灰色の正面壁。村外れという立地。六週間後、地元の公証人を訪ね、売買契約書に署名した。

それからクリスマスと大晦日が来て、新型コロナウイルスに見舞われた。そしてふたたびブラッケンを目指した。レンタカーには荷物が満載だ。じつをいうと、あの屋敷は現実には存在しないのではないかと不安だった。購入してから三ヶ月が過ぎている。購入代金を送金するのに六週間かかり、それからベルリンがロックダウンしたために身動きが取れなくなった。道路封鎖されていて、ベルリンに引き返す羽目に陥るかもしれない。あるいはブラッケンに辿り着いても、村の境のその土地になにもないかもしれない。すべてが空想の産物だったりして。そう思うと、汗が吹きだした。しかし道路封鎖はなかった。ブラッケン村に着くと、母屋は最初に見たときのとおり建っていた。

車から降りると、ドーラはそこにたたずみ、屋敷を見た。思わず目をこする。信じられなかったからじゃない。涙がこぼれたからだ。なんて美しいんだろう。晩秋に訪ねたときは枝を広げた木々が色づいていた。いまはうっすらと淡い緑に覆われ、まるでスプレーアートのようだ。記憶のとおり母屋は木々のあいだに建っていた。道路からかなり引っ込んでいて、左右対称の落ち着く造り。左右にそれぞれ窓が三つあり、真ん中には二枚扉の玄関。窓とドアには漆喰の柱があしらわれ、三角形のひさしがのっている。基礎が高く、一階の玄関に通じる外階段は六段で、上がりきったところに広い踊り場がある。テーブルと椅子を四脚並べても余裕だ。バルコニーと同じで、ここにも鋳鉄製の手すりがついている。屋根は一階部分まで延びていて、黒い帽子を目深にかぶった感じだ。どうやら大農場管理官は建設当時、二階に回すだけの資金を充分持ちあわせていなかったようだ。

不動産会社の話だと、この屋敷はドイツ統一後、相続共同体に譲渡されたため、売りにだす同意を得るのに何年もかかったらしい。その後、若い夫婦が買い取り、少しずつ改修を進めたが、まもなく仲たがいして、断念した。ドーラがあらわれるまで、この屋敷は長いあいだ空き家だった。どのくらい空き家だったか、不動産会社にもわからなかった。「無数の可能性を秘めたお宝」という話だが、別の言い方では「廃屋同然」ということだ。

ドーラにはどうでもいいことだった。一目惚れだった。漆喰装飾と大きな屋根のせいか、玄関はかなり小さく見えたが、自分のスタイルにこだわる老紳士のように凛としていた。窓の上の三角ひさしは吊りあげた眉のようだ。窮屈なのがいやらしい。すぐそばに高さが二メートルはある、だいぶ傷んだ隣家の塀が迫っているからだ。子どもだったら外階段を指差して、「見てよ。おうちがあかんべえをしてる」と言いそうだ。

大農場管理官屋敷の購入は当初、ただの思いつきだったが、いまになってみると、先見の明があったと言える。ここは恰好の避難場所だ。それでも、こんな大きな屋敷を持てたことがいまだに信じられなかった。母屋を見るたび、思ってしまう。「誰の屋敷だろう？」と。

3　ゴート

大農場管理官屋敷の裏手は飾り気がなく、ただの古ぼけた箱のように見える。灰色の壁の上半分に丸いシミがいくつもついていて、あばた顔のようだ。ドーラはその裏手にすわって敷地を見渡す。女とその所有地。広々している。ふと気づくと、無数の鳥が鳴いている。ジョウビタキが飛んできて、開け放った納屋の戸口を出たり入ったりしている。巣作りに夢中なのか、ガーデンチェアにすわっているドーラにまったく気づかない。ニセアカシアの梢にムクドリが止まり、大きな声で鳴いた。地味な外見からは想像がつかない美しい声だ。

人を見かけないし、車の走る音もたまに聞こえるだけ。CNNのニュースをあたりに響かすテレビもないし、ホームオフィスで一日をどう過ごしたらいいか発信するポッドキャストやユーチューブをスマートフォンで聞く必要もない。スマートフォンは家の中に置きっぱなしだ。どのみち庭ではうまく電波が届かない。ブラッケンには新型コロナウイルスなど存在しないかのようだ。空気は澄んでいておいしく、毎日違う香りがする。

天下太平。すべてが順調。ついている。会社に出勤する必要がないから、ブラッケンでも充分働ける。実際、することがほとんどない。これまでなら平日は会社で十時間働き、さらに帰り道で電話連絡をし、就寝前にはその日最後のEメールに返信していた。ひとりのコンサルタントが依頼主に新しい案を送ると、別のコンサルタントが母の日用スポットのプレゼンテーションをし、その背後では仕事熱心なジュニア・コンサルタントが次の仕事を虎視眈々と狙っているという調子だった。しかしコロナがすべてを変えてしまった。広告のあり方も一変した。依頼主は予算を切り詰めている。長いあいだ温めていたキャンペーンも延期になり、Sus-Y社は労働時間を短縮した。だからドーラが抱えている仕事はいまのところふたつだけで、ほとんど失業者の気分だ。ひとつはオーガニックビールメーカーの薄いパンフレット作り。片手間にできる仕事だ。もうひとつは「フェアウェア社」という持続可能な繊維メーカーのキャンペーン。

　別段パニックになるいわれはない。ドーラの給料はいままでとたいして変わっていないし、無線LANもうまくいっている。ブラッケン村で唯一機能しているインフラと言える光ファイバー。できれば近いうちにデスクを一台調達したい。だめなら、台所にノートパソコンを持ち込むか、壁を背にしてマットレスにすわるか、外でガーデンチェアに腰かけるかすればいい。問題ない。ヨッヘンもそのうちにここが気に入るだろう。いずれ屋敷の見栄えもよくなるはずだ。母屋の調度品を少し増やしてもいい。といっても多くは必要ない。暖房手段は暖炉しかないが、もう冬は終わった。それに次の冬までここにいるとはかぎらない。それまでに日常が戻るかもしれないじゃないか。コロナが収束し、ロベルトも前の彼に戻る。そうすればまた話が通じるようになり、一緒に笑ったり、考えたりすることができるようになるだろう。ブラッケンへの避難も、過ぎてしまえば都会生活の小休止、パンデミックをきっかけにした田舎でのサバティカル、と思えるだろう。ドーラはまた会社に通勤し、キャリアをハードに積みあげ、数年のうちに国際的な賞を獲得してクリエイティブディレクターに出世し、残業したときには会社の経費で同僚たちと寿司やビーガンピザを食べる。ベルリン・クロイツベルク区での暮らしも元通りになり、週末はロベルトとブラッケンで過ごし、一緒に日曜大工に勤しみ、多くの都会人が夢に見る田舎暮らしを満喫する。普通の世界の幸せな人間だ。

十分が過ぎた。三十分はなにもしないと決めていたので、あと二十分はこのままでいて、それからまた農作業に戻る。

「こいつはおたくの犬か？」

ドーラはびっくりして振り返った。男の声だ。低くて、力強い。その声はどこからともなく降ってきた。ドーラは腰を上げたが、それでも誰も見えない。ヨッヘン・デア・ロッヘンの姿もない。さっきまでヨッヘンは楓の若木のあいだの日溜まりにいた。違っただろうか。ヨッヘンのことを最後に見たのはいつだろう。クロウタドリに向かって吠えたときだ。そのあとは？

「おい！　あんたの犬かって訊いてんだけどな！」

ようやく男のいる場所が判明した。敷地の境界線上に積みあげたブロック塀の向こうだ。丸いスキンヘッドが塀の上から覗いている。塀の上でボールがバランスを取っているように見える。男の身長は少なくとも二メートル五十センチはあることになる。

ドーラからすれば、隣人はある意味、強制結婚と同じだ。お互い仲よくできればいいが、その可能性はそれほど高くない。この二週間、ドーラは隣に人が住んでいることにまったく気づかなかった。だからお隣は空き家だと思っていた。家は塀が邪魔して上部しか見えない。大農場管理官屋敷よりも道路に近いところに建っているが、正面の塀が高くて視線を遮っている。木製の門は幅があったが、いつも閉めてあった。一階の窓がひとつ、板で塞いであり、家は片目のように見える。ドーラは一度、椅子に乗って塀の向こうを覗いてみたことがある。意外にも、庭は荒れてはいなかった。それなりに手入れされている。芝は刈ってあり、ゴミも散らばっていない。架台に載せたプレハブ小屋があって、深緑と白のペンキがきれいに塗られていて、入口にゼラニウムの鉢が飾ってあった。それから母屋の脇に古い白のピックアップトラックが止めてあった。

ドーラは、ベルリンの人間がプレハブ小屋を別荘としてときおり使っているのかなと思っていた。庭を手入れし、ピックアップトラックを乗りまわす。だがコロナのせいでブランデンブルク州の人間がベルリンの人間をロックアウトしようとしているから、いまは来ることができない。もしかしたらフリードリヒスハイン区によくいるクリエーターの誰かかもしれない。それなら気が合うかもしれない。といっても、隣人と気が合うというのは二の次で、不在なほうがありがたい。

だがいま塀のところにいる奴は、フリードリヒスハイン区のクリエーターにはとても見えない。ドーラはおずおずとその男のところへ歩いていき、塀のところで見上げた。男は木箱にでも乗っているのだろう。

「耳が悪いのか?」男はスキンヘッドをかいた。「あんたに訊いてんだぞ」

言っていることはわかるが、どの犬のことかによって答えが変わる、とドーラが言おうとしたとき、ヨッヘン・デア・ロッヘンが宙を飛んできた。ヨッヘンは後ろ脚のあいだの皮膚をぴんと張って風を受け止めようとでもしているみたいに四本の脚を伸ばしていた。ドーラはやっとのことで受け止めたもののヽヨッヘンは腕のあいだをすり抜けて、地面ででんぐり返しになった。まるでマンガのようだ。ヨッヘンはドーラと数年ぶりに再会したかのようにすぐさま嬉々として飛びついてきた。

「気はたしか?」そう叫ぶと、ドーラはヨッヘンの脚に触った。脚は無事らしい。もしヨッヘンが痛がったら、ドーラは嘆き悲しむところだ。

「その犬ころがうちのジャガイモ畑を荒らした」

たしかにヨッヘンの脚には黒土がついている。だがいままで土を掘ったことなど一度もない。これまで暮らしていたところには、そもそも掘れるような地面などなかった。あるのは切り株や歩道やフェンスで囲まれた子どもの遊び場くらい。あとは砂利道と花壇しかない。リードにつながれ、途中で落としたものはビニール袋に集められる。それでもヨッヘンの心の奥底に狩りの本能がまどろんでいたのかもしれない。先祖には脚が長く、流れるような体型の猟犬などいないはずだが。

「ジャガイモを掘ったのなら、ごめんなさい」ドーラは体を起こして、腰に手を当てた。「でもあんなふうに投げたら、ヨッヘンが脚を折るかもしれないでしょ!」

「ちゃんと受け止めないのが悪い」男は言った。

ヨッヘンは興奮したらしく、ドーラの前におすわりして、しきりに息を吐きながら細い尻尾で地面を叩き、うれしそうにドーラを見上げている。もっとやって! 私のために戦ってよ! 男とドーラはふたりして、しばらくヨッヘンを見下ろした。ドーラは塀のこっち側で、男は向こう側で。

「それにしても不恰好な犬だな」男が言った。

それは否定できない。ヨッヘンはパグとブルドッグとチワワを掛け合わせたような雑種犬だ。被毛は黄ばんだ白で、長くも短くもない。体はずんぐりしていて、脚は曲がっている。目はぎょろっとしていて、耳は折れ、下顎が大きく前に突きでている。まずありえないことだが、もし誰かを噛もうとしても、たぶんできないだろう。こんな欠点だらけの犬なのに、驚いたことに多くの人がヨッヘンに魅了される。みんな、醜いとは思わず、おどけたかわいさがあると言う。ヨッヘンの外見は日本のおもちゃメーカーが考案しそうなものだ、とドーラは思っている。ボタンを押すと、ピカピカ点滅して、音楽を奏でるたぐいのおもちゃだ。それでも一向にかまわないくらい、不機嫌になっても、ヨッヘンがすぐ幸せにしてくれるところが好きだ。愛犬がかわいい必要はなかった。

「じつに醜い」さっきの言い方では明解ではないと思ったか、男がまた言った。

「メスなんだから、不恰好は失礼でしょう」ドーラはむっとして言った。

「ヨッヘンって男の名前じゃないか」

ドーラは肩をすくめる。「私は面白いと思ってるんだから、いいでしょ」

「あんたら都会人は暇人だな」

なんで都会人と決めつけるのか、ドーラは訊き返したいと思った。たしかにベルリンに住んでいたし、その前はハンブルクだったが、生まれも育ちも「都会」と呼ぶにはほど遠い地方都市ミュンスターの郊外だ。もっともブラッケンから見れば、家が密集していれば「都会」になるのだろう。そしてドーラが地元の人間じゃないのは明白だ。

「たしかにとっても退屈している。こんな世の中だもの」ドーラは都会と田舎の問題をジョークでやりすごそうとした。

ところが男には冗談が通じないようだ。コロナやベルリンなんかどうでもいいのかもしれない。ふたりは黙って顔を見合わせた。男は上から、ドーラは塀からのぞいている首を見る。男はスキンヘッドで、ボウリングのボールみたいにてかてかしている。だが顔の下半分は無精髭で覆われていた。目の下がたるんでいて、目の色が薄い。醜いという評価をそのままお返ししたいくらいだ。年齢はよくわからないが、四十代半ばだろう。つまりドーラより十歳は上だ。

「ゴートだ」男が言った。

ドーラは思わず道路を見た。そういう名前のなにかが近づいてきていると思ったのだ。

「ゴート」男は念押しするように繰り返した。ドーラが難聴か、頭が悪いと思ったかのように。どうやら名前らしい。いや、苗字かもしれない。

「西ゴート族、それとも東ゴート族?」ドーラはたずねた。

今度は男のほうが面食らい、人差し指が塀の上に見えるように上げて、右のこめかみを指した。

「ゴートは愛称。ゴットフリートだ」

なんだかロビンソンとフライデーの会話みたいに要領を得ない。ただどっちがロビンソンで、どっちがフライデーかわからない。ドーラも人差し指で自分を指した。「ドーラ。村《ドルフ=ラントラーゲ》のはずれのドーラよ」

ふと思いついてそう言った。コピーライター仕様の脳はこういう思いつきに長けている。だが男は無視して、珍妙な動きをした。バランスを崩しそうなほど体を傾けて右肩を上げ、それから腕を塀の上にだし、ブロック塀の上部を崩さないように気をつけながらドーラにそっと手をだした。どうやらブランデンブルク州では握手の禁止が徹底されていないようだ。シュヴァーベン人に道路掃除を禁じるほうがまだ楽だろう〔シュヴァーベン州にはかつて週に一度、家の前の道路を掃除しないと罰金が科されるという法律があり、いまでも掃除、雪かきが慣習になっている〕。無粋なことはしたくなかったので、ドーラは塀に身を寄せて、腕を伸ばし、ゴートが手を引っこめる前に、さっと握った。

ロベルトならこういうときになんと言うか想像して、吹きだしそうになった。

「よろしくな」とゴート。「俺はこのあたりでは田舎のナチで通ってる」

会社では、よくこういうシーンを考えている。田舎に引っ越した若い女。新しい環境に少し戸惑っているが、素敵だと思おうとしている。そして新しい隣人に会う。「よろしくな。俺はこのあたりでは田舎のナチで通ってる」そしてフリーズ。シーンはそこで凍りつく。主人公は呆気にとられ、蠟人形のように固まった顔がゆっくりアップになる。そこにドーラが考えたキャッチコピーが流れる。「新たなチャレンジ——新たなくつろぎ」。紅茶あるいは咳止め飴用にぴったりだ。

あいにく自分が担当するスポット広告ではない。それにティーカップはいま手元にないし、タバコもない。いまこそタバコを吸うのに絶好のタイミングなのに。

「フェンスを直さないとだめだ」ゴートは敷地の裏手を指差した。塀が終わって、フェンスになっているが、金網がひしゃげてはずれている。支柱も半分くらいぐらついている《ヴェクザッケン》。

ブラッケンでぐらつく《ヴェクザッケン》、とドーラのコピーライター機能が語呂を合わせた。

「その犬ころがまたうちのジャガイモを掘り返したら、踏み殺すからな」新しい隣人は言った。

ドーラは機転が利き、その道のプロだと自負していた。だがいまはぽかんとゴートを見つめるだけで、なにも言葉が浮かばない。脳裏に浮かんだのは父親の言葉だ。田舎に引っこむと電話で伝えたときに言われた。

「プリグニッツ？　そんな極右だらけのところに行ってどうするんだ？」

ヨーヨーが正しくないと証明するのは、ドーラにとってもっとも重要なことだった。父親が医学と法学以外を学問とみなさないから、ドーラはコミュニケーション学を専攻した。父親が大卒を重視しているから、中退した。ヨーヨーが広告代理店など無用の長物だと断じたから、この業界に飛び込んだ。幸いヨーヨーはロベルトを気に入った。そうでなかったら、ドーラは死ぬまでロベルトと暮らさざるを得なかっただろう。

次に証明しなければならないのは、ブラッケンへの引っ越しがすばらしいアイデアだということだ。理想的な脱出先。できればナチフリー百パーセントだが、これはもう難しそうだ。

そろそろなにか言わなくては。ネオナチと強制的に暮らさなければならないのなら、思いどおりにはさせないと意思表示しておかなければ。

「自分で直したらいいじゃない」ドーラは負けずに言った。

「いやなこった」ゴートは歯を見せた。にやついたつもりらしい。「右の隣人だからな」

「右なのはわかってるわ」ドーラの機転が利くことを、ゴートがなんとも思っていないようなので、もう一度言った。ゴートはドーラを見つめた。都会人の頭には脳みそが入っているのかと疑問に思っているような顔をしている。

「道路から見ると、あんたは左、俺は右に住んでいる。わかるか？　そして左側の人間が右側のフェンスを設置することになっている」ゴートは少し考えて言った。「だからあんたはフェンスを全部自分で設置しないといけない。あんたの左には誰も住んでいないからな」

そういい残して、ゴートの顔が人形劇の人形のようにすっと塀から消えた。

「村の境」広告にはそう書いてあった。村の境なら、きっと静かに違いないと思った。事実、左のフェンスの先は見渡すかぎりの畑だ。だがここ数日、畑ではトラクターが反転耕作業や耕耘作業や種蒔き作業で走りまわり、騒音をまき散らしている。しかもそれだけでなく、村の入口に住むということは、車が時速百キロで走り過ぎることを意味していた。村の中は時速五十キロに制限されているのに、ここでは誰もブレーキを踏もうとしない。

ドーラは向き直って、口笛でヨッヘンを呼び、母屋に向かってずんずん歩きだした。もうコーヒーを飲まずにいられない。

4　ゴミの島

裏のドアから家に入ると、そこは小さな風除室になっている。ドーラはスニーカーを脱ぎ捨てて、階段を伝って地下に下り、別の階段で廊下に上がった。廊下の左の最初のドアが台所だ。

ドーラはこの台所が一番気に入っている。薄緑色の蔓とピンクの花をあしらったカラフルなタイルを敷いた床。不動産会社の話では、このタイルにコレクターは大金を払うだろうという。この床のおかげで、台所は完璧な印象を与えている。少なくとも、他の部屋よりは家具が揃っていた。小さな食卓と脚がすり減った木の椅子二脚は納屋で見つけて、ドーラが窓辺に置いたものだ。流し台と、ガタがきているが、半透明のガラスがおしゃれなサイドボードと、古い冷蔵庫はもともと家についていた。食卓と椅子とサイドボードはちょっとお金をかければ、素敵な骨董家具に変貌するだろう。ドーラにはただでもたくさんのプロジェクトがあって、やめようと決めなければ、頭がおかしくなりそうなのに、これではまたひとつプロジェクトが増えることになる。

ロベルトのところから出たとき、アパートの地下の物置で学生時代から使っていたものをしまい込んだ木箱を見つけた。この木箱があって本当によかった。おかげでドーラはいろんな色と大きさの皿とカップをサイドボードに並べることができた。それからグラスやグラタン皿やカトラリーもサイドボードの引き出しにしまった。

満足感に浸りながら、ドーラは大きな青いカップをだした。学生時代によくコーヒーを飲んだカップだ。そこにいい香りがするコーヒーの粉をスプーン二杯分入れた。懐かしいものをふたたび使うのは素敵だ。目を閉じて、コーヒーの香りを嗅ぎ、そのカップがあることを喜ぶ。最低限のものがあってよかった、とドーラはしみじみ思った。

冷蔵庫にはまだ牛乳パックがある。他の食料もサイドボードの下の部分に突っ込んだ。新生活者向けフライパンセットとボールセットもある。ボールはフルーツやヨッヘンの餌を入れたり、洗濯物を浸け置きしたりするのに使えるだろう。

新しいものはベルリンのはずれのショッピングセンターで買った。引っ越しの日にそこに立ち寄って、カートにせっせと品物を放り込んだ。缶詰、パスタ、コーヒー、ワイン、シャワージェル、洗剤、ドッグフード、パックされた全粒粉パン。爆買いと言われても仕方のないありさまだった。ドーラはさらにトイレットペーパー二パックを加えた。レジの手前で日用品コーナーを見つけ、ホウキとモップ、フライパンセットとアウトドアクッカーをカートに載せた。アクリルボードの向こうのレジ係はかったるそうに、その品物の山を見た。ドーラがデビットカードをスロットに差し込んでいるあいだ、レジ係が爪を見ながら、すごい爆買いねと言った。ブランデンブルク人は口数が少ないというが、そうでもないようだ。

ドーラは鍋に水を入れ、アウトドアクッカーに載せて、沸くのを待った。わかっていたことだが、かなり時間がかかる。サイドボードにもたれかかりながら、頭の中でハンティング・テリアみたいに家中を嗅ぎまわった。待っているあいだになにか意味のあることをしようと思ったのだ。窓台の死んだハエを片づけようか？　Ｅメールをチェックするか？　フェアウェア社の新商品キャンペーンについて考えて、メモをとるか？　それともユーチューブの動画で菜園の作り方を見るか？

ストップ。考えるな。マルチタスク禁止。そういうことを止めるつもりだったのに。マルチタスクは、集中が続かない証拠だ。それに時間はいやというほどある。母屋と庭のことを並行して考えたって、夕方にはなにもすることがなくなる恐れがある。コーヒーをいれて、ただ飲む。それでいいじゃないか。そういうことができるようにならないと。並行して十個の用事を済ますなんて論外だ。登場人物が紅茶のカップを持って窓辺に立ち、ただ外を眺めている場面が小説にはよくあるじゃないか。そんなに難しいことではないはずだ。

ドーラはいまいるところ、つまりサイドボードにもたれかかって、鍋をじっと見ているように自分を強いた。鍋の底から水泡が上がりだした。同じことが体の中でも起きた。胃袋の底から水泡が上がったようにムズムズして、その感覚が喉から脳に達し、そこでパチンとはじける。似たような変な気分が残り、頭痛を起こすこともある。しばらく前から、ドーラはこのムズムズを感じることが多くなっていた。とくに手持ち無沙汰なときや夜中に。そうなると体が興奮して、仰向けになって何時間横たわっていても、まず眠れない。神経の高ぶり。根拠のないあがり症に似ている。それに耐えられなくなると、きまって起きあがる。ベルリンではそういう夜、バルコニーに立ったものだ。ブラッケンでは家の前の外階段の踊り場に立つ。タバコを吸いながら、星を見上げて、宇宙を飛んでいるところを思い描く。無重力の中を浮遊するのはどんな心地がするだろう。まわりは暗く、冷たく、静寂に包まれている。夜中になると、どこかに行ってしまいたくなる。ロベルトのところから去る、田舎に引っ込むというのでは足りない。本当にどこかに行ってしまいたい。根本的に。死ぬのもいいかもしれない。あるいは宇宙へ、ときどき新聞に記事が載るアレクサンダー・ゲルスト〔ドイツの宇宙飛行士〕のところへ。だがいま、新聞の紙面はコロナで埋めつくされている。

　ドーラは、はじめてムズムズを感じたときのことをいまでもよく覚えている。ロベルトが上機嫌でフライデー・フォー・フューチャーの夏の会議から戻ったときだ。グレタとすこし話ができたと言っていた。そのころの彼はいい調子だった。ドーラもそうだった。新しい広告代理店Ｓｕｓ－Ｙ社は居心地がよく、そこで働くスタッフもおっとりしていて、感じがよかった。広告代理店が狙って快適な環境を作るというのはよくあることだが。スタッフはバカンスの日数を自分で決められた。もちろん実際には通常よりも日数を少なくしていたが。それに会社には毎日新鮮なフルーツがあり、週に一度ヨガの講習が行われ、たくさんの研修の機会があった。広告の陳腐さは「持続性」というコンセプトによって多少は軽減されていた。広告代理店を移ることを薦めていたロベルトは喜んだ。ふたりはよくバルコニーにすわって、ロベルトがフランスのオーガニックワインの醸造家から取り寄せた、たしかにすばらしくおいしいワインに舌鼓を打った。

　フライデー・フォー・フューチャー会議があった晩、ロベルトはゴミの島の話をした。ドーラは耳を疑った。ロシアとアメリカのあいだにプラゴミの島が浮遊しているという。いまではヨーロッパくらいの大きさがあるらしい。数十年もすれば世界の海ではプラスチックが魚よりも多くなると言われている。

第六の大陸としてのゴミの島。現代文明の写し絵だ。ドーラはそのときはじめて胃がムズムズするのを感じた。片手で頭に触れ、ロベルトがワインを注がないように、もう片方の手をグラスにかざした。

それからしばらくして、ドーラは台所の片づけをして、貯め込んだ布のショッピングバッグを見つけた。書店やオーガニックショップやお祭りや会議でもらったものだ。ドーラの顧客やロベルトのオンラインマガジンのパートナーからもらったものや、ショッピングバッグを忘れたのでスーパーで買った布のショッピングバッグもある。理論的には再利用可能なので、取っておいたのだ。布のショッピングバッグはデポジットボトルと同じで、使い捨て社会を拒否する証だ。ゴミの島を崩すための一助になる。食器棚には丸めたり、たたんで重ねたりしていっぱいあった。少なくとも三十枚。

ドーラは、布のショッピングバッグの製造がビニール袋の製造よりもはるかに多くのエネルギーを要するとラジオで聞いて知っていた。布のショッピングバッグは最低でも百三十回は使わなければ、ビニール袋よりも環境にやさしいとはいえない。

ドーラは食器戸棚で暗算した。三十枚の布のショッピングバッグをそれぞれ百三十回使うとなると、三千九百回買いものをしてはじめて環境にやさしいことになる。週に三回買いものをするとして、二十五年かかる計算だ。それも、新しい布のショッピングバッグが増えないという前提で。

ドーラの胃袋がムズムズして、湧きでた水泡が頭の中で破裂した。ドーラは奈落の前に立っているようなめまいを覚えた。徒労という名の奈落。ロベルトは世界を救おうとしているが、世界にとってはどうでもいいことなのだ。三千九百回買いものをしないと世界が没落するとは。考えただけでもぞっとした。いや、ロベルトが横に来て、肩を抱かれて、どうしたんだとたずねられたらもっとぞっとする。彼は奈落の口が開いていることにまったく気づいていない。

その夜、ドーラはバルコニーで過ごし、タバコを十本は吸ってしまった。タバコ一本当たり排出される粒子状物質は、微粒子捕集フィルターのないディーゼルエンジンを一時間まわすよりもはるかに多いとなにかで読んだことがある。

この世には生きるに値しない人がいる。才能に恵まれない人。サッカーやピアノ演奏が誰にでもできるわけじゃないのと同じだ。多くの人には生きる才能がない。もしかしたら自分もそのひとりかも。だがどんなものにも逆がある。よく観察すれば、有効と思えることにも綻びが見つかる。どんな理念だって帳消しになることがある。懐疑的になれば、矛盾や不条理や論理の欠落はどこにでも見つかる。そうなると、一緒にやろうという気概は敵愾心に変わる。なにもしないだけでは済まされず、ずっと孤独を味わうことになる。もしかして自分は存在のコンセプト全体に合わないのかもしれない。ドーラはそう思った。

湯が沸いた。ドーラは鍋を下ろし、沸騰した湯をそっとカップに注いだ。コーヒーの粉をトルコ風に直接カップに入れて湯を注いで、底にたまった粉ごと飲むのは不健康だと、どこかで読んだことがある。しかしこれが一番おいしい。ドーラはまたアレクサンダー・ゲルストの声を聞いてみたくなった。また宇宙に行っているだろうか。コーヒーを並々注いだカップを持って、席につく。だがひと口飲むなり、むせってしまい、流し台にかがみ込んだ。コーヒーを飲む気が失せてしまった。やりたいことをしたくなる気持ちを抑えるのは難しい。ドーラは落ち着けと百回は自分に言い聞かせたが、それでもうまくいかず、大好きな遊び道具に手をだし、頭を救いようのないカオスにしてしまう。

ドーラはＳｕｓ－Ｙ社のロゴが入ったリターナブルカップをサイドボードからだすと、あと何回使わないといけないか計算するのを禁じ、コーヒーをそっちに入れ直して、ヨッヘンを呼んだ。ヨッヘンは、タイルの冷たさから身を守れるように用意した段ボール箱の中で丸くなっていた。ヒョウ柄の人工皮のバスケットは会社に置きっぱなしだ。ドーラがドアのほうへ歩いていくと、ヨッヘンも渋々ついてきた。

「また動くの？」とでも言うような、いやそうな顔をしている。「ベルリンに戻らないの？　あっちならあたりを一巡するのに階段を上り下りするだけで済むのに」

5　グスタフ

　ドーラがはじめて働いたのは大学の実習のときだ。長期休暇を利用してミュンスターの小さな広告代理店で研修生になり、いい結果をだし、そのままジュニアコピーライターに採用された。大学を中退し、両親の家から出て、市内に小さなアパートを借りた。その後、ハンブルクのコピーライター養成所に入り、一年後にそこを卒業すると、大きな広告代理店に入社した。といっても、そこでもまだ研修生の身分だった。だがそのあと、小規模のネットワークの仕事をこなし、ノッター&フレンズという有名な広告代理店から誘いが来た。ちょうどそのころ、はじめての恋人もできた。フランクフルトにいる若い社会学教授で、フィリップという名だった。なかなか幸せな遠距離恋愛だったが、嘘をつかれていることがわかって、縁を切った。

　ドーラは当面シングルを通すことにして、小犬をペットにした。それからはなにかに取り憑かれたようにがむしゃらに働いた。夜勤を言い渡されても断らなかった。他のチームが担当しているものでも、率先して代打を買ってでた。チーフ・クリエイティブ・オフィサーと夜中までふたとおりの見出しのどちらがいいか検討し、タクシーで人気のない街を走って帰宅する日々が楽しかった。なにかを証明しようとしたわけじゃない。なにもしないでいるより、動いているほうが落ち着くからだった。

早番のときでも、真夜中に電話で呼ばれれば、会社に飛んでいった。メールは五分以内に必ず返信した。ミーティング中でも、地下鉄に乗っていようと、トイレにいようと。そして大手保険会社の担当になったとき、スポット広告が大当たりした。自然を映した短い映像に二羽のハトが映しだされ、作りかけの巣が何度も木から落ちてしまうというものだ。このスポット広告はまたたくまに広まり、「いざというときのために」というコピーは大いに受けた。

ドーラはしばらくのあいだ引く手あまたになった。ベルリンからもいい条件で声がかかった。ただ一点だけ問題があった。新しい職場にすぐ移らなければならなかったのだ。はじめの数週間はヨッヘンと共にホテル住まいをした。それから本当はペット禁止だったが、勤労者用のシェアルームに入居した。

ベルリンになじむのは難しかった。忙殺されていなかったら、これは幸せじゃないと気づいただろう。自分らしさを失い、居場所が見つけられなかった。ベルリンはドーラにとってあまりに慌ただしかった。ちゃんと働いているのは自分だけで、他の人はみんな、右往左往しているだけのような気がするほどだった。ところで、仕事がきついこともあったが、どうしても気が乗らなくて、なかなか市に転入届をだせずにいた。

ある秋の午前中、ようやく二時間ほど時間を作ることができ、ドーラはヨッヘンを会社の同僚に預けて、「グスタフ」と名づけた買ったばかりのシンデルハウアーバイクでパンコー区の住民登録所に向かった。だが自転車スタンドが埋まっているのを見ただけで、血圧が上がった。役所の中もここと同じように人でごったがえしていたら、時間がかかりそうだ。シェアサイクルや児童用リアカー付きなどを含む色とりどりの自転車の中に、グスタフを確実にチェーンで結べるところを探した。グスタフはベルトドライブ自転車で前輪の上にカゴがついている。本体のカラーはミントグリーンで、どうぞ盗んでくださいと言っているようなものだ。やっとのことでちょうどいい柱を見つけ、クリプトナイトロックチェーンでグスタフの安全を確保すると、住民登録所のエントランスで番号札を引いた。

待合室では、人が床にすわり込んだり、壁にもたれかかったりしていた。ドーラは汗が吹きだした。一時間半後、午後二時のミーティングには遅刻するが、いずれにせよ戻るつもりだ、と会社にメールした。きょうはもうあきらめて、日をあらためたほうがいいとわかっていた。これはまさしく埋没費用だ。これだけ頑張ったのだから、間違っているとわかっていながら、続けるしかないと思う。埋没費用がどう機能するかは、ドーラもよく知っていた。ドツボにはまらないためのコーチングは受講済みだ。それ以来、読みはじめたからという理由だけでつまらない本を最後まで読むようなことはしなくなっている。ソーシャルゲームの「ファームビル」だって、ヴァーチャルの農家の構築にたくさんの時間をかけたからという理由だけで、一生やりつづけることはないだろう。広告の調子が顧客に合わないと気づいたら、どんなに金をかけたキャンペーンでも続けるべきではない。ドーラはエラー文化と費用便益分析〔経済的便益が追求するに値するかどうかを判断するためのプロセス〕に通じているのに、それでも住民登録所にとどまった。負けを認めたくなかったのだ。賢いだけではだめだ。どうしてもベルリンに膝を屈する気になれなかった。

ようやく順番がまわってきたが、待ち時間は二時間を優に超えていた。物に八つ当たりしたくなるほどムカムカしながら区役所を出た。午後一時四十五分だった。世界チャンピオン並みにペダルを漕げば、大月に見てもらえるレベルの遅刻で済むだろう。

足早に区役所の前の広場を横切り、駐輪場へ向かった。そのときグスタフにかがみ込んでいる男が目にとまった。見まちがいではない。駐輪場はあきらかに空いていた。グスタフは新品で、ミントグリーンに輝き、価格は千ユーロを優に超える。男はチェーンのダイヤル錠をいじっている。

ドーラは駆けだし、牛革製のバッグを持つ手を振りあげた。そうすれば走る速度が上がると思ったからではない。バッグに分厚い小説を入れていることも意識しなかった。男のそばに駆け寄ると、バッグを男の頭に思いっきり叩きつけた。どすっとすさまじい音がした。

男はすぐにグスタフから離れて、こめかみを両手で押さえた。ドーラに背を向けたまま、ひっくり返るのではないかと思うほど酷くよろめいた。厳密には、ドーラはそうなればいいと思っていた。男がよろめくところを見て、胸のすく思いがした。パンコー区まで自転車を走らせた甲斐があったというものだ。男の身長は一メートル九十センチはある。それでも一発かまし、グスタフを守った。ベルリンとそこで右往左往している連中に目にもの見せてやれた。

男は倒れず、振り返った。年齢はドーラとあまり変わらない。一見したところ普通の男だ。ジャンキーにも、自転車泥棒にも見えなかった。髪はわざとぼさぼさにして、髭をきれいに切り揃え、チノパンとスニーカーをはいている。だけど自転車泥棒がどういう風体かなんて誰にわかるだろう。ドーラはもう一度バッグを振りあげた。追いはらわなくては。すぐ姿を消すなら、警察に通報しないですむ。ドーラは勝った。この男に、この日に、そしてこの町に。もう充分だ。

ところが男は立ち去ろうとしなかった。逆にドーラに向かって二歩詰め寄って叫んだ。

「なにをするんだ?」

ドーラは唖然として、どういう態度を取ったらいいか一瞬わからなくなった。こいつは頭がおかしいのかもしれない。危険な奴だったらどうしよう。こっちが逃げるべきだろうか。いや、逃げてなるものか。かっかしていたドーラはこう答えた。

「それは私の自転車よ!」

「だろうな!」そいつが怒鳴った。

「どこかに行きなさいよ、馬鹿!」

男は面食らったようだ。ドーラを頭のてっぺんから爪先まで見た。服装をチェックして、どういう人間か推測した。上品な都会風カジュアル。高級ジーンズにビジネスブレザー。ギースヴァインブランドのメリノウールランナーの色はイエローで、ノーソックス。髪は軽く後ろで結び、化粧は濃くない。

「頭が割れるところだった」男はすこし気持ちを落ち着けて言った。

「私の自転車を盗もうとしてたでしょう」ドーラは間髪入れず言った。

いきなり男が笑いだした。腹を抱えて。ドーラはバッグからタバコをだして火をつけた。

「それにしても……」男は笑いながら言った。「なんてノータリンだ!」

ノータリンなんて言われるのはひさしぶりだ。子ども時代、それも小都市で、一九八〇年代末ならわかる。ドーラも意に反して相好を崩した。相手が時計を見た。

「ちくしょう。編集部で二時に大事な打ち合わせがあるのに。もう間に合わない」

「私だって予定があるわ。二時にね」そう言ってから、自分までいかれてしまったような気がした。だが、いかれているのはあくまで男のほうだ。見た目は悪くないのだが。

「一時間前からあんたを待っていたんだ」男が言った。「役所の中まで見てまわった。だけどあそこは広すぎて」

ドーラはもう一度、タバコを胸一杯に吸うと、吸い殻を石畳に投げた。もう終わりにする潮時だ。

「気づいてないようだね？」男はそう言って、グスタフを指差した。「俺の自転車まで一緒にロックしているんだ」

これにはまいった。スローモーションでジェット機から射出されたような感覚だ。天地がひっくり返るかと思った。ドーラはおずおずとグスタフのそばに行って、頑丈なチェーンにかがみ込んだ。男の声が遠く聞こえた。

「キーの数字をいろいろ試したんだ。普通、数字はひとつしか変えないもんだからね」

チェーンはグスタフのフレームと柱に加えて、かなりくたびれた男性用自転車のフレームにも巻かれていた。ドーラはかっと血が上るのを感じた。

「わかったわ」ドーラは言った。「昼食を一緒にいかが？」

それから数週間、ふたりはよく一緒に食事をした。昼食、夕食、日本食やベジタリアンレストラン。当時すでにロベルトは肉食をやめていたからだ。週末に森を散歩し、一度ベルクハイン〔ベルリンの有名なクラブ〕でダンスに興じたこともあった。それから蚤の市にも行き、ベッドを共にした。フィリップのときよりもずっとよかった。それにロベルトとは話が尽きなかった。本について、テレビドラマについて、世界の状況について。一緒に暮らそうとロベルトに言われて、ドーラはうなずいた。ロベルトはしばらく前からアパート探しをしていた。ドーラも急にシェアルームを出なくてはならなくなっていた。すぐに夢の宮殿が見つかった。クロイツベルク区の古いアパートを修復した物件。バルコニー付きの八十平方メートル。手頃な家賃。しかもふたりで折半だ。

その時点で、ふたりのつきあいはまだそれほど長くなかった。はじめのうち、素敵な住居での暮らしは、ドーラにとって「大人の関係」という劇に出演しているような感覚だったが、そのうち真剣になった。フィリップとは喧嘩が絶えなかったが、ロベルトとはほとんど意見の相違がなかった。年齢がほぼ同じで、同じようにドイツ西部の中規模の町の出身だった。父親は医者ではないが、地方裁判所の裁判官だった。ロベルトにはあまり仲のよくない妹がいる。ドーラと兄の関係に近い。夜、帰宅するたび、廊下でノートパソコンのキーを叩く音を耳にする。ドーラは彼が仕事熱心なところが好きだった。それに寝る時間になってもバルコニーに出ておしゃべりするのも好きだった。いつだって話が尽きなかった。思ったことはなんでも言えた。

ちょっと様子がおかしくなったのは、まわりの人間に子どもができてからだ。ロベルトの仲間が突然、夜、酒場に繰りださなくなった。子連れカフェで朝食をとろうと言われた、とロベルトは文句を言った。キッズスペースのそばで大の大人と一緒に過ごすなんて願い下げだった。母親や父親に変身した旧友に悪態をつくようになった。保育所の閉所時間や幼児の発育段階以外、話題がないと言って。よく指摘される若い両親の不注意にも神経を逆撫でされた。それにロベルトには自由な時間があるが、代わりに本当の人生を知らないとでも言うように憐れむ目で見られるのも嫌いだった。子どもが話題になるようになって、ドーラははじめて、ロベルトが他の人の人生設計に挑発されていることに気づいた。

ドーラ自身、子どもを持ちたいかよくわかっていなかった。母親を早くなくしているせいで、自分が母親になることが想像できなかったのだ。だがロベルトの激しい口撃には引いてしまった。人口過剰で気候変動の危険に曝されている世界で子どもを作るのは非常識だというのだ。

それにもかかわらず、ドーラはふたりの共同生活を完璧だと感じていた。変えたいことなどなにひとつなかった。バルコニーで過ごす夜はすばらしかった。話がはずみ、この世界のことを話題にした。ロベルトとヨッヘンとクロイツベルク区のこの住居が好きだった。お金は充分にあるし、好きな仕事もある。足りないものも、邪魔なものもなかった。だがそれも、グレタ・トゥンベリがふたりの生活に絡んでくるまでだった。

6　ゴミ分別のルール違反

ドーラは森の縁と畑のあいだを抜ける砂の道を歩く。かなり歩いたが、まだブラッケン村から出ない。自分の土地があるのに、どうして散歩なんてするのだろう。他の住民も同じ思いのようだ。砂地には人が歩いた形跡がなく、微かに風に揺れる木の葉が美しい影を落としている。

ドーラは昔から森が好きだ。命が息づく、巨大な存在。絶えず生き物が徘徊していながら、ものすごい静けさに包まれている。森はドーラになにも求めない。森は支援を必要としない。森は見事に自給自足できる。人間よりもはるかに大きく、長寿な樹木に囲まれていると、自分がちっぽけな存在に思えてほっとする。虫の羽音がかえって増幅する静けさを愛している。カサカサという葉音や松葉の甘い匂い。春が来て活発になり、はるか高みの梢で飛び交う野鳥。ヨッヘンまで、不機嫌だったのを忘れて、元気に走っている。道端の背の高い草むらでガサガサと音がするたび、ピョンと跳ねる。見ていておかしい。

空気がひんやりしていて、体の温もりを保つために、ずんずん歩く。踏みしめる足を砂地が柔らかく受け止める。右側の畑はゆるやかな丘になっていて、耕されたばかりらしく暗褐色で、布のようになめらかだ。数羽のツルが長い脚で歩いている。ジャガイモを探しているのかもしれない。

道が折れて畑の縁からはずれ、森の中へと延びている。このあたりでは、林業機械の轍が地面を深くえぐっている。ドーラを警戒して、カケスが鳴いた。ドーラは立ち止まって、樹冠を見上げ、カケスの姿を探した。

母親は昔、珍しい鳥がやってきたと言って、よく台所の窓辺に呼んだ。モリバト、ミソサザイ、キアオジ。

「素敵じゃない？」母親はささやいた。「ここからはたくさんの野鳥が見える。森の中みたいね」母親はカササギを除くすべての鳥を愛していた。カササギだけは、姿を見るなり手を叩いて追いはらった。母のお気に入りはカケスだった。カケスが庭にあらわれると、兄と私は窓辺に呼ばれた。赤茶色の体色に、側面の象眼細工のような青い模様。カケスは森の見張りのような存在だ。ドーラは母が好きだったので、好きな動物を訊かれると決まって「カケス」と答えた。

母の人生最期の数週間、ヨーヨーはベッドをテラスのドアの前にだして、横にして置いた。母がちょっと顔を外に向ければ最期まで野鳥が見られるようにするためだった。もし死者が好きなものになって蘇るものなら、母は絶対にカケスになるだろう。

ドーラはブナの枝にカケスが止まっているのを見つけて、挨拶のつもりでそっと手を上げた。カケスは疑わしそうにドーラを見てから、羽ばたいて森の中に消えた。

ロベルトも森を愛している。知り合うはるか前、シュプレーヴァルト〔ベルリンを流れるシュプレー川の上流にある森林地帯〕にある山小屋で、森の深さ七十五センチの地中温度の変化を測定するため、何ヶ月にもわたる卒業実習をしたことがあり、その実習林に何度かドーラを連れていってくれたことがある。ロベルトにとって森は無数の物語を集めた本と同じだ。樹木の名前に詳しく、甲虫の生態についても知識が豊富だった。またウサギやキツネの足跡を教えてくれたり、蟻塚に隠された謎を教えてくれたりした。当時はロベルトに親近感を覚えたものだ。

彼が一緒に散歩をしなくなったのは本当に残念というほかない。といっても刺すような痛みではない。微かに引きつるような痛みで、はじめはほとんど気づかなかった。ロベルトの地球温暖化対策への関心はどんどん強くなっていったが、グレタ・トゥンベリが世界を行脚するようになってからは、そういう人がどんどん増えていった。ロベルトはテレビに映るグレタ・トゥンベリに目が釘付けになった。丸顔、ぎゅっと引きしめた唇、後ろで編んだ長い髪。

ロベルトは気候変動のストライキに参加するようになった。それも報道関係者ではなく、活動家として。グレタと近しい存在になると、追っかけをはじめた。そのためなら飛行機を使うことも辞さなかった。さまざまな出会いがロベルトの動機に拍車をかけ、自分の活動が崇高なものだと思うようになった。こうして彼の話題はひとつだけになった。夜中に赤ワインを飲んでいるときでも、話題は温暖化、水面上昇、砂漠化、洪水、激しさを増す暴風などの自然災害ばかりになった。またロベルトが種の絶滅や環境悪化による民族大移動を派手に語ったため、ドーラは映画監督ローランド・エメリッヒが描くような壮絶な旅路やスラム街を思い描くようになった。そして人間は戦争をはじめて、自然が崩壊する前にみずからを消し去るだろうとも言った。

ドーラはそれまでと同じように彼の話に耳を傾けた。しかしこの黙示録さながらのシーンはドーラの心を壊した。世界銀行によれば、今後三十年のうちに一億四千万人の環境難民が生まれるという。

この数字にドーラは頭が麻痺した。これほどの規模で世界を救うことなど、人間には不可能だ。ドーラはもっと別の話をしようとした。自分の仕事のことや本のことなど。なんならトランプでも、ブレクジットでも、「ドイツのための選択肢《AfD》〔二〇一三年に反ＥＵを掲げて設立されたドイツの政党〕」でもよかった。けれどもロベルトはそのすべてを二の次だと言った。「危機的状況だって言うのに、誰も気づいていない」と口癖のように言った。「誰も」というのは誇張が過ぎる、とドーラは思った。毎日マイクを握って世界の世論に訴えているのだから、考えればすぐにわかるはずだ、と。

ドーラは反論したい衝動に駆られるようになった。意見を異にするからではない。ドーラだって、地球からの簒奪はもうやめたほうがいいと思っていた。しかしそれを主張するときのロジックについていけなかった。工業化に遅れたたくさんの国がその遅れを取りもどそうとしているときに、コーラをマカロニで吸うなんて馬鹿げているとしか思えなかった。巨大なコンテナ船が海を行き交っているときに、ディーゼル車をガレージに封印したからといってどうなるんだろう。ロベルトの主張の明確な根拠はどこにあるのだろう。ＳＵＶで通勤するけど、オフィスでは同僚たちと共に飲み食いし、暖房も照明も共有している人間に比べて、自転車を漕いではいても、狭い台所で毎日三度の食事を自炊し、朝から晩まで音楽をストリーミングし、自分ひとりのために自宅の照明をつけ、暖房しているベルリン・クロイツベルク区に住むフリーランスのほうが二酸化炭素の排出量が少ないと、はたして言えるだろうか。コットンは本当にプラスチックよりいいのだろうか。デモをするためにヨーロッパ中を動きまわる活動家と、ゴミの分別はやらなくても、一度も飛行機に乗ったことのないおばあさんと、いったいどっちが気候に中立だろう。絶対的なことなどないとわかった。話題になったり、議論されたりしているすべてのことが疑わしい。ドーラは、ロベルトがどうして自分のライフスタイルをまったく疑わずにいるのかが理解できず、ついていけなかった。

そんな矢先、Ｓｕｓ－Ｙ社はペットボトルのミネラルウォーターを仕事中に使うことを全従業員に禁止し、ステンレス製ボトルを買うように指示した。この決定がなされた会議で、ドーラはステンレス製ボトルのほうがペットボトルよりも環境に優しい根拠はどこにあるのか質問した。考えてみれば、どちらも補充することができるではないかと。だが同僚たちは、心理的な問題を理解しないドーラに同情や蔑みのまなざしを向けた。こういう体験をロベルトに話したが、彼はドーラが体験したことにまったく興味を示さず、眉を吊りあげただけだった。「おまえは環境問題否定論者なのか？」というわけだ。

ロベルトの新聞社での序列が数段階上がった。以前よりも多くのコラムを書き、編集会議で発言力を持ち、レポーターとして連邦環境省の記者会見に出席し、大量の「不都合な質問」を浴びせるようになった。ただでも速かった仕事の速度がほぼ倍増したように見えた。

ロベルトはうまくいっているように見えたが、夜の寝付きが悪くなった。本当に不安を覚えている、とドーラは思った。取り憑かれたような態度は政治的なポーズでもなんでもなかった。本気で世界が没落すると信じていたのだ。「みなさんにパニックになってほしい」とグレタは言い、ロベルトはグレタに追随した。ドーラはロベルトの世界観を理解しようとした。ロベルトは自動車や飛行機やディーゼル船を目の敵にした。プラスチック、安物のおもちゃや家具や衣類が市場に溢れ、毎日が生産と消費の原理で動いている。ビニール袋の向こうに竜巻を、電球の向こうに洪水を、四輪駆動車の向こうに内戦を見ていて、ロベルトはよく生きていけるものだと、ドーラは感心した。

しかもロベルトは、自分がなにを恐れているのか具体的にはほとんどわかっていなかった。ドーラは不安を覚えてはいるが、恐怖の対象は広汎で、それをひとつのキャッチフレーズにまとめたり、特定の抗議活動や政治へのコミットに集約したりすることができなかった。むしろグローバルな緊張こそが本来の問題ではないか、とドーラは危惧した。自分こそ正義だと声高に言って平気なのは、もはや尋常な精神状態とは言えないだろう。ドナルド・トランプ、ビョルン・ヘッケ〔極右政党「ドイツのための選択肢」に所属するドイツの政治家〕、ブレクジット推進派。どうかしているのはあきらかだ。しかしロベルトまでが、冷静に話をせず、事実を一緒にいろいろな角度から検討したり、絶対の真理だと言われていることに疑問を呈したりしないのであれば、もはやなにができるというのだろう。女ひとりの見方。ドーラはそれを誰とも共有できなかった。頭がおかしくなりそうだった。

ドーラはいまでもロベルトが好きだ。だが一緒に暮らすのは難しくなった。ふたりの共同生活は決まりごとのコルセットと化した。買っていい製品は制限され、食べていいものも決められた。タクシーの利用は禁止。バカンスなどもってのほか。日が暮れて、ドーラが明かりをつけていると、ロベルトが家中の照明を消してまわる。服を買っていい店のリストも渡された。冬のブーツは一足だけにしろとうるさく言われた。ドーラが暖房の温度設定を上げると、ロベルトが下げる。十一月になると、住まいは寒くていられなくなり、夜遅くまで会社にいるようになった。家に帰る気になれなかったのだ。

それからゴミ分別のルール違反がはじまった。はじめはうっかり間違えただけだった。ドーラはべルリンで行われたトラクターデモ〔環境保護優先に不満を持つドイツの農民が肥料使用制限案に反発して起こしたデモ〕のニュースをラジオで聞いていて、リターナブルカップをうっかり一般ゴミに捨ててしまった。だがそれに気づいたとき、ドーラは妙な解放感を覚えた。気持ちがよかったので、繰り返すようになった。欧州議会が気候非常事態を宣言したとき、ガラス瓶を浴室の燃えるゴミの中に入れた。ロンドン橋での無差別襲撃が起きたというニュースを聞いたとき、オーガニックレモネードのペットボトルを何本も書斎にある紙用ゴミ箱に捨てた。「ドイツのための選択肢《AfD》」がブラウンシュヴァイクで全国党大会を開催したとき、ヨーグルトのガラス容器を黄色いゴミ袋〔ドイツではアルミ製品、牛乳パック、プラスチックごみを入れる袋として指定されている〕に放り込んだ。

そのことに気づくと、ロベルトはかんかんに怒って、家中のゴミ容器を毎日何回も調べ、アパートの中庭にある共用ゴミコンテナまで確認するようになった。ドーラはルール違反をやめろと何度も言われ、実際、衝動を抑えようとしたが、すでに中毒のようになっていて、自分でもどうにもならなかった。ノルベルト・ワルター＝ボルヤンスとザスキア・エスケンがドイツ社会民主党の共同党主に選出されたとき、ドーラはワインの瓶を古紙回収の青いゴミコンテナに投げ入れ、アメリカ軍がバグダードでイラン・イスラーム共和国のガーセム・ソレイマーニー少将を暗殺したとき、イランがウクライナの旅客機を誤って撃墜したとき、オーストラリアで森林火災が起きたときは、ビール瓶を生ゴミとしてだした。ロベルトとの諍いは大声を張りあげるまでになり、ロベルトはドーラを家から追いだすと言った。最後にゴミ分別のルール違反をしたのはブラッケンに売り家の下見にいく前の朝だった。古い大農場管理官屋敷を見てからは、ぴたっとやらなくなった。その日を境に、ゴミ分別のルール違反はしなくなり、ふたりのあいだの緊張は解けた。

だがそれからウイルスが来た。ロベルトは環境保護活動家からウイルス学者に転身し、世界がひっくり返った。古き良き時代の終わりが叫ばれた。これまでの生活が元通りになることはないだろう。ウイルス学者がお茶の間の人気者になった。新聞社はなにが必要か著名人にインタビューをし、みんなが一丸になることが求められるようになった。

ドーラは急に、バターをぬったパンをかじるときにいちいち目をむくロベルトにうんざりし、彼が口をもぐもぐさせる音に気が変になりそうになった。そのうちに、自分が食べものを噛む音が我慢できなくなり、液体しか摂取できなくなるのではないかと不安になった。そしてハエの羽音が聞こえるような気がして、夜中に起きあがり、寝室を探しまわるようになった。そのせいでふたりとも眠れなくなった。

ロベルトは、地球上で移動に制限がかかると、ウイルスはある意味祝福だと言いだした。ドーラはこのとき、もうここにはいられないと思い、ヨッヘンとの散歩が禁止されたとき、アパートを出た。三十六年の人生が一台のレンタカーに収まった。ベルトドライブ自転車のグスタフだけはベルリンに置いていくしかなかった。

砂の道は森の奥で幅広い森の道につながっていた。踏み固められた地面は苔と松の落ち葉で覆われている。ドーラは根っこにつまずかないように気をつけた。頭上では梢が集まって屋根のようだ。太い幹のあいだには若い草が生え、永遠の再生を約束している。ヨッヘンははじめのうち夢中だったが、散歩がなかなか終わらず、疲れてきたのか、不機嫌そうにしている。舌を垂らしながら、ドーラの後ろにやってきて、「死んだ犬」という一番得意な演技をした。まず草むらにぺたんと腹ばいになり、後ろ脚を伸ばす。そして一歩たりとも動かない。

森の道とぶつかるT字路で、ドーラは驚いて足を止めた。T字路の角にベンチがある。ふたつの木の塊に板を載せて釘で固定したシンプルな作りだ。背もたれと肘掛けはなく、ヤスリがけも塗装もされていない。そのベンチにはほとんど工夫らしい工夫がされていなかった。誰にでも作れそうな代物だ。発注したものではなく、欧州連合内の予算がついたツーリズムプログラムの一環でもない。おそらく費用は支払われていないだろう。なんの変哲もないベンチで、なんでここにあるのか謎だ。見たところ、ブラッケンの住民は散歩をしない。純潔ではないジャーマンシェパードをはじめ、お互いに血縁関係にあるらしい村の犬たちは、日がな一日柵に沿って歩きまわり、猫や歩く人を見つけては吠え立てる。飼い主が散歩に連れていこうとしても、おそらくなんのつもりか理解できないだろう。散歩はどちらかというと、田舎暮らしをする都会人の専売特許らしい。ブラッケンの住民が森に入るのは年に一度、きのこ狩りや薪拾いをするときだけだ。それなのに、ベンチがある。これを作ったのはどんな脳天気な人だろう。気分で木材を組み合わせ、それまでなかったすわる機会をT字路に作るとは。ドーラもそういうことをしてみたいと思った。なにもたずねず、なにも疑わず、ただなにかをする。それができるという、ただそれだけの理由で。

ベンチのすわり心地はやはりよくなかった。座面が狭くて、平らではないし、寄りかかることもできない。それでもこのT字路はドーラの新しいお気に入りの場所になった。ヨッヘンも了解し、四月の陽光を浴びてポカポカと暖かく、苔に覆われふわふわしたところを見つけていた。ドーラは頭を後ろに倒して、キラキラ揺らめく梢を眺めた。タバコを家に置いてきたのは失敗だ。

まわりはすっかり春めいて、植物が芽吹き、蕾をふくらませている。春が命に喝を入れている。息を吹き返すのに、春はあらゆるものを必要としている。取捨選択されることはなく、すべてが利用され、命の火を消したものさえ役に立つ。なにかが消えても、新しいなにかがその穴を埋める。死と誕生はドラマでもなんでもない。命のメカニズムの結節点だ。人間がいくら騒いでも意味がない。人類が滅びようと関係ないのだ。

私たちを必要としているのはウイルス株だけね、とドーラは思った。悲しくなって、その考えを頭から払いのけた。そのとき背後で気配がして、はっとした。カサカサという葉ずれの音、ぽきっと枝が折れる音。ヨッヘンも体を起こした。なにかいる。まちがいない。なにか大きな生きものだ。松の保護林にさっと引っ込んだ。たぶんイノシシかシカだ。

ところが、なにかカラフルなものがきらりと光った。

7　R2‐D2

鎌が倒れた。そのとき道路の反対側の家からR2‐D2が出てきた。

きわどいところで、ドーラは足をどかした。ユーチューブの紹介ビデオを見て、刃先を研いだから、怪我をする可能性が大きかった。

それでもドーラは自分に満足していた。刃先を研いだおかげで、敷地の道路際に生えている楓の若木がすぱすぱ切れた。早朝からずっと伐採を続けている。だいぶ空間ができた。意外にもこの数日で家の裏手の菜園ができあがった。筋肉痛で死にそうだったが、その代わりあれほど固かった土がさらさらだ。菜園は四角く区切られ、表面がなだらかだ。見ていると誇らしい気分になる。といっても、縁にはゴミの山がうずたかく積もっている。大量の瓦礫や破片に、鍋や人形の頭やテディベアの切れ端がいくつも見つかり、驚いたことに無傷のブリキのおもちゃの車まで数台あった。子どもの骸骨が出てきたらどうしようと心配になったほどだ。

しかしゴミの山よりも困りものなのは、耕した地面から乾いた土ぼこりが上がるようになったことだ。ちょっと風が吹いただけで舞いあがる。庭仕事には水が必要だということに気づいた。たぶん肥料も。ホイールローダーで砂まじりの土をすくって、肥沃な土を入れる必要もありそうだ。あいにく近くまで水道が延びていないし、ホースもない。ホイールローダーがないのは言うまでもない。ドーラは普通の車も持っていない。あればホームセンターに買い出しにいけるのに。公共交通機関を利用してなんとかするほかない。ブラッケンには商店が一軒もない。パン屋も食堂もない。ドーラが最初に買い込んだものはもうパスタと乾燥した全粒粉パンしか残っていない。早いところスーパーに行かなければ、野菜栽培プロジェクトが頓挫するどころではない。自分が死んでしまう。

でもそんなことを思い悩んで、せっかくの気分を台無しにすることもないだろう。最初に伐採した楓の若木は地面に横たわっている。菜園は耕せた。それに本業もかなりうまくいっている。担当している依頼主フェアウェア社はベルリンの新興ファッションブランドで、新しい持続可能なジーンズ・シリーズを発売しようとしている。店舗が休店し、売上げが落ちたため、繊維業界では多くの顧客が依頼を凍結しているなか、フェアウェア社の創設者はポストコロナ時代を見すえて、あらゆる手を使って製品を披露しようと意地になっている。その点でドーラは幸運だといえる。広告業界でも失職するのではないかと戦々恐々としている同業者は少なくない。予算が大幅に絞られれば、十人、二十人は失職するだろう。多くの広告代理店で解雇の波が起きれば、有能なクリエーターが労働市場に溢れることになる。シニアコピーライターは通常、引く手あまただが、大量解雇が起きれば、マックブックがフリーズするよりも早く、状況が変化するだろう。幸い社長のズザンネはズーム会議のはじめにきまって、Ｓｕｓ－Ｙ社は現状維持すると言っている。従業員の扱いについてもだ。だからドーラの仕事は安泰だ。

昨晩は顧客とのビデオ会議がひらかれた。ズームの接続は安定していた。ドーラは自分の仕事の責任の重さをあらためて痛感した。フェアウェア社の新しいジーンズはオーガニックコットンを原料とし、洗浄液は塩素フリーで、ボタンはすべて重金属フリーだ。メーカーはこのジーンズに、すべての宣伝費を投入するという。もしこれがうまくいかなければ、メーカーの経営は行き詰まる恐れがある。新製品がジーンズ市場を席巻するか、閑古鳥が鳴くかはドーラの腕しだいだ。決定的なひらめきが必要だ。二十年後でも記憶に残るような、これだというコピーをひねりださなければ。コピーライターという仕事の醍醐味は、一か八かで輝かしい勝利を呼び寄せられることにある。もちろん下手をすると、惨憺たる破滅を招くが。

ズームがつながると、ズザンネがまず口火を切り、そのあとドーラがパワーポイントのフローチャートを三十枚も使って戦略をプレゼンテーションした。依頼主は、持続可能性が都会暮らしの若いターゲットグループにとどまらない新しい基準になると確信していた。そこを徹底的に攻める。フェアトレードレーベルはもう古くさい。もったいぶった宣伝文句も、茶色い包装紙のオーラに頼るのもだめ。これぞ持続可能性というスタイルが欲しい。それなら誰もがうなずくはずだという。

そこでズザンネはもう一度、全国展開するのはフェアウェア社の宣伝費では厳しいことを念押しした。デジタルを活用したキャンペーンに絞って、一気呵成《いっきかせい》に拡散させる必要がある。ソーシャルビデオを中核にして、感情を煮えたぎらせる。「街角の話題にならなくては」とズザンネは言った。全員がうなずき、ドーラがあとを引き継いだ。

まず大事なのは新しいジーンズのネーミングだ。ドーラはノートパソコンをクリックして、提案用に用意した十二枚のチャートを投影した。ドーラが一番気に入っているものが来た。グートメンシュ

〔Gut＝良いとMensch＝人間を組み合わせた造語で、「善人」と訳せるが、現実離れした理想主義者を揶揄する「お人好し」くらいの意味〕。画面の向こうが静まりかえった。予想どおりだ。ドーラは説明をはじめた。賛否両論あるこの言葉を使うことで必要としている注目を浴びることができる、と。グートメンシュは二〇一五年の粗悪語に選ばれた。闘牛場での赤い布に匹敵する言葉だ。みんな、そっちを見るだろう。同時にグートメンシュはすべてのユーザーを告白者にする。本物の持続可能性を支持する人はまさにグートメンシュであり、そのことを誇りに感じているはずだ。このジーンズを選ぶことでまさにそれを世界に示せる。

フェアウェア社の創設者の目からうろこが落ちた。ポトンと落ちる音がブラッケンにいながらにして聞こえた気がした。ドーラは自分のコメントが関心を呼んだのを幸いに、この商品名を元に考案したことを説明した。もちろん登場人物、つまりキャンペーンのテスティモニアル〔ある商品について専門家や使用経験者が説得力ある説明をすること〕はもちろんグートメンシュだ。もちろん堅物ではいけない。いいことをしようとしながら、ドジを踏むような共感が持てるタイプがいい。皮肉を込めて自分の失敗を提示するアンチヒーローとしてのグートメンシュ。オリジナリティとユーモアがあり、オンラインに入り浸っているターゲットグループにもお似合いだ。持続可能性というテーマ自体が充分に真剣な話題だ。キャッチフレーズは「いい《グート》・人《メンシュ》」！

あとはいつもどおりだ。グートメンシュはポスターや印刷物で拡散し、キャンペーンの顔となる。顧客もすでにその気になっていた。あとで本当のジーンズ購買層を告白キャンペーンに動員してもいいかもしれない、とドーラが言うと、画面の向こうで拍手が起こった。

依頼主がミーティングから退室したあと、ズザンネが言った。

「ホームオフィスはあなたに合っているわね」

R2-D2はまだいる。道路を横切ってきた。目の錯覚だろうか、とドーラは思った。孤独で、疲労困憊し、血糖値が下がったせいで、幻覚を見ているのかもしれない。しかしいま見ているものはあきらかにドーラの家の庭木戸に向かって歩いてきている。防護服を着た田舎のコロナ偏執者だろうか。そいつの身長は一メートル六十センチくらいで、ヘルメットとゴーグルとイヤーマフをつけ、膝まである安全ベストを身につけ、ゴム長靴がその下から覗いている。そいつは小股でちょこちょこ足をだし、歩いているというよりキャタピラで動いているみたいで、ますます『スターウォーズ』に登場する親戚との類似性が強くなった。しかもそいつは左右にビーム銃かフォースシールドと思しき大きな未来兵器を装備している。

「なにかご用?」ドーラはたずねた。R2-D2は武器を携えたまま庭木戸を通ろうとしている。イヤーマフをつけているからだろうが、ドーラの質問にはまったく反応せず、庭にたどり着くまでドーラと一緒に歩いた。

「芝刈りをするのにアラブ人は何人必要かな?」R2-D2はにこやかにそうたずねた。耳が遠い人のように少し声が大きかった。

ドーラはあんぐり口をあけた。といっても言葉は出なかった。だがそれでかまわなかった。R2-D2は自問自答したからだ。

「ひとりもいらない。だって、俺たちは自分で刈れる」

R2-D2はいつまでもケラケラ笑い、それから秘密兵器一号の耳をつんざく轟音でその笑い声をかき消した。R2-D2はその兵器を両手でつかむと、左右に振った。ドーラは用なしだった。R2-D2は庭の草木を薙ぎ払っていった。楓の若木が雁首そろえて倒れた。優れた技術によって部隊は総崩れした。刈られたイラクサやブラックベリーがあたりに飛んだ。R2-D2は大きめの若木はそのままにした。たぶんあとで秘密兵器二号を使って再攻撃するつもりだろう。秘密兵器二号はチェーンソーだ。「マキタ」のロゴ入りで、いまはまだケースに入っている。

ドーラは両耳を手で塞いで、その大量殺戮を呆然と見ていた。この二週間半でこの土地が嫌いになっていたが、それでもこれはあんまりだと思った。R2-D2はドーラが鎌で卓球台の広さに要した時間で、テニスコートくらいの面積を刈り払った。不公平だ。武器平等の原則はないも同じ。植物相手の決闘ではなく、情け容赦ない絶滅行軍だ。そのものすごい音に耐えられず、ドーラは家の中に待避した。

コーヒーのために湯を沸かしながら、自分が精神錯乱でもして造園会社に電話をかけたのだろうかと自問した。まさかその会社が家の前にあるなんてありえないことだ。不動産会社が庭をきれいにするために依頼したとも思えない。販売価格は現状引き渡しの値段だった。ということは、R2-D2の行動は隣人による助け合いということらしい。

けたたましい音が消えると、ドーラはコーヒーカップを手にして、また外に出た。R2-D2は当然のようにそのカップを受けとった。それから武器をフェンスに立てかけ、ヘルメットを額まで押しあげ、コーヒーを一口飲んで、気に入ったのか、うなずいた。

「俺はブラックが好みだ。だけどブラックマネーは握らないから、税務署に目を付けられることはない」

「うまいことを言うわね」ドーラは義務感から笑みを浮かべた。せめてそのくらいしなくては。敷地の道路に面したあたりをそっくり刈り払ってくれたのだから。それに外国人ネタのジョークを聞かずにすんでほっとしていた。

「だけど疲労感が消えない。このコーヒー、効かないな」R2-D2はそう続けた。

ドーラはジョークに応じることにした。そういうやり方をすれば、R2-D2と会話できそうな気がした。

「爆買いしたのよ。あと必要なのはウイルスを囲う鳥カゴだけね」

R2-D2がきょとんとしてドーラを見た。コロナネタのジョークはだめらしい。それとも自分が口にしたジョークしか受け付けないのだろうか。

「俺は健康だ」R2-D2が答えた。「水を一日三リットル飲んでいる。コーヒーメーカーを通してからだけどな」

最後のひねりは悪くない。ミネラルウォーターをガブガブ飲んでいる兄のアクセルに聞かせたいくらいだ。兄と再会することがあるとしたらだが。アクセルは接触制限と外出制限をきっちり守っている。どうせ一日中、家でカウチにすわっているのだから、いまさらといった感じだ。

「金髪娘を月曜の朝に笑わせるにはどうしたらいいか？」R2-D2は話題を変えた。「金曜の夜にジョークを言っておけばいい」

金髪ネタのジョークは腹立たしいが、アラブ人ネタのジョークよりはましだ。ドーラはポリティカルコレクトネス〔社会の特定のグループに不快感を与えないように配慮した政策や対策〕に厳格ではないが、外国人排斥的な物言いには閉口する。そういう物言いはすぐ硬直した人種差別に堕するからだ。言われたときは息をのむだけで意見を言わず、民主主義とヒューマニズムを声高に訴えなかったことをあとになって恥じる。はたして人種差別主義者でない者が人種差別主義者に人種差別のつまらなさを納得させられたことがあるのかどうか。けれども道義的に最善を尽くすべきだと感じている。うまくいかないのだが。ほとんどの右翼は聞く耳を持たないというが、本当かどうかドーラには確信が持てなかった。自分自身、聞く耳を持たないからだ。正しいことを言う人間をうまく避けるというのが、ドーラの戦術だ。

「コーヒーはブラック」R2-D2は愉快そうに言った。「すぐにコットン摘みをはじめる」

どうやら戦術を変える必要がありそうだ。

8 植物カナッケン

もちろんドーラはグーグルで検索をした。ブラッケン村の基本情報。最後の州議会選挙では、ここの選挙区で「ドイツのための選択肢《AfD》」が二十七パーセントの得票率を獲得していた。州の平均よりも若干多い。ドーラにはそれが一番気がかりだった。狩りにはまっている奴がいるとか、水道管が破裂したとか、文化面がお粗末なくらいはいい。田舎のわびしさだってかまわない。だが新しい隣人の政治的主義主張は困る。ヨーヨーに言われた言葉がまだ耳に残っている。

「そんな極右だらけのところに行って、なにがしたいんだ?」

ブランデンブルクの「ドイツのための選択肢《AfD》」は鳥よりも高く羽ばたいている。どうやらあの政党を選んだのは極右だけではないようだ。優柔不断な有権者も相当数含まれているとドーラはにらんでいる。ここ数十年、政治とメディアは、不安、嫉妬、エゴイズムといった人間のよくない本能に訴えることに特化してきた。だから自分と同じように文句を言う政党を選ぶのもむりからぬことだ。それでもブラッケンはまだナチの牙城ではない。

そうやって、自分を安心させようとした。

東ゴート族はなんと言っただろう。「俺はこのあたりでは田舎のナチで通ってる」もし村人がみんなナチなら、意味論的にこの文章は意味をなさない。はたしてゴートが意味論を理解しているかどうかわからないが。

とにかくブラッケンにナチはいない。いるとすれば、少し洗練された日常の人種差別主義者だろう。R2-D2がその典型だ。

だがまさにそこが厄介だ。見るからにナチで、ナチらしく行動する連中ならすぐにわかるからいい。日常的に人種差別する者にはどこで不意打ちされるかわからない。いい感じでおしゃべりしていたら、いきなり不穏当な言葉が飛びだすなんてこともありうる。そしたらどうする？　会話を打ち切って抗議するか？　あるいは、なにも聞かなかったふりをして、黙っているか？

人種差別に凝り固まった人はショック状態と同じだ。神経が切れているようなものだ。だがその場で言うべき賢明な言葉はたいてい数日してから思いつくものだ。

人種差別に凝り固まった人の心理はどうなっているのだろう。たぶんジレンマがあるのだ。ありえないことだが、道徳を説く人と臆病者が同居している。個人的信念と社会的使命と争いを好まない性格のあいだで揺れているとも言えそうだ。人種差別は気まずいことなので、そこにさらに外国人を人見知りする傾向が加わる。外で小便をしている誰かを見つけたときと同じだ。その一物をしまって失せろ、と言えたらいいのだが、たいていは恥ずかしくてさっと目を背け、そのまま立ち去ってしまう。

それにドーラはこういう連中には慣れていなかった。これまで自分の周囲には幸いにして外国人排斥ネタのジョークを口にする者がひとりもいなかった。欧州議会では、右翼はもっぱら環境問題やコロナを否定している。兄のアクセルなど、右翼ポピュリズムは田舎者の集まりだから、趣味のいい人間はそんな連中を相手にして手を汚すことはないと言っている。ヨーヨーは、「ドイツ《A》のための《f》選択肢《D》」は男性的抑圧の表明だから、アミトリプチリン〔抗うつ薬の一種〕を投与するしかないと言っている。Ｓｕｓ－Ｙ社では、ほとんどのスタッフが緑の党を支持している。広告業界内部のアンケートでも、同様の傾向が見られる。そしてドーラも緑の党に一票を投じていた。ドーラの知り合いはすべて、「ドイツ《A》のための《f》選択肢《D》」なんてとんでもないと思っている。要塞ヨーロッパ〔欧州連合の閉鎖性を表す言葉〕に反対し、地球温暖化対策と国際協力を要求し、ドイツの歴史的責任を強調しながら、いざ五百万人の難民がヨーロッパに来ることになって、実際にどうしたらいいか議論すべきときには決まって口を閉ざす。欧州連合への入口になる国々が通過する道を閉ざしているのに、リベラルな考えを持とう、隣人愛を忘れるな、とドイツ人の心に訴えても詮ないことだ。

　そういう問題はむしろロベルトの周辺のほうが話題になることが多い。二〇一五年以降のどこかで、彼の仲間内でも意見の対立が見られるようになった。難民歓迎文化は問題意識に変わり、問題意識が過剰外国化への不安を生む。人種差別じゃないかという嫌疑は毒物と同じで、海難救助について話し合っているだけなのに、またたくまに過激な言葉の応酬に発展する恐れがあった。誰かが我慢ならないことを言っただけで、長年続いた友情が壊れた。ドーラもむきになっている自分に気づくことがあった。相手が人種差別に凝り固まっているのが透けて見えると、激しい怒りに駆られたり、あとで後悔するような物言いをしたりしてしまう。

　そのうち友人の選別がはじまった。会う人と会わない人。フェイスブック、ツイッター、インスタグラムで登録を削除し、別の人を加える。「キャリアエントリー」とか「子作り」といったキーワードに「政治」も加えて、社会生活をより純粋なものにする。

それでもドーラは、人種差別へのこだわりの裏に隠された破壊力を忘れなかった。おだやかな人間が我を忘れるような話題があるとすれば、これをおいてほかにない。どっち側に立っていてもだ。その点では人種差別に凝り固まるのはおそらく保護メカニズムなのだ。ひそかな不安がインストールされて、あっというまに自制心を失い、世界の半分をだいなしにする。あるいは村全体を。

そんなことを考えていて、ドーラは酷くむせってしまった。Ｒ２－Ｄ２は手袋を脱いで、背中を叩いてくれた。

「あちらさんはどういう人なんですか？」ドーラは咳をしながら塀を指差した。

「はあ？」Ｒ２－Ｄ２のコミュニケーション形態はジョークしかないらしく、シンプルな質問への返答はプログラムされていないようだ。それにまだイヤーマフをつけている。

「ゴートのことよ」大きな声で言うと、ドーラはもう一度そっちを指差した。

ゴートは一度顔を見せたきりあらわれていない。ヨッヘンはあれから三度あっちに侵入して、ジャガイモを掘ったが、三度とも踏みつけられなかった。ドーラはガーデンチェアを塀のそばに運び、そこに上って塀の向こうを覗いてみるようになった。

塀の上でゴートの顔と鉢合わせするかもしれないと思うと、胸の鼓動が速くなったが、塀の向こうには誰もいなかった。向こうの敷地はよく片づいていて、人の気配がなかった。ドーラは時間をかけて、仔細に眺めてみた。刈り込んだ芝生には白いプラスチックテーブルと椅子が数脚置いてある。プレハブ小屋の窓には縞模様のカーテンがかかっている。踏み板がグレーチングの外階段に花を咲かせたゼラニウムの鉢が置いてある。階段の横には、丸太を削って作ったオオカミの木彫りが置いてある。母家の脇にはおんぼろのピックアップトラックが止まっている。トヨタ・ハイラックス、おそらく一九八〇年代のものだ。よく見ると、車の下の草が伸びている。車はしばらく動かしていないようだ。もう乗っていないのかもしれない。ゴートは別の車で移動中と見える。

ドーラは気になった。どうして車を修理しないのだろう。なんで母家をあけて、プレハブ小屋で暮らしているのだろう。よく見ると、窓ガラスが汚れているが、母家はそれほど傷んでいない。母家の正面には旗が二本下がっている。一本は赤白の旗だ。どこの旗かドーラは知らなかった。もう一本はドイツ国旗だ。どちらも国会議事堂に飾ってもよさそうな大きさだ。サッカーの奇蹟の夏から十四年経っても、ドーラは黒赤金のドイツ国旗に辟易していた。それが旧東ドイツの庭とあっては尚更だ。ゴートはおそらくバカンスにでも行っているのだろう。あるいは出張中か。R2-D2も知らないらしく、肩をすくめると武器を担いで立ち去ろうとした。

ドーラはヨッヘンを抱いて、R2-D2のあとについて道路を渡った。郵便受けを見れば、氏名がわかると思ったのだ。いつまでもR2-D2と呼びたくはない。

少し先にある白く塗られた家の前に白いボックスカーが三台止まっている。かつては農場だったらしく、すでにドーラの目にもとまっていた。かなり大きい。母屋と隣接している二棟の建物の屋根には太陽光発電システムが設置してある。運転手がちょうど降り立った。黒髪の若い男たちだ。笑いながら大きな声でしゃべっている。言葉がわかれば、ちゃんと理解できる大きさだ。だがどこの言葉かさっぱりわからない。歌声のような話し声と笑い声を聞いていて、ドーラの気持ちが急に高まった。

人が笑うのを聞くのは久しぶりだ。ブラッケンにこんなに外国人が暮らしているとはすばらしい！　さっそくヨーヨーに話しているところを思い描いた。手を横に振りながら、「問題？　うちの村にはないわ」と話すところを。

R2-D2はドーラの視線に気づいて申し訳なさそうに言った。

「植物カナッケン〔カナッケンは南ヨーロッパ、中近東、北アフリカにルーツを持ち、ドイツ語圏で暮らす人を指す俗語カナッケの複数形〕」

「えっ？」ドーラはそれしか言えなかった。

「トムとシュテフェンのところで働いている」

はじめてジョークとは言えない言葉を発した。ドーラは頭の中で「ブラッケンのカナッケン」と語呂合わせをした。韻を踏んで響きがよくても、用心が必要だ。どちらかといえば、もう少しR2-D2と話がしたい。対人種差別研修プログラムとして。R2-D2はパートナーにうってつけだ。大きなオレンジ色のヘルメットの下から親しげに見ている。ドーラは、悪意を持たずに外国人排斥ができるものだろうかと自問した。もしそんなことができる者がいるとしたら、R2-D2だ。ドーラはR2-D2の左側のイヤーマフをつかんで、後ろにさげた。

「植物カナッケンってなに？」

「畑仕事をするカナッケンのことさ。シュテフェンとトムのところで働いてる」

アスパラガスの収穫に問題が起きていることは新聞で読んでいた。ドイツ人がアスパラガスの収穫に難儀しているため、ルーマニア人の出稼ぎ労働者はコロナにもかかわらず特例で入国を許されるという。R2-D2の親しげな表情に勇気をもらって一歩踏み込んだ。

「それって、酷いんじゃない？」

「はあ？」

「カナッケンだなんて」

「みんな、そう呼んでる」

「でも、傷つかないかしら」

「どうして？」R2-D2はヘルメットを脱いで頭をかいた。思ったより年が上だ。五十代の終わりだろう。すこし白髪がまじっているものの、髪はふさふさだ。「どうせドイツ語なんてできないさ」

R2-D2は一歩一歩足を前にだした。あきらかに家に帰るつもりだ。炎天下に完全装備で秘密兵器を持っているのは楽ではないはずだ。ドーラのしつこい質問に、ジョークの在庫が突然なくなったようだ。ヨッヘンも落ち着きをなくし、ドーラの腕の中でもがいて、地面に降りたがった。あいにくドーラにはやめる気がなかった。研修プログラムはいい調子だ。新しく獲得したコミュニケーション能力に夢中になった。

「どこの人たち？」

「ここの人間じゃない」

「それはいけないこと？」

「トムと、シュテフェンの、ところで、働いている」

R2-D2はひと言ひと言区切って発話した。ドーラは頭の回転が遅いとでもいうように。トムとシュテフェンが誰で、なぜふたりが植物カナッケンを雇っているのか、ドーラ以外の誰もが知っていることらしい。

これは締めの言葉だった。R2-D2は会釈して、背を向けた。装備を抱えたまま、ドーラの家より狭い庭木戸をすり抜けた。ドーラは郵便受けを見た。「ハインリヒ」と書かれていた。

9　懐中電灯

日が暮れると、ドーラは外階段の踊り場にガーデンチェアをだした。ここからはバルコニー感覚で道路を眺めることができる。ハインリヒ氏の家が見える。顔の向きを変えると、隣人との境のフェンスが目にとまる。冷え込んできたが、厚手のジャケットのおかげで平気だ。ノートパソコンを膝に載せて仕事に勤しむ。いい調子だ。ランタイムエラー0×0はあれっきり起きていない。田舎の空気はノートパソコンにも効くのかもしれない。ただヨッヘン・デア・ロッヘンは家から出てこようとしない。

足がしびれたので、ドーラはぐるっと屋敷を一周した。ハインリヒ氏が参戦してくれたおかげで、地面の有効面積が格段に広くなった。伐採された若木の山を見なければの話だが。その若木をどう始末したらいいかわからなかった。存在しないピックアップトラックに積んで、存在しない庭ゴミ処分場に運ぶ？　ゴミを燃やして、聖マルティヌスの火〔十一月十一日の聖マルティヌスの日は収穫祭の日で、同時に冬がはじまる日とされ、各地で大きな火が焚かれたり、提灯行列が行われたりする〕なみの火を個人で起こしても平気だろうか。もしかしたら、庭ゴミは塀の向こうに投げ捨てるというのがこのあたりのやり方かもしれない。ドーラはにやっとした。ゴートが帰ってきたら、目を丸くするだろう。何度か塀の向こうで物音がしたような気がしたが、椅子に乗って覗いても、やはりしんと静まりかえっていた。家を留守にしているお隣のナチは、ナチじゃないお隣さんとほとんど変わらない。実際ときどき耳に入るのは、少し離れたところでおしゃべりをする黒髪の男たちの声くらいだ。男たちは、ハインリヒ氏によるとトムとシュテフェンの農場らしきところで働いている。ドーラはアスパラガスにジャガイモを添えて溶かしバターをかけて食べるところを思い描いた。我慢できなくなって、パスタをゆでて塩を振り、バターをからませて、家の前でほおばった。

日が翳ると、家の裏手でサヨナキドリが鳴きだした。じつに大きな声でサイケデリックだ。ロマンチックだなんて言った詩人の気がしれない。どっちかというと鳥類による迷惑行為だ。安眠を妨害されるだろうか。しばらく前から胃がムズムズしている。眠れない夜がつづくのはいやなので、胃から湧きあがった気泡を頭の中で破裂させた。それからまたノートパソコンに向かった。ブラッケンに夜の帳が下りるのを見ながら、外階段の上でキャンペーンの構想に集中する。フローがうまく機能すれば、ストーリーはひとりでにできあがる。二時間後、二十秒のスポット広告五本と七秒用短縮版が完成した。

グートメンシュが満員バスに乗っているという設定のスポット広告が一番いいと思った。グートメンシュは背中を向けているはげ頭の乗客を見て、お年寄りに席を譲ろうと肩を叩く。振り返ったのはお年寄りなどではなく、ごつい顔のスキンヘッドだった。スキンヘッドは拳を上げる。指には「HASS〔「憎悪」を意味するドイツ語〕」の刺青。グートメンシュはびっくりしてあとずさる。スキンヘッドは薦められた席に腰かけ、馬鹿にしたようにグートメンシュのジーンズに視線を向ける。そこにはグートメンシュのロゴがステッチされている。「グートメンシュらしいぜ」スキンヘッドが吐き捨てるように言う。そこにナレーションの明るい声が入る。「好きなものを履こう——この世界をもっといい場所に変えよう」

おそらくナチのネタはドイツの広告では最大のタブーだ。だがそろそろ変える潮時だ。シナリオは申し分ない。現実の写し絵だ。そして「世界を変える」というコンセプトは依頼主の心をつかむはずだ。

ドーラは腰を上げると、鋳鉄の手すりに寄りかかって伸びをし、空を見上げた。星がいっぱいだ！雲の筋に見えるのは、天の川。アレクサンダー・ゲルストは宇宙だろうか。彼と一緒にタバコを吸いたいと思った。ゲルストはタバコを吸わないだろうが。それとも付き合いで一本くらい吸うだろうか。宇宙飛行士はこの世で一番付き合いがいいとラジオで言っていた。これは偶然じゃない。仕事柄というのでもない。そういう人間が選ばれているからだ。狭い空間で何人ものクルーと数ヶ月一緒に暮らせる素質が必要なのだ。全員、付き合いがよくなければむりな話だ。

ドーラは考えた。最近、本当に気のいい人間に会っているだろうか。Ｓｕｓ-Ｙ社のスタッフはみんな、付き合いがいいが、あれはサービス精神のあらわれだ。ほとんどのスタッフは、本当の友情よりもソーシャルメディアで自分のプロフィールに手を加えることに心血を注ぎ、子どもや犬や自宅や朝食セットをアップすることに夢中だ。仕事ではブランドの宣伝をするが、オフのときは自分を宣伝する。広告業界以外でも状況はたいして変わらない。みんな、「いいね」をもらうことに熱心だ。仕事でも、プライベートでも成果を上げる。自分は特別だと思わせたいイエスマンの見せっこ。本当に気のいい人間に会いたいなら、宇宙へ行くほかないようだ。

ドーラもみんなとあまり変わらない。ちょっと孤独なだけだ。星から目をそらして、あたりを見まわす。静かな通り。村の入口の表示、その先の畑は街灯の光が届かず闇に沈んでいる。いきなりここにはなにもないことに気づく。そう、ほとんどなにもない。どこまでも続くビル、車の渋滞、自転車に乗る人、歩行者、高架を走る鉄道、広告、色とりどりのネオンライト。あるのは数軒の家と木と見渡すかぎりの草むら。

ドーラは紫煙を吐いた。風が凪いでいたので、煙がかたまって宙に浮いた。自分が本当に孤独かどうか考える。高架鉄道や歩行者以外にもなくなったものがいくつかある。ベッドを共にするパートナー、オフィスで会う同僚、様子を見にきてくれる家族、夜中に電話をくれる親友。ダンスグループ、読書仲間。いまドーラにあるのは身の回りのものだけだ。ヨッヘン、家具がろくにない屋敷、封を切ったタバコの箱。それにゴートとハインリヒ氏。電話会社とズーム会議。不思議と驚きはしなかった。びっくりしたのは、なくなって悲しいものはあるだろうかと自問したときだ。なくしたくないのはアレクサンダー・ゲルストだけだった。

ドーラは二本目のタバコに火をつけた。家の中でヨッヘンが寝ながらため息をついた。ドーラはどこでも寝られるヨッヘンがうらやましかった。睡眠はなによりも大事。眠れない人はだめだ。睡眠を自分のものにしている人は安泰だ。毎晩、横になると前後不覚になり、毎朝清々しい気持ちで新しい一日がはじまるなら、なんの不都合があるだろう。

突然、思考が止まる。なんだろう。あそこだ。ゴートのところ。二階の窓で光が揺れた。ドーラはじっと見つめた。強くて明るい光。壁に反射し、いったん消えて、また光った。懐中電灯に違いない。

警察に通報しなくていいだろうか。それよりこの村に巡査はいるんだろうか。光が消えた。誰か知らないが、懐中電灯を消したか、一階に下りたようだ。一階の窓はそこから見えないので、ドーラは爪先立ちになった。ゴートの敷地の前に車の姿はない。荷室のドアを開けた配送車もない。空き巣なら、盗んだものを腕に抱えて運び去るということだ。ゴートのところになにがあるというんだろう。種芋か？　それともドイツの国旗？

ドーラは待ってみる。物音はしないし、誰も家から出てこない。道路も静かだ。サヨナキドリまで鳴くのをやめている。ドーラは息を吐いて、気持ちを落ち着けようとした。懐中電灯片手に家の中を動きまわっているのは、ゴート本人かもしれない。もしかしたら電気代を滞納しているのかも。電気のつかない家の中でなにか探しているのかもしれない。いつ帰ってきたのだろう？　ドーラはタバコを捨てて、眠ることにした。なにが起きていようと、自分には関係ない。

10　バス

半分になったバター以外、冷蔵庫にはなにもない。サイドボードには中身をきれいにさらったジャムの瓶がのっている。パンは食べ終わり、牛乳はすっぱい臭いがする。コーヒーの粉も残り少ない。最後の粉でコーヒーをいれてテーブルにつく。ブラックで、とても濃い。ハインリヒ氏ならまたなにかジョークを言うだろう。「ショッピングは十八キロ先」不動産会社の広告にはそう書いてあった。そのショッピングがなにを意味するか、きょうこそつきとめようと思う。

　グーグルマップによれば、エルベ・ショッピングセンターはプラウジッツの少し手前にある。ＰＯＩデータ〔ＰＯＩは地図上の特定のポイントを指す〕によると、ホームセンター、理髪店、さまざまなブティック、スーパーのＲＥＷＥなどのテナントが入っているらしい。それからブラッケンとプラウジッツのあいだを42番のバスが通っている。

　ドーラは買いもの三千九百回ということは考えないようにして布のショッピングバッグを数枚だし、ヨッヘンの頭を撫でて家を出た。消防団の倉庫の前に紺色の制服を着て、袖とズボンに黄色い反射ストリップをつけた五人の消防団員が立っていた。みんな、一・五メートルの距離を取って、タバコを指にはさんでいる。ドーラが道路の反対側を歩いて通り過ぎると、ひとりは横を向いたままだったが、他の四人はゆっくりドーラのほうを向いた。五人は口元に手を持っていってタバコを吸い、また手を下ろす。まるでドクメンタ〔ドイツのカッセルで五年に一度行われる現代美術のグループ展〕のインスタレーションみたいだ。男たちは背が高く、肩幅がある。どいつもドーラを軽々持ちあげられそうだ。そのうちの何人かが「ドイツのための選択肢《AfD》」に投票して、投票率一・三五パーセントに寄与したんだろう、とドーラは思った。ひとりがなにか言い、もうひとりが肩をすくめて、口をへの字に曲げた。きっとドーラのことを話しているにちがいない。きょうは日曜日〔ドイツでは商店の多くが休む〕じゃないか、と思って、ドーラははっとした。いや、土曜日だ。運がよかった。ドーラは歩調を速め、消防団員が見えないところまで来て、やっと緊張を解いた。

焦げ跡のあるアクリルボードのバス停に時刻表が貼ってある。文字数はフォーチュンクッキーに入っているおみくじよりも少なく、ほとんど読み取れなかった。公共交通機関とは思えない運行表だ。コロナでそもそも学校が閉鎖されているのに、イースター休暇の設定になっている。休暇中、バスは朝、昼、晩の一日三便しか運行しない。グーグルマップによれば、プラウジッツまでの距離は十八キロあり、四十分かかるという。

朝の便には遅すぎで、昼の便には早すぎる。消防団員がなにを言っていたかが、これでわかった。

「見ろよ、哀れな都会人。ここでバスに乗って買いものができると本気で思ってるぜ」

ドーラはもう一度、男たちのそばを通る気になれなかった。どうせニヤニヤされるにきまってる。ところが倉庫まで来てみると、消防団員たちの姿はなかった。跡形もなく消えていた。展示終了、インスタレーション撤収というわけか。

家に戻ると、ドーラはぼうっとしながら作りかけのシナリオを見て、空腹なのを忘れようとした。

グートメンシュ・スポットをラジオ用にアレンジしなければならない。これは本当に難しい。ラジオではグートメンシュを見ることができないからだ。ナレーターに状況を説明させるのは芸がない。他の方法を捻出しなければならないが、それがどうしても思い浮かばなかった。

ドーラがあらためて家から出ようとすると、ヨッヘンはへそを曲げたのか、段ボールの中で丸くなり、玄関まで見送ろうともしなかった。〝人間ってのは幸せがなにかちっとも知らないんだよね。それなら段取りを組まなくちゃ〟とヨッヘンの目は訴えていた。

ドーラはバス停で待たされるだろうと覚悟していた。まずは数分、それから数時間、数日。そのうち時間などあってなきがごとしとなり、村は消え、家も崩れ、残るのはドーラとバス停だけ。まわりはどこまでも土ぼこりにまみれた大地が続く。さながら「終末」というタイトルのシュールレアリスムの絵でも観ているようだ。

ところがバスは来た。路線番号42。マスクをつけるべきだろうか。焦るだけ損だった。運転手がマスクを耳に引っかけていたからだ。ドーラは後ろのドアから乗車した。マスクどころか、乗車券もない。ドーラが声をかけると、運転手は手を横に振った。ドーラはどこにすわったらいいかわからなかった。バスはがらがらだ。

すわったとたん、布のショッピングバッグを忘れたことに気づいた。

バスは消毒剤の匂いがしていて、乗客がいないというだけではすまなかった。とことん空っぽだ。ドーラは過疎地を走った。いや、汚染地域かもしれない。死体はとっくの昔に腐敗してしまい、ドーラと運転手だけが生き残り。バス、運転手と乗客にできることといったら、エンドレステープのように昔からのルートを走ることだけだ。毎日、その繰り返し。電柱、風力発電の風車、操業していない農業施設の平らなホール。そしてどこまでも果てしないアスパラガス畑。並行して波打つ畝、鏡のように光を反射するビニールカバーに覆われている。まるでキュービズムの絵画を彷彿とさせる波打つ海。

　たまに目にとまる数軒の家と森。そして枝のあいだにカケスが一羽。ドーラは母親を脳裏に思い浮かべる。にこやかに笑う顔、金髪。スマートフォンをだして、母に電話をかける。「すばらしい春じゃない」母は言うだろう。バードウォッチングの最新情報を話して、コロナパニックを笑い飛ばす。「人間の不安には統計上の確率なんて通用しないものね」

　母親の死は確率的にはもっとも低いものだった。ドーラは拳を両目に当てる。よくこういう妄想をしてしまう。少し待てば、すぐに消えることはわかっていた。

　バスが道端に停車した。バス停は見当たらない。運転手はマスクをつけてバスを降り、同じようにマスクをつけた年老いた女性がバスに乗る手伝いをした。運転手はその老女のためだけにマスクを持っていたのかな。それより、運転手はあの老女のためだけにバスを走らせているのかもしれない。ショッピングセンターの駐車場に着いたときも、ドーラはまだそんなことを考えていた。

11　ショッピングセンター

エルベ・ショッピングセンターはとても混雑していたが、テナントの二軒に一軒が閉店中だ。パン屋と薬局ではアクリルボード越しに店員が応対している。客は距離をとって並んでいる。劇の舞台みたいに床にテーピングがしてある。そこに立てということだ。公共交通というわけだ。都会の異常事態は感じられない。こういうのが公平というのかもしれない。金回りのいい都会人は自宅に籠もって、頭がおかしくなりそうになっていて、微笑ましい田舎者は庭の土を掘り返し、雨を待っている。ドーラはしばらくそこに立ちつくし、日頃と変わらず過ごす人々を眺めた。いい光景だ。陳腐な日常。それがどんなに大事か意識してこなかった。

スーパーの入口には雑誌コーナーがある。数週間前はドナルド・トランプやグレタ・トゥンベリが表紙を飾っていたが、いまは突起がいっぱいついた赤いマッサージボールに取って代わられている。どの新聞も、どの雑誌もそうだ。胃がムズムズしてきた。ショッピングカートを忘れたので、駐車場に戻らなければならない。カートを取ってくると、神経過敏になってノンフードコーナーに立った。なにを買ったらいいかわからない。二週間半の田舎暮らしでなにを消費したか忘れたようだ。ドーラは気を取りなおす。フルーツ、野菜、パン、バター、ワイン、チーズ。運べる量を考えないといけない。コーヒー、牛乳。まだいける。せっかく長い時間バスに揺られてきたんだ。パスタ十袋に米。スーパーにラジオ放送が流れている。メルケル首相がロックダウンの緩和をはっきり否定した。シャワージェル、洗剤。ワクチンはもうすぐできると言う専門家もいれば、できるまで何年もかかると言う専門家もいる。ドッグフード。トイレットペーパー二パック。学校は夏休みまで臨時休校にし、そのあと再開するらしい。

レジでドーラは新しい布のショッピングバッグを四枚取った。アクリルボードの向こうにいるレジ係から百五十ユーロ近い金額を言われた。ドーラは息をのんだ。うっかり買いすぎたようだ。トイレットペーパーのパックを左右の腕に抱えて、ドーラは自分がコロナ禍の中のドイツ市民の戯画にでもなった気分だ。だがトイレットペーパーのおかげで、パンパンにふくれたショッピングバッグが激しく足に当たらずにすんでいた。買ったものの重さは半端なかったが、それでもホームセンターへ向かった。

中に入るなりおもちゃ売場の子どもの気分を味わった。ホース、ガーデン用のベンチとランプ。藪を楽園に変える園芸グッズの数々。袋入りの園芸用土、肥料などのすばらしい品々。しかし買ったら、運ばなくてはならない。そして種芋は売り切れていた。

不満を抱えながら園芸コーナーをひとまわりしてから、ドーラは野菜の種をいくつか選んだ。サラダ菜、ハーブ、キュウリ。どれか芽をだすだろう。少なくとも、如雨露はふたつある。

レジへ向かう途中、ドーラは園芸用土を山と積んだカートにぶつかられた。園芸用土の山が崩れ、ドーラはショッピングバッグを落としてしまい、リンゴがいくつか、そばのネジの棚の下に転がっていった。卵を買い忘れてよかった。カートをぶつけた人が園芸用土の山を押さえて、ドーラが落としたものを拾いながら、平謝りした。けっこう太くていい声だ。声優だったら、いい男の役をもらえそうだ。一緒に被害が拡大しないように協力したとき、ドーラは男を観察した。男は五十歳くらいで、それほど背が高くないが、腰ががっしりしている。灰色の髪を後ろで結んでいて、カーゴパンツをはき、外はポカポカしているのにノルウェーセーターを着ている。というか、首元を見るかぎり、下にはなにも着ていないようだ。ドーラの前腕に鳥肌が立った。

「ほんと、すみません」そう言うと、男は重そうなカートを押してレジに向かった。

変な奴、とドーラは思った。このあたりの人間には思えない。これがベルリンだったら、自己啓発中の元マネージャーで、ワインを買い込んでいるといった感じだ。

ドーラは、その大男を追いかけて、ちょうど太い木の幹のときみたいに後ろから抱きついて、腕が回るかたしかめたくなった。この男なら、ドーラをらくらく抱えあげられるだろう。どうも抱えあげられることばかり考えてしまう。ロベルトにはできない相談だ。ドーラは特別に細いわけでも、小柄なわけでもない。それよりなにより、ロベルトは用心深い質で、接触を好まず、大げさなことをしない。彼のような人間からはプレッシャーを感じない。

ロベルトはいまなにをしているだろう。たぶん書斎でノートパソコンのキーを叩いている。ドーラがいなくてさびしいだろうか。こんなことになって、なんだか残念な気もする。まだ正式に別れたわけじゃない。冷却期間を置いているだけだ。ロベルトはいまだにドーラの居場所を知らない。ＳＮＳで連絡もしてこない。電話をしてみようかとも思ったが、なにを言ったらいいかわからなかった。

バス停へ行く途中、ショッピングバッグが重くて、腕が痛くなった。肩関節が脱臼しそうだ。手が大きくてよかった。ドーラは何度も小休止しながら歩き、バス停のマークがついた柱のそばに立った。どうしてバス停にベンチも屋根もないのだろう。しかもショッピングセンターからこんなに離れている。これも田舎特有の謎というやつか。

屋根がなければ日射しを遮ることができない。ドーラは汗を拭きながら、時刻表をたしかめて青ざめた。帰路が往路とは違うと思うなんて、もはや愚かと言うしかないほどのお粗末さだ。次のバスは午後五時三十五分。いまはまだ午後三時前だ。これでは田舎の人間が気候変動にかまっていられないのもわかる気がする。

12　アクセル

ドーラはパニックになりそうになり、落ち着けと自分に言いきかせた。なにか打開策があるはずだ。タクシー、徒歩、ヒッチハイク。スマートフォンをだすと、ピーというショートメールの着信音がした。ロベルトかと思ったが、兄のアクセルだった。

「パパ＋ジビュレが会いたいそうだ」

兄はメールの文面を切り詰めて書く癖がある。みんな、百六十文字の世界に生きているとでもいうように。これなら軍規にうるさい無線部隊でも働けそうだ。あるいはデジタルの文字は貴重なリソースだから節約を旨とすべしと思っているのだろう。

実際、少ない言葉でもいろいろ伝えることはできる。暇だったので、兄のメッセージを分析してみることにした。「パパ＋ジビュレが会いたいそうだ」兄もドーラも、ヨーヨーを「パパ」と呼んだためしがない。理由はわかっている。たぶんヨーヨーがパパと呼ばれたくなかったからだ。それにおむつ台で赤ん坊が発音するとき、「パ」よりも「ヨ」のほうがやさしい。はたしてヨーヨーがおむつ台のそばにいたかどうかはあやしいが。「パパ」という言葉は合わない。「パパ」という言葉はなじまず、すぐはがれ落ちてしまう。ママはママだったが、ヨーヨーはヨーヨーだった。ところが子どもを持ってから、兄はときどきパパという言葉を使う。孫をとおして父親とのつながりを新しくしたいのだろう。ドーラは長いあいだ、いい子だった。勉強熱心で、信用があった。学校の成績は良好。ママの死後、兄はなにも手につかなくなったが、ドーラはあらゆることに気をまわした。ヨーヨーが子守を雇おうとしたときも、ドーラは断固拒否した。母の代わりなんて欲しくなかった。近所のおばさんが昼食をこしらえ、二時間ほど家事の手伝いをしてくれたが、家のことはあくまでドーラが仕切った。その点、ヨーヨーの娘だった。だが兄は跡取りだ。子をもうけ、いまはパパの息子だ。それをドーラにわからせようとしているのだろう。

「パパ＋ジビュレが会いたいそうだ」ジビュレはヨーヨーと十五年、いやそれ以上一緒に暮らしているが、あくまで「ヨーヨーの新しいパートナー」だ。ドーラがひとり暮らしをはじめてすぐ、ヨーヨーはアクセルとドーラにジビュレを紹介した。ドーラはジビュレをなんとも思っていないが、名前で呼んだことがない。名前で呼んだら、ジビュレの存在感が弱まる気がする。アクセルも同じように呼んでいた。それなのにいまは「パパ＋ジビュレ」と呼ぶ。アクセルは引っ越しを目論んでいるからだ。といっても、住まいの引っ越しではない。新しい惑星への引っ越しだ。ドーラとアクセルの世界から家族のいる大人の男という宇宙に移り住みたいのだ。気持ちはわかるが、なんだか悲しい。

「会いたいそうだ」という言い方にもいろいろ含みがある。「コロナ禍だっていうのに、ヨーヨーが今週、シャリテ大学病院で手術をしにくる。感染リスクの高い職についていて、家族で集まるのが禁じられているのに、一緒に夕食をとろうというんだから、不謹慎だし、間が悪い。だけどヨーヨーにそう言う気はない。それでも俺は行くからな。ただしクリスティーネと子どもたちは留守番だ」

ドーラは笑うほかなかった。兄の考えそうなことはわかっていた。いま届いたメッセージは開かれた本と同じだ。軍規でどんなに簡潔に書いていても。

「いつ？」ドーラは返事をした。

「木曜日」

ヨアヒム・コルフマッハー教授はドイツで指折りの脳神経外科医だ。だからパンデミック騒動が繰り広げられる日常を超越している。コルフマッハー教授の手術スケジュールは人の生き死にに関わる。二週間ごとにベルリンへ来て、シャリテ大学病院で執刀する。そのためにシャルロッテンブルク区に二間の住居を所有している。コルフマッハー教授は新しいパートナーをベルリンに連れてきて、子どもに会いたいと思ったらそうする。連邦政府がロックダウンを宣言していようとおかまいなしだ。医長という立場にいるから、メディアでの議論や、一般大衆の右往左往とは次元の異なる医療現場の裏事情にも通じている。敢えてささやかな家族の集まりを持つのは、ウイルスをなめてかかっている証拠だ。

ドーラは父親に会えるのがうれしかった。傲慢なところは神経に障るが、父親とは話がしたかった。とくにこういう危機的状況では。いつものように最高級の赤ワインに舌鼓を打ち、ザヴィーニ広場を見下ろせるバルコニーでタバコを吸い、世の中の弱虫たちとは流儀が違うという気持ちを味わう。ドイツにおける真のパンデミックは、みんなが権利を主張することにある、とヨーヨーは言うだろう。要求しか頭にない思考回路。父の十八番だ。増大しつづける権利を所有しているという人々の感覚。人々は安全と快適さを求め、邪魔なものや運命を軽視する。権利の主張は絶え間ない危機感を醸成する。欲しいものが得られないからだ。要求しか頭にない思考回路に満足の文字はない。絶え間ない危機感が高まれば、次は黙示録を思い描くようになる。自己憐憫の時代だ、とヨーヨーは言うだろう。この世にいるのは、絶えず機嫌が悪く、不安を抱え、自分には権利があると思っている人間ばかり。すごい混合物だ。

この世のできごとを俯瞰してみれば、ヨーヨーの考えに軍配を上げるほかない。ドーラはヨーヨーほど高みから物事を見ている人間を知らない。とにかく誰よりも生と死の身近にいる人だ。それから本や映画の話もできる。ドーラはR2-D2の話をしようと思う。一緒に驚き呆れて笑うことになるだろう。ヨーヨーの新しいパートナーは嬉々として台所に籠もり、キヌアや豆腐を使ったヘルシー料理作りに勤しむだろう。そしてヨーヨーがいつもの冗談を言う。「またゴムのサイコロのソースかけかい？」

ヨーヨーの新しいパートナーはやさしく微笑んで動じない。ヨーヨーを御している証だ。コルフマッハー教授をこれほどうまく手なずけられる女性はそう多くないはずだ。ヨーヨーの新しいパートナーはしばらく前に看護師をやめ、いまは研修を受けてヨガのインストラクターと栄養コンサルタントになっている。どちらもいい収入になるらしい。コロナ禍のせいで、いまはヨガのエクササイズと栄養コーチングをビデオ会議で行っている。ストレスを抱えたユーザーの評判も上々で、仕事はさらに繁盛しているという。

兄のアクセルのことをからかいたくなって、ドーラはジョークを書いて送ることにした。

「私たち田舎の人間だってマスクを調達するのはやぶさかではないけど、公共交通機関が役に立たない」

兄が三つ連続の疑問符を送り返してきた。兄はコロナがらみのジョークを好まない。ドーラがベルリンから出たことも気に入っていない。通信終わり。ねんねんころりよ、おころりよ。

兄としては、近くに住んで、双子の娘をかわいがり、定期的にベビーシッターになってくれるやさしいおばさんが欲しいのだ。ドーラは双子に他意はないが、そんなに子ども好きではない。仕事が忙しく、週末にも手が放せないことがある。兄にはそのことが理解できないのだ。兄の世界観では、他の人間は兄に奉仕するために存在している。とりわけドーラは。母の死後、兄はネガティブに物事を考えるようになった。はじめは救命筏のようなものだったが、そのうちそういう考えが板につき、それ以後それが牢獄になった。ネガティブに物事を考えるというのは、重要なことはすべて勝手に起きてしまうもので、逆らっても無意味だという考え方だ。兄はそれをモットーにし、歯を食いしばって人生を切りひらいているドーラを尻目に、何年もカウチでうだうだしている。兄が大学進学資格試験を受けたのは、ドーラがうっとうしくなったからに尽きる。ドーラがベルリンに移ると、兄もついてきたが、勉強などせず、職探しもせず、コンピュータゲームとクラブ通いの日々を過ごした。ヨーヨーが兄をずっと援助しつづけたのは驚きだ。そしてクリスティーネがあらわれ、受け身の人生もやればうまくいくことが証明された。クリスティーネはヨーヨーに代わってアクセルの生活の面倒を見て、彼を主夫兼フルタイムパパに仕立てあげた。兄も誇らしげにその役割を全うしている。兄のモーレツワイフがシステム《ジュステーム》に関わる《レレヴァント》大手弁護士事務所で働いているあいだ、兄はベルリン・ミッテ区の広い住居に五歳の双子フェナとシーネと閉じ籠もっているのを楽しんでいる節がある。

13

トム

やっとバスが来た。というか、バスらしきものが。車影がドーラにかかった。だがその影は大きなバンだった。公共交通機関の代替だろうか。まだ二時間半も待っていない。せいぜい十分くらいだ。そのバンは後ろに窓がなかった。ドーラのそばの道端に止まったのは、ベンツのスプリンターで、色は白で、ロゴが見当たらない。典型的な女子ども誘拐用車両じゃないか。荷室には結束バンドとクロロフォルムが積んであるに違いない。ドーラは数歩さがった。ドライバーはドーラに声をかけるために助手席側のドアウィンドウを下げて、身を乗りだした。

「待っても無駄だよ。午後は来ない」

ドーラは後ろで結んだグレーの髪と太い声に気づいた。ドライバーはドーラの背後にある菩提樹に貼られている、お役御免となった選挙ポスターを指差した。青い色の地に「ディーゼルを救え」という白抜きの文字が浮かんでいる。「ドイツのための選択肢《AfD》」のロゴもある。右翼ポピュリストがこういうポスターをわざとバス停のそばに貼ったということは、かなりいい広告代理店がついているようだ。ドーラは自分でも同じ提案をすると思ったが、相手が「ドイツのための選択肢《AfD》」であることを思いだして、愕然とした。もちろんこんな連中に手を貸すものか。ドーラが知っている業界人は誰も仕事を受けないだろう。だがどこのどいつか知らないが、腕は確かだ。創造性はないが、戦略的だ。大きな政党はいつものように党公認候補の作り笑いをポスターに印刷する。おまけに低報酬のジュニア・アートディレクターがデジタル加工で顔を若作りし、おまけにたいてい「ドイツ」と「未来」という言葉を前面にだす。党の色を使っていなかったら、どこの党の候補者かわからない。それなら「ドイツのための選択肢《AfD》」が街灯に下げた小さなポスターのほうがまだましだ。確実に素通りはできない。それから痛みを感じる場所もいい。たとえばバス停。バスが来ないうちは右翼ポピュリストの時間だ。公共交通機関を縮小し、あまつさえディーゼルの廃止を企む奴がいる！　苛立ちは腹立ちに代わり、腹立ちは憎しみとなる。

「ここ、一メートル五十センチある」男は笑いながら、ベンチシートを叩いた。たしかにソーシャル・ディスタンスが確保できる。ドーラは知らない男のバンに乗ったものか迷った。ホームセンターで会っているから、まったく知らない間柄でもない。だがこういう誘いに乗るのはベルリンでは自殺行為だ。とはいえ、一週間分の買いものを抱えて二時間半もこんな屋根もないバス停に立っているほうがよほど命取りだ。男は園芸用土の袋を購入していた。たぶん荷室に積んであるのだろう。犯罪統計では強姦魔が園芸用土を買うケースはないだろう。

「ブラッケンに帰るんだろう？」

ドーラはびっくりしてうなずいた。

「私が誰か知ってるの？」

「住んでるところも知ってるさ」

これは脅迫ではなく、ただの情報だろう。人が互いに警戒するようになったのはいつどこでだろう。ドーラがまだ迷っていると、男はさっさと車を降りて回り込んできた。

「トムだ」

男は腕を伸ばして肘をだした。ドーラも肘をだして挨拶した。男はショッピングバッグを助手席のフットスペースに載せた。まるで中身が発泡スチロールかなにかのように軽々持ちあげた。五十リットルの園芸用土も同じように軽々と積んだのだろう。見事なものだ。自分より力持ちがいるのはわかっているが、まさか十倍も力がある人間がいるとは。トムがかがんだとき、ノルウェーセーターが下がって、襟元から灰色の胸毛が生えた筋肉質の胸からヘソのあたりまで見えた。トムはじろじろ見られても平気そうだ。腹部もしまっていて、贅肉がない。腕と肩は機械のようにてきぱき動く。人間の体格にこんなに違いがあるとは。自分とは別の材質でできているみたいだ。たぶんドーラの手を除いて。手はトムに負けていない。トムの足はしっかり大地を踏みしめている。はいているのはビーチサンダルだったたが。

「じゃあ、行くか」トムは言った。ドーラは言われるがままキャビンに乗り込んだ。

「ドーラよ」

「よろしくな」とトム。

ドーラはドライブを楽しんだ。シートが高い位置にあったので遠くまで見渡せた。トムは安全運転を心がけ、ハンドル、ペダル、ギヤを自分の体の延長のように使いこなした。こういう車があったら楽だろう。ホームセンターでたんまり買い込んでも、ゆうゆう運んで帰れるし、いつでも家財道具を積み込んで引っ越しができる。車内で寝起きもできるだろう。いざというとき、家族で夜逃げだってできる。

森の向こうに黒い煙のようなものが上がっていて、空の一部を覆っていた。ドーラはびっくりしてそっちを指差した。

「火事かしら?」

トムは、これだから都会人は、というように笑みをこぼした。

「土ぼこりさ。雨が降ってないからな」

森を抜け、その先の畑が見えると、巨大な土ぼこりを上げる農業機械があった。農業機械はアスパラガス畑の畝に沿って這うように動いている。後ろから黒いマルチフィルムが長々と出ていて、黒髪の男女がその後を走りながら何キロにもわたってマルチフィルムを畝に固定している。

ドーラがいくら布のショッピングバッグを使っても、ブランデンブルクの大地の半分を占める畑がマルチフィルムに覆われている。胃がムズムズしだすかと思ったが、それはなかった。しばらくその光景に目が釘付けになった。黒いマルチフィルムに包まれた押し固められた畝。虫のような形の農業機械。かがんで働く人々の黒いシルエット。ピアノ曲が流れていたら完璧だ。時代錯誤の未来主義。機械による人間の奴隷化。トムの声に驚いて、ドーラは我に返った。

「うちで使っている連中もあそこで働いている」

ドーラははっとした。目からうろこが落ちた。新しい人体研究の対象者は「トムとシュテフェン」の片割れだったのだ。

「植物カナッケン」そんな言葉がドーラの口をついて出た。

トムがにやっとする。

「なんだよ、もう土地に染まってるじゃないか」

「あなたも……アスパラガスを栽培しているの？」

「まさか」トムはハンドルから手を放して、少し上げた。「アスパラガス栽培はマフィアと同じさ。片っ端からスーパーと契約している。小規模農家になんか、入り込む余地もない。どこも同じ。大きいのが得をし、小さいのが潰れる。そのうえ最近の国民いじめのせいで、本業もうまくいってない。だからうちの人間を貸しだしてるんだ」

ウイルスを国民いじめと呼ぶのはどうかと思ったが、生き方の原則ではなく、商売がらみの話ができるのは生き抜きになる。

「うちの若いのがかわいそうだ」とトム。「腰が思いっきり痛くなるだろう」

「若いの」という言葉を最後に聞いたのはいつだろう。そのとき、また目からうろこが落ちた。金縛りにかかったように身を固くして、心なしか頬に紅がさした。トムとシュテフェン。男ふたりで暮らしている。ゲイは都会だけだと思うのかと言われているようだった。

ドーラは木曜日にこのことをヨーヨーとアクセルに話せるのがいまから楽しみになった。ブラッケンにいるのは移民だけじゃない。ゲイもいる。地元の人間は問題じゃない。なんでもありだ。田舎は極右の巣窟だなんて誰が言ったんだろう。

「種芋はある？」気分がよくなったドーラはたずねてみた。

「ジャガイモ農家になるつもりかい？」

「菜園を作ったの。すこし大きくなっちゃって」ずいぶん軽く言ったものだ。筋肉痛は忘れろ。結果が大事だ。ドーラは少し上体を起こした。ドーラは女だ。Ｒ２‐Ｄ２のように秘密兵器の持ち合わせはない。手以外の部位はトムのように特殊合金製じゃない。それでも菜園をこしらえた。思ったよりちょっと大きくなったが。

「ホームセンターにいたじゃないか」

「種芋は売り切れだった」

「それで、こいつは五十リットルの園芸用土を十袋も買ったから、きっとジャガイモを植え付けるつもりだと思ったのか。都会の人間はこれだから困る」

そうは言ったが、馬鹿にしているというよりは、愛着を感じる言い方だった。もしかしたらトムは元々、地元の人間じゃないのかもしれない。昔は都会人だったのかも。

「お隣さんに相談したらいい」トムが言った。

「ゴート？」

「あいつはジャガイモを栽培している」

「知ってる。でも留守みたい。もう何日も姿を見てないわ」

トムはフロントガラスに顔を向けて、外を見た。アスパラガスとアルファルファ以外にも見るべきものがあるとでも言うように。それから咳払いした。

「家にいると思うけどな。もう少し待ってみるといい」

バンにブレーキがかかった。家に着いたと気づくのに、少し時間がかかった。ドーラがどこに住んでいるか、どうやらトムのほうが詳しいようだ。トムは車から降りて、ショッピングバッグを一気につかんで、外階段を上り、玄関ドアの前まで運んだ。

「なにか必要になったら声をかけてくれ」トムは道路の向かいの少し先にある大きな白い家を指差すと、また車に乗って走りだした。ドーラには礼を言う暇もなかった。

第2部　ジャガイモの植え付け

14
「ドイ《A》ツのため《f》の選択《D》肢」

作戦行動に出るには参謀本部並みの計画が必要だ。まずヨッヘンの大きさに合わせた装備である犬用リュックサックが欠かせない。このリュックサックがないと、ヨッヘンを長時間運ぶことができない。他のものではヨッヘンの息が詰まって、外に出たいと騒ぎだす。こんな大事なものが見つからず、探しまわる羽目に陥るとは。ロベルトに電話をかけるか、キレるかしそうになったとき、寝室の壁のかなり上のほうにあるフックにリュックサックがかかっているのを見つけた。どうしてそんなところにかけたのか謎だ。リュックサックの中には引っ越してから見つからずにいたTシャツが数枚とソックスが何組も入っていた。ドーラはそれを外にだして、ヨッヘンを入れ、練習のために家の中を何度か歩きまわってみた。ヨッヘンをリュックサックに入れて最後に遠出したのは秋のことだ。幸いうまくいった。ヨッヘンはリュックサックから顔をだし、おとなしくしていた。あと必要なのは自転車だ。あいにくグスタフはここにない。

ドーラが家から出ると、いきなりものすごい機械音がした。びっくりするほどの大きさだ。ドーラは足を止めて、耳をそばだてた。音はゴートの庭からしている。ディスクグラインダーのようだ。研磨ディスクが材木の表面を磨いているのを肌で感じた。モノとモノとのせめぎ合い。ドーラは塀のところへ行って、椅子に上った。木製パレットがプレハブ小屋の前に積んであり、アウトドアテーブルにはいろんな工具が載っている。オレンジ色の電源ケーブルが母屋から延びている。そしてゴートがいる。何日も姿が見えなかったが、急に戻ってきてこんな酷い騒音をまき散らすとは。彼はディスクグラインダーを両手で持ち、木製パレットにかがみ込んでいる。ゴートが力を入れるたび、ディスクグラインダーはウィーンと音を立てた。

　ドーラは気づかれないうちに椅子から下り、道路に出て、トムの家に向かった。トムの敷地にはフェンスがなく、そのまま玄関まで歩いていって、ベルを鳴らした。誰も出ない。表札もない。普通、名前が書いてあるはずの郵便受けには「ドイツのための選択肢《AfD》」の青いステッカーが貼ってあった。ドーラはドアをノックしてみた。反応がないので、もう一度ノックした。そのとき、いきなりドアが開いたので、あやうく家の中に転がり込みそうになった。

「地球最後の日でも来たか?」トムはがっしりした手でドーラを受け止めた。

「まさか」とドーラ。

「そんなに種芋が欲しいのか?」

「自転車を貸してくれないかしら?」

　午後おそく駅まで送ってくれないかと頼んでもよかった。だがドーラは駅までひとりで行きたかった。人に頼らず日常が過ごせるようにならなくては。ベルリンに出る手立ても、そのひとつだ。出口がないのでは、避難所は牢獄と化す。ベルリンに出やすいというのは不動産探しの条件のひとつだった。もっと言ってしまえば、自分を買う気にさせるための戦略だった。言葉にすれば「少し孤独だが、いつでもベルリンに出られる」ということだ。ヨーヨーとアクセルにもそう言って、さびしいことはちっともないと言い張るためでもある。不動産会社の担当者は懐疑的な目つきをしたが、もちろん商売だから反論はしなかった。

「シュテフェン！」トムが家の中に向かってどなった。

すぐに別の男性が玄関にあらわれた。やはり髪を後ろで結んでいるが、まったく違うタイプだ。はるかに若く、ひょろっとしていて、髪は赤く、かわいい女性と言ったほうがよさそうだった。ゆったりしたシャツとズボンという出で立ちで、レンズに少し色のついた金属フレームのメガネをかけている。まるでインテリの戯画のようだ。

「新しい隣人のドーラだ」とトム。「自転車《ラート》がいるそうだ」

「きょうび、助言《ラート》は高いぞ」シュテフェンが答えた。

「自転車だよ」トムは小さな子どもを諭すように念押しした。「自転車。うちにあったっけ？」

シュテフェンはふっと笑うと、なにも言わずに裸足のまま姿を消した。シュテフェンはどうやらトムをからかうのが好きらしい。ドーラはトムと一緒に玄関にとどまった。なにを話したらいいかわからない。最近発見したことを話そうかと思った。庭にコーボルトか小人がいるらしいという発見だ。朝、コーヒーを片手にヨッヘンと一緒に屋敷をぐるっとまわったときのことだ。シャベルを菜園のそばに置きっぱなしにしておいたのに、なぜかブナの幹に立てかけてあったのだ。それから納屋にあった古いバケツが二個、触ってもいないのに草むらに出ていた。塀のそばに置きっぱなしにしていたガーデンチェアも少し移動していた。そしてハインリヒ氏が伐採してくれた楓の若木もつかみやすく束ねて、きれいに並べてあった。

だがトムに頭がおかしいと思われるのもいやだ。黙っているのが耐えられないと思われるのも癪だ。トムはなんとも思っていないようだ。空を見つめながら口笛を吹いている。鳥のことを話題にしたらどうだろう。菩提樹でハトが二羽鳴いている。ライラックの茂みの中にサヨナキドリがいて、日中だというのによくさえずっている。少し離れたところでは、カッコーの声も聞こえる。子ども向けのラジオドラマみたいに、少しうるさいくらいだ。トムは鳥の声に興味があるとは思えない。だまって並んで立っていたっていいじゃないか。だが居心地が悪かった。気まずくてしかたがない。人種差別に凝り固まっていることよりもいやだった。

「これに投票したの?」そう言って、ドーラは「ドイツのための選択肢《AfD》」のステッカーを指差した。

一番まずい話題だ。鳥の声や夜中に庭にあらわれたコーボルトを話題にしたほうがずっとよかった。ところが、トムはその質問を、沈黙していることと変わらないくらい気にしなかった。

「他に選択肢がないからな」トムは振り返って、俳優向きの太い声で家の中に声をかけた。「ヌーノ! ヤグルマギクを乾燥室に入れるのを忘れるなよ!」そしてポケットからタバコの袋をだして、手巻きタバコをこしらえはじめた。ドーラもタバコが吸いたくなって、唾が出た。「あちらさんは俺たちを馬鹿にしてるからな」

「あちらさん?」ドーラはたずねた。

「政府だよ。ベルリンの」

トムはタバコの袋と指にはさんだタバコで宙に引用符を書いた。といっても、「政府」と「ベルリン」、どっちを強調したのか判然としなかった。たぶん両方だろう。「連中、農業は大事といいながら、自然肥料を禁止して、農民を破滅させてる。教育についてだって、いろいろ口をだしながら、学校をだめにしてる。年金生活者が餓死寸前になってから、高齢者との連帯が必要だと気づく始末だ。村のばあさんたちに訊いてみなよ。国の助成金とロックダウンとどっちがありがたいか」トムは巻紙の縁をなめた。「コロナのおかげではっきりした。あちらさんはついに分別を失ったみたいじゃないか」

最後のひと言はロベルトが言ってもおかしくない。政治は分別を失った。あきれたぜ！　ただしロベルトは「ドイツのための選択肢《AfD》」支持者ではない。

「ブラッケンの人間の半数が高齢者支援を仕事にしている」トムはズボンのポケットに手を入れて、ライターを探しはじめた。「家事代行、宅配弁当、老人ホーム。労働時間は最低だし、給料は安くて、仕事はきつい。コロナ向けの研修とか受けたと思うかい？　いまも同じ仕事をしている。続けるしかないんだ。衛生管理体制なんてありゃしないし、防護服とか定期検診とかもあるわけがない。家から家、高リスクの患者から患者。他にどうしようもないからな。そのあいだ政治家はおしゃべりばかりして、経済を破綻させ、下々の生きる糧を奪っている。テレビに出演する連中はマスクをつけもせず、パンデミックがどれだけ危険かのたまう」

ドーラは自分のライターを見つけて、トムに渡し、気が利くところを見せた。マキタじゃないけど、かまわないだろう。

「問題は対処の仕方じゃない」とトム。「みんな、馬鹿にされてるって感じてるんだ」

「みんなって、あなたたちのこと？」

「ああ、あたりまえだろ」トムは手巻きタバコに火をつけ、ライターを返した。「ブラッケンにいるのは人間以下の存在さ。そんな簡単には人間に昇格できない。あんたもそれに慣れなくちゃな」

ドーラはまたロベルトのことを考えた。たしかに彼が人を見下していると非難したことがある。

〝あなたは自分が超人だと思ってる。ニーチェが言っている意味とは違うけど、他の人よりも多くのことを知り、多くのことをすることができ、また許されると思ってる。より多くの真実を知ってるからってね〟

ロベルトはかんかんになって怒った。

〝人間のために最善を尽くしたいだけだ。なんでそれがいけないと言うんだ？　わけがわからない〟

「『ドイツ《A》のため《f》の選択肢《D》』にはそういう馬鹿な奴はいないっていうの？」

「いるとも。だけど馬鹿だって認めてる」

ドーラはしぶしぶ笑った。人種差別だけではいまどき流行らないようだ。気づいたら、三つも質問をして、「ドイツ《A》のため《f》の選択肢《D》」に投票した人たちを巡る軽口を笑っている。このあいだトムは車の中でなんと言っただろう。「なんだよ、もう土地に染まってるじゃないか」染まりすぎないように気をつける必要がありそうだ。一方で、トムは人種差別主義者ではない。ノルウェーセーター、手巻きタバコ、後ろで結んだ灰色の髪。旧東ドイツの公民権活動家やヴァッカースドルフ〔かつて使用済み核燃料再処理施設建設計画の予定地だった〕の反原発活動家と呼んだほうがしっくりくる。それでいて「ドイツ《A》のため《f》の選択肢《D》」のステッカーがある。いったいいつからこんなにごちゃごちゃになってしまったんだろう。それより、トムとシュテフェンはここでなにを生業にしているのだろう。ヤグルマギク。乾燥室。隣には太陽光パネルを屋根に載せた大きな建物がある。大麻を大々的に栽培していて、あちらさんから、嘘だらけの報道とドイツ連邦共和国という会社から隠しているのかもしれない。手巻きタバコはいい匂いがする。ドーラは積極的に受動喫煙をしようと、空中に漂う煙を吸った。それを見て、トムがドーラにタバコを差しだした。

「残りを吸っていいぞ」

手巻きタバコの吸い口は湿っていた。たぶん大量のウイルスがこびりついているだろう。だがいまはどうでもいい。ドーラは思いっきり吸って、軽い眩暈を味わった。いまの自分をロベルトのために自撮りしたいくらいだ。「コロナ対策に批判的で、大麻を栽培している『ドイツのための選択肢《AfD》』投票者と手巻きタバコを分け合う。パラレルワールドからのご挨拶」

幸い、シュテフェンがこのアイデアの実現を押しとどめてくれた。ほこりをかぶった自転車を押して、母屋の横の車の進入路にあらわれたのだ。その自転車は、見た目がドイツ人の仏教徒には似合わない代物だった。大きな男物の自転車で、ホームセンターで買ったまま忘れていたという感じだ。シュテフェンはその自転車を裸足で押してきた。地面は砂利敷きだが、平気らしい。

「見つけるのに手間取った」シュテフェンが言った。「このチャリンコでオーケーかな？」

「チャリンコ」という言葉を聞くのもひさしぶりだが、「オーケー」という言葉も最近はあまり耳にしない。ずっと顔を合わせていなかった知り合いに再会したみたいで、けっこううれしかった。ドーラはたっぷり礼を言って、なんとかトップチューブをまたいで、蛇行させながら家に自転車を漕いで帰った。

15　ヨーヨー

最寄り駅はコッホリッツだ。ブラッケンから七キロほどのところにある。自転車なら遠い距離ではない。しかしサドルが高いせいで、ドーラは立ったまま漕ぐほかなかった。おかげで太腿が痛くなり、ヨッヘンはリュックサックの中でピョンピョン跳ねることになった。こうなるとグスタフが恋しい。シュテフェンの自転車に名前をつけるなら、ロニーがいいだろう。

駅といっても、そこにはコンクリート製のホームと時計と自転車置き場と右から左へ文字や数字が無意味に流れるデジタル掲示板しかなく、切符の自動販売機は見当たらなかった。電車は定刻に到着した。客車はがらがらだった。車掌も乗っていないようだ。乗車中にスマートフォンで乗車チケットを購入しようとしたが、買えたときには道のりの半ばが過ぎていた。一時間十五分後、ベルリン中央駅に着いた。ドーラとリュックサックの中のヨッヘンは、エスカレーターを乗り換えながら最上階の都市鉄道のホームに上がった。なんだか頭がくらくらする。田舎からこうもあっさり出てこられるとは。電車は、偽装したテレポート装置だったりして。それとも都会はただの映画のセットだろうか。といっても、エキストラがいない。駅構内の多くの店が閉じていて、利用客も少ない。巨大なガラスのホールは怪しげな雰囲気を醸しだしている。急にここにいるのは不法なことのような気がしてきた。

ここでなにをしていると職務質問されるのではないかと不安になった。

　ザヴィーニ広場でドーラは時計を見た。アレクサンダー・ゲルストは国際宇宙ステーションから地球に帰還するのに三時間を要した。ドーラがブラッケンからシャルロッテンブルク区へ移動するのに一時間半。結果は似たようなものだ。ドーラは宇宙飛行士と同じように足がなまったと感じ、目と耳を塞ぎたくなった。だがヨッヘンはリュックサックからだされるなり、有頂天になった。都会の情報が無数に残されている街路樹という街路樹に挨拶をした。ドーラはヨッヘンが匂いを嗅ぎまわるのをしばらく見守った。お帰り、ライカ〔宇宙船スプートニク二号に乗せられ、地球軌道を周回した最初の動物となったメス犬の名前〕。ヨッヘンを見ているうちに、文明の衝突は本当にあるんだ、とドーラははじめて実感した。しかも東洋と西洋のあいだだけではない。ベルリンとブラッケンのあいだ、都会と田舎、中央と周縁のあいだにも文明の衝突はある。

　そのことをぜひロベルトに話したいと思った。ロベルトは理論が好きだ。そして文明の衝突もそういう理論のひとつだ。赤ワインを飲みながらバルコニーでそのことを議論できたらどんなに楽しいだろう。だがそのとき、議論好きのロベルトがもう存在しないことに気がついた。残っているのは自転車のグスタフだけだ。あとで電車に乗って引き取ってこようと思っている。だがロベルトがいなくても、もちろん赤ワインは飲める。ヨーヨーお気に入りの銘柄、カルメネールで作られた「モンテス」。ドーラはモンテスのコルクを抜く音を聞いただけで、頭痛を覚える。

「やあ、よく来た。入れよ」

　兄のアクセルが自宅ででもあるかのようにドアを開けた。そういうふうに楽しむ性格なのはわかっている。マスクをつけ、エプロンをかけて、家政婦のような恰好をしている兄は大きな昆虫のようだった。ドーラが抱きしめようとすると、兄はさっと一歩下がって、両手を重ねて、日本人みたいにお辞儀した。ドーラはため息をついた。接触を避けるということか、もちろんそれでかまわない。だが芝居がかったお辞儀には虫酸が走った。

部屋の奥が騒がしくない。フェナとシーネは本当に来なかったようだ。おじいちゃん、おじいちゃんという叫び声も、床をこする音を立てるおもちゃもない。クリスティーネも来ていなかった。上々だ。ドーラは双子の姪も義理の姉も苦手だった。クリスティーネと双子がいると、話題は孫のことばかりになり、せっかくの夕べが孫中心の夕べに一変してしまう。ドーラに言わせると、双子はかなり甘やかされて育っている。クリスティーネはそれを「優秀」という言葉に翻訳している。双子は自分たちが中心にならないと、大人たちが会話を中断して、すごい、すごいと誉めるまで、ものすごい音を立てる。

ヨーヨーも、ヨガインストラクターになってから人間を「顕在化」、子どもを「魂門」と呼ぶ新しいパートナーも、双子の振る舞いを大目に見ている。二、三時間もほっておけば、双子は自分の世界に没入する。カウチにいくつかシミがつくかもしれないが、それくらいたいした被害ではない。だがドーラは子どものときに水の入ったグラスを倒して大目玉をくらったことがある。そのことを思いだすにつけ、おじいちゃんになったヨーヨーの寛容さに釈然としないものを感じる。

とはいえ、フェナとシーネはごく普通の女の子だ。普通と違うところは父親が怠惰で、母親が仕事で忙しい点だ。クリスティーネは税法専門の弁護士で、平日はモーレッツに働き、モーレッツにお金を稼ぎながら、かわいい娘をふたり同時に産み落とすという離れ業をやってのけた。出産して数週間後には、じっとしていることに耐えられず、仕事に復帰し、兄はその短いあいだにソファーにすわる哲学者から愛すべきパパ兼主夫に変身した。それ以来、兄はりっぱな息子と見なされている。ヨーヨーから見ると、成功した弁護士と結婚し、子どもをこしらえたことは、本人が司法試験に合格するのと同じくらい偉いのだ。それに比べると、大学を中退して広告業界に就職し、エコ活動家との関係がこじれ、先の見えない田舎暮らしをはじめたドーラは問題児以外のなにものでもない。

モンテスはすでにデキャンタージュされて、呼吸していた。BGMはエリック・サティのピアノ曲。ジビュレの瞑想CDとヨーヨーのブルックナーのあいだを取ったのだろう。ヨーヨーが立ちあがって、直接触れずに左右の頬にキスをしてくれた。ヨッヘンはうれしそうに走りまわっている。兄はヨッヘンに触ってウイルスがうつらないだろうかと迷っている。ヨーヨーの新しいパートナーが腕まくりして台所から出てくると、ドーラに手を振り、濡れた両手を頭の上に上げた。いまは料理中だというのだろう。

「ジビュレ、手伝おうか?」兄がたずねた。

ドーラに驚きはなかった。兄はおべっかがうまい。しかもなかなかの手練れだ。クリスティーネのことも、その手でものにしたのだろう。いまどきの男は、オーダーの背広で身を固めたマッチョなんかよりも評判がいいらしい。

「みんな、すわってて」

ヨッヘンは言われたとおり、食卓の空いている席に跳び乗った。ヨーヨーは笑って、ヨッヘンの頭を撫でた。ヨッヘンはしばらくすると椅子の肘掛けを越えてヨーヨーの膝に移り、居心地よさそうだ。

ヨッヘンは足が曲がっているが、動きは敏捷だ。まるでリスのようだ。

ドーラはヨーヨーの隣にすわって、グラスにモンテスを注いでもらった。サティの曲は心をとろかす。悲しげでありながら明るい。台所から鍋を置く音と微かな笑い声が聞こえた。アクセルとジビュレは、料理の匂いが他の部屋に流れないように台所のドアを閉めていた。めずらしく父と娘がふたりだけになった。最後にふたりだけでなにかをしたのはいつだったろう。ヨーヨーはベルリンに来ると、よく宴会を開く。家族以外にも友人や知り合いが食卓を囲むことが多い。多くの人に一度に会ったほうが、効率がいいからだろう。あるいは、そうやって個人的な話題にならないようにしているのかもしれない。

ドーラがまだ少女だったころ、ヨーヨーはよく彼女の部屋に来て、勉強机に向かってすわって、おしゃべりをしたものだ。本や学校や、宇宙に限界があるかという問題について。ヨーヨーは大人を相手にしているようにドーラと話した。それから母が病気になった。ヨーヨーは二度とドーラの部屋をノックしなくなった。もしかしたらまたミュンスターの実家を訪ねないとだめかもしれない。正直いって、ずっと避けてきた。ヨーヨーと新しいパートナーは家をすっかりリフォームしたが、台所の窓から見える風景は昔と同じだからだ。

ドーラはぐいっとモンテスを飲んだ。酒がまわって体が火照った。ところでロベルトとバルコニーがなくなってからはあまり酒を飲んでいない。人としゃべる機会はもっと少なくなった。新しい生活のことをヨーヨーに話さなくては。だいぶ傷んでいても印象的な漆喰装飾で飾られた大農場管理官屋敷のこと、ドーラひとりの所有であること。世界の一部を所有しているという感覚がたまらないこと。

シシュフォスの神話を彷彿とさせる庭仕事のこと、ハインリヒ氏やトムとシュテフェンのこと、いまだにブラッケン村の全貌がつかめないこと。

　ドーラがそんなことを考えていると、台所のドアが開いて、物音と匂いがリビングにも押し寄せてきた。アスパラガスの匂い、換気扇の音。アクセルとヨーヨーの新しいパートナーがリビングに入ってきて、オードブルを並べた。ビーツのカルパッチョ、自家製のナッツブレッド、ライム・コリアンダー・バター。

　ドーラが生まれ育った家庭は、かならずしも男がしゃべって、女が聞き役と決まっていたわけではない。しかし実態はそうだ。食事中はヨーヨーとアクセルがもっぱら話をする。交互にひっきりなしにしゃべる。アクセルはマスクをはずし、政府の生温い対策と早くもロックダウンの緩和を求めている軟弱な国民を非難した。ヨーヨーは、病院ががらがらなので、医師がトランプ遊びに興じ、来院が怖くて必要な治療を受けない患者の話をした。

「みんな、すっかりおびえている」とヨーヨーは言い、「深刻な状況なのに、みんな、理解しようとしない」と兄のアクセルは言って、ふたりはビーツのカルパッチョを食べつづけた。

　兄の言い分を聞きながら、ドーラはまたしてもロベルトのことを思った。兄とロベルトは年齢が近い。もう若くない男性たちはウイルスとの戦いに特別に熱心かもしれない。制御不能に陥らないための天下分け目の戦い。人を絶えず老けさせておきながら、好き勝手やっている無礼な自然への宣戦布告。だがそんなふうにパニックに陥っている女性をドーラは知らない。といっても、そもそも知っている人はそんなに多くないが。とにかくロベルトと兄はいい気なもんだ。ひとりは妻に養ってもらい、もうひとりは世論の騒ぎにつけ込んで儲けている。

「学校再開なんて無責任だ」兄のアクセルが息巻く。

「罹患率と死亡率の違いもわからない田舎者の気分に訴えるのは無責任極まりない」ヨーヨーが息巻く。

「まあまあ」政治的な挑発も、テーブルマナーの悪さも好きではないヨーヨーの新しいパートナーはそう言って、ヨーヨーに手作りのナッツブレッドを入れたパン籠を差しだした。

驚いたことに、ヨーヨーはおとなしくパンを取った。話しているのを邪魔されると、しかもそれが自分の専門だと自負する医学分野だったりすると、普段はダイナマイトのように爆発するのに、いまは罹患率がどうのと言っているアクセルの話を聞きながらおとなしくナッツブレッドを食べている。今晩は接触禁止令を無視して家族を集めたことですでに自尊心を満足させているのかもしれない。ジビュレは前菜を片づけて、アスパラガスのゆで加減を見るために台所へ行った。ヨーヨーはある患者の話をした。その患者は「ふたりの子どもを持つ中年の女性」で、脳腫瘍による圧迫《ラウムフォルデルング》が亢進しているのに、通院するのを夫に止められたため何週間も自宅に籠もっているという。

ドーラは小さいころから、ラウムフォルデルングというのが空間の要求、つまり自分の子ども部屋が欲しいと要求することではなく、腫瘍のことだと知っていた〔原語Raumforderungは「腫瘍」の意味だが、直訳すると「空間の要求」ともとれる〕。ヨーヨーの使命はまさにそういう圧迫を人間の頭部から切除することにある。少女の例に漏れず、ドーラは父親を誇りにし、奇跡的な救命行為の話に胸躍らせた。けれどもいまはもうヨーヨーの話に嫌気がさしていた。「とうとう話すこともできず、視力も失ってしまったのに、それでもコロナが怖いという！」と微に入り細を穿って話すものだから、ドーラは酷くムカムカして、ビーツを吐きそうになった。

ドーラは席を立って、バルコニーに出た。タバコがおいしい。煙の彫刻が無風状態の宙に浮かんだ。夕方のザヴィーニ広場にいると、ベルリンもすばらしいと感じる。ユーゲントシュティール〔十九世紀末から二十世紀初頭にかけてドイツやオーストリアで流行した美術様式〕の瀟洒なアパートの三階のバルコニーでおしゃれな植栽に囲まれているのだから尚更だ。この辺りでは路上にも人が出ている。犬を連れて夜の散歩をする人、夕食の買いものを済ませて家路を急ぐ人。タクシー、商品を配達する車、電子タバコを吸う若者、ズボンに裾バンドをして自転車を漕ぐ男たち。ロベルトとアクセルが言い張っていることが正しくないと確かめられて、ドーラはほっとした。そうだ、ウイルスが蔓延しても、世界は終わらない。日常は強い。自然の力だ。いつだってどこかに突破口を開く。

ドーラはパンツのポケットからスマートフォンをだし、簡潔な言葉でロベルトにメッセージを送った。

「グスタフを取りにいく」

「いつだ？」という返事があった。

ドーラは終電の発車時刻からクロイツベルクまでの道のりを逆算した。

「一時間半後」

「外にだしてある」

なるほど。家に入れたくないということか。会いたくないのだ。ソーシャル・ディスタンスが必要だというのだろう。ドーラは今晩のうちに、家賃の半額の自動送金を打ち切ることにした。ドーラは食卓に戻ると、ロベルトのところで引き取るものがあり、終電が午後十一時だからそろそろ帰ると告げた。

終電と聞いて、アクセルは馬鹿にしたように口をへの字にした。誰もロベルトのことをたずねなかった。ブラッケンの住み心地を気にかける者もいない。気に入っているかとも、さびしいかとも。仕事は順調かとか、クロイツベルクになにを取りにいくのか訊いてもよさそうなものを。別にいじめではない。これがうちの家族なのだ。

「でもデザートは食べていくでしょ?」ヨーヨーの新しいパートナーがたずねた。「ふたりに伝えたいことがあるの」

「いま話せばいい」ヨーヨーはそう言うと、椅子から立ちあがり、グラスを叩いた。「私たちは結婚する」

「私たちみんなで?」ドーラが軽口を叩いて笑いを誘ったので、その場が和んだ。

「コロナ禍の最中に?」兄がそう言うと、ヨーヨーが眉を吊りあげた。

「披露宴はしないわ」ヨーヨーのパートナーがなだめるように言った。「登記所に行くだけ。でも先に知っておいてもらいたかったの」

「おめでとう」兄が模範的な息子然として言った。

アクセルも母親を失ったはずなのに。それともいまは、顔がやつれて大きな目をした母が、テラスの前に置いたベッドに横たわってじっと外を見ていたことしか思いだせないのだろうか。ドーラにはときどきそんな疑問を覚えた。食卓での会話がドーラの耳を素通りした。「税金対策」「老後の保障」「ベルリン式遺言〔夫婦のみに認められている共同遺言〕」といった言葉がすり抜けていく。ヨーヨーのパートナーをこれからは「ヨーヨーの新しい奥さん」と呼ばなくてはならないという意識だけが脳裏に浮かんでいた。考えていたよりも早く席を立ち、ドーラは足早に階段を下りた。

二時間後、ヨッヘンを入れたリュックサックを背負い、グスタフを押しながらコッホリッツ駅で降りた。空は黒々していた。コウモリが駅の照明をよぎって飛びまわっている。昆虫を追っているのだろうが、コウモリ自体が大きな昆虫のようだ。鳥がそばを滑空した。コオロギが鳴き、遠くでキツネの鳴き声がした。駅は動物たちの天国だった。鍵をかけていなかったのに、ロニーは無事だった。同情を禁じえない。施錠せずに駅に置いておいても盗まれないとは、自転車の自尊心が傷つきそうだ。グスタフのサドルに軽々とまたがると、ロニーのハンドルを握って、闇の中を音もなく颯爽と走る。家に帰るんだ、家に。

自転車を二台とも納屋にしまって、母屋のドアを開ける。ドーラはそのまま寝室に行って、眠ることにした。だが照明をつけて、びっくりした。そこにベッドがある。本格的なベッド。床にマットレスを置くのとはわけがちがう。そのベッドは木製パレットでできていて、きれいにグラインダーをかけ、ペンキが塗ってあった。塗ったばかりのペンキの臭いが室内に漂っている。ベッドはマットレスよりも大きくて、はみだしたところにスマートフォンや本や目覚まし時計やランプが置けるようになっている。これ以上のベッドを望んだら、高望みというものだ。だがこの家のものではないという事実は変わらない。家を出たときにはなかった。

ドーラはゆっくりベッドに腰かけた。消えてなくなることなく、触ることができた。ドーラは裏口を確かめた。鍵がかかっている。玄関のドアも施錠してあった。間違いない。ドーラは外階段の踊り場に立った。コウモリとフクロウはひんやりした空気の中を飛んでいる。ドーラは塀の向こうを見やったが、なんの気配もしなかった。

16 ブランデンブルク

「ゴート！」ドーラは叫ぶ。「ゴート！」

朝になると、ドーラは塀のそばに置いたガーデンチェアに上った。プレハブ小屋、ゼラニウム、オオカミ。人気のない家。無視されても、引き下がるつもりはなかった。

「ゴート！」

椅子は所定の場所に戻さなければならなかった。起床したあと台所の窓辺に立ったドーラは、屋外家具がそっくり果樹の下に移動していることに気づいた。まるでコーボルトの一団が夜会でも開いたような並び方をしている。幸いグスタフとロニーはまだ納屋にあって、躾のいい馬のように並んでいた。

「出てきて！　いるのはわかってるんだから」

そんな調子でしばらく続けた。七時半。ブランデンブルクではもう遅い時間だ。起床の時間。ヨッヘンは朝の用を足すために一番いい場所を探しまわっている。ドーラは椅子に乗ったまま叫んだ。なかなか動きがなかったが、やっと反応があった。プレハブ小屋のドアがぱっと開いて、外壁にぶつかり、跳ね返った。両手でドア枠をつかんでいたゴートにぶつかりそうになった。ふらふらしながら、目の上に手をかざした。太陽がまぶしいとでもいうように。二日酔いに違いない。

「ここよ!」ドーラは叫んだ。

ゴートはよろけながらプレハブ小屋の外階段を下り、ドーラのほうへ歩いてきた。まだよく見えないのか、あいかわらず目の上に手をかざしている。塀から数歩のところで、ゴートは足を止めた。

「なんだ?」

「あなたがやったの?」

「なにを?」

「ベッドよ」

ゴートはなにか考えているようだった。目の上にかざしていた手を下ろした。目が赤い。眉間にしわを作っている。メモ用紙をはさめそうなくらい深いしわだ。

「まあな」

そういう答えが返ってくるのは端からわかっていたことだ。木製パレットがゴートの庭にあるのを見ていたし、ベッドに仕立てた人間がいるのは間違いない。それでも、こともなげに認めるとは。気持ちをなだめるのはあとでいい。いまはゴートが穴蔵に戻る前に話をつける必要がある。

「どうして?」

ゴートはいらついているようだ。ドーラにもわかる。自分だって「どうして?」などと質問されれば、うっとうしく感じる。どうして眠れないの? ヨーヨーとジビュレが結婚することばかり、どうして考えてしまうの? 兄のアクセルはいつだって自分に害になることと役立つことしか質問しないし、なにかこだわると、他のことを忘れてしまう。どうしてああいうふうにできないの？　ゴートは咳払いして、唾を吐いた。

「あんた、持ってないからさ」

この返答について、ドーラはじっくり考えたくなった。「どうして問題とは現代のキメラか？」という哲学的予行演習だ。ドーラがなにも言わないので、またしても理解不能だと思ったらしく、ゴートはこう続けた。

「ベッドがないじゃないか」

「どうしてそれを知ってるの？」

「見りゃ、わかる」

「窓を覗いたわけ？」

「まあな」

「うちの庭に入って、窓から覗いたわけ？」

「毎週金曜日にな」

これには唖然だった。ヨッヘンが塀の向こう側の、それもゴートのすぐ後ろにあらわれたのと同じくらいに。幸い、ゴートは気づいていない。ヨッヘンは親しげにドーラを見上げ、ジャガイモ畑に向かった。ヨッヘンを裏切ることになるので、呼ぶわけにいかない。そこでゴートの気を引きつづけることにした。

「毎週金曜日に窓を覗いてたわけね」

ゴートはそれには答えなかった。厳密には質問ではなかった。ゴートはすでにそう白状している。

「じゃあ、うちの屋外家具を勝手に動かしたのはどうして？」

ゴートはこれにも反応しなかった。しゃべるのが面倒くさいようだ。何度も目をすがめては、こめかみをもんだ。

「ゴート！　屋外家具を動かした理由がわからないんだけど」

「うるせえな！　屋外家具がどうしたっていうんだ？」

「夜中に誰かが動かした」

「俺じゃない」

「じゃあ、誰なの？」

「知るもんか！」

ゴートを怒らせても、なにも出てこない。

「わかった」ドーラはぐらぐらする椅子の上で体のバランスを変え、息を吸ってから、親しげな声になるよう努力した。「あのね、ゴート。ベッドはなかなかいいわ。でも、うちに勝手に入らないでほしいの」

ゴートは頭を上げ、はじめてドーラをまともに見た。

「前からあの家の面倒を見てた」

「私の家の？」

「あれはあんたが来る前からそこに建っていた」

「空き家だったとき、あなたが修繕していたってこと？」

「誰かがしないとな」

「じゃあ、鍵を持ってるの？」

ゴートはうなずいた。これで謎がもうひとつ解けた。

「でもいまは」ドーラはことさらおだやかに言った。「私が住んでいるんだけど」

ゴートは肩をすくめる。

「あんたはひとりで、しかも女だ。鎌もろくに扱えない」

「なにをいうの？　ちゃんと使えるわ」

「俺がハイニに言ったんだ。ヒルティと一緒に」

これで合点がいった。ハイニ。ヒルティ。ハイニはハインリヒの愛称だ。

「私を手伝えって、あなたがハインリヒ氏に言ったの？」

「誰にだって？」

「R2-D2。ハイニよ」

ゴートはつぶれたタバコのケースをポケットからだして、塀のそばに来ると、ドーラに差しだした。納税印紙のない東欧の安タバコ。しかも早朝に。頭ではよくないとわかっていたが、右手は塀を越えて伸びていた。ゴートから火をもらうために、ドーラは爪先立ちになって、塀のてっぺんをつかんだ。斜めに傾いたガーデンチェアとブロック塀がぐらついた。

駆け引きには犠牲がつきもの。だがそうすれば冷静になれる。ドーラはタバコを堪能した。

「あなた、ポーランド出身？」話が途切れるのもなんだかなと思って、ドーラはたずねた。

ゴートは、気はたしかかという顔をして、ドーラを見た。

「あの旗」ドーラは母屋を指差した。「あそこの」

「あれはドイツ国旗だ」

「もうひとつのよ！　赤白の」

「ブランデンブルク州の旗だ」

ドーラは、顔が赤くなるのを感じた。都会人が物知らずなのを晒したようなものだ。

「俺がポーランド人なものか」ゴートは、ドーラが理解できないと思ったか、念を押した。

ブラッケンのポラッケン〔ポーランド人の蔑称〕という韻がドーラの脳裏に浮かんで、あわてて話題を変えた。

「しばらく顔を見なかったけど、出張でもしていたの？」

「仕事はうまくいってない」ゴートはつぶやいた。

ふたりは黙ってタバコをくゆらし、ほぼ同時に吸い殻を捨てた。ゴートはドーラの敷地に、そしてドーラはゴートの敷地に。

「じゃあ、いいわね」ドーラはこれでおしまいにするつもりで言った。「あらためてベッドをありがとう。それと、鍵は返してくれないかしら」

ゴートは見向きもせずにプレハブ小屋のほうへ歩いていった。さっきより足元がしっかりしていた。

「ゴート？　鍵を取ってくるの？　どうなの？」

プレハブ小屋のドアはそのまま閉まった。

17　シュテフェン

午前中、ドーラは次回のプレゼンテーションで充分に選択肢があるように、新しい筋書きを書きとめた。動物園でのグートメンシュ。彼は檻が窮屈すぎるとライオンを放してやるが、そのせいでライオンに食べられてしまう。グートメンシュはパンクしたタイヤの交換を手伝う。だがその男は逃走中の銀行強盗だった。グートメンシュは知らない人を客間に泊め、翌日、家財道具を一切合切失ってしまう。

うかつなグートメンシュの行状をいろいろ考えるうちに、どんどんグートメンシュが好きになっていった。ドーラ自身、グートメンシュみたいなものだ。ドーラの知り合いもみんなそうだ。ゴートは例外なはずだが、その彼でさえ、新しい隣人のために家具を作ってくれた。みんな、自分なりにこの無慈悲な世界でなんとかやっていこうとしている。なにかいいことをし、混沌とした状態になにか意味を与えようとしている。みんな、他人を助けようとする本能を持っているのだ。もちろんその衝動に強弱はあるだろうが。グートメンシュは、持続可能なジーンズはできるだけ多く売れたほうがいいという時代精神を皮肉った戯画だ。だが無駄だと承知で世界をもうちょっとよくしたいという、人間の奥底にある願望のアイコンでもある。滑稽で、悲劇的で、なにより存在感がある。

筋書きができあがると、ノートパソコンを閉じた。ファンの音が消え、家がどんよりした静寂に包まれる。ペンやカップを置く音やドアの開閉の音といった物音が急に不自然なほど大きく聞こえた。胃がムズムズする。まずは構想を依頼主に送り、反応を待つ。数日、いや、数週間かかるかもしれない。通常、すぐに次の報告会の日程をもらう。だがいまは通常ではない。アイドリング状態だ。ひとまずなにもすることがない。シャワーを浴びて、二度目の朝食をとり、ヨッヘンと散歩をする。午前十一時半。伐採された若木を敷地の裏手に運んで積みあげる。そのうちに燃やそう。シャワーを浴び、肉屋の移動販売で買った卵を焼いて昼食にした。自分には二個、ヨッヘンには一個。できるだけゆっくり噛む。ついでにネットニュースを読むのを自分に禁じた。食事に神経を集中させたが、二十分で食べ終わった。午後一時半。この世で一番いやな時間だ。午後一時半はその日が半分過ぎたことを意味する。ドーラは皿についている黄身の残りをパンですくって食べた。体中に炭酸がたまっているみたいにムズムズする。本当なら、やることは山ほどある。そのままにしてあるEメールの返信。ハードディスクの掃除をして、履歴を更新する。ソーシャルメディアを開いて、自分のページになにか書き足すべきか考える。けれども、そんなことをするのはむりだと思い直す。ストレスがかかっているときなら、五つの用事を並行して片づけることもできる。しかしやることがないと、エネルギーが湧かない。中断したプロジェクトの連鎖を自分で見つけた仕事でつなぐなんてどうかしている。もちろん読書をしてもいいだろう。バスルームをきれいにして、何度も散歩をしてもいい。だがそれだけでは時間が潰せない。空虚な時間がずっと続くだけだ。ドーラはこれから数日をバカンスだと思うことにしようと自分に言い聞かせた。普通の人なら喜ぶところだ。しかし本当の意味での自由時間は大忙しのときにしかプレゼントにならない。ハイキング、スポーツ、家族の集まり。小説を書くとか、小さな子どもの要求に応えるとか。本当の自由時間はむしろ悪夢だ。敵影がない戦場のようにどこを向いたらいいかわからない。音もなく迫る脅威。走ってもだめ、立ち止まってもだめ。

ドーラは椅子から腰を上げて、さっきからしきりに窓にぶつかっているハエを外にだす。ハエはふらふら飛びながら窓の外に出た。なんとなく所在なげだ。自由がすばらしいと思えるのは、行く手を阻むガラス窓があるときだけかもしれない。

少なくともハエの羽音は消えた。窓から出ていったハエのいいところは空想ではないことだ。それがロベルトとドーラの寝室にいたハエと決定的に違うところだ。存在しないハエを追わなくなってしばらく経つ。もしかしたら胃のムズムズを感じずに新聞を読める日がまた来るかもしれない。このところ四六時中、自分のことばかり考えているが、それをやめることができるかもしれない。自分にできることをただするのみ。ちょうど森の中のベンチを作った人のように。これから数日のあいだやるべきことが必要だ。ジャガイモの植え付け。壁のペンキ塗り。なにか思いつくはずだ。大事なのはそれをひとりでやることだ。ドーラは誰にも助けを求めたくなかった。数日をひとりで過ごすこともできないなんてありえない。もういまから空虚が自分を蝕むのを感じる。自分の体の輪郭がかすんでいく。こうしてはいられない。

まずは意味のあることをしよう。ロニーを返却しよう。納屋からだすと、道端を押して歩いた。ゴートの家の前を通ったとき、旗がそよ風に揺れていた。ブランデンブルク州の旗に描かれたワシが一瞬見えた。

今回ドアを開けたのはシュテフェンだった。赤みがかった長髪を下ろしていて、そのなめらかな髪がメガネをかけた顔にかかって、カーテンのようだ。出演を終えたら、その髪で幕を閉じることもできそうだ。

「今度はなんだい？」シュテフェンがたずねた。

「ロニーを返しにきたの」

「ロニー？」

ドーラは大きな男性用自転車を指差した。自転車は街灯の柱に立てかけてあった。

「チャリンコに名前をつけたのか？」

ドーラは肩をすくめる。

「ロニーがぴったりだと思って」

「それでも欲しくないのか？」

「ええ、だって……」

「その自転車が気に入らなかった？」

「そんなことはないけど、ベルリンから自分の自転車を持ってきたから。かなり高価な自転車なの」

「高ければいいのか？」

「いいえ、そうじゃないけど……」

「ロニーも安くはなかった」

「そうでしょうね。でも、私には大きすぎて……」

「別の自転車をベルリンから持ってきたってわけか？」

「ええ、グスタフは……」

「グスタフ！」メガネの奥でシュテフェンの目が怒ったように光った。「ロニーよりも、グスタフのほうがいいってわけだ」

ドーラは居たたまれなくなった。

「私がロニーを買うと思ったの？　だから怒ってるの？」

「買う！」シュテフェンは不機嫌が嵩じて、怒りをあらわにした。「きみたち都会人はいつも買うことしか考えない！　所有に毒されているな。きみはなにかを評価するとき、それが誰のものか気にするだろう？」

「そういうつもりじゃなかったんだけど」ドーラは言い訳をしようとした。「私としてはただ……」

シュテフェンは最後まで言わせてくれなかった。

「新品の自転車を渡せばよかったのかい？　歓迎の印。あるいは人助け、貸与、贈り物。ロニーはすばらしいチャリンコだ。好きなだけ使ってよかった。それなのにすべてを台無しにして、返そうとしている！」

ドーラは啞然として、なにを言ったらいいかわからなかった。シュテフェンをじっと見つめた。細面、怒った顔、丸メガネ、赤毛。そのとき、シュテフェンのいびつな演説が宙に浮いていることに気づいた。言葉の彫刻、音響インスタレーション。タイトルは「グスタフとロニー」か「田舎暮らしをする都会人」あたりか。そしてシュテフェンは操り人形の糸が切れたみたいに口をつぐみ、長い髪を前に垂らした。お辞儀をしたのだ。そしてまた上体を起こすと、彼は笑っていた。ドーラのことを笑っていたのだ。中毒症状を起こしたみたいだ。目は澄んでいたが。

「自分の顔を見たほうがいい」シュテフェンはにやっとして、ダライ・ラマのように手を合わせた。

「入んなよ」と親しげに言った。「きみの犬はもう中に入ってる」

18 モンシェリ

ヨッヘンが見当たらない。どうやら猫の餌皿か、カウチ用のローテーブルにのっている菓子皿を探して家中を物色しているようだ。食べものを漁り終えたら、また姿をあらわすだろう。きっと退屈して、もう帰ろうよと駄々をこねるだろう。

「こっちへどうぞ」そう言って、シュテフェンはドーラを連れて、狭い廊下を抜け、家の裏手に向かった。「大麻を栽培しているところを見たいんだろう」

シュテフェンは読心術でもできるのだろうか。それとも、都会人はそんなにワンパターンなのか。廊下を歩いていたとき、開いているドアがあったので、興味を引かれて覗いて見た。全面が明るい色で、ステンレスをふんだんに使ったモダンな台所。低い家具と液晶テレビのあるリビング。浴室のバスタブはジャグジー付きだ。大麻の商売は繁盛しているようだ。

ヨッヘンが寝室らしい部屋の半開きのドアから出てきた。なにかをクチャクチャ嚙んでいるが、ドーラはそれがなにか知りたくなかった。

「こっちだ」

シュテフェンは玄関を開けた。すぐにヨッヘンが前に出た。先に新しい狩り場を見ようというのだ。

そのドアの先は意外にも中庭ではなく、平屋の細長い別棟だった。甘くて、少しむっとする切り花の匂いが鼻を打った。壁際の長い作業台には植物が山と積まれていた。種類別に束になっている。シダ類、草、花、茎。その多くが乾燥されていたが、なかには新鮮なものもある。部屋の隅に、できあがった製品が立ててある。生花のリースや葬式用の花輪。ドライフラワーで作った小さなフラワーアレンジメントも大量にあって、小さな籠や陶器の皿にきれいにまとめられている。小ぶりで、バスルームの洗面台に合いそうだ。

「この国では結婚する人よりも多くの人があの世に行く。そしてどっちにしても花を飾る」とシュテフェン。

口癖のようだ。トムが野太い声でそう言っているところを想像した。ドーラは作業台に近寄って、フラワーアレンジメントをしげしげと見た。すべて一点物だ。カラフルな小石やローズヒップをあしらっているものもあるが、たいていはシンプルで、草花で作った小さな石庭といった感じだ。

「メインの仕事は道端の飾りさ。うちの連中は郡内のあちこちに無人販売所を開いている。骨董屋でよく見かける古いミシン台。レースのカバーに手書きの正札。ちゃんと払ってくれると信じて、どこにでもあるようなガラス瓶を代金入れにする。こういうのがベルリンから来るツーリストには受けるんだ。チェック柄のエプロンをつけたばあさんがフラワーアレンジメントを作ってると思い込む。よく売れる。フラワーアレンジメントひとつにつき平均十五ユーロ払ってくれる。うちの連中がそういう無人販売店を巡回して、花を追加して、ガラス瓶に入っているお金を回収してくる。一回の週末で数百個売れる」

「ほんとにきれいね」ドーラはフラワーアレンジメントを手に取ってみた。針葉と広葉とを組み合わせて、森のミニチュアのようだ。一緒に散らしてある小さくてカラフルなガラス玉は木に止まっている小鳥のようだ。

「ほとんどの草花はうちの温室で栽培している」とシュテフェン。「でも森で集めてくるものもある」

なんとなくシュテフェンに似合っている。薬草の魔女とライフスタイルデザイナーのミックス。皮肉っぽい言い方をしているが、言葉の端々にアーティストとしての自負を感じる。

「普段は生花店や市でも売るんだ。だけどいまはロックダウン中だからな。新しい乾燥室に投資したのは失敗だった。借金を作っちゃった。だけど負けるつもりはない。政府から補助金をもらうくらいなら、花を食べたほうがいい」

すると、ヨッヘンが花を食べはじめた。床にしゃがんで、花の茎を噛んでいる。

「路上で売れなくなった代わりに、トムはインターネットでの販売をはじめた。けっこううまくいっている。こういう時代だから、食卓に森の息吹が欲しいんだろう」

ドーラはクロイツベルク区のアパートでロベルトが大声で電話をしているわきで、シュテフェンのフラワーアレンジメントを眺めているところを想像した。きっとそのうち鳥のさえずりが聞こえることだろう。

「あなたたちのところで働いているのは難民?」ドーラはたずねた。

シュテフェンは重々しくうなずいた。

「アレッポから逃げてきたボートピープルさ。足元を見て、ただ同然で使ってる」

「馬鹿な質問には馬鹿な答えってわけ？」

シュテフェンがまたうなずいた。

「本当に？」ドーラはたずねた。

「交換留学制度エラスムスに応募したポルトガルの学生を毎年二、三人雇っている。学生たちは大学で勉強しながら、うちで金を稼いでいる。コロナのせいでベルリンから逃げてきたが、リスボンには帰りたくないんだ。だからいまはうちに住み込んで、アスパラガスの収穫を手伝っている」

「問題は起きないの？」

「税務調査が入るっていうのか？」

「村の人とよ」

「ブラッケンは完璧に中道左派でね、歓迎文化《ヴィルコメンスクルトゥーア》〔ドイツの難民受け入れを巡って使われた造語〕の牙城さ」

ドーラは笑みを浮かべた。「チェック柄のエプロンをつけたばあさんになる前はなにをしていたの？」

シュテフェンは考えないと思いだせないとでもいうように天を仰いだ。

「灰色の前時代はエルンスト・ブッシュ校で学んでいたかな」

ドーラはさらに笑みを浮かべた。エルンスト・ブッシュ校といえば演劇芸術アカデミーで、人形劇の人材育成でも有名だ。

「ゴートだけど、あの人も中道左派？」

「ゴートか」シュテフェンは髪を編んだ。どうやら公演は終わりらしい。「ゴートは最近ずいぶんおとなしくなった。トール神に感謝」

「じゃあ、以前は？」

シュテフェンは作業台に沿って歩き、フラワーアレンジメントの材料を集めだした。パンパスグラス、シラカバの葉、カスミ草、ガラス玉。

「ときどきうちの前に来て、騒ぎを起こす。おかま野郎、外人ども、くたばれ。そんな感じ」

「うわっ」ドーラは血の気が引いた。「酒も飲むの？」

「ナチになるには、酒飲みじゃないとだめだっていうのか？」

「そういうわけじゃないけど」

「トムが単刀直入な言葉で決着をつけた」

「どんな決着？」

「もう一度騒ぎを起こしたら、人を集めてけちょんけちょんにしてやるって言ったのさ」

「うわっ」ドーラは十代の少女のように言った。

「そうでも言わないと、ゴートにはわからない」

シュテフェンは植物を器用にまとめて、苔を貼りつけたサイコロ状の発泡スチロールに差し、青いガラス玉を取って光に当ててから、草のあいだに入れた。

「うまくいったの？」ドーラはたずねた。

「まあね」シュテフェンは肩をすくめる。「ゴートとその仲間は忙しいんだろう。玄関に殺すぞっていう脅迫状を貼ったり、郵便受けにケチャップを流し込んだり、前庭に黒い木の十字架を立てたりとね。帝国市民《ライヒスビュルガー》〔ナチの崩壊を信じず、現在の連邦政府の正当性を認めない極右勢力〕にはいろいろやることがある」

「そんなことをするの?」

「新聞を読まないのか?」

ドーラは息をのんだ。どうやら交戦地域に迷い込んでしまったようだ。兄のところに避難したりしたら、「どういうところに引っ越したと思っていたんだ? 愉快な田舎のワンダーランドか?」と言われそうだ。

人を集めてけちょんけちょんにしてやるなんて、ドーラにはむりだ。ゴートが敵意を向けないことを祈るしかない。

「大丈夫かい?」

どうやら顔から血の気が引いたようだ。ドーラはうなずいて、咳払いをすると、両手で髪を後ろに払った。「そういう状況で『ドイツのための選択肢《AfD》』に投票するという心理がわからないんだけど」

シュテフェンの表情が曇った。心の窓を閉じた感じだ。

「俺は選挙に行かない。選挙なんてろくでもない」

ドーラはシュテフェンをちらっと見た。シュテフェンはまたドーラの腕を取るだろうか。だが表情からはなにも読み取れなかった。

「トムは投票しているでしょ」とドーラ。

「それはトムに訊いてくれ」

「そう言っていたわ」

「それならもう仲良しってことだ」

シュテフェンはサイコロ状の発泡スチロールをちょうど入る大きさの小さな籠に入れて、しげしげと見た。それからカタツムリの殻をふたつ、ガラス玉の横に置いて、そのフラワーアレンジメントをドーラの前に置いた。きれいだとわざわざ言う気にはなれなかった。選挙に行かないという物言いが気に喰わなかったのだ。選挙で抗議するトムの姿勢のほうがまだ好ましい。

「ゴートのことでひとつ教えてあげよう」シュテフェンが言った。「かみさんがあいつを裏切ったんだ。ボフロスト〔ドイツで展開している冷凍食品の宅配会社〕の人間と一緒になってな。村中があいつのことを笑った。あいつはじっと我慢していたが、そのうち、かみさんは小さな娘を連れて家を出ていった。いまはベルリンで暮らしている。そしてあいつはプレハブ小屋にひとりで暮らしている」

「外国人なの？」

「ゴートがか？」

「ボフロストの人間よ！」

「プラウジッツの男だったと思う」

「じゃあ、なんでナチになったの？」

「ボフロストの人間が？」

「ゴートよ！」ドーラはかっとして叫んだ。

「あいつはその前からナチだった」シュテフェンは平然と言った。

「それにどういう違いがあるの？」

シュテフェンはにやっとした。「きみはなんでも白黒つけたいんだな」

ドーラは反論したかったが、シュテフェンの言い分には一理あると頭の中で小さな声がささやいた。

「きみはなんでも自分のものにしたい。でもそうならないから、世界のほうが間違っていると思う。だから不安なんだ」

「不安じゃないわ」

「両手を絶えず動かして、左足を貧乏揺すりしているのに？」

ドーラはさっきからいじっている紐から手を放し、体の重心を移して、左足を楽にした。

「この田舎でも学べることがあるって知ってるかい？」

シュテフェンの声ががらっとやさしくなり、皮肉な響きがなくなった。ドーラは首を横に振った。

「矛盾を解決するのではなく、我慢することが学べる」

ドーラはおみくじにあるような格言が好きではなく、むっとした。

「多くのことは意外と単純なのよね。たとえば右翼ポピュリスト。単純明快な主張で選挙に勝っている」

「右翼ポピュリストのどこが単純なんだ？」

「人種差別主義者か、そうじゃないかしかないでしょ」

「まさか」

「あなた、外国人はくそったれだと思う？」

「もちろん。めちゃくちゃくそったれだ」

「それなら、あなたは人種差別主義者よ」

「だけど俺は、ドイツ人もくそったれだと思ってる」

悔しいが、笑うほかなかった。のらりくらりとしゃべるシュテフェンは腹立たしいが、まったくお手上げだ。

「私のことも？」

「とくにきみのことはね」

「私がフラワーアレンジメントを買ったら？」

「だったら話が違う」

ドーラはシュテフェンが作ったばかりのアレンジメントを指差した。青いガラス玉が葦や樹木に囲まれた小さな池のようだ。

「二十ユーロ。きみなら十九ユーロにまけておく」

ドーラはポケットからスマートフォンをだした。カバーにいつも紙幣を数枚挿している。

「三十ユーロ払うわ」

「おありがとうございい、裕福な都会人さん」

シュテフェンはドーラにフラワーアレンジメントを渡した。

「ゴートには気をつけるんだな」

「どうして？」

シュテフェンは両手を上げた。

「そう感じるだけさ。ナチかどうかはともかく。あいつは頭がおかしい」

ドーラが応えようとすると、彼は部屋の隅の大きなリースが置いてあるところに行った。

「さあ、もう行ってくれ。プレゼント用に用意したモンシェリをきみの犬にすっかり食べられてしまった」

19　フランツィ

ドーラが小さかったころは、コーボルトやエルフがいっぱいいた。木の根に住むドワーフ、風を起こす風の精、甲虫の暮らし向きを心配する小さな妖精。その他にもイースターのウサギや幼子キリストや子どもの守護天使がいた。ドーラと兄のアクセルは、ふたりのために世界を美しくしてくれる見えない存在に取り巻かれ、保護されていた。ふたりの小さな宇宙が愛に満たされ、新しい魔法がかけられているかぎり、酷いことは一切起こるはずがなかった。小学校に入学して、イースターのウサギなんていないと言われたとき、ドーラは言った子を叩いたほどだった。担任の先生にしかられても平気だった。自分を守ってくれる存在を弁護するのは当然のことだと思っていた。

そのあと母親が死に、魔法の生き物もいなくなってしまった。真実が容赦ないサイコパスのように攻撃してきた。ドーラに残されていたのは、弱い子どもの自分と山ほどある勘違いの数々だけだった。温かく見守られているという神話はイースターのウサギと同様に存在しなくなった。

森の中の十字路にあるベンチへ来るのは、これで二度目だ。もうお気に入りの場所といっていい。ヨッヘンもこのあいだと同じあたりに寝転がっている。太陽がドーラの鼻をくすぐり、そよ風が髪とたわむれている。日の光が斜め上から松に射し込み、音もなく空を旋回する猛禽が樹間に見え隠れしている。森のささやき。魔法にかかっているかのようだ。カケスもいる。

「ひさしぶりね、ママ」ドーラがそう言うと、カケスが警戒音を発した。「もうちょっと現実に意味を与えてくれてもいいんじゃないの。馬鹿にされるのはやっぱり面白くない」カケスが肩をすくめるように羽を振った。「シュテフェンのような人にまで、かつがれるなんて。それとも、かついでいるのは茂みから聞こえる微かな物音かな」

実際、背後のブラックベリーの茂みになにかがいるような気がする。妖精よりは大きい。たぶんエルフかコーボルト。カケスは羽ばたいて森の中に消えた。

「それはないいんじゃない？　そんなすぐに行ってしまうなんて」

今度はクスクス笑う声が聞こえた気がした。ゆっくり振り返ると、さっと茂みに飛び込んだ。つかんだのは黄色いTシャツだった。女の子だ。まだそんなに大きくない。八歳か九歳だろう。その子が抵抗した。長いお下げ髪をはねかせながら拳を振りまわしている。ドーラはなんとか手首をつかんで、女の子が動けないようにし、落ち着くまで抱きしめた。

「おとなしくして」ドーラはできるだけ親しげに言った。女の子の温かい体が震えているのがわかる。泣いているのかと思ったが、女の子はまたクスクス笑いだした。

「小鳥さんとおしゃべりしてた」

「あなた、このあいだも盗み見していたでしょう。私をスパイしているの？」

「小鳥さんをママって呼んでた！」

女の子はけたたましく笑いだした。やけに甲高い。わざとのようだ。わざと幼い少女のふりをしている。「小鳥さん」という言い方も子どもっぽいし、心から笑っているわけではないようだ。

「あれはカケスよ」

「カケス？　いつもなにか賭けをしているわけ？」女の子はさらに大げさな笑い声を上げた。「小鳥さんとおしゃべりするなんて変！」

「私は犬とも話すわ」ドーラはできるだけ静かに言った。

ヨッヘンのことを話題にすると、女の子の緊張が解けた。暴れることにも、カケスにももう興味がないようだ。女の子は首を回して、ヨッヘンに視線を送った。ヨッヘンはあいかわらず苔の寝床に横たわって、ふたりをうかがっている。どっちが勝つか様子を見て、勝ったほうにつくつもりのようだ。

「かわいい。撫でてもいい？」

「いくつか質問してよければ」

「いいわよ」

「約束よ？　逃げないわね？」

「約束する」

ドーラは女の子を放した。女の子は茂みから出て、ヨッヘンの前にしゃがんだ。

「いい子ね」やさしくそう言うと、女の子はヨッヘンの頭をそっと撫でた。ヨッヘンは仰向けになって、四本の脚を広げ、ピンクの腹を見せた。撫でてくれとねだっているのだ。

「私のことが好きみたい！　オスだからかな？」女の子がうれしそうに言った。

ヨッヘンは性器をおおっぴらに晒しているのに。この子はオスとメスの区別がつかないのだろうか。

「この子はメスよ」

そう言うと、ドーラはジーンズにからまったブラックベリーをはずして茂みから出て、ベンチに腰を下ろした。腕が傷だらけだ。茂みのせいではない。女の子の爪で引っかかれたのだ。噛まれなくてよかった。

ドーラは女の子をよく見た。十歳にはなっていそうだ。髪は長くて、腰のあたりまである。お下げ髪はほどけかけていて、編んだというよりは結んだ感じだ。腕と足には泥がついて汚れている。すり切れたジーンズはもう何週間も洗っていないように見える。かつてはピンクだったらしいゴムのサンダルをむきだしの足にはいている。さっきはあんなにヒステリックだったのに、いまはヨッヘンの首や後ろ脚の内側や前脚の脇のやわらかいところを夢中で撫でている。ヨッヘンは恍惚としている。耳が布の切れ端みたいにくたっとして、口から舌をたらしている。

ドーラは子どもにあまり関心がない。だがその話題から逃れるすべはない。子育てコラム、心理学者のインタビュー、ドイツの学校の戦況報告。この世にこれ以上重要なことはないとでもいうように。鉱山と同じで、現代の家族には絶えず手入れが必要だ。早期の英語学習と子どもに適したホビーに人類の運命がかかっていると言わんばかりだ。じつを言うと、ドーラはそういう記事をかなりたくさん読んでいる。なぜなのか自分でもわからない。他の人が抱えている問題ほど興味をそそるものがないからかもしれない。ＡＤＨＤの天才的才能とか、その徴候についてもよく知っているし、「母親になって後悔する〔社会学者オルナ・ドーナトの同名論文をきっかけにして、二〇二〇年にドイツのＳＮＳで話題になった〕」ということがなにかもわかっている。そして「退行行動」という言葉も耳にしている。子ども時代の初期段階で精神発達が遅れることだ。なおざりにされたり、ストレスがかかったりしたときによく起こるという。たとえば両親が離婚したため、十歳になっても甘えた声をだすというように。

「名前は?」

「フランツィ。犬の名前は?」

「ヨッヘン」

「メスなのに男の名前なんだ」

「そうね。たしかに変。本当はヨッヘン・デア・ロッヘンというの。うつぶせになると体が三角形に見えるから」

女の子は黙って眉間にしわを寄せて、さっきよりも深くヨッヘンにかがみ込んだ。

「ロッヘンってなにか知らないの?」

フランツィは顔を上げずにうなずいた。ドーラは感情をださないように注意しながらいった。

「ロッヘンというのはね、大きな魚なの。平たくて、飛ぶように泳ぐのよ」

「いいわね」フランツィが急に甘えた声をださなくなった。悲しげだ。「見てみたいな」

「今度ユーチューブで見せてあげる」

「やったあ! 見せて、見せて!」フランツィは両腕を上げて、また幼い少女のふりをした。「お願い、お願い! 約束よ?」

ドーラは早くも見せると言ったことを後悔した。プロジェクトが休止中とはいえ、面倒を家に持ち込みたくはない。退屈している子どもはストーカーになりうる。フランツィはドーラがどこに住んでいるかすでに知っているかもしれない。

「ブラッケンで暮らしているの？」ドーラはたずねた。

「コロナのせいでね」

ここにも亡命者がいた、とドーラは思った。

「どのへん？」

「それはね」

「どこなの？」

「パパのところ」

「パパは誰？」

フランツィは少し考えた。「私のパパよ！」

「なにをしてる人？」

「パパは家具職人。でも最近は寝てばかりいる」

失業中か、とドーラは思った。求職者基礎保障制度による意欲喪失。「ママは？」

「ベルリンで働いてる」

「なんで私をつけていたの？」

女の子は頭を垂れ、ヨッヘンの被毛に寄生虫がいないか探しているふりをした。

「フランツィ！　なんで私をつけていたのか訊いてるんだけど」

「おばさんの犬、かわいいね！」また甘えた声で言った。「私にちょうだい」

ドーラは女の子の肩をつかんで揺すりたい衝動に駆られた。普通に話しなさい！　小さい子のふりなんてよしなさい！　私と話しているときは、ちゃんと顔を見なさい！

「あなたにスパイされるのはいやなんだけど。わかった？」

フランツィはうなずいた。ドーラの腹立ちはすぐに収まった。

「でも……ヨッヘンと散歩するくらいはいいでしょ？」

「ヨッヘンは散歩があまり好きじゃないの。他の犬とは違うのよ」

「じゃあ……ヨッヘンに会いにいってもいい？　撫でるだけだから」

この子が訪ねてくるのは迷惑だ。どうせ映画を観たいとかいいだすに決まってる。ヨッヘンを撫でるだけでもいやだ。だがよく見ると、フランツィは目に涙を浮かべている。だから顔を見られないようにしていたのだ。ドーラは咳払いをして言った。

「考えてみる」

「わかった」

フランツィは跳ねるように立ちあがると、膝についた泥を払い、ドーラに手を差しだした。いかにもブランデンブルク人らしい。さっと身を翻すと、長いお下げ髪が宙を舞った。女の子はピョンピョン跳ねながら茂みに姿を消した。

20 ホルスト・ヴェッセル

また勝手にいじられた。もう慣れっこになったほうがよさそうだ。外階段の踊り場に椅子が四脚置いてある。屋外家具じゃない。背もたれが広く、座面が籐細工でできている台所用の椅子だ。きれいにヤスリをかけて、白く塗ってある。モダンな彫刻の庭に合いそうな椅子だ。タイトルは「不在」。ドーラは腰かけて、すわり心地をたしかめた。快適だ。がたつきはない。台所に置いたら素敵に見えるだろう。殺風景な台所が古めかしいテイストに変身するだろう。それが狙いだと伝わるはずだ。

ゴートが作ったというのは癪だが、この椅子なら欲しい。いずれにせよ、今回は椅子をドアの前に置いていった。プライバシーを尊重している証だ。ドーラに言われたとおりにしている。ドーラは椅子の背にもたれかかった。生身の人間はドーラだけだ。残りの席には見えない人たちがいることにしよう。母親、父親、兄。あるいは三人の親友。あるいは夫とふたりの子どもでもいい。ヨッヘンも見えない姿でそこにいる。ヨッヘンは敷地で亡霊を追いかけている。吠えながら飛びまわり、土塊を跳ねあげている。ゴートも今晩はひとりではない。路上に車が二台止めてある。塀の向こうから男たちの声が聞こえる。どうやら亡霊ではないようだ。ゴートに話しかけるのを先延ばししたほうがよさそうだ。ドーラは礼を言って、これ以上プレゼントはいらない、がらがらの家のほうが、気持ちが落ち着くと言うつもりだ。実際は嘘だが。ドーラは他人に借りを作りたくないのだ。それがナチであれば尚更だ。

見えない客は退屈なので、ドーラはスマートフォンをだした。この数年、電子書籍の小説をせっせとダウンロードしてきた。評判はいいが、まだひとつも読んでいない。本がどんどん出版され、たくさんの本が推奨され、見捨てられる。現代文学を追うのは大変すぎる。まったくありえない。本能的に抵抗したくなる。けれども、いまなら時間も椅子もある。ドーラは抵抗したくなる気持ちをわきに押しやって、スマートフォン内の蔵書にざっと目を通した。読書は新しい趣味になりそうだ。話題にするのにちょうどいい。

「田舎暮らしをはじめてから、すごくたくさん読書しているの」

現代文学のエキスパートになって、いつかアマゾンにレビューを書いてもいい。

「現代の生活との透明なまでの対決。しかも人間が置かれている現状を詩的に分析している」と評された女性作家の本に期待してクリックした。

小説の冒頭で、国中の女性のナイトデスクにある目覚まし時計が同時に鳴りだした。ジリリンと、ピーピーと。お気に入りの音楽もあるし、ラジオから流れる眠気覚ましの曲もある。豪華な寝室で、粗末な寝室で、大都会で、田舎の小さな家で、堂々とした古い集合住宅で、狭苦しい労働者向きアパートで、目覚まし時計は見えないケーブルでつながっているかのようだ。女性と目覚まし時計がいたるところでつながっている。小説はそういうところを描写していた。しつこくいつまでも。目覚まし時計の嘆きが何ページも続く。

ドーラはスマートフォンを下ろした。作家はアメリカ合衆国内に時差があることを知らないようだ。だがそんなことはどうでもいい。問題はその何十行かが伝えるメッセージだ。なんというスキャンダルだろう！　女性はみな早起きしなければならない。働きに出なければならない、あるいは家族の世話をしなければならない。あるいはその両方。同じ船に乗り合わせている状態。耐えがたい状況。恵まれていると思っていたライフスタイルが突然、地上の地獄になる。これが人間の置かれた状態なら、この先どうしたらいいのだろう。歴史に類を見ない贅沢の大衆化でも、幸福をもたらさないのなら、進歩したところでなんになるんだ。生きることがはた迷惑なもので、女性が早起きしなければならないという事実が物議を醸すなら、個人として、都市として、そして共同体として、努力する意味があるのだろうか。目覚まし時計の音が人間の幸福を脅かすのなら片づければいい。ヨーヨーがよく言うように、われわれの時代の悲劇は、人間が個人的な不満を政治問題と取り違えてしまうところにある。

たぶんそれはヨーヨーの名言というにとどまらないだろう。たしかに真実かもしれない。そういう取り違えはいくつもある。人々の不満は政治問題になる。それもとんでもなく大きな。不満が社会全体を粉々にしそうだ。難民やコロナといった起爆剤があるだけでいい。それですべてが吹き飛ぶ恐れがある。実際には誰も平和と繁栄の恩恵を受けていると思っていないからだ。

ドーラは読書アプリを閉じて、アレクサンダー・ゲルストの映像を開いた。彼の感じのいいネズミ顔がカメラをまっすぐ見ている。鍛え抜いた体がごつごつした白い宇宙服に包まれている。あたかもアドベンチャーゲームのために身支度した、大きくなった少年のようだ。実際、ゲルストは言っている。

「宇宙の研究は、子ども時代を宇宙空間まで広げたようなものだ。好奇心旺盛な子どもは自宅の庭が物足りなくなると、森に足を運ぶようになり、やがて関心は国に向けられ、最後に地球が視野に入る。好奇心に際限はない。宇宙飛行士というのは、おそらく目標を持った最後の人間だ」

動画を見終わると、次のおすすめにリンクされていた。そしてまた次の。ドーラは動画を見つづけた。

だがどんなにすわり心地のいい椅子もいずれ居心地が悪くなるものだ。足がしびれ、背中が痛くなる。台所に行って、ヨッヘンの餌皿にドッグフードを入れ、パンにチーズを載せて皿に盛った。そしてまた動画を見た。ゲルストとワイズマンが国際宇宙ステーションの外部で活動している。国際宇宙ステーションは高速で宇宙空間を飛ぶ、翅がいっぱいついたトンボのようだ。背後に地球が見える。本当に球体だ。石と水でできた巨大な球体。そこには約八十億の人間がうごめいている。だがそれをじかに見られるのはひと握りの宇宙飛行士だけだ。くそったれなことが本当に存在しているという、大いなる存在の謎への答えをちゃんと理解できるのは彼らだけだ。だから好奇心は永遠に目標を持ちつづける。だから目覚まし時計に関心を持ちつづける理由なんてない。だから宇宙飛行士は気がいいだけでなく、世界で一番幸せな人間なのだ。あまりに幸せすぎて、宇宙飛行士は声高らかに歌うだろう。民謡のような歌を。

ドーラは窓を開けた。その歌が聞こえてくるのは宇宙からではなかった。お隣の庭からだ。しかも民謡ではない。

「旗を高く掲げよ、みな一丸と列をなし……」

「インターナショナル〔十九世紀後半にフランスで作曲された労働と革命の歌〕」かな、とドーラは思った。いまでも流行っているとは知らなかった。

「突撃隊よ、いざ進め。雄々しく闊歩せよ！」

ドーラは窓を閉めて、パン切りナイフをサイドボードに戻した。もう食欲が失せた。私にちょうだい、とヨッヘンが物欲しそうな目でパン皿を見ている。だがドーラはそれを無視して、じっと立っていた。鳴り響く目覚まし時計、好奇心旺盛な宇宙飛行士、歌うナチ。窓を閉めたので、歌声が微かに聞こえるだけで、歌詞まではわからない。これならその歌を無視できそうだ。ドーラは紅茶をいれて、チーズのオープンサンドを口に入れ、宇宙からのドキュメント動画の続きを見るぞ、と自分に言い聞かせようとした。だがドーラの足は玄関ドアに向いた。ヨッヘンがドーラを追い越して外に出ようとしたので、足を使って玄関に押しとどめた。「ここにいなさい！」

ドーラは静かにドアを閉めた。

「希望に満ちた何百万もの人々が鉤十字を見上げる」

大きな声が聞こえる。ドーラはどうするつもりか自分でもわからなかった。というか、なにをするつもりもなかった。ただちょっと覗いてみるだけ。塀の向こうに大きな珍獣がいて、恐怖を振りまいているかのようで、恐いもの見たさが手伝った。

「ヒトラーの旗はすでにすべての道にはためく」

ドーラは塀のところへ行って、椅子に上った。ゴートを入れて男が四人。

四人はプレハブ小屋の前でアウトドアテーブルを囲み、その上にビール瓶のケースとノルトホイザー・ドッペルコルン〔ドッペルコルンはアルコール度数が三十八度以上ある穀物を原料とした蒸留酒〕の大瓶がのっている。ふたりはゴートと同じ生産ラインで作られた人間のようだ。がっしりした肩とスキンヘッド。迷彩柄のカーゴパンツに洗いざらしのTシャツ。ひとりは顔中に黒い髭を生やし、イスラーム原理主義者でも通用しそうだ。もうひとりは腕から肩、顔の端までタトゥーで覆われている。

　四人目は他の三人とだいぶタイプが違う。小柄で痩せていて、柔らかい髪が長すぎるのか、額にかかった髪を始終払っている。褐色のいかにも秋っぽいコーデュロイのジャケットにジーンズという出で立ちだ。ゴートたちと一緒だと子どものように見えるが、やばい感じのエネルギーを発散させている。その男は歌いながら人差し指を指揮棒のように振り、最後にはすわりながら半ば腰を上げた。

「奴隷状態が続くのもあと少し！」

　合唱が終わり、四人はビール瓶を打ち鳴らした。

　その瞬間、ドーラはシンプルな事実に気がついた。彼女に男たちが見えるなら、男たちからも見えるということだ。パンのところに戻ったほうがいい。それもただちに。

　第三帝国について書かれたある文章にこうあった。足元が揺らいでいる社会では早い時期から不安が舵取りをし、新しい基準が人知れずごく些細な日常の決断に忍び込むものだ。誰になにを言ったらいいか。そろそろレストランから出たほうがよさそうだ。通勤路をちょっと変えよう。こうした不安の結果に脳はすぐ順応し、思考の一部に組み込み、痕跡をかき消す。人は不安に辛酸をなめることなどせず、行動に出る。変化した状況に適応して、痛みを感じることなく背景に溶け込む。

　このメカニズムによって、この世ではおぞましいことが延々と繰り返される。対抗手段はひとつしかない。戦うべき相手は悪ではなく、おのれの弱い心ということだ。

黙りなさい。家に入って、ゲルストの動画を見るのよ。ドーラの頭の中でそんな声が聞こえた。

それでもドーラはそこにとどまった。善良な国民たらんとして、なにをすべきか考えた。警察に通報するしかない。勘違いでなければ、「ホルスト・ヴェッセルの歌」は禁止されているはずだ。それにコロナ禍でのパーティも違法だ。だけど警察が、数人の田舎の酒飲みのために出動したりするだろうか。それに通報すれば、善良な国民になれるだろうか。むしろ隣人を訴える密告者じゃないか。やっぱり家に戻って、パンを食べ、自分の用事を片づけたほうがいい。

もちろん塀の向こうでいままさに新しい国家社会主義地下組織《NSU》〔旧東独のネオナチ・グループで、外国人に対する暴力事件をたびたび起こしている〕が結成されたところかもしれない。キャンピングチェアにすわってビールと蒸留酒を飲んでいるが、母屋には膨大な数の武器を隠しているかもしれない。

だけど、ゴートがそんなことをするとは思えない。ベッドと椅子を作ってくれるような人だ。

その瞬間、ゴートが顔を上げた。自分の名前が呼ばれたことに気づいたかのように。目をすがめ、ドーラが首を引っ込める前に会釈した。

ゴートはゆっくり腰を上げると、しばらくテーブルに手をついた。体のバランスを取りもどすと、長い航海から戻った船乗りのようにふらふらしながら歩きだした。

引っ込むには手遅れだった。ゴートが歩いてくる。ドーラのうなじがぞわっとした。いつものムズムズとは違う。正真正銘の不安だ。

塀のすぐそばでゴートは立ち止まったが、木箱に乗りはしなかった。おそらく酔っぱらった状態では危ないからだろう。まだ少し距離があるのに、浴びるように飲んだドッペルコルンの臭いがした。

「家には入らなかったぞ」ゴートは言った。

ドーラのうなじのぞわっとした感じが収まった。

「わかってる」ドーラは言った。

「窓から覗かなかった」

ドーラはうなずいた。

「鍵は返す。そのうちにな」ゴートは赤くなった目で人なつっこくドーラを見つめた。「椅子は気に入ったか?」

「すばらしいわ。でも、ゴート……」

「そりゃよかった」ゴートがニヤリとして背を向けた。

「待って!」ドーラは言葉を探した。感謝の言葉などいらないのだろう。「椅子はすばらしいけど、あなたからもらいたくないの」

ゴートがきょとんとした。

「なんでだ?」ゴートが訊き返すのと同時に、ドーラは「原則として」と言った。

ゴートはしばらくドーラを見てから、肩をすくめて仲間のところに戻った。

ドーラは少し胸を張ろうとした。とにかく言ってやった。インターネットではない。コメント欄でもない。気心の知れた友だちとワインを飲みながらでもない。ついさっき鉤十字とかがなっていたナチに言ったのだ。ベルリンにいる中道左派の九割にはできないことだ。話題が椅子のことだとしても。

「家具はいらないの」ドーラは声を張りあげた。「壁のペンキ塗りだってやってないんだから」

ゴートはもう振り返らなかった。代わりに他のナチがドーラのほうを見た。刺青男は椅子を後ろに倒れそうなほど傾けていた。ジャケットの男は眉間にしわを寄せている。三人と比べたらゴートはまだ酔っていないほうだ。

ドーラは無性にヨッヘンを連れて、グスタフでコッホリッツまで行き、電車に乗って、ヨーヨーのシャルロッテンブルク区の住居に立て籠もりたくなった。

「どうしたんだ、ゴート?」ジャケットの男の声がした。

「なんでもないさ、クリッセ」ゴートは答えた。

ドーラは椅子から飛びおりて、家に駆けもどった。数ヶ月ぶりの再会でもあるかのようにヨッヘンが出迎えた。ドーラは電話をかけたくなった。といっても、警察ではない。廊下でロベルトの番号に電話をかけた。彼はすぐに出た。

「やあ、元気かい?」

声はいたって普通の感じだ。いつものように。ふたりのあいだになんの問題もないかのように。ドーラが少し距離を置きたくて、バカンスをしているとでもいうように。ドーラは咳払いした。

「まあまあ元気よ」

「そんな田舎でなにをしてるんだ?」

どうして知っているんだろう。するとロベルトがすぐに言った。

「アクセルから聞いた。村の名前はなんだっけ?」

「ブラッケン」

「そうか。いつ戻るんだ？」

「まだわからない」

「ゆっくりするといい」

明るくしゃべっているが、そこには揶揄するような響きがある。ロベルトは自制している。傷ついているところを見せたくないのだ。誇りが許さないのだろう。それとも、普通に振る舞ったほうがドーラの戻りが早いとでも思っているのだろうか。

「そっちはどう？」

「わかってるだろう。公開討論の乱痴気騒ぎと批判されて、みんな、かなりまいってる」

ドーラは最初、なんのことだかわからなかった。それから気づいた。首相のアンゲラ・メルケルが、ロックダウンの緩和については議論しないと言ったことを指しているのだ。ドーラはそれほど火中から離れてしまったのだ。首都では第一バイオリンが音頭を取り、こっちでは静かなＢＧＭが流れている。

「ロックダウンは絶対に維持しなくちゃだめだ」ロベルトは言った。

「隣でね、四人のナチが『ホルスト・ヴェッセルの歌』を歌ってるの」とドーラ。

ロベルトは一瞬口をつぐんだ。ドーラの言葉をのみ込む必要があったのだ。「ほらな」とか「自業自得だ」とか、そういういい気味だと言わんばかりの言葉が返ってくるものと覚悟していた。だがロベルトはこう言った。

「たぶんそういうものなんじゃないか」

馬鹿にしている響きはなかった。むしろ慰めているような感じだ。ロベルトはいい奴だと思った。

「ちょっと恐い」

「ナチがか？」

「どうしたらいいかわからないことがよ」

「俺は第二波を恐れている。きびしいことになるだろう」

数分で会話は終わった。ドーラは外に出て、耳をすました。しんとしている。歌声も、がなり声も、笑い声もしない。塀に近づいてみたが、なにも聞こえない。カケスが梢のあいだを飛んでいた。このあたりに巣《ネスト》があるようだ。いや、高い所にある巣は「ホルスト」か。

好奇心をそそられて、ドーラはもう一度、椅子に上ってみた。首を伸ばして、そっと塀の向こうをうかがう。なにもない。お隣の庭には誰もいなかった。酒瓶も片づいている。ドーラが家の中にいたのはせいぜい十分くらいだ。怒濤のお開きだったと言えそうだ。ここでは誰が誰を恐れているのだろう。

逃げるように消えたことはいい兆候か、悪い兆候か、まだなんとも言えない。

21　ロッヘン

二時間後、ドーラはアレクサンダー・ゲルストの動画を三本観た。国際宇宙ステーションまでの飛行時間はドイツからカナリア諸島まで飛ぶのとあまりかわらないという。宇宙では骨粗鬆症になりやすく、地球を眺めること以外、たいしてすることがないこともわかった。

できることなら、自分の目で地球を宇宙から見てみたいものだ。小さなロケットに乗って体から飛びだし、自我の重力場を破って、没個性の境地へと昇っていく。そうすれば、自分が本当に存在すると実感できるかもしれない。小さな犬を飼うコピーライターがこの外階段の踊り場や、街灯や、ブラッケン村と同じようにこの世に存在するということを。普通に存在するものの一部。これでもう支離滅裂な映画でわけのわからないことを言う声の主というだけじゃない。

ドーラは子どものころ、はっきり状況がわかる瞬間がよくあった。遊んでいる最中に、頭の声が突然、黙り込む。オペレーティング・システムがフリーズした感じだ。ランタイムエラー0×0。物事の本性を覆い隠すベールを、誰かにいきなりはぎとられるような感覚。その奥のソーステキストを目の当たりにして目を見張る。ドーラは突如として語り手でも聞き手でもなくなる。そうなると……遊びをやめて、頭を上げ、新しい目で周囲を観察する。やりかけの宿題がのっている勉強机、洋服ダンスには引き出しがふたつあって、右にTシャツ、左にソックスが入れてある。嘘みたい。私がいる。勉強机や洋服ダンスと同じように。――それからその感覚がぼやける。ドーラはなにもなかったかのように遊びつづける。

ユーチューブが次のおすすめ動画を提案したが、ドーラはタブレットを脇にやった。もう遅い時間だ。家の前に置いた新しい椅子に何時間もすわっている。ゴートとその仲間は戻ってこなかった。

バスルームで歯をみがいていると、ヨッヘンが玄関で騒ぎだした。くんくん鳴いたり、吠えたりしながら床をかいた。誰かがノックをした。真夜中近いというのに。ゴートがまた家具を運んできたのだろうか。それとも、もう一度塀から覗いたりしたら蹴倒してやると言いにきたのだろうか。あるいはハイニがニセアカシアを伐採しにきたとか。急いで口をすすぎ、玄関へ行くと、たしかに誰かが掌でドアを叩いている。ぞっとする音だ。ドアについている窓には誰の姿もない。コーボルトかな、とドーラは思いつつ、意を決してドアを開けた。

「こんばんは」フランツィが言った。

フランツィは小さかったので、頭が窓まで届かなかったのだ。黄色いTシャツ、すり切れたジーンズ、ゴムサンダル。午後に出会ったときと同じ恰好だ。だが長いお下げ髪はますますぼさぼさになっていた。ヨッヘンが待ってましたとばかり、フランツィに飛びついた。

「夜中よ」とドーラ。「どうしたの？」

「ロッヘンを見せてくれるって言ったじゃない」

「あなたのパパは、こんな夜更けにあなたを外にだすとは思えないんだけど」

「パパなら平気。ママはだめって言うけど」

自由と放任のどっちだろう。ドーラは大きな声で言った。

「家に帰りなさい」

「お・ね・が・い〜！」フランツィが最後の「い」を長く伸ばした。石版を爪で引っかいたような音だったので、ドーラはぞっとした。「お・ね・が・い〜！」

ドーラは大きく息を吸って、フランツィに帰れと言おうとした。だが訴えるような目と、いまにも泣きそうな小さな口元を見て、ため息をついた。

「タバコを一本吸うあいだだけよ」

ドーラが外の椅子を指差すと、フランツィはばげしくうなずいて、外階段にすわった。ヨッヘンがフランツィの膝に前脚を乗せ、撫でてもらった。ドーラはユーチューブを開いた。すぐにインド洋を泳ぐ二尾の巨大なマンタが画面に映った。左右のヒレを堂々と動かしている。口を開けたところは少し無気味だ。撮影しているダイバーなど気にせず、スローモーションのようにゆっくり弧を描いている。SF映画で出てくる、いかれた飛行装置のようだ。それを見ながら、創造は偉大だとドーラは思った。造物主が持つ驚異の知性を感じる。ロケットに乗らなくても、自分がその一部なのを実感できた。人間、マンタ、微生物——すべて、同じ存在が変形したものだ。ドーラはタバコを吸うのを忘れるほど魅了された。フランツィもぽかんと口を開けて見ている。

次は、マンタがダイバーに近づいて、ヒレに深く食い込んだ釣り糸をはずしてもらうシーンだった。どうやらマンタは、個々の種を超越した大いなる「われわれ」が存在することを知っているようだ。

滅ぼし、救う。協力し、争う。破壊と保護。視点が違うだけで、関係性という点では同じだ。仲間と呼んでもよさそうだ、とドーラは思った。

「はい、おしまい」ドーラはフランツィに言った。

「もうちょっと」そうねだって、フランツィは最後の動画を見た。今回、ドーラはタバコを吸った。

フランツィは眠り込んだヨッヘンを両手で撫でた。

「素敵だった」動画が終わると、フランツィが言った。

驚いたことに、ドーラもそう思った。真夜中に誰かと外階段にすわるのは、素敵なことだ。コウモリやフクロウが狩りをし、ハリネズミが草むらでうごめき、何かがイノシシのように喉を鳴らした。

ドーラはフランツィの肩に腕を回して少しのあいだ抱き寄せた。

「寝床に入る時間よ」ドーラは言った。「どこに住んでいるの？」

フランツィは質問の意味がわからないとでもいうようにドーラを見つめた。

「パパのところだけど」とゆっくり、はっきり言った。

「お家はどこか訊いてるんだけど」

フランツィは首を横に振った。馬鹿なことをする生徒にあきれた先生の真似だろう。

「ここの椅子」フランツィは言った。

「それがどうかした？」

「前にすわったことがある。クッションが三つあった」

そのコメントが意味することを、ドーラの頭は拒絶した。すると、フランツィが続けた。

「パパがおばさんのためにわざわざ家から運びだしたのよ。普段はぜんぜん家に入らないのに」

フランツィはヨッヘンを膝から下ろして、立ちあがった。ヨッヘンは寝ぼけて、折れた耳を振った。

フランツィは外階段を下りると、敷地の中を走った。庭木戸ではなく、塀のほうへ。

パパ。椅子。空っぽの家。二階で光った懐中電灯。ドーラの庭のコーボルト。

フランツィは椅子に上って塀のてっぺんに跳び乗り、塀にまたがって手を振るなり、向こう側に下りた。どすっと草地に着地する音が聞こえた。

22
クリッセ

その夜は眠れたものではなかった。ナチの娘。ガソリンスタンドで売っている三文小説のタイトルみたいだ。ドーラはいまだにペンキの臭いが微かにするベッドに横たわって、ネットサーフィンをした。

「田舎のコロナ否定論者――インターネットにおけるネオナチの抗議活動」

ベルリンのあるジャーナリストによると、コロナのせいで、田舎町のマルクト広場でのキャンペーンができなくなったため、旧東独のナチがソーシャルメディアでのキャンペーンに力を入れているという。たとえばプラウジッツ出身の元小学校教師クリスティアン・Gは、ビョルン・ヘッケを穏健派と呼ぶほどの極右だ。クリスティアン・Gは、「自由《フライハイト》、統一《アインハイト》、純血《ラインハイト》」の頭文字をとった「FER」というユーチューブチャンネルを開設したばかりだ。クリスティアン・Gは、コロナがアンゲラ・メルケルの発明だと本気で信じていて、郊外への避難は住民入れ替えを目的にした秘密計画の一環だと主張している。具体的には地方のインフラを壊して地方の人口を減らし、ムスリムに住まわせるのだという。

この記事を書いたジャーナリストによると、クリスティアン・Gことグシャイプトはこの計画が違憲であり、ドイツ基本法第二十条に基づく抵抗権が発生すると書いているという。記事には該当するツイッターの書き込みのスクリーンショットがのっていた。そこには「国民の入れ替え」に対して、クリスティアン・Gとその同志は、なにがなんでもフェルキッシュ〔民族、国民、民衆を意味するドイツ語Volkから派生した語で、ナチ時代には国民社会主義の同義語として使われ、人種主義的なニュアンスを多分に含んでいる。近年、ドイツの極右政党が積極的に使っている〕な圧力《ラウムフォルデルング》を行うと書いてある。

フェルキッシュなラウムフォルデルングという表現を見て、ドーラは思わず笑いそうになった。フェルキッシュな圧力《ラウムフォルデルング》とは！　ドーラはヨーヨーにスクリーンショットを送るべきだろう。「人種差別の癌」というコメントをつけて。

だがそれは大人気ないと思って、先を読むことにした。ベルリンのジャーナリストは、ハウスボートを賃貸するとか、ナチを取材したいときにはいつもブランデンブルク州を射程に入れる。ドーラはそのことに呆れた。だが本気で憤慨するにはまだ郷土愛が足りなかった。クリスティアン・Gのビデオチャンネルをクリックするのは後まわしにした。だがそのときクリスティアン・Gの顔写真が目にとまった。酷い画質だが、間違いない。痩せた体つきに長髪。それにコーデュロイのジャケット。

ビデオチャンネルをクリックしてみて、疑いの余地はなくなった。ゴートがクリッセと呼んだ男だ。教師にしてはめちゃくちゃ声が小さいし、腕の細さもそれに見合っていた。クリスティアン・Gは銀行のコンサルタントのようにデスクに向かい、スマートフォンのレンズをまっすぐ見ながら、住民交換、国民の入れ替え、フェルキッシュな圧力《ラウムフォルデルング》といったたわごとを言い募っていた。頭がくらくらする。ドーラはタブレットをスリープ状態にして、目をつむった。このクリスティアン・Gがお隣の庭で「ホルスト・ヴェッセルの歌」を歌っていた。ユーチューブチャンネル開設を祝っていたのかもしれない。コロナウイルスがアンゲラ・メルケルの発明だと主張するのも、じつは安上がりに自分を宣伝するためだ。

ドーラは人生を変えなければだめだと思った。逃げなくては。この村から、いや、ドイツを出たほうがいいかも。新しい仕事、友人、自動車が必要。それだけはたしかだ。その場かぎりの思いつきではない。事実だ。朝になったらさっそく行動に出よう。ここの店じまいをして、もう一度はじめからやり直す。どこかで。

23　アジサイ

目を覚ますと、太陽の光が窓から差し込んでいた。古い床が金色を帯びて光り、ほこりが光の中でキラキラ舞っていた。ベッドの足元のあたりで微かに寝息が聞こえる。ヨッヘン・デア・ロッヘンが仰向けになって熟睡している。もう少しブラッケンで頑張ってみてもいいかも。

なにかがドーラを眠りから引きずりだした。どんな目覚まし時計よりもすさまじい音がした。また聞こえた。クラクションだ。しかもじれったそうに何度も鳴らしている。来客の予定はないし、荷物が届くという話もない。それでもドーラはベッドから出た。道路でなにが起きているのか見てみなくては。朝早くから騒々しいと文句のひとつも言ってやりたい。ドーラはスマートフォンで時間をたしかめた。朝といっても、もうそんなに早い時間帯ではない。こんなに寝坊するのは久しぶりだ。

家の前にピックアップトラックが止まっている。ノーズが角ばった薄汚い白のトヨタ・ハイラックス。旧式のようだ。あの車がまだ走れるとは。ゴートが運転席に乗っていて、クラクションを鳴らしている。ドーラを見つけると、助手席越しに声をかけてきた。

「乗れよ！」

ドーラは日の中に立った。髪がぼさぼさだ。身につけているのは古いTシャツとパンティだけだ。

だがゴートはまったく関心がなかった。

「足に根でも生えたか？」

「ええと……どういうこと？」

「買いものだ！」ゴートが声を張りあげた。「ほら、早くしろ」

ドーラは言うとおりにした。家に駆けもどると、ジーンズをはき、ヨッヘンを抱いて、ためらいがちにまた外に出た。そして、あたりまえのようにゴートの車に乗った。ドーラが助手席側のドアを閉めるなり、ゴートはアクセルを踏んだ。

ドーラはびっくりした。急発進したからだが、それ以上に、自分がなにをしているのかさっぱりわからなかったからだ。隣にいるのは、昨晩、扇動家どもとナチの歌をがなっていた男だ。いまはハンドルを両手でつかんで、道路を凝視している。まさか近くの石切場に行って、わずらわしい隣人を片づけるつもりではないだろう。車内にこもった臭いで、胃がひっくり返りそうだ。タバコ、酒、男の汗臭い体臭。宣戦布告とも取れる臭いだ。ドーラは横目でゴートをうかがった。ふたりのあいだに塀がないのははじめてだ。ゴートは本当に大男だ。身長は一メートル九十センチ、体重は百キロはあるだろう。ホモ・ギガンテウス・ブラッケンシス。道路がよく見えないのか、しきりに目をすがめている。血中アルコール濃度が〇・二パーセントはありそうだ。なんで車に乗ってしまったんだろう。

「足に根でも生えたか。ほら、早くしろ」ドーラは家に帰りたくなった。だが家に帰っても、きょう一日どうしようと悶々とするだけだ。いくら自分が属する社会がうるさいからといって、どうしてこんな知り合いがひとりもいないところに引っ越してきてしまったんだろう、と。それなら、ネオナチの車の助手席にすわっているほうがまだましかもしれない。

ドーラはヨッヘンを膝に乗せていた。きっと用を足したがっているに違いない。十分後、黙っているのが耐えられなくなった。

「フランツィはどうしてる?」

「元気さ」

「なにをしてるの?」

「まだ寝てる」

「昨日の夜、うちに来たわ」

ゴートは反応しなかった。そのことをどう思っているのか、表情からは判然としなかった。

「どこへ行くの?」

「ホームセンター」

「きょうは日曜日じゃなかった?」

「コロナのせいで開店している」

「どういうこと?」

「どうって、マスクが売りにだされる」

ブラッケンの爆買い人、とドーラは思った。パスタとトイレットペーパーの代わりに芝生の肥料と電動ドライバー。マスクをつけるのはホモ・ブラッケンシスの品位にもとるのだろう。ドーラは、なんで一緒に行かなければならないのか説明を待った。だが説明はなかった。アンゲラ・メルケルとビル・ゲイツが世界中の人にマイクロチップを埋め込もうとしているとか、ウイルスは自然淘汰だ、これでようやく民族体〔ナチの優生学における規範となる集合体〕は弱者から浄化されると言いだすこともなかった。ゴートは黙って道路を見つめつづけた。

「フランツィは何歳なの？」ドーラはまた口を開いた。

「黙っててくれないか？　運転してるんだ」

マルチタスクを避ける訓練をしてくれる人を探すなら、ゴートは最適だろう。ハンドルをしっかり握る。アクセルを踏む。他のことはしない。

ゴートはプラウジッツ街道を走った。市街地では速度を時速八十キロまで落としたものの、市外では一貫して時速百二十キロで走ったので、エルベ・ショッピングセンターはすぐに見えてきた。ゴートは駐車場に入り、ドーラが車から降りるのも待たず、先に回転ドアを通り抜けた。ドーラはヨッヘンを花壇の乾いた地面に下ろして、朝のおしっこをさせ、それからホームセンターに入ってしまったゴートのあとを追った。回転ドアではショッピングカートを押す客がひとりずつ通るのを待たなければならなかった。いらいらしている者はひとりもいないようだ。みんな、我慢強い。その場の雰囲気はこのあいだと同じでのんびりしている。

ドーラはゴートの大きな背中を追ってホームセンターの通路を歩きながら、他の客から夫婦と思われはしないだろうかと気にした。実際、ふたりはお似合いだ。ふたりともシミのあるTシャツを着て、シャワーも浴びていない。ドーラなんて、髪も梳かしていないし、朝食もとっていない。ドーラがついてくるか気にしないゴートの態度も、長年連れ添ってきた夫婦そのものだ。そう考えると、奇妙な感じがした。別の人生。野となれ山となれと決め込んだときの、自由に酔う感覚。

ゴートが急に立ち止まったので、ドーラはぶつかりそうになった。ふたりは壁用ペンキコーナーにいた。ゴートは頭の中でなにか考えているように眉間にしわを作って棚を物色している。そして大きな缶を六個取りだした。色は白。室内用。中程度の品質。ゴートがドーラのほうを向いた。

「他の色のほうがいいか？」

ドーラはびっくりして首を横に振った。そもそもペンキなんていらない。なにも欲しくない。ところがゴートはすぐレジに向かって歩きだした。ここでゴートからペンキを取りあげようとしたら、一悶着起きそうだ。昨夜、なんて言っただろう。

〝家具はいらないの。壁のペンキ塗りだってやってないんだから〟

ゴートがさっき頭の中で考えていたのは、ドーラの部屋の壁の面積だったのだ。ゴートは左右の手に十リットル缶を三個持っていた。ドーラはジーンズの尻ポケットに触った。よかった。財布を持ってきていた。

そのとき、ゴートがレジの直前でまたしてもいきなり立ち止まった。今度は見事にぶつかってしまった。壁クッションにぶつかったみたいな感覚だ。あやうくヨッヘンを踏みそうになった。そこはこのあいだトムとぶつかった場所だ。ゴートはびくともせず、ピラミッド型の棚に並んでいる大きな鉢植えを指差した。

「あれ、なかなかきれいだ」

鉢植えのほとんどはアジサイで、パステルカラーのふわっとした花が咲いている。

「大安売りだ」ゴートは言った。「ふたつ買うといい」

ホルスト・ヴェッセルとアジサイ。ダダイスムの詩の冒頭にぴったりだ。もちろんネオナチがアジサイを好まないとはどこにも書かれていないが。それでも変だ。善悪なんて簡単に区別できると思うのは、致命的な勘違いということらしい。

「そこのが一番いい」ペンキの缶を置かずに、ゴートは爪先で鉢植えをふたつ指した。「外階段に置くといい」

ドーラは鉢植えを持ちあげて、レジに運んだ。ついでに種芋がまた入荷したかレジ係に訊こうとしたら、ゴートがペンキの缶をレジのベルトコンベアにどんと置いた。ドーラは支払うしかなかった。

24　兵隊

庭木戸の前でゴートは急ブレーキをかけた。ドーラの上半身が前のめりになった。ゴートはエンジンをかけたまま、ペンキの缶を抱えて外階段を上り、椅子のあいだに置いた。踊り場はだんだん足の踏み場がなくなってきた。ドーラがいまだに椅子を家の中に運び込んでいないことについてはなにも言わず、ゴートはタバコに火をつけ、ドーラがアジサイの鉢植えを外階段の左右に置くのを見ていた。たしかに見栄えがいい。

「たっぷり水やりしろ」そう言うと、ゴートはドーラにタバコをすすめた。ドーラは黙ってタバコを吸いながら、庭を走るヨッヘンを目で追った。スマートフォンを見ると、十一時半だった。思わず午後はなにをするか訊きそうになった。

ふたりは手すり越しに同時に吸い殻を捨てた。

「見せたいものがある」ゴートが言った。

玄関のドアを開けると、ゴートは先に家に入り、屋根裏に向かってまっすぐ階段を上った。勝手知ったところを歩いているように見える。ドーラはまだ数回しか屋根裏に上がっていなかった。上の階は改修されていないため、子ども向けのホラー映画にでも出てきそうな無気味さがあった。むきだしの梁、クモの巣、ほこり。小さな天窓から差し込む微かな光。床はハエやチョウの死骸でいっぱいだ。ゴートは真ん中の大きな部屋にまっすぐ進んだ。積もったほこりにブーツの靴跡が残る。奥は勾配天井だったので、かがまなければならない。ゴートは床の決まった場所を探しているらしく、しゃがむと、両手でほこりと虫の死骸を払った。

「なにをしてるの?」

「ここは昔、幼稚園だった」ゴートが言った。

「この家が……?」

「村の幼稚園だった」ゴートはよく言うことを聞く馬の脇腹でもあるかのように支柱を平手で叩いた。「ずっと昔から。廃園になるまで」

ドーラのまぶたに、『ゴルツォーの子どもたち〔小学校に入学したあるクラスの子どもたちの人生を追ったドイツのドキュメンタリー映画〕』で観た光景が浮かんだ。モノクロで、ぐらぐら揺れる動画。制服姿の子どもたちがビデオカメラに向かって手を振り、幼稚園教諭の厳しい目に監視されながら、ふたり組になって外階段を上り、屋敷に入る。

「あなたもここに通っていたの?　子どものとき」

「もちろん」

「ハイニも?」

「みんな、ここに通ってた」

この屋敷を知っているのはゴートだけじゃないということだ。ブラッケン中の人がこの屋敷を知っている。ドーラの新しい隣人たちは人生最初の歳月をここで過ごし、たくさんの思い出を残しているのだ。ドアノブの形や台所の床のつなぎ目。動物の目のように見える床板の節目。地下から立ちのぼる湿った臭い。菜園で掘りだした壊れたおもちゃが脳裏をよぎった。他人の子ども時代が詰まった場所に住んでいたとは。

ドーラはゴートのそばに寄って、隣にしゃがんだ。ゴートは指で床を探り、探しているものを見つけた。大きな節目に黒っぽい木片が押し込んである。ゴートは人差し指の爪でその木片を持ちあげ、その隙間からなにかをつまみだそうとした。だが指がうまく入らない。

「うまくいかない」ゴートはあきらめて言った。「あんた、やってみてくれ」

ドーラは自分も手が大きいと言おうと思ったが、試してみると、人差し指と中指を中に差し込むことができた。床板の下を探ると、なにかに触れた。指先でその小さなものの角をつかんで引っ張りだした。

「もうひとつあるはずだ」

ふたつ目も取りだすことに成功した。ドーラはふたつのものを掌に載せ、勾配天井からはいだし、天窓から射し込む光に当てた。錫の兵隊だ。精巧な作りで色が塗られ、大きさの割りに意外と重い。一体は片膝をついて銃を構えている。もう一体は直立不動の姿勢だ。ゴートがドーラと並んで、笑みを浮かべながらドーラの手にかがみ込んだ。

「これって……その、あなたがここに隠したの?」ドーラはたずねた。「子どものときに?」

ゴートはうなずいた。

「遊ぶにはもったいないと思ってな。誰にも取られたくなかったし」

ドーラは急に泣きたくなった。指先で錫の兵隊の小さな腹部を撫でた。ゴートは体を起こした。

「あんたにやるよ」

ドーラがなにか言う前に、ゴートは身を翻して、階段を下りていった。だが今回も鍵を返してくれなかった。

25 Eメール

ドーラは椅子を家に運び入れ、食卓のまわりに置いた。そのあとシュテフェンのフラワーアレンジメントを取ってきて、二体の錫の兵隊を葉っぱのあいだに置いた。まるで沼地の葦の茂みに隠れて敵をうかがっているように見える。しばらく食卓にすわって成果をしみじみ見つめた。シュテフェンのデザインとゴートの過去からミニチュアの世界ができあがった。ちょっとした作品だ。ここに合う。屋敷全体がフラワーアレンジメントを中心にできあがっているかのようだ。カラフルなタイル、板張りの廊下、アジサイ、木製パレットのベッド。フラワーアレンジメントのおかげで、ここはもう仮住まいではなくなった。トムとシュテフェンからいくつか木箱を譲ってもらって、棚代わりにしてもいいかもしれない。ライフスタイルマガジンにそういうのがよく紹介されている。プリントがかすれている木箱の塔。そこには見るからに役に立たなそうなものをいくつか飾る。斜めに立てかけた本が二冊、本体が発光するランプ、大皿にリンゴが一個。そうすればいかにもベルリンのクリエーターの別荘という感じになるだろう。こっちはいいわよと言って人を招待することができるし、ドーラは幸せを満喫できる。現代人のイメージと現実のほぼ最高のベストマッチだ。

招待できるとしたら誰だろう、とドーラは考えてみたが、いくら考えても、実体を伴う知り合いなんていないことはわかっていた。昔はどうだろう。ロベルトとその仲間と会っていた。ベルリンの酒場でテーブルを囲み、ワインやビールを飲みながら、自我を生産するためにたえず頭を酷使していた。しゃべったり、笑ったりして、数時間だけ何人かで集まって、自己満足していた。美しく見えるが、あれではだめだ。コロナで酒場が閉まってしまったからじゃない。そういう光景の実態を知っている。ドーラはそこにまじってしゃべったり、笑ったりしていても、空虚な思いがしていた。話題はいつも同じだ。ネットフリックスの新しいドラマシリーズ、政府の失策、家賃の値上がり。話題によっては暗記していて、これからどういう展開になるか事前にわかる。夜が更けると、だいたい人間関係の話になる。子どもの世話をする必要があって、その場にいない若い夫婦に同情の声が集まる。あるいは全自動コーヒーメーカーのどれが一番おいしいクレマを作るかという話で盛りあがったり、誰かが、もうドイツでしかバカンスをしないと言いだしたりする。そのあいだドーラは、退席するのになんて言い訳をしたらいいだろうと悩みながら、結局最後まで付き合ってしまう。

欲しくもないものに憧れるなんて馬鹿げている。だがとても人間的だ。ドーラはスマートフォンを手に取って、ヨーヨーにメッセージを送った。

「椅子が揃ったから、遊びにきて」

切羽詰まっているわけではないと伝えるために、文末にスマイルマークをつけた。

数秒後にはスマートフォンが鳴って、返事が来た。

「椅子ってなに？　ジビュレ」

ドーラは画面を見て、困惑した。どうやらヨーヨーのスマートフォンはヨーヨーの未来の奥さんも見られるらしい。

「すわるのに使う道具よ」と、ドーラは返した。

「ブランデンブルク州に行ける状況ではないわ」とジビュレ。

ドーラは口をへの字に曲げた。家族でアスパラガスを食べたのは先週じゃなかっただろうか。ジビュレはヨーヨーのささやかなスト破りを手助けしたじゃないか。どうやらその矛盾に気づいていないようだ。そのあとに、スマイルマークと一緒にこんな文面が続いていた。

「ヨアヒムがストレスを抱えているの。あとで訊いてみる」

「ヨアヒムなんていないんだけど。勝手に作らないで」と、ドーラは返信しようと思った。

だがその代わりに、ニュースポータルを開いた。グレタ・トゥンベリがコロナウイルスに気象危機の完成予想図を見ているという。アンゲラ・メルケルが第二波を警告している。ベルリン・ブランデンブルク国際空港がやっと開港するという。有名な演出家が手洗いの命令には従えない、死ぬのは恐くないと言っているらしい。

胃がムズムズしてきた。ドーラは片手を腹部に当てた。カナダで元パートナーに腹を立てた男が警官に変装して二十二人を射殺した。ドナルド・トランプ大統領が消毒剤の注射を推奨した。

胃のムズムズが酷くなり、ドーラはタブレットを裏返して食卓に置いて、遠くに押しやった。それから指を伸ばして、膝をついている兵隊の銃の先端に触れてみた。少しちくっとした。気持ちがいい。ドーラは何度も銃の先端をつついて、ゴートのことを思った。錫の兵隊で遊ぶよりも隠すことを選んだ小さな少年のゴート。宝物を見るため、こっそり屋根裏に忍び込んだだろう。もしかしたらゴートも、銃の先端をつつくのが好きだったかもしれない。そんなことを考えているうちに、胃のムズムズが少し収まった。急にそこにすわっているのが楽になった。

そのあとフランツィがまた訪ねてきて、ヨッヘンと外で遊んでもいいかとたずねた。午後のあいだずっと女の子の歓声とヨッヘンの吠え声が聞こえた。ドーラは夕食にスパゲッティをゆでた。フランツィは小さいころにすわっていたという椅子のひとつに腰かけて、スパゲッティを三人分平らげた。そのあと絵を描きたいと言うので、ドーラはフランツィにコピー用紙とペンを与え、タバコを吸うために外に出た。家に入ると、台所の窓に虹色のハートがふたつ貼ってあった。フランツィはヨッヘンの絵を描くのに夢中だ。悪くない。ドーラはフランツィに、もう三十分いていいが、時間が来たら帰るように言った。フランツィは聞きわけよくうなずき、時間になるとおとなしく姿を消した。

数週間ぶりにドーラは音楽をかけた。ベルリンにいた最後のころは音楽も耐えられなかった。音楽は感情、思考、意見を求めるもうひとつの声だ。いまならドーラになにかを与えてくれるものだとわかる。ルドヴィコ・エイナウディの感じのいいピアノのパッセージを聴きながらワイングラス片手に窓台に腰かける。けっこう絵になる。

ワインと窓と物憂い気分からなるミニチュアの世界。そのときスマートフォンが鳴った。近いうちに立ち寄る、とヨーヨーがメールに書いてきたのかと思った。だがEメールは社長のズザンネからだった。日曜の晩、しかもかなり遅い時間だ。いまは開かないほうがよさそうだ。外は闇に沈んでいる。窓に映る台所がいい雰囲気を醸しだしている。ドーラは結局メールを開いて、最初の一行を読んだ。

「ドーラ、とても言いずらいんだけど……」

その先は読むまでもない。どういう言葉がつづくか察しがついた。

26
ペンキ

「いいことがあるそうだね」ハイニは言った。「ちなみに仕事が」

ドーラは笑うほかなかった。ハイニも顔を輝かせた。きょうのハイニは空にペンキを塗ろうと繰りだしてきた小さな宇宙飛行士といった感じだ。白い防護服に身を包み、白いキャップをかぶっている。大きなバケツとハケと養生テープと養生シートを携えている。それに長い柄がついたペンキローラーを数本、腕に抱えている。このシーンのとくに奇異なところは、大きな熱帯植物の葉がハイニに影を落としていることだ。熱帯植物は夜のあいだにドーラの外階段に生えたようだ。だがよく見ると、その熱帯植物は木製の鉢カバーから伸びている。大きくて、腕のような枝を伸ばし、指のような葉を広げていて、葉にはほこりを拭いた跡が見てとれた。

「雑草はすぐに生えてくるからな」ハイニはそのヤシの木を見て言った。

文句を言ったら、ゴートはきっと植物は家具じゃないと言うだろう。

ハイニが手を貸してくれた。両開きの玄関ドアを全開にして、ゆさゆさ揺れるその巨大植物をふたりで書斎まで引っ張った。四方に枝を広げたところは壮観だ。朝日を浴びて葉がキラキラ輝いている。

ドーラは人やものが突然あらわれても、気にならなくなっていた。台所で大きなポットでコーヒーをいれていると、ハイニはなにひとつ説明せず、書斎に養生シートを貼りはじめた。

三十分後、ハイニはコーヒーを三杯飲んでから、壁の半分にペンキを塗った。フランツィがノックもせず入ってきて、「どうしたの？」とたずねたかと思うと、ハイニからハケを渡された。フランツィは書斎のヤシの木を見て言った。

「なんだ、あんたもここにいたの」

それからフランツィは部屋の隅にペンキを塗った。

十一時ごろゴートが姿をあらわした。ドーラには目もくれず、ヤシの木を見てうなずくと、ペンキローラーをつかんだ。

これだけ助っ人がいれば、仕事ははかどる。ドーラはさらにコーヒーをいれ、フランツィにはコップに水を注いで持っていった。みんな、汗だくだ。ハイニは溢れんばかりの在庫からジョークを連発しながら、養生シートがずれないように注意した。

書斎と寝室のペンキ塗りが終わり、廊下に取りかかると、ゴートは口笛を吹きだした。トリルとビブラートをまじえ、なかなかうまい。音楽のセンスがあるのに、一度も楽器を習ったことがない人のようだ。曲名は「青い山脈からぼくらは来る〔一九四〇年代のドイツのヒット曲で、童謡として知られている〕」。フランツィがうれしそうに一緒に口笛を吹いた。車で家族旅行をしたときにみんなで歌ったりしたのだろうか。リフレインではハイニが大きな声でハミングした。三度目にドーラも勇気をだして、歌詞を歌った。「学校では問題をあてられず、先生は休日がお楽しみ」気づくと、みんな、ハケを指揮棒のように振りまわしていた。

次にハイニが「冷え冷えのボマールンダー〔ドイツのロックバンド「ディ・トーテン・ホーゼン」の曲。ボマールンダーはドイツの蒸留酒〕」をハミングした。これはもっと耳に残る曲だ。ドーラは修学旅行で林間学校に行ったときのバスの中で愉快に合唱したことを思いだした。あれっきり誰かと合唱する機会がなかった。楽しくはあったが、ドーラはホルスト・ヴェッセルが歌われるのではないかと内心冷や冷やしていた。だがこれは杞憂に終わった。次はフランツィが「お猿が森を駆ける〔ドイツの童謡〕」を歌い、そのあとは東ドイツの古い歌がつづいた。「ボッレは聖霊降臨祭に旅をする〔ベルリン方言の民謡〕」と「赤い帯が世界を囲む〔旧東ドイツのプロパガンダソング〕」。ドーラとフランツィの知らない歌だったので、男たちが歌詞をがなりたてたのについていくほかなかった。だが最後は「誰もが理解するその言葉は連帯！」というリフレインを四人揃って歌い、腹を抱えて笑った。

　さんざん歌ったあとはしばらく黙ってペンキ塗りを続けた。そのときドーラはしばらくのあいだ忘れていた前の夜のEメールのことを思いだした。

「ドーラ、とても言いずらいんだけど、フェアウェア社までストップボタンを押して、キャンペーンを当面見合わせると言ってきた。グートメンシュのアイデアは気に入っているけど、状況が不透明なので、大々的に予算を組むリスクは冒せないというの。来年、状況が好転したら、キャンペーンを実現させたいそうよ」

　そのあとズザンネはやさしい言葉で解雇を通知し、残念だという言葉でしめくくっていた。そういうこと。ドーラもわかっていた。予算が吹っ飛べば、人を減らすしかない。多くの人に起きていることだ。そしてこれからも多くの人に起きることだ。それでも愕然とするほかない。自分はかけがいのない人材だ、運命が目こぼししてくれる、と思っていた。

　最悪なのは結びの言葉だ。ズザンネはＳｕｓ－Ｙ社の連帯と持続を高らかに謳いながらこう書いてきた。

「このような時代となってはいたしかたない。将来、この状況が一段落したらぜひ復帰してほしい。じゃあまた、ズザンネ」

ドーラは、これがなにを意味するか真剣に考えておかなかった自分に腹を立てた。だが淡々とハケで壁にペンキを塗っていると、そのことが脳裏をよぎってしまう。家を買ったばかりで、予備のお金は使い果たしてしまった。毎月の返済もある。もちろん、こういう状況に置かれた同僚がいたらこうすすめるだろう。フリーランスになれ。それも、すぐに。最近のめぼしい仕事のポートフォリオを作り、自分のウェブサイトでフリーコピーライターとして売り込む。日雇い、週雇いでもいいから、ドイツ中の広告代理店で社員が病気や妊娠や過労になったときの助っ人として登録してもらう。フリーランスのほうがずっといい、とフリーになった人間は言う。仕事量を絞っても、もうけは大きい。日当は七百ユーロから八百ユーロ。ドーラの元チームメイトのオリがよく言っていた。

「金を窓からどんどん捨てる奴がいる。下に立っていればいいのさ」

だがドーラも同じようにうまくいくかどうかは未知数だ。コロナ禍になってもまだ依頼人が金を窓から捨てるかあやしいものだ。だけど一番の問題はそこじゃない。ドーラはこれまでフリーランスとよく組んで働いてきたから、彼らの自由な人生がどういうものかよくわかっていた。エリート兵士と同じで、人より抜きんでていて、ストレスに対する抵抗力が求められる。午前中の十一時にブリーフィングがあって、午後五時には七百ユーロから八百ユーロの日当に見合ったアイデアをださなければならない。毎回受ける仕事が期末試験と同じだ。毎回、評価される必要がある。そして常勤はフリーランスのミスをうかがっている。ブンデスリーガの誰かがボールにけつまずくのを見て喜ぶ地方のサッカー選手の心境と同じだ。ストレスだらけの人生。衆目にさらされた仕事。ドーラは鳥肌が立った。妄想を抱くのも、胃潰瘍になるのもごめんだ。解雇保護法や公共職業安定所と関わり合うのも願い下げだし、窓みがきやEメール書きで空虚さを埋める気にもならない。厳密に言えば、なにがしたいか自分でもわかっていなかった。できることなら、二年前と同じでいたい。安定した仕事、良識のある生活、そしてバルコニーでロベルトと過ごすひととき。けれども、それが可能だとしても後戻りはできないと気づいている自分もいる。なにかが変わってしまった。

ドーラがそんなことを考えていると、ゴートがいきなり指にペンキをつけて、フランツィの鼻につけた。フランツィはきゃあっと叫んで、鼻に白いペンキをつけたまま駆けだした。ゴートはつづいてドーラに指を伸ばした。ドーラはドアで通じている書斎、寝室、廊下、台所、バスルームを逃げまわった。ゴートの足はびっくりするほど速かったが、ドーラもすばしっこかった。だがゴートは突然走る向きを変え、台所でドーラを待ち受けた。ドーラをつかまえると、顔中に白いペンキを塗った。ドーラは息ができなくなるほど笑った。この世のEメールなど遠いことのように思え、そんなどこも知れないところから届くメッセージなど無視していいという気になった。

ハイニはいつのまにかいなくなっていて、しばらくすると家の外でゴロゴロとなにかを動かす音がした。ドーラが台所の窓からうかがうと、家の角をまわってくるハイニが見えた。キャスターがついたスペースシャトルのようなものを引いている。防護服はエプロンに代わっていて、そのエプロンには「シリアルグリラー参上」というロゴがプリントされていた。ステンレス製のスペースシャトルを窓の下に設置すると、まもなくグリルしたソーセージの匂いが家の中に漂いはじめた。ハイニは焼けたソーセージを窓からよこし、ドーラはそれを皿に受けた。ドーラ自身はパンなしで三本、ゴートは五本平らげ、フランツィは二本半食べて、「熱々のソーセージはいかが！」とハイニから声がかかると、そのたびに「それはどうも、私は熱々のフランツィよ」と答えて、ゲラゲラ笑った。

食事が終わると、ハイニはコーヒーを何杯も飲み、ゴートとドーラは窓辺でタバコを吸った。"じゃあまた、ズザンネ"という気分だった。ドーラはもう一本タバコを吸った。庭ではカケスを警戒してツバメが何羽も飛びまわっているが、カケスは誇らしげに草の中を歩くだけで、ツバメの巣には興味がないようだ。

日が暮れて、鳥がいなくなった。ドーラたちはさらにペンキ塗りを続け、ソーセージを食べ、歌を歌った。ちゃんとしたデスクがいるか、とゴートに訊かれたが、ドーラは激しく首を横に振った。ハイニは、今度は電気工の装備を整えてきて、照明器具を取りつけると言った。

ドーラは、みんなを帰したくなかった。どうせならすぐに照明器具を取りつけてくれないかと頼みたかったくらいだ。玄関のドアが閉まると、静寂に包まれた。ドーラはベッドに横たわった。体の節々が痛い。目をどこに向けても清潔で新しい。ペンキ塗り立ての臭いがする。シャワーを浴びたいが、その元気がない。ヨッヘン・デア・ロッヘンも、一日だらだらしていて、散歩もしなかったのに、ぐったりしている。おそらく残りのソーセージをこっそり食べたせいだろう。素敵な一日だった。ハイニ。青い山脈。みんな、気さくだった。フランツィ。あの子はよく笑い、よく働いた。

ドーラはベッドに横たわる失業者をイメージしてみた。なにもすることがなく、誰からも必要とされない人間。無力だ。

ずいぶん前にヨーヨーが言っていた。人間の人生は将来、健康の如何で決まるようになるだろう、と。

「健康の理念が政治の理念を押しのけるだろう。医者がいて、その医者と戦う弁護士がいる世界だ。そこに、医者と弁護士の戦いを世に知らしめるジャーナリストが加わる。このどれかを職業にしたほうがいい」

これがドーラの問題だ。ドーラはシステムに関わる《ジュステームレレヴァント》存在ではない。ヨーヨーならシステムに関わる《ジュステームレレヴァント》が、ドーラは違う。自分のホームページを作り、フリーランスとして売り込みをしても状況は変わらないだろう。じゃあまた、ズザンネ。

27 ザディ

翌朝も人が訪ねてきた。今回はベルを鳴らしてくれたので、髪を結んでパンツをはく時間があった。よく眠れなかったので、きょうはなににも耐えられそうになかった。自分自身にも、来客にも。

玄関に立っていたのは、いままで会ったことのない女性だった。ドーラよりも少し若くて、厚化粧だ。短くカットした髪はプラチナブロンドに染めていて、唇にはピアス、腕にはびっしりタトゥーが彫られている。左肩には、男が彫ったほうがよさそうな、胸をはだけた人魚の上半身のタトゥーまであった。

「おはよう、ザディ」女は言った。

ドーラはザディと名乗っていないので、この来訪者の名前に違いない。

「種芋」そういうと、ザディは丸々ふくれた袋を持ちあげてみせた。重さは十キロはありそうだ。この村ではみんな、魔法の霊液でも飲んでいるのだろうか。どうしてドーラが種芋を必要としていることを知ったのだろう。だがそんなことを疑問に思うだけ無駄なのかも知れない。「村の連絡網」があるのだろう。

「コーヒー?」そうたずねると、ザディはドーラを脇にどかして家に入り、台所に向かった。大人になった幼稚園児がまたひとりということか。この屋敷がわが家であるかのように振る舞っている。ドーラが台所に入ってみると、ザディはすでにテーブルについていた。だがまだコーヒーの準備はしていない。ドーラも飲みたかったので、さっそく湯を沸かすことにした。

「ブラック」ザディは湯が沸く前に言った。「ミルクと砂糖なし」と付け加えなかったら、ドーラは「ブラック」がザディのお気に入りの色だと思っただろう。あるいは支持政党のカラー〔ドイツの中道右派政党キリスト教民主同盟のカラー〕。

「ベルリンから脱出？」

自分の出身はミュンスターだ、とドーラは言おうとしたが、そのタイミングがなかった。

「いっぱいいるよね」ザディが言った。「都会なんて糞だよ。いまはとくにね」

パンデミックがきっかけで、たしかに田舎暮らしのルネッサンスが起きるだろう。実際、ホームオフィスで仕事をするなら無人地帯でもいいし、ウイルスが本格的に蔓延していない田舎なら自由を感じられる。都会はストレスだらけの悪夢だ。けれどもザディはそのことで話し相手を必要としない。言いたいことは脳内でできあがっているようで、ひとりで話しつづける。

「ここは幼稚園だった」

ドーラはうなずいて、口を開くのをあきらめた。寡黙と饒舌はブラッケンでは矛盾しない。ドーラはコーヒーをいれることに気持ちを集中させることにした。

「廃園になった。どこも同じ。いまじゃ保育施設はコッホリッツにしかない。だからオードリーを送り迎えしないといけない。アンドレはもう小学校に上がってるけど」

「おんどれ」とか「おんどり」と聞こえたので、ドーラはそれが名前だとすぐにはわからなかった。

「プラウジッツ。学校。バスで一時間。七時に家を出る。仕事から戻って休めるのは三時間だけ」

ドーラは耳を疑った。ザディには子どもがいるのに、仕事から帰るのは朝の四時ということになる。だが訊き返す必要はなかった。ザディの独り言がそのまま続いた。

「大きいのはプラウジッツ、小さいのはコッホリッツ、家事をやって、ちょっと昼寝。それから小さいのをお出迎え。子どもを預けられるのは六時間だけ。経済的にそれ以上はむり。母子家庭。別れた夫はお金をださない。ちょっと複雑」

ドーラはコーヒーを並々注いだカップをふたつテーブルに置いて、椅子にすわった。ザディはひと口飲んでうなずいた。「うまい」

そのあとザディはカップを指で回しながら本格的にしゃべりだした。

「いまはコロナで保育施設も学校も閉鎖でしょ。だけど、うちのボスは理解がないんだ。それでも働かなくちゃね。ロックダウンで私らボロボロ。ベルリンの連中は誰もそのことに気づかない」

ドーラとしては、ベルリンの連中もブラッケンの連中と同じで大変だと言いたかった。それに各州都はロックダウン解除に舵を切りつつあるが、ベルリンはそうじゃない。だがその代わりにこう言った。

「私も失業したところ」

そういうことをなにごともなく口にできるとは。それは仲間入りを宣言したようなものだ。ドーラは失業し、失業者の仲間入りをした。この村の一員になったとも言える。この次は「私には仕事がない」と言うことになりそうだ。だがそれまでまだ少し時間がある。

「酷いね」ザディは言った。

それから彼女の話がはじまった。しゃべりながらしきりに短い髪を撫でたり、リップピアスをいじったりしている。ドーラはコーヒーを注いだ。ザディの話に興味を覚えはじめたのだ。

ザディはベルリンの西の端にある製鉄所で派遣社員として働いている。担当は天井クレーンの操縦だ。常時夜勤で、通勤時間は一時間。天井クレーンがどんなものか知らなかったが、ドーラは、この華奢な女性が真夜中に広い工場の天井でクレーンを動かし、真っ赤に溶けた銑鉄でいっぱいの巨大な炉体を高炉からだして、型に流し込むところを想像してみた。

午後五時半、ザディはふたりの子どもの食事をテーブルにだし、たいていは子どもが食事を済ます前に出勤する。十歳のアンドレは妹をベッドに寝かせてから、ネットサーフィンをして夜を過ごす。ザディとしてはやめさせたいが、三十分ごとに電話をかけて、寝るように言ってもなかなか言うことをきかない。午前四時にザディは帰宅し、カウチに横たわって、二時間ほど仮眠する。たいていはストレスで眠れない。そして午前六時には朝食の用意をする。

「はじめのうち、私が日中、家にいるので、緊急保育を認めてくれなかった」ザディは笑った。「子どもたちを数時間、託児所に預けてたんだけど、コロナ禍になってから、週末くらいしかまともに眠れない。工場がつぶれないことを祈るばかりよ。労働時間を短縮されたら、うちはもうおしまい」ザディはドーラにカップを差しだして、またコーヒーを飲み干した。

「アンドレはマウンテンバイクを欲しがってて、そのためにもう半年もお金を貯めてる」ザディはアイメイクを台無しにしないように気をつけながら顔をこすった。「週末に私の母がたまに子どもを引き受けてくれる。そういうときは十二時間寝つづける」ザディは微笑んで口をつぐんだ。ベッドのことを思っただけで、瞬間睡眠に陥ったかのようだった。

いまの話からすると、子どもたちは毎夜、留守番をしていることになる、とドーラは思った。

ザディはぱっと目を開けて言った。

「だけどフルタイムで働けるのは製鉄所しかないのよ。夜勤だから、日中は子どもといられるし」

ベルリン・プレンツラウアーベルク区の母親たちなら、毎晩、お互いに寝かしつけるふたりの小さな子どもになんて言うだろう？　ドーラは毎夜、徹夜で働き、日中家事をして、子どもの世話をするところを想像してみた。過労と不安しかない人生。子どもや生活費を心配し、いつまで持ちこたえられるか気を揉む生活。

だが想像がつかなかった。ザディの話は想像を絶していた。ドーラが思いついたのは自分が日頃気にかけていることだった。寝室を飛びまわっていると思い込んでいたハエのこと、神経性の腹痛と胃のムズムズ。コロナに危機感を覚えているパートナー。

だがいまは失業した身だ。もしかしたらこれが正常化への第一歩かもしれない。フィルターバブル〔インターネットで利用者にとって好ましい情報ばかりが選択され、逆に社会から孤立する様子をあらわす語〕や反響室現象〔自分と同じ意見が反響することで、自分の考えが増幅されることを指す〕から離脱して、本当の生活に戻る。ザディの待ったなしの現実に。プレンツラウアーベルクでは誰も想像だにしないことだろう。もしかしたらＳｕｓ-Ｙ社にクビにされたことに感謝すべきかもしれない。じゃあまた、ズザンネ。

「一生懸命やってるんだけど、なにもかもうまくいかない」ザディは言った。「この半年、週に何度も学校に呼びだされて、アンドレがいけないことをして、成績が急落していると言われてる。このあいだは校庭で紙ゴミのゴミ箱に火をつけたという。放課後、家に帰ってこないので、あの子を探して、界隈を車で走りまわることもよくある。話し合おうとしたら、私が浮気をして、あの子のパパを家から追いだしたと言われた。私は泣けてきて、話にならなかった」ザディは笑った。「馬鹿ではないわね、あの子」ザディはまたドーラにカップを差しだし、コーヒーを注いでもらった。「そう考えると、コロナは幸運だったわ。アンドレは放校寸前だったから。これであの子は冷却期間がもらえて、やり直すチャンスが得られた」ザディはコーヒーの礼に会釈して、すぐに半分くらい飲んだ。「きっとうまくいくわよね？」

正直言うと、ドーラの見立てはまったく逆だった。すべてうまくいかない。仕事、住まい、町、パートナー、友人、政党、バカンス。たえず欠陥を見つけ、検討し、話し合い、削除するしかない。ドーラはザディをちらちら観察した。また放心して、遠くを見ているザディは若い。まだ三十歳にもなっていないだろう。それなのにがっくり肩を落としてすわっている。化粧をしていても、顔色が悪く、目に隈ができているのがわかる。ドーラはこの若い女性に畏敬の念を覚えた。畏敬の念だなんてずいぶん古くさい感情だ。だがひさしぶりなのに、すぐその言葉が脳裏に浮かんだ。それにザディには感心した。普段は隠れて見えない国民の底辺を垣間見たような気がする。金持ちの国だというのに、地方がないないずくしだなんて、本当に信じがたい。医者もいない、薬局もない、スポーツクラブもない、バスも来ない、酒場もない、幼稚園も小学校もない、青果店もベーカリーも精肉店もない。地方では年金生活者が年金で暮らしていけない。若い女性が子どもを育てるために日夜働かなければならない。そういう地域で、風力発電の風車を止め、通勤者にディーゼル車を禁止し、農地を競りにかけて、開発業者に売り渡し、天然ガスを買う金のない人から薪ストーブを取りあげ、最後のレクリエーションであるバーベキューやキャンプファイヤーまで禁じようと声高に文句を言う。あとはすべてスムーズに行くことを期待している。逆らう者はこきおろされる。馬鹿な農民、あまのじゃく、あるいは露骨に民主主義の敵だ、と。

なんだかドイツは「ドイツのための選択肢《AfD》」を得るべくして得た気がする。

ザディは泣き言を言わず、すべてうまくいくと思っている。ドーラは立ちあがって、この若い女性を抱きしめたくなった。だがそこまでの勇気はなかった。

それでも、ザディはドーラの気持ちがわかったようだ。顔を上げて、はじめてドーラの顔をまっすぐ見つめた。

「ここにすわって、コーヒーを飲んで、ちょっぴり話をする。最高ね。ひさしぶり」

ふたりはカップを打ち合わせた。カチンと鈍い音がした。

「たまに私はまともに存在していないような気がするんだ」ザディは言った。「無茶苦茶でしょ。いつの日かあの世に行くだろうけど、その前からこの世にいないなんて」

大学に入学したてのころ、ドーラはある講師から演劇理論の基本を学んだ。その講師によると、どんな物語にも、主人公が人生を変えるような認識に至るときがあるという。その認識はたいてい些細な細部に宿っている。なにか観察したとき、一見どうでもよさそうな情報に接したとき、あるいは脇役が漏らしたセリフを聞いたとき。その過程を、講師は「人生の妙薬の獲得」と呼んでいた。ドーラはザディを見た。この人は人生の妙薬をもたらす人だ。〝たまに私はまともに存在していないような気がする〟じつはドーラも、日ごろ思っていることだ。子どものころにあった自分がいるという感覚をまた思いだした。ランタイムエラー0×0。子どものときはそんなことに不安を覚えたことなどなかった。いまここがあるのみ。おしゃべりな心の声が一瞬、口をつぐみ、また元に戻った。ドーラは自分のことをザディに話して、同じような経験はないかと訊こうかと思った。

だがサディはちょうど窓の外を眺めていた。

「あら、プロクシュのところのおちびじゃない」ザディが庭を指差した。「ここでなにをしてるの?」

フランツィは芝生をジグザクに走りまわり、ヨッヘンがフランツィを捕まえようと追いかけている。ヨッヘンが追いつくと、ふたりは草むらを転げまわり、それからまた立ちあがって、追いかけっこをつづけた。

「ナディーネの娘」ザディがドーラを見た。「あの子の世話をしてるの?」

プロクシュ、ナディーネ、世話をする。はじめは言い淀んだが、それからドーラはかいつまんで話した。

「フランツィはコロナのせいで父親のところにいるの。うちの犬と遊ぶのが好きらしくて」

ザディはうなずいた。

「以前はアンドレとよく遊んだものよ。ナディーネがフランツィを連れていったとき、アンドレは落ち込んでいた。フランツィをまたこっちによこすとは思わなかった」

「どうして？　奥さんがゴートを裏切ったんでしょ？」

「えっ？」ザディが笑った。

「ボフロストで働いている人と」

「馬鹿な」ザディはさらに大きな声で笑った。「誰かからでたらめな話を聞いたようね」ザディはテーブルに両手を置いた。爪が長くて先端が尖っていて、空色に塗られていた。「ナディーネのことはよく知ってた。彼女のところも母子家庭だった。夫がいながらね。ゴットフリートが馬鹿なことをしたのよ。それでナディーネは出ていった」

「馬鹿なこと？」

ドーラは不安を覚えたが、ぜひとも知りたいと思った。窓を開けると、カップの受け皿を灰皿代わりにテーブルに置いた。

「ありがとう」ザディは差しだされたタバコをくわえ、黙って何度か深々と吸ってから話しはじめた。

「殺人未遂、重大な傷害」

ドーラは驚きを隠せなかった。

「難民に対して？」

「左翼相手よ」

胃がムズムズしてきた。最悪の感覚だ。

「プラウジッツでのこと。三年前。ゴットフリートと他の仲間ふたりは」ザディは時計を見てぎょっとした。一気に三分の一が燃えるほどタバコを強く吸った。「カップルといざこざを起こしたのよ。女性のほうを脅して、男性にナイフを突き刺した」

ドーラはタバコをもみ消した。なにも食べずに、コーヒーばかり飲み過ぎた。できれば横になるか、長めの散歩がしたかった。ザディも用事があるようだ。休憩時間が終わって、せわしない日常に戻らなければならないようだ。だがもう少し話が聞きたい。

「それなら、なんでゴートは自由にしていられるの？」

「そういうところがこの国なのさ」ザディはにやっとした。「ちょっとお務めして、あとは執行猶予」

ということは、それほど大きな事件ではなかったのかもしれない。情状酌量されたか、正当防衛だったか。村では話に尾ひれがついているようだ。

だが同時にドーラには別の気持ちもあって、ザディを信じない理由を探した。ゴートに罪はないと思いたかった。暴力犯罪に及んだ奴が隣に住んでいるなんていやだったからだ。もう一つの事実《オルタナティブファクト》ってのはこうやって作りだされるのだろう。

「多文化主義者なんて、私だって我慢できない」ザディは立って、タバコの火を消した。「こっちは苦労してるのに、外国人ってだけで、どんどん援助をしてもらえるなんてね。でも、ナイフはだめだよ。私はそう思う」肩をすくめると、ザディは向きを変えて歩きだした。「コーヒーをごちそうさま」

人種主義に麻痺する時間も、外国人排斥を臭わす言動でザディを最低の人間だと思うべきか悩む余裕も、暴力を否定した点では善人と言えるか考える暇もなかった。ザディが早足に廊下を歩いたので、ドーラはドアまで案内するのに急がなければならなかった。

「種芋をありがとう」そう言ったときにはもう、ザディは家から出て、庭木戸の前に止めた黄色のルノー・クリオに乗り込んでいた。

ドーラは開いたままの玄関にたたずみ、道路を見た。ちょうどそのときすごいスピードで車が通りすぎた。ザディが車を発車させるまでに静かな空白があった。異様な静けさだ。静寂はメッセージでもあった。フランツィとヨッヘンがいない。

28　博物館

グスタフに乗って、ドーラは村の中を走りまわった。怒っていなければ、ささやかなサイクリングをそれなりに楽しめたはずだ。ドーラは落ち着こうとした。フランツィとヨッヘンはどこへ行ったのだろう。コッホリッツまで歩いていって、電車でベルリンに向かったとは考えにくい。捕まえたら、フランツィにたっぷりお説教するつもりだ。ヨッヘンを連れて黙っていなくなるなんて！　ヨッヘンだって、フランツィについていくなんて、どういう了見だ。しかもリードも首輪もつけずに。どちらも玄関のフックにかけたままになっていた。

途中の庭では、住人がいつもより時間をかけて芝刈りをしている。誰も小型犬を連れた女の子を見かけていないという。ドーラは村を出た。砂の道でグスタフの後輪がスリップした。森に入って、十字路のベンチにも行ってみた。誰もいない。ヨッヘンを呼んだが、木霊が返ってくるだけだった。カケスも姿を見せなかった。できることなら母親に電話をかけたかった。世界中がデジタル化されているというのに、あの世に電話すらないなんて。

〝やだわ、おちびちゃん！〟母ならそう言うだろう。〝なにがあったというの？〟

それはないだろう。なにが起きてもおかしくない。ヨッヘンがベルリンに戻る決心をしたかもしれないし、ブラッケン街道で車にひかれた可能性だってある。

〝なんとかなるわよ〟母は言うだろう。そしてドーラは想像の中の受話器を叩きつけるように置く。村に戻ったドーラはびっしょり汗をかいて、体中ほこりだらけになっていた。さて、どうしたらいいだろう。台所にすわって、ヨッヘンの帰りを待つなんてできない。あの子に会えなくなると考えただけで、なにも手がつかなくなる。自分でもびっくりするほどだ。もうこれ以上なにも失いたくない。この数ヶ月で充分にものが消えた。ふと思って、ドーラはゴートの塀の前で自転車にブレーキをかけ、門を揺すってみた。鍵はかかっていない。殺人未遂。重大な傷害。その一方で錫の兵隊をくれた。追いかけっこをして、ペンキを塗り合った。敷地に入ったくらいで殺されたりしないだろう。それでもあまりいい気はしなかった。

ドーラはグスタフを押して門をくぐると、あたりを見まわしてみる。これまでゴートの世界はいつも塀越しに見るだけだった。思ったより広い。母屋とプレハブ小屋とのあいだの広さはテニスコートくらいある。よく片づいていて、芝がきれいに刈ってある。ガーデンチェアは逆さにしてテーブルに載せてあった。プレハブ小屋の前に飾ったゼラニウムは瑞々しく力強い。ドーラの土地に接する塀のそばに木箱が置いてある。ガーデンチェアの付属品。ゴートが唯一片づけなかったものだ。

ドーラはグスタフを立てて、プレハブ小屋のほうへ歩いていった。芝生はふわふわしていた。ドーラのところの草ぼうぼうの庭とは段違いだ。プレハブ小屋の外階段の横に、腰を下ろしてしゃがんでいるオオカミ像がある。口を軽く開けていて、牙と舌が見える。オオカミが世界に向けるまなざしは遠目に見たときよりもおだやかだ。実物そっくりで、いまにも目くばせをしそうだ。木製の被毛がじつによくできていて、軽くうねったその被毛が全身を覆っている。誰が製作したのか知らないが、すごい才能だ。

ドーラは外階段を上って、プレハブ小屋のドアをノックした。反応なし。ピックアップトラックはいつもの場所にあるのに、ゴートはまた不在らしい。もしかしたら暴力犯罪に及んだ仲間とつるんでコーヒーでも飲んでいるのかもしれない。ドーラは脳裏に浮かんだその光景を振り払って、プレハブ小屋をひとまわりした。そこから裏手の境界までジャガイモ畑になっている。たっぷり水やりをして、緑に覆われているその地面を見て、うらやましくなった。自分の菜園にはまだ土塊しかない。ジャガイモ畑にヨッヘンが掘り返した跡があった。しかし踏み潰された犬の姿はない。他にどこを探したらいいだろう。残る可能性はひとつだけだ。ドーラは身を翻すと、芝生を横切って母屋に向かった。

玄関は家の脇にあった。長く考えず、ドアノブを押し下げた。鍵はかかっていない。空き家の典型的な匂いが流れだした。湿気った壁と過去の匂い。そこはワードローブとして使っている前室だった。壁に上着がかけてあり、床には無造作に脱ぎ捨てた靴が転がっている。男物のブーツ、女物のサンダル、子ども用の室内履き。家族が帰宅したばかりのような印象を受ける。上着と靴からもわっとした臭いが立ちのぼっていなければの話だが。ドーラはぞくっとした。前室を通って廊下に通じるドアを開けると、右手にある台所に向かった。そこにはすさまじい光景が待っていた。食卓には開いたままのテレビガイドの雑誌が一冊。日付は二〇一七年九月二十二日。その横にコーヒーカップがひとつ。内側に黒いシミがあり、カビが生えている。流しには汚れがこびりついた食器。配膳台に載っている半分になったパンは石のようにカチカチだ。そして食卓に椅子がない。

ドーラは他の部屋も覗いてみた。そのたびに吐き気を覚えながら見入らざるをえなかった。寝室のダブルベッドはベッドメイクされていない。洋服ダンスの扉は開けっぱなしで、引き出しも戻していない。なんだか誰かがあわてて必要なものだけかき集めた跡のようだ。リビングにはほこりをかぶった大きな液晶テレビ。カウチには適当にたたんだ毛布。最近、誰かがそこにすわっていたかのようだ。「最近」と言っても、それは二〇一七年九月二十二日に違いない。三年前のスナップショット。一枚の紙に焼きつけられた過去。逃避の博物館。

絨毯に丸くへこんだところがあって、床の他のところよりもきれいだった。ここにあの大きなヤシの木があったに違いない。ローテーブルには元気そうな小ぶりのヤシの木が三鉢のっている。ゴートはときたま水やりをしているようだ。ドーラは窓辺に立って、自分の家が見えることに驚いた。ここからの景色は塀とニセアカシアに半ば遮られていて見慣れない。屋敷はまるで空き家のようだ。ドーラは、ここにいてはいけないと感じた。突然なにかが起きた。ベールが取り払われたような感じだ。部屋の様子が変わった。輪郭がくっきりして、色彩も濃くなった。ドーラは驚いて見回した。すべて本物だという声が脳内でして、それっきり声は口をつぐんだ。ドーラは観察を続けた。自分を包み込むゴートの家、その下は地球、その上は宇宙。宇宙を公転する球体に暮らす八十億の人々。ドーラにはそれが感じられた。言葉にならない太古の知。わかるのは有と無の違いだけ。

ランタイムエラー0×0とドーラは思う。そのときなにかが倒れた。

その鈍い音は上からした。ガサガサという音。

「ヨッヘン！」

ドーラは廊下を駆けて、階段を上った。見てすぐにわかったことだが、階段には使った形跡があった。ステップの真ん中のほこりに踏んだ跡が残っている。階段を上がりきったところにも足跡がある。とくに大きくないから、子どもの足跡だろう。

二階に上がると、ドーラは廊下についている足跡を追った。ドアはすべて開け放してある。ちらっと見たところ、部屋はどれも改装する予定だったようだ。半分できかけのバスルーム、部屋のひとつはゲストルームらしい。中断した工事現場、むきだしの下地に養生シート。左側の最後のドアだけが閉まっていた。ドーラはノックもせずにドアを開けた。

ドーラは一瞬、目の置きどころがなかった。子ども部屋なのは疑いない。誰かが寝起きしているのも間違いない。だがその乱雑さには言葉を失う。床にはいろんなものが散乱している。幼児用のおもちゃ、本、衣服。床はすり減っているところもある。勉強机は文房具の墓場だ。黄ばんだ紙、乾いてしまった糊のチューブ、キャップのないフェルトペン。子ども用ベッドに重ねてある毛布と枕はホームレスのキャンプを彷彿とさせる。そして壁際にはぬいぐるみの一団が陣を張っている。といっても、ぬいぐるみはどれもくたっとしていて、悲しげだ。ドーラは床に落ちているポテトチップスの空き袋とナイトテーブルの上の懐中電灯に目をとめた。どうやら電気も水も来ていないらしい。

フランツィはこんなところで生活しているのだ。ミイラ化した家でひとり暮らし。自分の子ども時代の残骸に囲まれて。

ナディーネ・プロクシュがこの惨状を知っているとは思えない。娘はパパと昔のように暮らしているものと信じているだろう。母親の居場所をつきとめて、フランツィを引き取らせなくては。あるいは、ただちに青少年局に連絡をする。

フランツィは床にじっとすわって、ヨッヘンを膝に乗せていた。ヨッヘンはポテトチップスの欠片に覆われている。ヨッヘンがなにをしでかしたかすぐにわかった。ガツガツむさぼってから、まずいと気づく。いや、はたして気づいたかどうか。

「ここにいたの」

ドーラは驚いたそぶりを見せまいと、声の調子や身振りに気をつけた。だが本心ではここで見たものに胸が張り裂けそうだった。だがそのことをフランツィに気づかれてはだめだ。フランツィが置かれている状況が尋常ではないなどと考えてはいけない。

「私の部屋よ」フランツィは誇らしげに言った。またしても幼い少女モードだ。ドーラはポーカーフェイスに徹した。両手をポケットに突っ込み、わざとらしく見回した。

「素敵じゃない」

フランツィが顔を輝かせたので、ドーラはまた胸がちくっと痛くなった。

「必要なものは、なんでもあるわ」フランツィは甘えた声でそう言うと、身の回りのカオスを見た。

「長くつ下のピッピって知ってる?」ドーラはたずねた。

「もちろん!」

「大きな家でひとり暮らししているのよね。ペットと一緒に」

「そう、そう!」フランツィはぱっと立ちあがった。そのせいでヨッヘンは膝から転がり落ちた。

「私は長くつ下のピッピ、この子はニルソンさん!」フランツィはヨッヘンを指差して何度も繰り返した。「ニルソンさん、ニルソンさん！」上半身を左右に傾けて、おかしなダンスをしながら小声で歌った。

「三かける三は九、二かける九は……」

オリジナルと歌が違う。

「わかったわ、フランツィ」とドーラ。「よくわかった」

フランツィはいきなり押し黙り、ベッドに腰かけてうつむいた。なにか間違いを犯したとでもいうように。ドーラは黙って待った。

「ママには話さないでね」フランツィは普通の声で言った。

「パパのところが好きなの？」

フランツィは元気よくうなずいた。

「どうしてプレハブ小屋で寝ないの？」

「パパがいやがるの。狭いから。ここのほうがいい」フランツィはまた甘えた声になった。「ごたごた荘のピッピと同じ！」

「あなたのパパは働いているの？」

「おねんねしてる。年中おねんねしてるのよ」

「一日中、ベッドの中にいるってこと？」

「ときどき。最近はそういうことが多いの」それからフランツィは手を振りまわした。「それでも世界一のパパよ！」

「もちろんよ」

「誰にも言わないでね」

ドーラは自分のすべきことがわかった。なにもしないということだ。もちろんゴートは普通の父親とは違う。週に一度は学校に顔を見せ、校長相手に自分の子どものすごいところを吹聴するようなことはしないだろう。オーガニックスーパーで離乳食が売り切れていたからって卒倒することもないだろう。ゴートは荒っぽいし、酒癖が悪い。それでもフランツィは彼を愛している。ゴートもゴートなりにその愛に応えている。この子に必要なのは、ほんのちょっとの支援だ。口を挟もうとする人間はいらない。

「ちょっと聞いて、フランツィ」

ドーラは十五分前、ヨッヘンとはもう遊ばせないとフランツィに言うつもりだった。小さな子どものために林間学校をやっているわけじゃないし、前科者のナチを父に持つ、犬の誘拐犯では尚更だ。だがそれは十五分前のことだ。

「ヨッヘンと遊ぶなら、うちの庭を出ないでちょうだい。断りなしに庭から出るのはだめよ」

「わかった」フランツィは真剣にうなずいた。「もうしない」

「それならいいわ……」ドーラはため息をついて、さらに言った。「よかったらうちへ食事にいらっしゃい。来てくれたらうれしいわ」

29 ナイフ

ドーラは一日中、心の中のろくでなしと喧嘩を続けた。ドーラの心の一部はコンピュータに向かって、Eメールを書けとせっついた。いいことを思いついてもいた。今後はラジオのCMに特化する。一番いいのは地元の顧客だ。収入は減るだろうが、ライバルは少ないから、ストレスも減る。ラジオの潜在能力はまだ枯渇していないはずだ。すぐに連絡が取れるトーンマイスター〔音楽と音響の専門家で、ドイツの国家資格〕を知っている。一緒に組まないかと持ちかける。場合によっては小さな広告代理店を設立したっていい。

しかし心の中のろくでなしは、世界が元に戻るまで様子を見たほうがいい、コロナ危機の最中に自営業をはじめるなんて常軌を逸していると主張している。予算が次々凍結されているうちは、顧客をつかまえるのは難しい。それに種芋を植えなければならない。

普通の条件下なら、耳を貸さないが、いまはろくでなしの勝ちだ。

ドーラは菜園をもう一度耕して、ザディがくれた種芋を運びだすと、ユーチューブで見たように充分に間隔をあけて植え付けた。菜園のソーシャル・ディスタンス。植え付けるところの土を盛りあげて、エイリアンの女王の卵でも埋めるところを思い描いた。ゲルストと宇宙旅行をしていて、宇宙人に捕まり、脳内にチップを埋め込まれて遠隔操作される。チップは、十六回母屋に戻り、三十二回如雨露を水でいっぱいにして菜園に運ぶようプログラムされている。如雨露は重い。膝にぶつかるし、ズボンが濡れる。ほこりっぽい砂地がぬかるみになったところで、ドーラは作業をやめた。背中が悲鳴を上げ、腕と足の筋肉が痛い。だがそれは意味のある痛みだ。埋めたのはエイリアンの卵ではなく、ジャガイモなのだから。

夕食のあと、食卓にノートパソコンを置いてすわった。グーグルを開かないほうがいい。トーンマイスター宛てのメールを書くか、自己PR用のアウトラインを構想したほうがいいに決まってる。けれども、ろくでなしは知りたがっている。ドーラは検索窓に「ゴットフリート・プロクシュ」「ナイフ」と打ち込んだ。

ヒット数がすさまじくて、びっくりした。どこかでまだザディの話が嘘だと思いたかったのだが。

「小競り合いから刃傷沙汰に　男性が病院に搬送」

「プラウジッツ出身の被害者の妻『悪夢だった』」

「ミーケ・B、法廷で反省せず」

「刃傷事件への判決、地方裁判所は殺人未遂と認定」

「プリグニッツはどこまで極右か？」

リンクをクリックするたびに、顔を殴られたような衝撃を受けた。それでもクリックをやめられなかった。最新の病状をグーグル検索する心気症患者の気分で見出しを読みつづけた。

「ミーケ・B、ゴットフリート・P、デニス・Sの事件　被害者協会は罰が軽いと批判」

「訴訟参加人の弁護人、修正を求める」

「プラウジッツ　警察によると、好戦的なネオナチが五十人いるという」

読むうちに、自分の中にあった見出しが混乱を来した。転入者にやさしい隣人が家具を作ってくれた。村人が昔の幼稚園の手直しを手伝った。フランツィ・P——幸せな子ども時代、それとも青少年局の案件？　宙に投げ飛ばしたパズルのピースのように、なにもかもがばらばらになった。もうなにをどう見たらいいのかわからない。自分の立ち位置が失われた。立ち位置がはっきりしなければ、ものごとを整理するのはむりだ。世界は混沌とし、理解不能になる。耐えられないほどの苦痛を感じる。だからドーラは方向性を失い混乱した人がすることをした。情報に真実を求めたのだ。

だがその情報は一目瞭然だった。プラウジッツ、二〇一七年九月二十日。ある美しい晩夏の午後、四十代のカップルがマルクト広場を歩いていた。名前はカレン・M（事務員）とヨーナス・F（ウェブデザイナー）。ふたりは地元出身で、オストプリーグニッツ＝ルピーン郡の小さな町に長く暮らしている。ふたりは突然、文化センター前のベンチでビールを飲んでいた男たちに取り囲まれた。

「『ゴミども！』って叫んだんです」とカレン・Mは語った。「『左翼の売女』と私のことを呼びました」

ヨーナス・Fは、以前地元のアンティファ〔反ファシスト運動をする組織〕のメンバーだったと明かしている。

「このあたりは人口密度が高くない」ヨーナス・Fはオーダー新聞に語った。「みんな、顔見知りさ」

ヨーナス・Fは、三人の犯人のうちミーケ・Bと刺青男のデニス・Sを学校時代から知っていると語った。

「ここではナチに反対する奴はほとんどいない。対抗しているのはアンティファだけだ。警察だって、ただ見ているだけ」

マルクト広場で言葉の応酬があった。カレン・Mはヨーナス・Fを連れていこうとした。男たちが手をだしたので、カレン・Mは助けを呼ぶためにその場を離れた。

「一九九〇年代には、そういいざこざは日常茶飯事だった」とヨーナス・F。

目撃証言によると、ナイフを抜いたのはミーケ・Bだという。ヨーナス・Fは不意をつかれた。ナイフは肋骨のあいだに刺さった。奇跡的に肺まで達しなかった。

「それでまわりの人が止めに入った」ヨーナス・Fは裁判のときに語った。「普段は関心がない。その意味では運がよかったかな。これで当局も目が覚めるといいんだけどね」

ドーラはノートパソコンを閉じた。ナイフを抜いたのはゴットフリート・Pじゃない。これは重要な情報だ。だがその情報が真実ではなかったらどうする。ニュースの画像では被告人の顔は黒く塗られていたが、それでも誰かわかった。髭面のミーケ・Bと刺青男のデニス・S。ゴートはゴートだ。

三人ともいまは自由の身だ。実際に誰がナイフを使ったかが問題ではない。三人とも有罪だ。

ヨーナス・Fとカレン・Mがドーラ・Kとロベルト・Dだったとしても不思議はない。田舎の町を散歩していた中道左派。その政治姿勢のためにナチにからまれ、ナイフで刺される。民主主義を信じたせいで。二十一世紀のドイツで。

ヨッヘン・デア・ロッヘンがタイル敷きの床でいびきをかいている。グーグルの検索結果などどこ吹く風といった感じだ。ドーラはヨッヘンのそばにしゃがんで、ぬくぬくした犬の体に手を置いた。

ここから出ていかなくては。とっくの昔にわかっていたことだ。だけど、どこへ？　家を買った矢先に失業。目も当てられない状況だ。ヨーヨーに助けてもらおうか。ロベルトに妥協するか。彼のやり方を受け入れ、食べさせてもらう。考えただけで虫酸が走る。いままでにないほど激しく。それなら別の村だ。家を交換すればいいかも。

だけど、そっちの新しい隣人もナチだったらどうする？　直接のお隣さんでなくても、二、三軒離れたところにいるかも。中道左派はネオナチのご近所さんとどれくらい距離を置けば、平穏に暮らせるだろう。集落全体がナチフリーなら大丈夫だろうか。それとも町全体？　郡全体？　国全体？

ドーラは両手で顔を覆った。エイリアンの女王に迎えにきてもらったほうが早いかも。そうすれば宇宙を住処にして、エイリアンの卵の世話をすればいい。たまにゲルストが立ち寄って、宇宙コーヒー〔国際宇宙ステーションで飲まれているコーヒー〕を一緒に飲む。言動がつねに正しい世界で一番気のいいふたり。

考えることならなんでもできる。もっといろいろと。情報をいくらいじくりまわしても、どうせ真実は変わらない。ドーラが出ていこうと、とどまろうとなにも変わらないという真実。ナチは存在しつづける。人が寄りつかなければ尚更だ。

30　人間の彼方

午後九時を少し過ぎた。外はほぼ真っ暗だ。ドーラはトムとシュテファンを訪ねることにした。ボフロストの件でシュテファンから話を聞くつもりだ。それとも、誰かと話ができればいいだけだろうか。とにかくアポなしでいきなり訪ねてもオーケーなのが田舎だ。ヨッヘンは家に残した。モンシェリに目がないからだ。それにフランツィについていったことが癪に障っていたからでもある。

シュテファンに会う前から、声が聞こえた。正確に言うと、彼の声は道路にいるときから聞こえていた。大きな声で母音を長く伸ばし、ビブラートをきかせて歌っている。ラインハルト・マイ〔ドイツのシンガーソングライター〕の歌だ。「雲の彼方」。だが替え歌だ。

「不安な市民／その愚かさは無限に続く」

歌声が闇の奥から響いてくる。ドーラは耳をすました。夜のブラッケンが歌で満たされるなんて奇妙だ。伴奏なしのアカペラだ。シュテファンが歌えるとは思っていなかった。そういうふうには見えない。

「不安と怯えは……」

ドーラは声の出所を特定しようとした。

「……憎しみに変わり／あさってには／どこかで燃えさかる……」

ドーラは芝生を横切って家に向かった。ウィンドウボックスにローズマリーの鉢植えがある。それが視界を遮っているが、なんとか家の中が見えた。もちろん両手を窓に当てて、反射を遮る必要があった。

「……難民宿舎／みんな、たずねる。どういうことだ？」

シュテフェンは部屋の中にいて、窓に対して横を向く形でスツールに腰かけている。照明はスタンドランプひとつだけで、舞台のスポットライトみたいにシュテフェンに向けられている。それ以外は闇に沈んでいる。それでも、ドーラははじめて訪問したときに見たリビングだとわかった。家具はことごとく脚が短い。低い椅子、低いカウチ、低いテーブル。平らな飾り皿が載っている低いサイドボード。スツールは台所から持ってきたようだ。脚の短い家具に囲まれているシュテフェンは、ダックスフントの群れの中にいるキリンのようだ。他の家具はシュテフェンをびっくりして見ているようだ。

シュテフェンは「不安な市民／自由は無限につづくはず……」というリフレインを歌いながら右手を上げた。松明をかかげる自由の女神のように。それから前に向けて手を開く。ナチ式敬礼だ。次に肩のあたりで社会主義の拳を固めた。それからまた自由の女神。ナチ式敬礼。社会主義の拳。ラ・ラ・ラと歌いながら音程を一オクターブ上げ、声を張りあげ、ビブラートはトレモロになった。芝居の中の歌い手のパロディみたいだ。松明、ヒトラー、社会主義の拳。そして最後の音を長く伸ばして、いきなり歌い終えた。煙が立ち上って、シュテフェンを包み、スタンドランプの光もぼんやりと見えなくなった。煙発生器はどこだろう。そのときシュテフェンが電子タバコを指に挟んでいることに気づいた。煙の中に隠れようとしているみたいにさかんにその電子タバコをふかしている。普段はタバコなんて吸わないはずなのに。そう言えば、シュテフェンの様子がいつもと違う。髪の毛を頭の上で結んでいるし、メガネをかけていないし、足を色っぽく交差させている。マリリン・モンローの男版。シュテフェンがまた歌いだした。鼻歌のように。メロディは「ハッピーバースデー」だ。「ネオナーチ、ブーブー／ネオナーチ、ブーブー」

シュテフェンは首を横に振って、小声で笑いながら歌っている。自分の考えたことが信じられないとでも言うように。「不安がいっぱい／心配だらけ……」

ドーラはスマートフォンをだして、片手でグーグル検索をした。そのとき彼の姓を知らないことに気づいた。結局「シュテフェン」「ベルリン」「劇」「エルンスト・ブッシュ」と打ち込み、さらに「ブラッケン」と付け加えた。「ネオナチ、ブーブー」

最初にヒットしたのはウィキペディアだ。「シュテフェン・A・シャーバー、一九七九年ニーダーライン生まれ、ドイツのカバレット芸人」

記述が少ないので、まだ売れっ子ではないようだ。ドーラは二番目のリンクをクリックして、いま見ている光景とそっくりの画像を見つけた。スツール、煙、マリリン・モンローの男版。「お楽しみ無限大」というクラブのホームページにアップされているイベントのPR写真だ。シュテフェン・シャーバー、新演目「人間の彼方」、二〇二〇年四月二十八日午後九時初日開演。

二〇二〇年四月二十八日はきょう、午後九時はいまだ。ドーラはスマートフォンをしまって、また家の中を覗いた。ウェブサイトには斜めに赤字で書かれている。

「新型コロナウイルスにより公演中止」

シュテフェンは歌い終わって、スツールにすわりながら煙を吐いて、なにか言おうとしているみたいにときおり息を吸った。だが、いまの時代はいくらしゃべってもむだだとでもいうように、そのまま黙っていた。それから元気を奮い起こして顔を上げ、消してある液晶テレビをまっすぐ見つめた。まるでそこに視聴者がいるとでもいうように。あるいは暗い画面に映る自分の姿でも見ているのだろうか。

「これって面白くーないかい？　これって滑稽じゃーないかい？　投げすてて、撃ち殺すなんて、めちゃくちゃ愉快じゃないか？　そうだ！　撃ち殺せ！　おまえらなんか撃ち殺せ！」

シュテフェンは電子タバコを消して、脇にどけた。そこからスピーチがはじまる。

「まだ覚えているかな？　そんな昔のことじゃない。七、八十年前のことさ。当時、おまえらは超人だった。支配人種だった。世界支配を目論んだ金髪人種の種馬。哲学者はおまえらを考察し、作曲家はおまえらのために歌を作り、外国はおまえらに戦々恐々とし、国民はよちよちついてまわった。で、いまは？」シュテフェンが目をむいた。「いまはみんな仲よくアウトドアテーブルを囲んでる。後ろにはプレハブ小屋住宅、手元には生温いビール。ポーランドのタバコを吸いながら、帝国旗を掲揚し、自分の身分を自作する。下着姿の超人」シュテフェンは笑いの発作を起こした。「おまえらにドイツは救えない。おまえらに救えるのは下着産業くらいのもの」シュテフェンはうまくしゃべれないほど激しく笑った。「クズなんだよ、おまえらは。気づいていたかい？　おまえら自体がずっと根絶やしにしたがっていたクズなのさ。おまえらを気に入っている者なんていやしない。必要としている者もいない。どうせ日中は眠りこけ、夜は酒浸り。インターネットにあるくだらないことを信じて、Xデーに種芋を植える」

　ドーラは金縛りにあった。シュテフェンはゴートのことを言っているのだ。間違いない。報復。無茶な要求。そう言っていいだろうか？　クズ。さっきはそうと知らずに笑ってしまった。ゴートはクズなのだろうか？　降格寸前の超人？　ゴートはただ……最後まで言えなかった。シュテフェンはもうやめるべきだ。正しいかもしれないが、そんなことを言ってはいけない。それでもドーラは続きが気になった。空想の観客を前にしたアーティスト。誰もいない部屋で初演をしているカバレット芸人。

「そして共和国宮殿〔ドイツ民主共和国の首都、東ベルリンの中心部にあった議事堂。ここでは左翼の住処くらいの意味〕にいるのが誰か知ってるかい。ズボンにサイクルバンドをつけて自転車を漕ぐ連中、第三の性のために第三のトイレがいると訴える連中！　二十一世紀はおまえらの顔に尻を押しつける。連邦軍の女兵士、同性婚、移民、新たな気候政策パッケージ案、そういうものがおまえらの顔に尻を押しつけるんだ！」

　ほとんど叫び声になった。ドーラはもっとよく見ようと、ウィンドウボックスに手をかけた。家の中に声をかけたかったが、なにを言ったらいいかわからなかった。観客がいたら、きっと騒然となっていただろう。不平を漏らす者、笑う者、はやしたてる者。そこに抗議する者がいても不思議じゃない。その全員がドーラの中にいた。全員の代理人だ。

「なんでも知っているつもりが、じつは頭が弱いおまえたちなどお呼びじゃない。サバイバルには一番不向き。超人とは下層の奴のこと。これが時代に逆行したものじゃなかったら、逆に驚きだ！

せいぜい笑うがいい！　おまえらなんて、撃ち殺されるのがおち。射的場で的になる人形。新しい時代による最終処分の対象。歴史のゴミ収集車を待つあいだ、せいぜい缶ビールを飲んでいるがいい！」

突然、地面でガシャンという音がした。ドーラはうっかりウィンドウボックスのローズマリーの鉢植えにぶつかって、落としてしまったのだ。シュテフェンが止まり木にすわったまま振り返り、転げ落ちそうになった。ごめんというように手を振るドーラを見つけて、立ち去れと、怒った顔で激しく腕を動かしたが、あきらめて止まり木から飛びおり、部屋から駆けだした。そのすぐあと玄関ドアが開いた。

「正気か？」

ドーラはおずおずと彼のほうに近寄った。ローズマリーのことと、シュテフェンの邪魔をしたことを申し訳ないと思った。だがシュテフェンがどうしてそんなに騒ぐのかわからなかった。他人に見られたくなかったのだろうか。しかし出し物という体裁を取っていた。ドーラは観客だ。

「よくも録音の邪魔をしてくれたな」

ドーラは顔を真っ赤にした。テレビに向かってしゃべっていたわけではなかったのだ。ドーラから見えないところにカメラかタブレット、あるいはスマートフォンが置いてあるようだ。

「ライブストリームだったの？」ドーラはたずねた。

「そうじゃない」シュテフェンは顔をぬぐった。怒りは少し収まっていた。「ユーチューブ用さ。きみのせいではじめからやりなおしだ」

「ごめんなさい。知らなかったの」

「なんの用だい？　自転車をもう一台返してくれるのか？」

ドーラはなにをやっているんだろうと思った。恥ずかしくて穴があったら入りたい気分だ。本当のことを言うほかなかった。

「ボフロストの件で来たの」

「なに？」

「ボフロストの人。ゴート絡みの」

「なんだ。本当はなにがあったか、誰かに聞いたのか？」

「ザディから聞いた」

「じゃあ、ゴートがどういう奴かわかっただろう」

「どうして嘘をついたの？」

「いい話だと思ったからさ」

シュテフェンはまた顔をぬぐった。街灯の光に照らされて、幽霊のように見える。色白の肌に目のまわりの隈。具合が悪そうだ。出演キャンセルは舞台アーティストにとってつらいはずだ。

「私、クビになっちゃった」ドーラは言った。

「よかったじゃないか。悩む時間ができたんだからな」

「せいぜい悩むわ」ドーラは笑みを浮かべようとした。「それより、なんでゴートのことをあんなに酷く言うの？」

「えっ？」

「あなたの演目って、ゴートへの当てつけでしょ」

「ふうむ」シュテフェンはわざと困惑しているふりをした。

「どうしてなのか、よく考えてみないとわからないな……」

「争っているときに一番危険なのは、自分が敵と同じになってしまうことよ」

「なんだそれ？　日めくりカレンダーの格言かい？」

「バットマンのセリフ」

「いいかい。もう一度、窓から覗いたら……」

「人を雇って、私をボコボコにする？」

「そのとおり」

玄関ドアが閉まった。

第3部　腫瘍

31　ごきげんよう

顔を布きれで隠すのも悪くない。ドーラは古いTシャツの切れ端と輪ゴム二個とワイヤーでマスクを手作りした。ヨーヨーは医療用マスクを病院から送ると言っていた。そのマスクは「規格準拠の証明書付き」で、マスク着用の義務化がイスラーム教徒の女性のベール着用義務が寛容になるきっかけになるかどうかはあやしいと言っている。だがマスクはまだ届いていない。郵便受けがないせいかもしれないが。

Tシャツの切れ端はファッショナブルではないし、すぐにずり落ちる。だが疲れた顔を見られずにすむのはいい。ドーラは寝不足だった。夜中にズザンネからEメールが二通届いた。できるだけ早く、しかも午後六時以降にデスクの片づけをしてくれという。「アクリルボードの設置、最低限のソーシャル・ディスタンスの確保、ズーム会議用のスペースなど社内をコロナに対応したレイアウトに変えなければならないのよ。健康第一、じゃあまた、ズザンネ」

オフィスの改装で自分のデスクが消えると言われたことは、クビだと言われたときよりもきつかった。ドーラは不安に苛まれた。眠れず、ベッドから出て、オンラインバンキングで預金口座の残高を呼びだし、資金にどのくらい余裕があるか計算した。そのあいだはまだ公共職業安定所に行かなくていいし、ズザンネに相談しなくてもいいし、食いつないでいける。住宅ローン返済の猶予がどのくらいで、別途ローンを組むにはどういう条件が必要か調べて、念のため、利用限度額を引きあげ、春ジャガイモが最短でいつ収穫できるか確認した。

結果は芳しくなかった。考えられるかぎりのことをして、稼がなくてはならない。この自宅で。ブラッケン村で。

ベルリン中央駅で乗り換えるとき、デジタル時計が目にとまった。二〇二〇年五月七日午後五時三十五分。日付けも時刻もほとんど意味をなさない。何曜日なのか思いだすのにしばらくかかった。木曜日だ。ヨーヨーはベルリンにいるかもしれない。本屋のショーウィンドウの前を通ると、雑誌の表紙を飾るマッサージボールみたいなウイルスが見えた。赤やライラック色。いや緑色まである。意見の多様性でも反映しているのだろうか。失業してから、ドーラはインターネットのたいして役に立たないニュースばかり見ている。

ドーラは中央駅構内を歩きつづけた。年金生活者がそばを通りすぎた若者に罵声を浴びせている。ホームレスが咳をしながら、ゴミ箱を漁ってデポジットボトルを探している。ふたりの母親が遊んでいる子どもたちを引き離す。高速列車のホームではスーツ姿の男が数人、遠距離列車の到着を待ちながら、なにか大事なことをスマートフォンに録音している。いつもは広告を掲示しているディスプレイには手洗いとソーシャル・ディスタンスを呼びかける言葉が並んでいる。都市鉄道のホームではみな、距離を置いて、棒立ちしている。どこに立つかという問題は文字どおり政治的メッセージになった。列車がガラガラなのがせめてもの慰めだ。

プレンツラウアーベルク駅で列車を降りて、見慣れた界隈を歩く。通りにはほとんど人影がない。カフェやレストランは閉じていて、子どもの遊び場には赤白のテープが張られている。キオスクの前には、いつもの不可触賤民たちがたむろしている。彼らは核戦争になってもそこに立っているだろう。

ロベルトとまた一緒に過ごさなくちゃいけないだろうか。子どもふたりと夫を抱えて時短労働をするしかない状況を頭に思い描いてみた。怯えた人々が無数の窓の奥にこもって、コロナ日記をつけている。外を出歩けないせいで、頭も心もザワザワし、人生の意味とか自死とかについて考え込む。一方、ドーラはブラッケンの森を散歩し、庭で過ごし、塀の向こうのナチにやきもきしている。新型コロナウイルスは特権を再分配した。ベルリンをちょっと歩くだけで、そのことがわかる。

なんで通りに出ているのかと、巡査に職務質問されるかもしれない。帰りにはリュックサックが満杯になっているだろうから、ヨッヘンを連れてくるわけにいかなかった。フランスでは警官が市民のショッピングバッグに本当に生活必需品しか入っていないか調べているとブログの情報にあった。ドーラはドイツに暮らしていてよかったと天に感謝している。ここでなら目的地に行ける。

Susi-Y社はいかした古いビルの上のほうの階を拠点にしている。表玄関の暗証コードは記憶している。いつものようにエレベーターは使わず、階段を上る。階段の踊り場にあるユーゲントシュティール様式のカラフルな窓が気に入っていたからだ。四階でふたたび暗証コードを入力する。ドアが開く音とかちっと閉まる音も気に入っていることを再確認した。神妙な面持ちで淡い照明に照らされた広いフローリングの廊下に立つ。ここの改装は高くついたに違いない。

オフィスは消毒剤の臭いがして、人の気配がない。壁には大きくて平たい箱が立てかけてある。きっと中身はアクリルボードだ。フリップチャートには「モダンな活動派」「快楽主義者」「環境への適応実践」といった言葉が書かれていて、赤のフェルトペンで丸く囲んである。フルーツ味のビーガンガムのターゲットグループ分析だ。「スイーツ4オール」というブランド名は初耳だ。

ドーラは向き直ってオープンスペースを見た。よく真夜中までここで働いたものだ。だがこんなに閑散としているところは見たことがない。スヴェンのデスクにはハッピーバースデーと書かれた去年の飾りがぶらさがったままだ。ロレッタのモニターのフレームはいまでも馬の写真でいっぱいだ。ヴェーラのデスクにはコーヒーカップが積みあげてある。デスクがふたつ、すでに片づいている。ジーモンとグローリアのだ。どうやら他にも解雇された者がいるらしい。デスクは丸裸になって、粗大ゴミの回収を待っている。その光景を見て、ドーラは愕然とした。ジーモンとグローリアとはほぼ確実に会うことがないだろう。

自分のデスクの下には、ヨッヘン用のヒョウ柄のバスケットがある。ヨッヘンは毎朝オフィスを走りまわって、みんなに挨拶したものだ。ふいに騒音が聞こえないことに気づく。以前はその雑音に神経を逆撫でされた。コーヒーメーカーのそばに集まったり、スタッフのデスクに腰かけたりして、みんなよく目新しいことを話題にしていた。おしゃべりの声、キーを打つ音、電話の着信音。ほとんど音楽のようだった。大型のコーヒーメーカーが大きな音を立てて作動するたびに漂うコーヒーの香り。

すべてが終わった。別れのセレモニーもなく、過去が消える。いまさらながら、それがどんなに大事だったか思い知らされた。今後どんな状況になろうと、Ｓｕｓ－Ｙ社に戻ることはない。「じゃあまた、ズザンネ」というメールの結びは嘘っぱちだ。「また」がないことくらいよくわかっている。

帰り道で、ヨッヘンがバスケットを喜ぶだろうと考えて、ドーラは自分を慰めた。無菌室のようなＳｕｓｉＹ社が何度も目に浮かんだが、すでに自分の人生との接点はなかった。ただのイメージの集積、写真集だ。タイトルは「あとの祭り」か「ごきげんよう」。人類は地上から消える前にすべてを消毒しつくすだろうから。気持ちが少し落ち着いた。今後のことは皆目わからないが、どうにもならないことだけはわかっている。それが、人生で知ることができるすべてなのかもしれない。

32　彫刻

コッホリッツ駅で電車を降りたのは午後九時。かなり暗くなっていた。ドーラは事務用品を入れたリュックサックを背負い、グスタフの前カゴにヨッヘン用のバスケットを押し込んだ。自転車のオートライトが作動した。ブラッケンに通じる街道まで、コッホリッツのでこぼこ道を気をつけながら走った。街道に出ればちゃんとした自転車道がある。ペダルをがっしがっしと踏む。ヨッヘンをずっとほったらかしにしてしまったことに罪悪感を覚える。それでも軽快に自転車を走らせるのは気持ちがいい。どこまでも広い畑、遠くに見える黒々とした森。コオロギの鳴き声でほっと気持ちがゆるむ。向かい風には春の温もりがある。

考えてみれば、簡単なことじゃないか。あらゆる問題の答えが目の前にある。答えはこの街道に、静寂と闇の中に隠れている。ありのままの人生を見つめる。ゴートとは縁を切る。丁重に、だけど断固として。フランツィの世話は都会に戻るまで少しだけする。ただし適度な距離を置いて。仕事に関しては、コロナさえ収束すればなんとかなるだろう。いざとなれば、グスタフを売る。郊外ではあまり役に立たないし、売った金で二ヶ月はやっていけるだろう。なんの問題もない。シュテフェンは正しくなかった。いまは考えるときじゃない。考えるのを止めるときだ。あらゆるものとの平和共存。

なかなか素敵な考えだ。だが次に目にしたものがそんな考えを一瞬にして吹っ飛ばした。前方になにかが浮かんでいる。なにか大きなものだ。月明かりの中に黒い影。それから輪郭がはっきりしてきて、車だとわかった。より正確には車の後部だ。前部は畑の脇の溝に突っ込んでいて、車は前のめりになった状態だった。

ドーラは自転車の速度を落としてゆっくり近づきながら、見えているものを理解しようとした。車種はピックアップトラック。かなり古いモデルだ。おそらく一九八〇年代のもの。態勢のせいか車が巨大に見える。謎の研究施設がある町で不思議なことが起きるテレビドラマ『ザ・ループ』にでも出てくるような異様な形のブリキの彫刻で、いまにも浮かびあがりそうだ。

充分に距離を置いて、自転車から降りる。車の後部が自転車道を塞いでいるため、運転席側にまわるにはグスタフを押して進む必要があった。酷い状態だ。エン・トロ・ピーという言葉がドーラの脳裏をよぎった。車のタイヤは止まっている。エンジンも動いていない。そもそもあたりはしんと静まりかえっている。いったいいつからこの車はこの状態になっているのだろう。そのあいだ誰も通らなかったなんて。それとも道路脇の溝に車がはまることくらい、ブラッケンの村人にとっては日常茶飯事なのだろうか。あらゆるものとの平和共存。そして誰もエントロピーなど気にかけないということか。

ドーラは暗がりに耳を澄ました。車が走る音は聞こえない。飛行機の音も人の声も、そしてコオロギ以外に生きものの鳴き声もしない。夢でも見ているのかと思った。普段はこんなおかしな彫刻の夢など見ない。見るとすれば、電車に乗り遅れるとか、プレゼンテーションを失敗するとか、そういう神経に障る日常のシーンだ。どうやらその車は夢ではなく、現実らしい。だがそれなら警察、消防団、救急車はどこだ。規制線も野次馬も見当たらない。普通こういう自動車事故には付きものなのに。事故が起きたばかりなら、ドライバーはどうして車から降りて、呆然自失していないのだろう。なんでここへ来る途中に物音を耳にしなかったのだろう。それとも、こういう事故はそんなに音をださないのだろうか。そもそも事故に遭遇した経験がない。事故と無縁の生活をしてきた人間が事故に遭遇して、いままさに無縁の生活が終わるというのだろうか。時間が止まってしまうほうが、確率が高いだろう。そう、たしかに時間が止まった。ドーラは車をまわり込むのをやめて、足を止めた。

思考がどんどん飛ぶ。ショックを受けたようだ。ドーラの脳はキャビンを覗いたときに目にする光景に身構えた。やけに静かだ。ドライバーはもういないかもしれない。車から降りて、家に歩いて帰り、ベッドに入って酔いを醒ましているのかもしれない。だがあいにくドライバーの背中が見えた。

車、道路、木、月。月は丸く白く畑の上にあって、それなりに大地を明るく照らしている。ドーラは自転車のハンドルを持ちながら、月明かりの中、後部を天に向けたピックアップトラックの横に立っている。すごいシーンだ。見渡すかぎりなにもない風景はアメリカっぽい。ピックアップトラックもそうだ。一歩さがりさえすれば、ドーラはそのシーンの一部ではなくなり、そのシーンを静かに眺めて、これからどうしたらいいか考えることができそうだ。よく言うじゃないか。ドラマチックなことは立てつづけに起こるものだ。そして気づくと、次のシーンに飛ばされ、数人と夜のバーにすわっている。

だがむりな相談だ。ここから抜けだすことはできない。ドーラはいまあるシーンの一部だ。月明かりとリュックサックと前カゴのバスケットを含めて。ドーラを見ながら、これからどうなるのだろうと見守っている者がいるとしたら、それは他の誰かだ。ドーラはグスタフを立てて、運転席に近づいた。車が前のめりになっているせいで、ドライバーはハンドルに覆いかぶさっている。身じろぎひとつしない。助けを呼ばなくては。警察、救急車、消防団。その種のエントロピープロに任せたほうがいい。レスキュースプレッダーとか、ストレッチャーとか、ヘリコプターで対処してくれるだろう。だがその前に、ドライバーに意識があるかどうか確かめてみる必要がある。運転席側のウィンドウは下がっている。ドライバーは窓を開けて走っていたようだ。たぶん居眠りしないためだったのだろう。春の夜が暖かかったからかもしれない。

もちろんドーラはとっくに事の次第に気づいていた。その車を知っているし、ドライバーも知っている。丸刈り、広い肩、洗いざらしのTシャツ。ハンドルの上部に両手を置いて、腕のあいだに頭を入れている。一見、居心地よくしているようだ。顔を反対側に向けているので、顔が見えない。顔がついていればいいが。顔が潰れていたらどうしよう。だがどこにも血の跡は見えない。Tシャツにも血はしみていないし、フロントガラスにも飛び散っていない。

そのときなにか目にとまった。背中が動いている。肩が上下した。静かなリズムで呼吸している。ドーラは窓から手を入れて、ドライバーの背中に触れた。温かい。生きている。ほっとして泣きそうになった。殺人未遂、重大な傷害。そういうことなどどうでもよくなった。人が事故にあった。その人が息をしていることがうれしかった。ドーラはナチの背中と頭を撫でてからそっと頬をつついた。

「ゴート？」

ドーラはつつく指に力を入れ、肩を揺すった。

「ゴート？　ゴート！」

深く息を吸って、がっしりした上体がふくらんだ。腕が動いて、ゴートは体を起こそうとした。

「そのまま、そのまま。じっとしていて」

上体はまたハンドルに覆いかぶさったが、頭が動いた。ドーラの声がどこでしているのか探しているようだ。

「私よ、ドーラ。お隣さん」

ゴートは目をつむった。母親を探す生まれたての赤ん坊のようだ。ドーラは彼の額に手を当てた。乾いていて、冷たい。彼にこんなに近づくのははじめてだ。そもそも他人に近づくということがめったになかった。知り合いと抱き合ったり、軽いキスを交わしたりするのが昔から苦手だった。コロナ禍になって、そういう習慣に終止符が打たれたのはいいことだ。ドーラは手でゴートの肩を撫でた。びっくりするほど筋骨隆々だ。ロベルトの二倍は力がありそうだ。錆びついた宇宙船で地球に落ちてきた地球外生物がブラッケンに不時着した感じ。

「ねえ」ドーラは言った。やさしい声をだすために咳払いをした。「私がわかる？」

ゴートが目を開けた。はじめて目を開けたかのように虚ろだ。ゴートはうなずいたが、見えていないようだ、とドーラは思った。ゴートはハンドルに両手をついて、体を起こした。やっとのことで体を支えている。

「そのまま動かないで。頭を打っているかもしれないから」

「いや、もう大丈夫だ」

ドーラは、ゴートがシートベルトを締めていないことに気づいた。他にもなにか大事なことがあるはずだが、なんだったか思いだせなかった。

「警察を呼ぶわ」

「だめだ！」

ゴートの目に生気が戻った。ドーラをまっすぐ見つめて、なにか言おうとしているが、うまい言葉が見つからないようだ。ドーラは、ゴートがなにをいいたいのか察した。事故に関わった人は他にいない。死んだイノシシが道端に倒れているわけでもない。ゴートは自爆したのだ。そしてまともに目が見えず、話すこともできない。血中アルコール濃度は〇・二五パーセントはありそうだ。執行猶予中ということは、警察に発覚すれば、おそらくかなりの期間、檻の中に戻されることになる。「世界一のパパよ」と言うフランツィの悲しげな声が聞こえるようだ。

「溝から出られるかしら？」

「四駆だ」とゴート。「感謝する」

「助手席にずれて」とドーラ。

ゴートはうなずいた。ギアノブとハンドブレーキを器用に乗り越え、前傾している車内でシートに腰を落とすため、グローブボックスに手をついた。ドーラはドアノブを引いて、ドアを開け、リュックサックを荷台に投げた。リュックサックは荷台の前部に滑ってきた。乗り込むのは簡単ではなかったが、なんとかなった。でもペダルに足が届かなかったので、シートを前に動かす必要があった。

キーは差さったままだった。エンジンがかかった。ヘッドライトも点灯した。ゴートはまたなにか説明しようとして、デフロックの入れ方を教えてくれた。ドーラはしっかりアクセルを踏み、ゆっくりギヤを入れた。エンジンがうなり、前輪が地面を嚙んだ。車ががくっと動き、後部が下がった。そのとたん前輪がスリップした。それからまた前部が下がって、また前輪が地面に接した。ゴートは掌を宙で上下させた。ドーラはシーソーにでも乗っているような気がした。タイヤが接地したときパワーが必要だと気づいて、ドーラはさらにアクセルを踏み込んだ。突然、がくっと後ろが下がって、自転車道と車道にまたがるようにして四輪すべてが地面についた。

ゴートはよくやったというようにうなずくと、ポケットからタバコをだし、二本に火をつけて、一本をドーラに寄こした。タバコがこんなにおいしいなんて、めったにないことだ。月明かりの中、タバコをくゆらすのがいい風情だと思えるなんて、めずらしいことだ。

ドーラは車から飛びおり、グスタフを荷台のほうへ押していき、アオリを下ろしてタバコをくわえながら荷台に載せた。それからまた運転席にすべり込むと、シートベルトはあきらめて、ギヤをバックに入れた。ゴートは助手席側のウィンドウガラスを下げて、肘をついた。

こうして夜中のドライブがはじまった。風が車内に渦巻く。車はエンジン音がうるさく、ディーゼルの臭いがした。運転は楽しかった。夜明けまで走りつづけようと言われたら、そうしてしまいそうだった。

十分後、ドライブは終わった。ゴートの家の前に停車すると、ゴートが降りて、門を開けた。普通に動いているゴートを見て、ドーラはほっと安堵した。それから車をゆっくり敷地に入れ、母屋の横に止めた。ゴートがそのままプレハブ小屋に向かって歩きだしたので、ドーラは走って追いかけた。

「ゴート！」

ゴートが振り返った。

「大丈夫？」

ゴートはうなずいた。

「頭痛はしない？」

ゴートは少し考えてから、首を横に振った。

「病院に行ったら？」

ゴートはにやっとして、眉間を人差し指でつついた。

「あまり飲まないほうがいいわよ、ゴート。聞いてる？　運転するときはとくに。死んでも知らないから。人をひき殺すかも知れないし」

ゴートは手を上げて挨拶した。ドーラはそれ以上言わないことにしたが、念のため、プレハブ小屋までついていった。ゴートは鍵を差すために身をかがめ、ドアが開くと、上体を起こした。

「ドーラ、感謝する」

それまでゴートに名前を呼ばれたことがなかった。

「おやすみなさい、ゴート」

ゴートのタバコと汗の臭いに、いつのまにか慣れていた。ゴートはプレハブ小屋に入って、中から鍵を閉めた。

そのとき、さっきから不思議に思っていたことを意識した。全体のイメージに合わないことだ。彼の体臭はいつものようにきつかったが、酒臭くなかったのだ。

33 父、娘

いまだに五月七日木曜日。午後十一時三十分。ドーラはもう一度頭の中で計算した。五月最初の木曜日はシャリテ大学病院の日だ。ヨーヨーはベルリンにいるはずだ。頼みごとなどしたくない。なんでも人任せのアクセルとは違う。だがいま気になっているのは自分のことじゃない。放ってはおけない。だが大きなお世話だろうか。一時間前からベッドの中で寝返りばかり打っている。このままでは眠れそうにない。ベッドの横にヨッヘン用のバスケットがある。ヨッヘンは仰向けになって、もう梃子でも動かないとでもいうように幸せそうに眠っている。納屋にはグスタフがいて、休んでいる。ゴートは塀の向こうのプレハブ小屋の中で横になっている。異常はない。酒臭くなかったこと以外は。

ドーラはヨーヨーの神経科学についての高説をすごいと思ったことはないが、それでも一応話は聞いていた。だから症状とその意味するところは知っている。問題はドーラが首を突っ込んでいいかどうかだ。口をだしていいものだろうか。いったん口を開いたら、もう後戻りはできない。それは経験から知っていることだ。またぞろ繰り返すまでもない。別の選択肢は、あるがままにする平和共存だ。ゴートはただのお隣さん。それもかなりむちゃくちゃな。シュテフェンに言わせれば、クズ。

ヨーヨーはきっと眠っている。こんな時間に起こすなんて非常識だろう。どんな問題だろうと、あした連絡すればいい。あるいは来週。

シュテフェンの映像は一週間前からユーチューブで閲覧できる。スマイルフェイス付きのコメントや、攻撃的なコメントがたくさん上がっている。下着姿のクズ。

ドーラにはできないことだ。だがなにもしないわけにはいかない。少なくともヨーヨーと話さなくては。質問してみるだけ。呼出音が鳴った。静かなベルリンの住まいに着信音が鳴り響いているところを想像した。ほとんど家具がない広い部屋。外から射し込む街灯の光で室内に長い影が伸びる。クルミ材の棚、革張りのカウチ、テレビ用の安楽椅子。壁には選び抜かれた数枚の絵がかかっていて、床には色鮮やかな絨毯が敷いてある。

ツー、ツー。

ほこりもパンくずも抜け毛もいっさい落ちていない。ヨーヨーと未来の奥さんは日ごろから整理整頓を心がけている。ドーラの暮らしぶりとは真逆だ。そしてタバコとシャワージェルとアフターシェイブローションの匂いが室内に微かに漂っている。

ツー、ツー。

リビングにかかっている複製画はエドワード・ホッパーだ。あの有名な「ナイトホークス」ではない。窓辺の女性、バルコニーに立つ男性。

ドーラは携帯の番号を試すことにした。この時間、ヨーヨーはまだ帰宅していないかもしれない。だがベッドに入っていて、固定電話に出る気がない可能性のほうが高い。ドーラは、ヨーヨーも寝付きが悪いことを知っていた。だがドーラと違って、眠れないことに悶々とすることがない。だから寝不足にはなっても、絶望することはない。

「なんだ、おまえか」

スマートフォンの画面で、ドーラの電話番号に気づいて、すぐに通話ボタンを押したようだ。ほんの一瞬、ドーラはヨーヨーが好きだと思った。

「もしもし、ヨーヨー。もうベッドの中？」

「寝るところだった。安楽椅子にすわってすこし読書をしていた。イアン・マキューアンの小説だ。すばらしいぞ。スカッシュの試合をさながらヴェルダンの戦いみたいにドラマチックに描いている」

ヨーヨーの日常はもちろん人の命を救うだけでは終わらない。選び抜かれたワインを飲み、モダンクラシックを聴く。最近は外国の現代文学も読む。あたかも歴史館の市民社会とヒューマニズムのコーナーに生きているかのようだ。五分以上集中できないドーラの世代へ警告を発する生きた記念碑。ドーラはヨーヨーがうらやましかったが、人生を交換する気はなかった。なぜ交換したくないのか、その理由はいずれ理解できるようになるだろう。

「それで、用件はなんだ？」ヨーヨーは一九八〇年代のシチュエーションコメディの登場人物みたいな古くさい物言いをした。

ドーラは話した。どこから話したらいいかわからなかったので、思いつくまますべてを話した。ハイニとゴートのこと、フランツィとヨッヘンのこと、家具をもらったことと庭を耕したこと、ホームセンターでの買い出しとペンキ塗りのこと。ヨーヨーは口を挟まず、じっと聞いてくれた。ときどき相槌を打ったり、ほほうと言って驚いてみせたりした。話せるのがうれしくて、ドーラはこと細かく話した。言葉を飾り、細部にこだわり、人物やシーンを生き生きと描写した。ヨーヨーはいらだちを一切感じさせなかった。ドーラは普段どうしてヨーヨーにわだかまりを感じるのかわからなくなった。ヨーヨーは自分に興味を抱いていないと思っていたが、あれはなぜだったのだろう。ふたりはいつも仲がよかった。相手の考えていることが、いつだって手に取るようにわかった。なにかを一緒にやっているかどうかなど一切関係ない。父と娘。人類史並みに古い物語。

話は、ホルスト・ヴェッセルとゴートの仲間、髭面男と刺青男とジャケットの男に及んだ。

「待った」ヨーヨーは言った。「ちょっとバルコニーでタバコを吸う」

ドーラも外に出て、タバコに火をつけた。ヨーヨーがライターをつける音が聞こえた。どうやら一緒にゆったりタバコが吸える相手は、ナチと医長だけらしい。

しばらくのあいだ、ふたりは黙って春の夜に向かって紫煙を吐いた。ひとりはブラッケンで、もうひとりはベルリンで。

それからプラウジッツで起きた刃傷事件のことを話した。ドーラは自分が恥じていることに気づいた。その事件が起きたのが自分の責任ででもあるかのように。ヨーヨーはなにも言わなかった。「そうだろうと思った」とも「ほらな」とも「ブランデンブルクの片田舎に引っ込むなんていいアイデアじゃないと言ったじゃないか」とも言わず、じっと話を聞き、口をつぐんでいた。ヨーヨーにしては、たいへんな努力だっただろう。

ドーラが一度間を置くと、ヨーヨーが二本目のタバコを振りだす音がした。医長らしい沈着冷静な音だ。ドーラはそれを聞いて、気持ちが落ち着くのを感じた。ヨーヨーは昔から、その場の空気を自分色に染められる人だ。ドーラとアクセルは子どものとき、ヨーヨーが職場から帰宅するたび、足音に耳を澄ました。廊下の歩き方ひとつで、その晩が楽しいか、恐いかがわかった。ヨーヨーがストレスを溜めていると、みんなも気持ちが沈む。ヨーヨーが快活だと、みんなも陽気になる。ヨーヨーの気分に対抗できたのは、ドーラの母親だけだった。ヨーヨーの虫の居所が悪いと、母は笑いながら、「先にシャワーを浴びたらどう？」と言ったものだ。それから、素敵な夕べになるように気を配った。

ドーラが間を置いているあいだ、ヨーヨーは二本目のタバコをゆっくり吸って、それからたずねた。

「それで、本題はこれからかい？」

ドーラは意を決して、ゴートの車が溝にはまっていたことを話した。ゴートが面倒を抱えないように、警察にも消防団にも通報せず、自分で運転して、溝から抜けだしたと伝えた。

ヨーヨーは、どうかしているとは言わなかった。

「おまえにしては賢明な判断だ。執行猶予が取り消される恐れがある」

「彼はまともにしゃべれなかった」

ヨーヨーは少し黙ってから言った。「泥酔していたんだろう」

「しらふだったと思う」ドーラは答えた。ヨーヨーは、なぜそう言えるのか訊かず、すこし考えて、

「THC〔大麻の成分で一部の向精神薬に含まれている〕か？」とたずねた。

「違うと思う」

ヨーヨーはタバコの吸い殻をバルコニーから投げすてたらしく、それから言った。

「これからそっちへ行く」

通話はそこで切れた。小説なら、「それからはすべてがあっというまに進んだ」とでも書かれるところだ。ドーラの脳裏に映像が浮かんだ。ヨーヨーがリビングを横切り、廊下にあるワードローブを開け、真鍮の留め金がついたコニャック色の革カバンをだす。フックから普段着のジャケットを取り、玄関を出る。二段跳びで階段を下り、人気のないザヴィーニ広場にヨーヨーの影がよぎる。犬を連れていなくても、外出自粛をものともしない。使命を帯びた男。シュティールヴェルク〔ドイツの家具店〕のガレージに止めている自分の車のところへ大股で歩く。数分後、ジャガーが市内を走る。完璧な空調、サウンドシステムからはバイオリンの音色が響く。車外の風景が音もなく窓をよぎる。高速道路でアクセルを踏み込む。速度が上がり、大きな手で背中を押されるような感覚をドーラも味わった。ヨーヨーのお気に入りのハチャトゥリアン〔旧ソ連の作曲家〕のバイオリン協奏曲。ドーラの好みからすると少々感情過多だが、突然降って湧いたようなドラマチックな状況だから、今回のドライブにはお誂え向きだ。

ヨーヨーは運転を続ける。ドーラは頭の中で隣にすわっている。連邦道路に乗ると、ヨーヨーは音量を絞って、隣のドーラを見る。

「おまえの役に立ててうれしい」

あまりにびっくりして、ドーラはそれが空想だということを忘れそうになった。ヨーヨーの言葉は電話の続きのような気がした。

「おまえは小さい時からそうだった」ヨーヨーは言う。「三歳のとき、毎朝靴ひもを自分で結ぶと言ってきかなかった。うまく結べず、ドアの前にすわって、三十分は悪戦苦闘していた。見かねて手伝おうとすると、猫みたいにしゃーと威嚇した」ちらっと後ろを見て、車線を変更し、トラックを追い越す。「いつもたいしたものだと思っていたよ。自立心があった。アクセルは違う。あいつはたぶんいまでもクリスティーネに靴ひもを結んでもらっているはずだ」

ヨーヨーは笑う。ドーラもつられてすこしだけ笑う。

「おまえには、元気かと訊くのもはばかられることがある。田舎に引っ込んだときは、私たちにひと言も断らなかった」

「興味がないと思ったからよ」ドーラは夜の闇に向かってささやいた。

「まあ、いいさ。私たちは似た者同士だ。だから、おまえのそういうところも尊重する」ヨーヨーは空想の世界から身を乗りだしてきて、ドーラの腕をポンポンと軽く叩いた。「おまえの助けになれるのがとにかくうれしい」

34　プロクシュさん

ジャガーが到着したとき、月はまだ空高いところにあった。銀色の月明かりで星がかすんでいた。明るく光を放っていたのは宵の明星だけだ。一見、空を飛ぶ飛行機の航空灯と勘違いしそうだ。ヨーヨーは車から降りて伸びをすると、あたりを見まわした。ドーラは、ブラッケンをヨーヨーの目で見てみた。夜の街道に沿ってなんの変哲もない家が並ぶ。肥料と砂地の臭い。なぜここが気に入っているのか、ヨーヨーのような人に説明するのは難しい。ヨーヨーにとって、唯一考えられる生活形態は「都会」であって、「田舎」は昏睡状態か死に相当する。ここへ来ても、考えを変えることはないだろう。

ドーラは庭木戸を開けて、じれったそうに吠えているヨッヘンを外にだした。ヨッヘンは道端の草地でうれしそうに腰を振りながらヨーヨーにまとわりついた。ひとしきり喜ぶと、ヨッヘンは草地のあちこちを嗅ぎまわって、自分の縄張りの拡張に励んだ。

ドーラはその光景を目に焼きつけた。ひっそりとした道路。街灯の光を反射させる乗用車。その横にこめかみが白くなった父親が立っている。普段着のジャケットを着て、黒いジーンズをはき、革カバンを提げて。この界隈では完全に浮いている。別世界に通じる動く門といった感じだ。

ドーラはヨーヨーのところへ行って、抱きつこうとしたが、ヨーヨーは肘をだして挨拶し、それが決まりだからというより、そういう挨拶を馬鹿にしたようにニヤリと笑った。ドーラも肘をだして応え、皮肉っぽく言った。「ブラッケンにようこそ!」そして生け垣や塀の向こうでじっと夜の闇に沈んでいるまわりの家並みを指差した。

「わたしのうち、ハイニのうち、ゴートのうち。あっちにはカバレットのコメディアンが住んでいる」

ドーラはさらに、シュテフェンが同性愛者で、花の販売業者と暮らしていると付け加えた。ブラッケンには普通の人間、ヨーヨーのような人間が普通と認める人間も住んでいると言いたかったのだ。だが同時に、そういう皮肉っぽい物言いをする自分が恥ずかしかった。

「なかなかいいところじゃないか」ヨーヨーは嘘をついた。「それで、どこにいるんだ?」

ドーラはゴートの家の門へ足を向けた。三時間前にグスタフと一緒に出てきたばかりの門だ。ドーラはその門を少し開けて、父親を先に通した。

敷地はホッパーの絵のようだった。黒々とした芝生に白いプラスチックの椅子が倒れている。テーブルはプレハブ小屋の窓の下に寄せてある。そのテーブルの上に、女の子が立っていた。その子は金色の髪を下ろしていて、髪はひかがみまで届くほど長かった。両手を窓に置き、顔を窓ガラスに押しつけて中を覗いている。

「パパ、パパ」少女は小声で呼びながら、そっと窓を叩いていた。その音はこの世のなによりも切なかった。

ドーラとヨーヨーが立ちつくしていると、突然、ヨッヘン・デア・ロッヘンがそばを駆け抜け、少女が乗っているテーブルのまわりを飛び跳ねた。少女はテーブルから飛びおりて、ヨッヘンを腕に抱いた。ヨッヘンが少女の顔をなめる。ドーラは、少女が泣いていることに気づいた。

ドーラはプレハブ小屋へ歩いていき、テーブルに乗ると、両手を窓ガラスに当てて小屋の中を覗き込んだ。微かだが、明かりがともっている。目が暗闇に慣れるまでしばらくかかった。中は思ったより広く見えた。内装は明るい色の木でできていて、コーナーベンチとテーブル、小さな台所、たくさんの扉がついた棚がある。小さなテレビもある。どれも小ぎれいで、片づいている。窓の下に細い棚がついていて、小さな木彫りがいくつも並べてあった。すわったり、立ったりしているオオカミ。人間の木彫りもある。女と男と子ども。だけどオオカミほどできはよくない。

プレハブ小屋の奥の暗がりにベッドがあり、その上に黒い塊が載っている。丸めた毛布か、人間の体。

ドーラはテーブルから下りると、芝生にすわって、赤ちゃん言葉でヨッヘンにささやきかけるフランツィの横にしゃがんだ。

「フランツィ、お父さんは中？」

フランツィは下を見たまま肩をすくめた。

「わからない。中は暗くて」

ドーラは後ろに控えているヨーヨーに視線を向けた。

「よく聞いて、フランツィ。頼みたいことがあるの」ドーラはフランツィが顔を上げるまで軽く肩を揺すった。「ヨッヘンはまだなにも食べていないのよ。おなかをすかせてる。うちに行って、餌を上げてくれない？　餌がどこにあるか知ってるでしょ？」

フランツィは顔を輝かせた。裸足のままさっと立つと、ドーラの家の鍵を受けとった。

「ヨッヘンと一緒にいてあげて。私もすぐに行く。冷蔵庫にあるものを適当に食べていいわよ」

フランツィは元気にうなずいて、歩きだすと、膝を叩いてヨッヘンを呼んだ。フランツィとヨッヘンは道路へは行かず、ジャガイモ畑に沿って家の裏手へ向かった。どこかにフランツィとヨッヘンがくぐれる穴でもあるのだろう。ジャガイモの葉と茎は輪郭しか見えないが、水やりが必要なようだ。

ドーラは念のためプレハブ小屋のドアハンドルに手をかけてみた。施錠してある。ヨーヨーはなにかちょうどいい道具がないかあたりを物色した。しばらくして藪に落ちていた、錆びた金属製のフェンスの支柱を持って戻ってきた。

ザヴィーニ広場に住むヨーヨーしか知らなければ、もの作りの心得があることは気づかないだろう。実家の地下にはかつて作業場があって、ヨーヨーとドーラは一緒にいろんなものを作ったものだ。竹馬、鳥の巣、さらにはジャングルジムまで。ドーラは材木を万力にはさんで削ったり、ヨーヨーが使うドリルのすさまじい音に耳を塞いだりした。「十六ミリを取ってくれ」と言われて、その意味がわかる自分が誇らしかった。

ヨーヨーはあたりまえのように支柱のとがったところをドアの隙間に差し込んでこじ開けた。ドアがはねて、壁にぶつかった。ドーラとヨーヨーは押し込み強盗になったような気がして、びくっとした。屋内に耳を澄ました。プレハブ小屋からはなんの物音もしない。コオロギが夜のコンサートをしている。ヨーヨーがカバンを手に取った。

「姓はなんだ?」

「プロクシュ」

「プロクシュさん、驚かないでください」ヨーヨーは大きな声で言った。「これから中に入ります」ヨーヨーはプレハブ小屋に足を踏み入れた。「プロクシュさん? ここにいるぞ」ヨーヨーはドーラのほうを向いてそう言ってから、さらに数歩進んだ。「プロクシュさん?」

うなる声がして、すぐゴートの声がはっきり聞こえた。「ぶんなぐるぞ!」

ほっとしてドーラは泣きそうになった。ゴートは生きている。

「失せろ!」

「プロクシュさん、私は医者です」ヨーヨーは動じることなく言った。ドーラはヨーヨーの勇気に舌を巻いた。「これから診察します。きょうが何曜日かわかりますか?」

プレハブ小屋のドアが内側から閉じられた。ヨーヨーは患者のプライバシーを守ったのだ。ドーラは塀のところへ行くと、木箱を縦にして上がり、塀の向こうを見た。今度もまた自分の家が他人の目線で見えた。台所に明かりがともっている。フランツィの頭は見えない。おそらくしゃがんで、餌皿にドッグフードを入れているのだろう。これでひと安心だ。ドーラはぐらぐらする木箱から下りると、両手をポケットに入れて庭を行ったり来たりした。待つしかない。医者に任せたときは、いつだって待つことになる。一歩ごとに地面を感じる。芝生、その下の土、莫大な量の岩石層、巨大な惑星。なんだかボールに乗って曲芸しているサーカスのクマのように地球を回している気がする。待機は時間を凝縮して解き放つ。Ｓｕｓ－Ｙ社の閑散としたオフィスでそれまでの人生の残滓を撤去してからどのくらい経つだろう？　まるで遠い過去のようだ。以前は刺激的だと思っていたことが、いまでは意味を失ってしまった。いまは、いましかない。父親がゴートのところにいる。ヨッヘンはフランツィと一緒だ。ドーラ自身は惑星が自転するように歩きつづける。もし足を止めれば、すべてが頓挫する。すべてがいままでどおりにならなくては。ドーラとしては、変化を望んでいない。またなにかが変わるなんてごめんだ。

プレハブ小屋のドアが開いて、ヨーヨーが出てきた。手にカバンを提げている。

「プロクシュさんは荷物をまとめている」ヨーヨーは型どおりに言った。

典型的だ。患者のそばだと、ヨーヨーは医者の宇宙の住人コルフマッハー医長に早変わりする。そこには人間などひとりもいない。あるのは症例だけだ。ヨーヨーがドーラに向かって、「あなた」と呼びかけてきても、不思議には思わないだろう。

「シャリテ大学病院で検査をする」

コルフマッハー医長は「クリニック」ではなく、わざわざ「シャリテ大学病院」と言った。そこが密かな聖地でもあるかのように。

「いまから？」

「いまからだ。一緒に来るか？」

ヨーヨーは背筋を伸ばしてドーラの前に立ち、手にしっかりカバンをつかんでいる。ヨーヨーが焦っているのが手に取るようにわかる。プレハブ小屋ではガサゴソ音がしていた。

「フランツィについていないと」

ヨーヨーはうなずいた。ドーラがついてくるかどうかはどうでもいいことなのだ。医者の宇宙に娘は存在しない。いつでもせわしなく、仕事のことしか頭にない。ゴートが外階段に姿を見せた。ほとんどなにも入っていないようなビニール袋を手にして、コンセントがあったら抜いてやりたいとでも言うようにヨーヨーを見つめている。ヨーヨーはついてこいと言うように手を振り、大股で門のほうへズンズン歩いていく。外でジャガーのトランクが開く音がして、また閉まった。

「プロクシュさん！」ヨーヨーが夜を切り裂くように叫んだ。

ゴートは歩きだした。そばを通るとき、無表情にドーラを見た。ゴートは主人に呼ばれた犬のようにヨーヨーの呼ぶ声に従った。医者の宇宙では医長がボスだ。ゴートのような人間でも、命令を拒むことはできない。

「門は閉めておく」とドーラ。「フランツィのことも見てる」

ゴートは表情を変えなかったので、ドーラの言葉を理解したかどうかわからない。ゴートはジャガーのエンジン音が聞こえる門の外に姿を消した。バン、バンとドアが二枚閉まる音がしてから、ジャガーは二度切り返して、向きを変え、速度を上げて走り去った。エンジン音はしばらくのあいだ聞こえたが、やがて街道の彼方に消えた。

ゴートは行ってしまった。シュテフェンが言っていたようにゴートは運び去られた。もっともヨーヨーは歴史のゴミ収集車ではないが。たぶんもっとまずい存在だ。医者の宇宙では、どこかに運び去られるというのは、たいていの場合、吉兆ではないからだ。

35　脳腫瘍《ラウムフォルデルング》による圧迫

電話が鳴った。ドーラはしばらくのあいだ自分がどこにいるのか思いだせなかった。まだ暗かった。ベッドの中で体に触れた。自分の体でも、ヨッヘンでもない。腕、足、ふさふさの髪。フランツィだ。ドーラは思いだした。ヨッヘンを腕に抱いて眠っているフランツィを見つけた。誰かと一緒にベッドで寝るのは好きではなかったのに、自分もすぐに寝入ってしまったのだ。呼出音でフランツィが目を覚ます前に、急いで電話に出た。

「ちょっと待って、ヨーヨー」

ドーラはジーンズをはき、スウェットシャツを着て、玄関の外に立った。東の地平線が明るくなっている。鳥がしきりにさえずっている。歌の力で新しい一日のはじまりに参加しているかのようだ。空にはまだぽつりぽつり星が見える。晴れそうだ。もう二度と天気が崩れることはないとでも言うように空には雲ひとつない。アジサイには水やりをしないと。もちろんジャガイモにも。しっかりしないと。ジャガイモの水やりだけじゃない。すべてについてだ。

「いいわよ」

ドーラはスマートフォンを肩と耳ではさみ、ズボンのポケットからタバコをだした。このままではチェインスモーカーになってしまいそうだ。だがニコチン中毒は後回しだ。これから聞くことは、まず間違いなくタバコなしでは耐えられないだろう。

電話の向こうでハチャトゥリアンのバイオリン曲が聞こえる。ヨーヨーはまた車に乗っているようだ。こんな朝早くにベルリンからミュンスターに移動しているとは。たぶん三時間後に講義か、会議か緊急手術が控えているのだろう。そもそも夜眠ったのだろうか。もしかしたら家に帰っていないかもしれない。

「話していいかな?」シャリテ大学病院から直接、高速道路に乗ったのだろう。

「ええ、いいわよ。どうだった?」

ヨーヨーはまた型どおりの言い方をしたが、医者の宇宙にはいなかった。いい調子のようだ。自信のある人間はこれだからな。

「いい質問だ」ヨーヨーは笑った。「ベルリンまでのドライブ中、おまえのお友だちはひと言も口をきかなかった」

「お友だちなんかじゃないんだけど」

「病棟でもはじめのうちは静かにしていた。病棟は静まりかえっていた。こんなご時世だからな」ヨーヨーはなにかにつけこう言う。外出自粛のおかげで救急病棟はほとんど開店休業だ。それに検査や手術が延期されて、病床使用率は六十パーセント。新型コロナウイルスから人を救っても、心臓発作や脳溢血で人がハエのようにばたばた死んでいく。

「運よく、医療機器がみんなあいていた」ヨーヨーはなにか飲んだ。おそらくガソリンスタンドでコーヒーをラージで買ったのだろう。「知ってのとおり、シャリテ大学病院の私のスタッフはつねにスタンバイしている。真夜中でもな。電話一本で人が動く」

ロイヤリティ、チーム精神、無条件の義務遂行。ヨーヨーが好きな言葉だ。それから、円滑に作動する人間マシーン、医学界の将軍。全員がヨーヨーの命令に従う。高級将校から一兵卒まで、尿瓶を片づけ、廊下をきれいに拭く。未明の三時でも。

「ビンドゥマーリーニ女医は外見をとやかく言われることを嫌う。うちの最高の放射線科医、MRIの預言者だ。あいにく、おまえのお友だちは彼女を見るなり騒ぎだした」

「お友だちなんかじゃないんだけど……」

「ビンドゥマーリーニ女医をカナッケンと罵って、強制送還を要求した」

「うそっ」

ドーラは穴があったら入りたいくらい恥ずかしかった。ヨーヨーは愉快そうに笑った。ますます機嫌がよくなっている。ドーラを恐縮がらせて楽しんでいるのだ。当然詳しい説明がつづいた。

「ビンドゥマーリーニ女医は彼にどんな検査をするか説明した。すると彼は、生かしておかないと叫んだ。彼を取り押さえるのに男性看護師四人がかりだった。おまえのお友だちは本当に力持ちだな」

ちくちく言われるのは、ヨーヨーを徹夜させてしまった代償だ。ヨーヨーを楽しませるくらいは我慢するほかない。だがドーラはあえてうめき声を漏らした。

「それでハンガースタンドが倒れて、さすがのビンドゥマーリーニ女医もあとずさった。代わりに金髪の放射線科の女性看護師が出張ったら、あっさり落ち着かせることに成功した」

「なんてこと」

「ＭＲＩ検査の際は鎮静剤を投与した。さもなかったら、検査中、じっとしていてくれなかっただろう」

この情けない話はまだましなのだろうと、ドーラは思い、もう一本タバコを吸うことにした。

「それで？」

「それから休んでもらうために病室に連れていった。私は出発しなければならなかった。ミュンスターでいくつかやることがあってね。ビンドゥマーリーニ女医がついさっき電話をかけてきた」

「それで？」

「おまえのお友だちが話をさせてくれない」

ヨーヨーが「お友だち」というたび、ゴートが遠のいていく。「お友だち」は本当の人間ではなく、状況をあらわす言葉だ。ドーラを怒らせたくてそんな物言いをしているのではないようだ。胸の内で生きている存在というよりお友だちと関わっているという気持ちのほうが強いのだろう。

「話をさせてくれないってどういうこと？」

「ビンドゥマーリーニ女医は、検査結果を伝えることができなかった。彼は耳を塞いで、ほっといてくれ、なにも知りたくないと怒鳴りつづけた」

「むちゃくちゃ」

「知らない権利というのもある。彼が協力しなければ、こちらはお手上げだ。彼が決めることだ」

「それで？」

「すやすや眠っているよ。赤ん坊みたいに。ビンドゥマーリーニ女医にさんざん罵声を浴びせて気が晴れたようだ。とんでもないだろう？」

「それで？」

「他にも問題がある。おまえのお友だちは健康保険に入っていない」

それを聞いて、ドーラは一瞬、目の前が真っ暗になった。だがヨーヨーの話はつづいた。

「今夜の件については心配いらない。そのくらいは内部で調整できる。しかしこの先、医療行為を受けるのは難しい」

「どういうこと？」

「不可能と言ったほうがいいだろう。たいしたことはできないからな」

「あのねえ、ヨーヨー！」ドーラは我慢できなくなった。「いい加減に、その呪われたＭＲＩの結果を教えてよ！」

「ＭＲＩは呪われていない。人類への福音だ」ヨーヨーがあくびをした。「それに、私には守秘義務がある」ヨーヨーがなにか飲んだ。テイクアウトのコーヒーだろう。「おまえに教えるわけにはいかないんだ。本当はな」

本当はドーラだって、知りたいと思っていなかった。本当はすべてが余計なお世話だった。ヨーヨーを巻き込むなんて、なにをしているんだろう？　ゴートなんて、どうなったっていいはずだ。なにも知りたくないと言うなら、それでいいじゃないか。ドーラは通話を終えて、もう一度ベッドに入り、すべて忘れたかった。ごめん、間違ってた。馬鹿な真似をした。続けて。

「わかったわ、ヨーヨー。とにかく、ありがとう。それと……」

ヨーヨーがすぐに遮った。

「とはいえ、ヒポクラテスの誓いも立てている。そっちのほうが、杓子定規に振る舞うよりもいい場合がある」

「でも、規則は守らないと。ただでもいろいろ複雑なんだから」

「おまえのお友だちには支援が必要だ」

「私のお友だちではないわ！」ドーラは大きな声で言った。ほとんど叫び声になっていた。「私のお隣さんというだけ。助けたかっただけなの。それを望まないって言うのなら、仕方がないでしょう。それでいいじゃない。問題ないわ」

「そうはいかない」ヨーヨーも大きな声をだした。「これは遊びじゃない。勝手にやめるわけにはいかないんだ。おまえは私を呼んだ。だからおまえにも責任がある。私は自分の務めを果たしている。できるかぎりのことをな。わかるか？」

たしかに、そのことはわかった。子どものときからそのことをわかっている。「当然」とか「言うまでもなく」と付け加えてもいいくらいだ。だがドーラは黙っていた。ヨーヨーと口論する気にはなれなかった。朝の六時。あんな夜を過ごしたあとでは。

「おまえには必要な情報を教える。処方箋と養生の仕方も。残りは自分で考えろ。わかったか？」

ドーラはうなずいた。ヨーヨーに見えないことはわかっていたが。次になにを言われるかは想像がついた。数ある単語のひとつ。その単語が昔から嫌いだった。伝染する言葉。病名は病原体と同じだ。

両親の家は病名で完璧に汚染されていた。神経膠腫、芽細胞腫、癌腫、星細胞系腫瘍。そうした言葉が壁という壁に貼りつき、部屋の隅々に転がっていた。母親はそのうちのひとつにかかった。神経内分泌腫瘍。それもこの数ある単語のひとつだった。大事な人を奪っていく言葉たち。そういう言葉を使うべきじゃない。口にしてはいけないし、考えてもだめだ。耳にするだに恐ろしい。ゴートが耳を塞ぐ気持ちもわかる。自分だってそうするだろう。

「脳をスキャンした結果、脳腫瘍による甚大な圧迫《ラウムフォルデルング》が見つかった」

朝食前にタバコを三本なんて。いいわけがない。だがこの状況には完璧にマッチする。

「私の評価では膠芽《こうが》腫《しゅ》だ」

膠芽腫はくそったれの単語の中でも上位に位置する。文字にした暗黒卿。医学用語のダース・ベイダーだ。治療不能、不治、緩和医療という副官を絶えず従えている。ドーラは単刀直入に言うことにした。ことここに至って、ダース・ベイダーに楯突いても仕方がない。

「余命は？」

「見通しは悪い。もちろんかならず……」ヨーヨーが最後まで言えないとは、じつに珍しい。「とにかく、手の打ちようがない。それがどういう意味かわかるな？」

「余命がどのくらいか教えて」

「数ヶ月だ。よくても」

母さんもそうだったのかと訊きたくなった。世界が崩壊したあのとき。あのときは「いやはや」と言われなかったか？「神経内分泌腫瘍」と告げられたあとで。考えるのをやめないとまずい。心の中に奈落が口を開けてしまう。ふつふつと湧きあがる気泡も届かないほどの深い奈落が。そこに転げ落ちて、消えてなくなったらどうなるだろう。あとにはなにが残るのだろう。ブラックホールだろうか。

「これからどうしたらいい?」ドーラのシステムは対処モードに切り替わった。ヨーヨーもそれに付き合った。どうしたらいいかという問いは、ヨーヨーにとっては不老不死の妙薬だ。

「プロクシュ氏が目を覚ましたら、民間救急サービスで自宅に搬送することになっている。その前にステロイドの初期用量と鎮痛剤を投与する」ドーラはうなずいた。道理にかなっている。これがプランというものだ。「診療情報提供書、処方箋、治療プランといった書類は後日おまえのところに郵送する。薬は指示どおりに厳密に摂取する必要がある」

「元奥さんに知らせないといけないかしら? それから……」ドーラは「フランツィ」と言おうとして、口にすることができなかった。

「判断はおまえにまかせる」ヨーヨーは言った。「守秘義務に背いていることを忘れないでくれ」

ドーラにもわかった。公式にはなにも知らないことにしなければならない。そうしないと、ヨーヨーだけでなく、ドーラ自身にとっても大変なことになる。密かにやるほかない。

「一番大事なのは、二度と車に乗らないことだ。聞いているのか、ドーラ? 絶対に運転させてはだめだ。自分だけでなく、他人まで危険に曝すことになる」

「だけどどうやって阻止したらいいわけ?」ドーラの声は金切り声になっていた。対処モードが早くも崩れた。「私は保護者でもなんでもないのよ。ヨーヨー、あの人のことをろくに知らないんだから！　どうしろって言うのよ？」

「まずはコーヒーを飲め」ヨーヨーもコーヒーを一口飲んだ。ハチャトゥリアンの曲がエンディングに向けて盛りあがった。「私に助けを求めたのはおまえだ。なにか意味があったからだろう。それは私のあずかり知らないことだ。自分でつきとめるんだな」電話の向こうで聴衆の拍手が聞こえた。「うまくやるんだ。なにかわからないことがあれば、電話をしなさい。これから高速二号線に乗る」

ヨーヨーが電話を切るとすぐ、ドーラはスマートフォンでブラウザーを開き、ユーチューブチャンネルを検索した。「FER」をクリックして、最初の映像を見た。クリッセが登場している。ヨーヨーが言っていた書類を彼に送ったらどうだろう。正義のバランスをよろしく、という挨拶を添えて。映像の三分四十二秒のところで、探していた箇所を見つけた。住民交換に対するフェルキッシュな圧力《ラウムフォルデルング》。ドーラはまた映像を再生させた。フェルキッシュな圧力、フェルキッシュな圧力。吹きだすしかなかった。笑いが出ると、もう止まらなくなった。笑いすぎてお腹が痛くなったほどだ。ヒステリックな笑い。それから台所へ行き、これまでにないほど濃いコーヒーをいれた。

36　春植えジャガイモ

「もう収穫できるの？」

フランツィは返事の代わりに肩をすくめた。ドーラはため息をついた。ゴートのジャガイモの菜園にいて、ホースの水で両手の汚れを洗い、冷たい水を顔にかけた。汗びっしょりになり、疲労困憊していた。

この数時間、正気とは思えないほどあくせく働いたところだった。自分の家のすべての部屋を掃除し、洗濯をし、台所を磨きあげた。それからアジサイと菜園に水やりをし、草とりをし、数平方メートル分のイラクサを抹殺した。目を覚ましたフランツィはドーラにとっては面倒なアシスタントでしかなかった。そばにまとわりつき、小さな影のようにどこにでもついてきて、手伝うと言っては邪魔をした。

「パパはいつ帰って来るの？」

「もうすぐよ」

そんな会話が百回は繰り返された。

フランツィから解放されたくて、ドーラは部屋の片づけをするように言って、ゴートがまだ戻っていない家に帰した。二十分後、フランツィが可愛そうになって、片づけがはかどっているのを誉めるため、ゴートの家の汚れた階段を上った。前に来たことがあるドーラは、ベッドメイクをし、かつて家具や植木鉢があった床や窓を拭き、フランツィが描いた絵を壁に飾った。おかげで部屋は居心地がよくなり、フランツィはドーラの腕にすがって、「ありがとう、ありがとう」と叫んだ。

とはいっても、子ども部屋の片づけは厄介だった。フランツィとヨッヘンがまとわりついて、うっかり踏んでしまいそうだった。そこでフランツィにゴートが戻ったときにあげる花束を作るといいと言って、ヨッヘンを連れて野原に行かせた。ドーラは少し休んでから、プレハブ小屋のほうを急いで覗いてみることにした。気後れするのを我慢して歯を食いしばった。幸い手に入れたいと思っていた車のキーとデスクの引き出しの鍵は、ドアの横のフックにかかっていた。それに鍵束には自分の家の鍵もあった。この際だからと思って、ドーラは毛布や家具のほこりを払い、ほとんどなにも入っていない冷蔵庫をきれいに拭いた。

ほっとしてプレハブ小屋から出ると、次は自分のところと同じようにしおれているゴートのジャガイモに水やりをした。インターネットで調べたところ、春植えジャガイモは葉が緑のうちに収穫するとあった。植え付けてから六十日くらいが目安だという。ドーラは日数を数えてみた。ブラッケンに引っ越してきたとき、ゴートはすでに種芋を植え付けていた。冬がおだやかだったので、ゴートは三月はじめには植え付けたはずだ。

水で掌と額の火照りが引き、いい気持ちだ。フランツィはクローバー、タンポポ、クワガタソウ、タネツケバナを野原から取ってきて、花束を作り、プレハブ小屋のテーブルに飾った。フランツィも汗をかいたと言ったので、ドーラはホースを向けた。フランツィは両手と腕と顔を洗った。ドーラはその日はじめてほっと息をついた。ゴートの鍵束がパンツのポケットの中でずっしり重く、安堵感があった。

　と言っても、厳密にはなにも変わっていない。五月はじめのごく普通の金曜日。春たけなわだ。夜中はそれほど冷え込まなくなったし、日中はポカポカしている。ドーラの庭の果樹は花盛りで、白い泡に覆われているように見える。すっかりいなくなったと思っていたハチも数匹見かけた。すべてがあるべき姿を見せている。だがそこに単語がひとつ加わった。腫瘍《ラウムフォルデルング》。膠芽腫よりすこしはましに聞こえる。春色の迷彩服を着たダース・ベイダー。ドーラは朝から心の平静を取りもどそうと必死だ。うまく平静を取りもどしたが、鍵の重さを感じ、空の青さに見とれ、村のまわりを走るトラクターの音を耳にした。翼を持ち、声を持つすべての鳥が空を舞い、さえずっている。塀の上ではオレンジ色の猫が散歩していて、馬鹿にしたようにドーラたちを見おろしている。「あんたらの種族は本当に救いようがない」猫の目がそう語っている。

　たしかにドーラたちはかなりみすぼらしかった。ドーラは寝ていたときと同じTシャツを着ていた。ヨッヘンは土を掘ったせいで脚が泥だらけだ。フランツィは汚れを洗いながそうとして、かえって顔と腕を薄汚くしてしまっていた。猫はしゃがんで、右の前脚をせっせとなめながら、巣から追いはらおうとさかんに騒ぐ二羽のジョウビタキに気づいていないふりをしている。

「パパはいつ帰ってくるの?」

「もうすぐよ」

ドーラは左手をポケットに入れて、鍵を強く握りしめた。

「なんで入院してるの？」

「言ったでしょう。検査を受けているのよ」

「頭痛がするせい？」

「そうよ」

「でもそんなに悪くないんでしょ？」

ドーラは水を止めるためにその場を離れてから言った。

「ねえ、ジャガイモの収穫の仕方を教えてくれる？」

「いいわよ！」

フランツィは駆けだし、すぐに道具を持って戻ってきた。それは大きな鳥の爪のような形をしていた。菜園を勝手にいじったら、ゴートはふたりと一匹をぺちゃんこにするだろうか。だがこれ以上ぺちゃんこにはできないだろう。すでにヘロヘロなのだから。フランツィは鳥の爪で地面を突き刺し、ジャガイモの茎のまわりの土を軟らかくしてから茎をそっと引き抜いた。土の中から顔をだしたのは、たしかにエイリアンの卵だった。土がこびりついた卵は絡み合う白い血管でつながっている。ドーラは、フランツィが卵を次々と掘りだし、手で拭いて芝生に投げるのを見て、心なしかぞっとした。どうしても膠芽腫を連想してしまう。

「まだちょっと小さいね」フランツィは言った。

「それでも料理に使えるわ」とドーラ。

「パパ、パパ！」

エンジン音も、門が開く音もしなかったのに、ゴートがビニール袋を手に提げ、大股で歩いてきた。写真から適当に切り抜いたみたいに、ゴートの輪郭がぼやけて見えた。ドーラはゴートのところに駆け寄った。

「ゴート！」

ゴートはドーラに一瞥もくれず、ヨッヘンを蹴飛ばし、腕に抱きつこうとしたフランツィを払いのけると、まっすぐプレハブ小屋に歩いていき、勢いよくドアを開けて中に入った。ドアはバタンと音を立てて閉まり、それからもう一度開いたかと思うと、フランツィの花束を活けた空き瓶が大きな弧を描いて芝生に落ちた。ヨッヘンがワンワン吠え、猫が塀の上で欠伸をし、フランツィが泣きだした。

最低だ。さっさと死んじまえ、とドーラは思った。この世からいなくなってしまえばいいんだ。みんなにとってそれが一番いい。政治的衛生管理としても。

ドーラの頭の中では他にもいろいろな考えが渦巻いていたが、いまは腕の中で泣いているフランツィのことを気にかける必要がある。ドーラは「よしよし、パパはすこし気が立っているだけよ」と言って、内心どこか遠くに行きたいと思った。できることなら国際宇宙ステーションにいるゲルスト宇宙飛行士のところへでも。

遅い昼食をすますと、ヨッヘンを散歩させないといけないと言って、リードでつながったヨッヘンとフランツィを森に行かせた。これで動きが取れる。まず大きなヤシの木の鉢カバーに車のキーを隠し、ユナイテッド・パーセル・サービスの便で届いた分厚い封筒を受け取った。差出人はベルリンのシャリテ大学病院。書類にざっと目を通し、知りたくもない膨大な情報をインターネットで読んだ。ネジセットの中身をだして、一枠ごとに曜日を記入すると、エルベ・ショッピングセンターの薬局に電話をかけ、薬を大量に注文した。そのあともまだエネルギーが残っていたので、買いもののリストを作り、冷蔵庫の拭き掃除をして、森からなかなか帰ってこないフランツィとヨッヘンを心配した。

太ったハエが一匹、さっきから大きな羽音を立てて台所の窓にぶつかっている。ドーラは食卓に向かってすわり、もうやってられないと思った。いったいなにをしているんだろう。何度も何度もガラスにぶつかるハエ。ドーラの体の中ではふつふつと水泡が湧きあがっていた。できることならゴートと入れ替わりたかった。そうすれば、人生の終わりを目前にしたドーラの代わりに、ゴートに買いものをしてもらえる。

どうしたらいいかわからなくなるたび、最近よくしていることをした。塀のところへ行き、ガーデンチェアに乗って塀の向こうを見た。フランツィとヨッヘンが戻っているかたしかめたかった。だがアウトドアテーブルに向かってすわっているゴートを見て、ぎょっとした。ゴートはタバコを吸いながら、テーブルを指でゆっくりとんとん叩きながら、その指を見つめていた。さっきは輪郭があいまいに見えたが、いまはいつも通りだった。

「ゴート！」

ドーラが声をかけるのを待っていたかのように、ゴートはさっと顔を上げ、塀のところへ来て、木箱に上った。

「よう」ゴートは言った。「元気か？」

「元気よ」ドーラはおずおずと言った。「あなたは？」

「元気さ」

ふたりは顔を見合わせた。ふたりの頭はほぼ同じ高さにあった。ゴートは木箱に乗り、ドーラはガーデンチェアに乗って、コンクリートブロックの塀が二人を隔てている。ゴートが上半身を軽く塀に預けたので、ふたりの顔がかなり近寄った。

「父が処方箋をだしてくれたわ」

「頭痛薬か」

「薬をかかさず服用することね」

「そうする」

ドーラはゴートの目をじっと見た。頭の中を覗こうとするように。ゴートの目が緑色で、まつ毛が白いことにはじめて気づいた。白目が黄ばんでいて、赤い毛細血管が浮かんでいる。いつものように目の下が腫れぼったい。きれいな目とは言いがたいが、純真そうなその目つきに、心が締めつけられた。心のどこかでなにかが育っている。春植えジャガイモみたいなものが。ゴートは病状を知っているのだろうか。ドーラは、ゴートがおののいているかその目を見て確かめようとした。ゴートの中でなにが起きているか、頭で理解する必要はあるだろうか。知る方法にもいろいろあるはずだ。たぶん知っていることと知らないことは隣り合わせでありながら、一切干渉しないのだろう。

「ちょっと言っておくことがあるの、ゴート」

「キーはあんたのところだな」

ゴートはそれなりに頭がまわるようだ。

「あなたに車の運転をさせてはいけないと父に言われたのよ」

「ああいう父親がいるってのはすごいことだ」

ドーラはすかさずゴートの表情を探った。皮肉ではないようだ。

「そんなことない。そんなことないわ」ドーラは少し考えた。「父親が普通の仕事をしている人だったらいいのにって思うことがある。左官とか、家具職人とか、自動車整備士とか」

「俺は家具職人だ」

ドーラはびっくりした。「木工のプロってこと？」

「そうさ」ゴートは笑った。「都会の人間は頭がいいと思ってたが、あんたは底なしのとんまだな」

「だからこんなところに引っ越してきちゃったのかもね」ドーラはにやっとした。「いまでも家具職人として働いているの？」

「ここしばらく休業中だ」

「どうして？」

ゴートは肩をすくめた。

「病気だからな」

「生活保護を受けているの？」

「そんな甲斐性無しじゃない」

「甲斐性無し？」

「誰にも後ろ指を差されたくない」

職業カウンセラーの世話になると後ろ指を差されるのだろうか、とドーラは自問した。だが取りあえずそのことはどうでもよかった。ゴートは怒っていないようだ。ドーラがヨーヨーを呼んだことを受け入れてくれたらしい。もしかしたら彼なりに感謝の気持ちをあらわしているのかもしれない。

「じゃあ、なにをやって生計を立てているの？」

「なにかしら仕事はあるものさ。それに、そんなに金はいらない」

こんなふうにふたりで話すのははじめてだ。ゴートの臭いもいつもと違う。どうやら病院でシャワーを浴びたようだ。それに着ているTシャツも、はじめて見るものだ。紺色で少しだけ肩が崩れている。胸には「世界的犯罪者《クリミナルワールドワイド》」というロゴが入っている。ドーラは笑いそうになったが、いまはタイミングが悪いと思って、話題を変えることにした。

「あのね、ゴート。あなたの車が必要なの」

「はあ？」

「買いもの、ホームセンター、薬局。あなたは運転しちゃいけない」ドーラは「二度と」と言ってしまいそうになった。「あなたがどこかへ行く必要があるときは、私が運転する」

「あんたは俺の母親かい？」

「ご近所の助け合いよ。あなただってしてるじゃない」

「ちょっと違うけどな」

「私が女だから？」

「あれは俺の車だ」

「運転しちゃだめなのよ、ゴート」

「俺の車に手をだしたら、ボコボコにしてやるぞ」

いい調子で会話がつづいた。ゴートは片手を上げた。かなり大きな手だったが、ドーラも手が大きい。だがゴートの手は人間よりもアクションフィギュアの一部みたいだ。ゴートが腕を伸ばしてきた。頬を張るにはゆっくりだった。ゴートはドーラのぼさぼさの髪をぎこちなく撫でた。

「まあ、仕方ないか」ゴートは木箱から下りて、離れていった。

しばらくしてからドーラはもう一度、塀の向こうを覗いてみた。庭を台無しにし、プレハブ小屋を閉めて、ゴートは手負いの獣のように穴蔵にもぐり込んでいるかと思ったが、意外にもフランツィと一緒にアウトドアテーブルを囲んでいた。背筋をしっかり伸ばしてすわり、顔色もいい。そしてフランツィの楽しそうな声が塀のところでも聞こえた。フランツィはゆでたジャガイモを二枚の皿にわけて載せ、ふたりで一緒に食べている。父と娘。ふたりは交互に塩とマヨネーズを渡している。テーブルには空き瓶に活けた野草の花束が載っていた。

37　一角獣

朝の七時。ゴートはまだ眠っているはずだ。ドーラはできるだけ静かに門を開けようとしたが、蝶番がきしんだので悪態をついた。車はいつものところに止まっている。ちらっと見たところ、片方のヘッドライトカバーが割れ、ナンバープレートがなくなっている。道路の側溝に突っ込んだ結果に違いない。だがそんな些細なことにかかずらっている暇はない。ヨッヘンを助手席に乗せると、エンジンをかけた。ここからは静かさよりも、速さが肝心だ。エンジンがうなる。ドーラは車をバックで道路にだした。泥棒になった気分だ。ゴートの怒鳴り声が聞こえたような気もした。発進するとき、ゴートが追いかけてこないかバックミラーで確かめた。まるでグートメンシュの映像みたいだ。

ブラッケン村を出て数キロ走ったところで、ようやく胸の鼓動が収まった。普通の速度に落とし、窓を開け、向かい風にまじる森の匂いを楽しんだ。大きな車に乗る小柄な女性。ボニーとクライドを一人二役で演じている気分。このオンボロ車に乗っているドーラを見たら、ロベルトは「ずいぶん変わったな、ドーラ」とでも言うだろうか。

エルベ・ショッピングセンターの駐車場はかなり閑散としていた。開店時間は三十分後だ。早朝から開いているパン屋でコーヒーとクロワッサンを買ってくると、荷台に乗ってあぐらをかいた。ピックアップトラックでピクニック。ベルリン・クロイツベルク区でこんなことをしたら注目を浴びそうだ。だがここでは誰ひとり気にもとめない。ローストチキンの屋台で店主がシガリロを口にくわえて、グリルに火を入れているが、一度もこっちを見なかった。

ドーラは、ピックアップトラックに合わせてイメージチェンジしたらどうかと思った。栗毛を後ろでしばるのをやめて、ボブヘアに金のメッシュを入れる。靴は黒いブーツ、タバコは徴税印紙なし。そしてトルシュタイナー〔極右とのつながりが指摘されているデザインで知られるドイツのファッションレーベル〕のスウェットシャツ。食べるのはクロワッサンではなくパンにはさんだソーセージ。

リラックスしなければだめだ。降参したあとの平安。もう何年も世界の、そしてとくにヨーロッパの民主主義を守らなければいけないという義務を感じてきた。ファラージ〔イギリス独立党党首〕、カジンスキー〔アメリカのテロリスト〕、シュトラッヘ〔オーストリアの政治家〕、ヘッケ、ル・ペン〔フランスの右翼政治家〕、オルバーン・ヴィクトル〔ハンガリー首相〕、サルヴィーニ〔イタリアの政治家〕、そうした人物たちを見て忸怩たる思いだった。「ドイツのための選択肢《AfD》」の快進撃にも手をこまねいているしかなかった。メディアが政治的な正しさに抵触するものを犯罪とみなし、同時に時評やトークショーで言葉にしていいことの限界を少しずつ押し広げていくところも見た。ドーラは、他の人がなにを選択するのか気になりはじめた。子どもを迎えにいくときや、買いものをするとき、みんなの脳内の秘密の部屋ではなにが起きているのだろう。たしかなのは、みんな、不安を覚え、自分の不安こそが唯一正しいと思っているということだ。ある者は過剰外国化を恐れ、またある者は環境災害を憂える。ある者はパンデミックに怯え、またある者は健康による絶対的な支配を危惧する。ドーラは、こうしたさまざまな不安のせめぎ合いの中で民主主義が破綻するのではないかと心配している。他のすべての人と同じように、みんなの頭がおかしくなったと思っていた。

そういう状態でいるのは無茶苦茶しんどい。どちらか一方を選べればどんなに楽だろう。ロベルトとはうまくいかなかった。それなら反対に回れば楽になるのだろうか。トルシュタイナーのスウェットシャツを着て、ヨーロッパ統合なんてろくでもないと言えばいいのか。突然、それこそが論理的帰結で、すべてに意味を与えると言うのか。ゴートは隣人であり、「ドイツのための選択肢《AfD》」はオルタナティブな構想を持つ政党だというのか。「フライ・ヴィルト〔ナショナリズム的と批判されているドイツのロックバンド「Frei. Wild」。Freiは「自由」、Wildは「野生」を意味するが、「追放者」を意味するFreiwildに掛けている〕」の演奏はそんなに悪くないというのか。懐疑的に熟慮するのをやめ、偏見を持つことで不安を解消すればいいのか。ナチが眠れない夜を過ごしたり、ムズムズしたりしないことだけはたしかだ。それとも自分たちの手が大きすぎることを気にかけるだろうか。

子どものとき、ドーラはよくリビングの絨毯に横たわって、天井が床で、自分の背中が天井に張りついているところを想像したものだ。ランプは立像のように部屋の真ん中に立ち、窓は床すれすれにあっても、開閉するための取っ手は高すぎて使いづらい。そしてドアを通ろうとしたら、やたらと高い敷居によじのぼらなければならない。ドーラは頭の中でそういう奇妙な部屋を歩きまわり、いかれた家具を見て楽しんだ。頭の中でスイッチを切り替えるのがどんなに簡単だったか、いまでもよく覚えている。ちょっと頭を切り替えれば、現実は新たな法則に従う。ただ新しい視点を選べばいいのだ。

もしかしたらスーパーのノンフードコーナーでトルシュタイナーのスウェットシャツを売っているかもしれない。

一時間後、車に戻ったとき、新しいスウェットシャツはなかったが、パンパンに膨れた紙袋をいくつもカートに載せていた。買ったものをそのまま荷台に載せられるのは助かる。バス停まで汗をかきながら運ぶよりずっとましだ。ただし薬局で支払った金額を考えてはいけない。ゴートが健康保険に加入していなかったため、ヨーヨーは保険適用外の処方箋をだした。その総額は、いまある金でどのくらいやっていけるか計算したときの見積もりをあっさり破綻させた。

ブラッケンへ帰る道すがら、ドーラの動悸がまたもや速くなった。もうすこし車を乗りまわしたくなったが、そんなことをしても問題を先送りするだけで、なんの解決にもならないことは火を見るよりあきらかだ。車を取りあげたことでゴートがなにかするとは思えない。運転席から引きずりだして、地面に突き倒して足蹴にしたりはしないだろう。だがそういう憂き目に遭うことも覚悟しておく必要がある。ビンドゥマーリーニ女医にしたことを考えれば、ゴートがかっとなりやすいことはたしかだ。それにシュテフェンもそういう話をしていたじゃないか。いまのところ、ドーラの前ではある程度自重してはいるが。

ドーラは速度を落として村の標識のそばを通過した。ゴートの家に近づくと、塀の向こうにホイールローダーの黄色いアームが見えた。ホイールローダーはバケットを上げて、バックで敷地から出てきた。ドーラは車を止めると、入れ替わりに敷地に入りたいことを伝えるためにハザードランプを点滅させた。ホイールローダーはゆっくり道路に出て、パッシングすると、びっくりするほどのスピードでそばを通りすぎていった。ドーラは開けっぱなしの門を通って、車を敷地に入れた。

母屋の横の芝生に茶色くなった四角い部分がある。まるで壁からはずした絵でも置いたみたいに。いつも車を止めているところだ。ドーラはまさにその四角い部分に車を進め、エンジンを止めた。ヨッヘンがいきなり助手席からドーラの膝に飛びうつり、開け放っていた窓から飛びでて、アウトドアテーブルのそばの地面でなにかを探しているフランツィのところへ走っていった。ヨッヘンはいざとなると、意外に敏捷だ。ドーラは何度もびっくりさせられてきた。

ドーラはしばらく運転席にすわったままスマートフォンを見ているふりをして、様子をうかがった。悪い成績表をもって家に帰れず、外でうろうろしている子どもの心境だ。

ところが誰もドーラに関心を示さなかった。ゴートは庭の真ん中に立って、巨大な丸太を満足そうに見ている。さっきのホイールローダーが運んできたものらしい。ゴートはその丸太をぐるっとまわって、いろいろな角度から見ながら、機嫌よさそうに口笛を吹いている。ナチの歌ではなく、ドーラもラジオで聞いて知っている童謡だ。「ぼくは一角獣として生まれた」。耳について離れない曲だ。ドーラは車から降りて、ゴートの隣に立った。まるで有名な観光スポットででもあるかのように、ふたりしてその丸太を見た。実際それなりの見物ではあった。

「いいだろう」ゴートが言った。

「すごいわね」ドーラはうなずいた。

丸太は全長二メートルあり、ゴートのような大男でも抱えられないくらい太かった。樹皮は灰緑色に光り、皮膚のように柔らかく、切断面は黄色く、刺激的な匂いを発散させていた。年輪がくっきり見える。樹齢百年を越えているのは間違いない。

「楓だ」とゴート。「木彫りには最適だ」

ドーラはその木のことで想像をたくましくしてしまった。ある農場主が第一次世界大戦の直後、母屋の裏手にその楓を植えた。たぶん息子の誕生とか、終戦とか慶事を記念して。楓の幹が太腿の太さになったころ、第二次世界大戦が地球を覆い、農場主の息子は兵役を拒否して銃殺される。ドイツが降伏したあと、一家の一部は西ドイツに逃げる。農場主は残るが、東ドイツ政府によって財産を没収され、首吊り自殺をする。それでも楓は成長を続ける。東ドイツを見つづけ、農場は荒れ果てる。

ベルリンの壁が崩壊したとき、楓は樹高二十メートルになって、そびえ立っていた。春が訪れると、ハチの群れが舞い飛び、秋には羽をつけた種子がちょうどコマのように宙を踊り、楓のまわりの敷地に無数の芽が出る。楓はのどかな葉ずれの音で新しい持ち主を歓迎する。新しい持ち主はその楓が気に入って家を買い取ったのだ。その威風堂々とした姿が朽ちた農家とともにすばらしい絵になった。新しい持ち主は若木を刈りとり、荒れ放題の草むらを庭へと作り替えたが、楓は気を悪くしなかった。楓は、グローバル化して、ますます過激になる資本主義に晒されても生きつづけた。これまでもナチの時代と社会主義の時代を生き抜き、避難民と追放の歴史を見守ってきた。

その楓を切り倒したのは、二十一世紀の最適化の流れだった。楓を診断した庭師が主人に言ったのだ。放っておくと、いつか木の根が家の基礎部分に食い込む、と。それに落ち葉の片づけが手間だし、嵐で枝が折れて、その枝に当たって誰かが死ぬかもしれない。主人は楓を切り倒す許可を取り、女主人は楓が切り倒されるのを見て泣いた。

「安く手に入ったんだ」ゴートは言った。「友だちを持つにかぎる」

ドーラは薬のアルミシートを二本だして、そこから錠剤を押しだした。高用量コルチゾン〔ステロイドホルモンの一種〕と強い鎮痛剤。ゴートは手を伸ばして、薬を受けとると、口に含んでそのまま飲み込んだ。以前からその薬を服用していたかのように。

「気をつけろ。皮むきナイフは鋭利だ！」

そのときになって、ドーラはフランツィがなにをしているか気づいた。地面には革製のケースがあって、いろいろな道具が入っていた。大小の皮むきナイフ、形状の違うノミ。小ぶりの斧まである。

「前からもう一体作りたいと思ってたんだ」ゴートが言った。

ドーラはプレハブ小屋の外階段の横にある木彫りに視線を向けた。オオカミはまなざしに期待を込めてドーラたちを見ていた。

「私も彫刻がしたい」フランツィが言った。

「ちょっと待ってろ。すぐに切れ端が出るから」

ゴートは母屋の裏口へ行き、当然のように中に入ると、チェーンソーをおもちゃかなにかのように片手で持って戻ってきた。ゴートの歌声がドーラの耳に入った。「私は楓として生まれて」笑いそうになったが、ぐっと我慢した。

「豚肩ロースのステーキを買ってきたか？」ゴートがたずねた。

ドーラはゴートがなにをしたがっているか気づいて、首を横に振った。

「じゃあ、もうひと走りしてくれ」

空いているほうの手をズボンのポケットに突っ込むと、くしゃくしゃになった二十ユーロ紙幣を一枚だした。

「ショッピングセンターじゃだめだ。ヴァンドーの精肉店で買ってきてくれ。香味野菜につけ込んだのを六枚」
ゴートはそれからチェーンソーのエンジンをかけた。猛獣が吠えるような音がした。

38　肉の塊

午後のあいだは、チェーンソーの音がずっと鳴り響いていたので、ドーラは庭仕事をあきらめて、家中の窓を閉めた。だがそれでもチェーンソーの音は消えず、脳内に響いた。まるで歯医者のドリルみたいだ。ドーラは散歩に出たが、エンジン音は森の中でも聞こえた。散歩のあいだ、ヨッヘンはずっと一メートルほど後ろをのろのろ歩いてきた。散歩が不服なのだ。ヨッヘンはフランツィがゴートの庭で何時間も彫刻に没頭し、見向きもしないことに傷ついていた。

午後八時ごろ、ドーラはゴートに声をかけた。だがいつものように塀から顔をだすのではなく、まるでパーティに行くときのようにサラダボウルを抱えていた。それにサンダルをスニーカーにはきかえていた。それでも声をかけるときの言葉はぶっきらぼうだった。「そろそろ、バーベキューにしない？」

ドーラが門から入ってきたとき、ゴートは作業の手を休めることなく、ただうなずいた。両手で握っていたナイフで丸太の樹皮をむき、荒削りな円錐形になった丸太を立てていた。ドーラはチェーンソーが鳴りを潜めていたのでうれしかった。バーベキューの用意は少しもできていなかった。ドーラはサラダをテーブルに置いて、椅子に腰かけた。ヨッヘンはフランツィの横にすわって、不服そうにした。

ドーラはそもそも待つのが好きではない。待つのは時間の浪費の最たるものだと思っていた。無意味の塊だし、屈辱的でもある。待ち人はみな、待たせる人に左右されるからだ。それなのにドーラはいま椅子にすわって、まるで新しい使命を見いだしたかのように世界との一体感を味わっている。放っておかれるのもいいものだ。これからどうなるかわからないのはすばらしいことだ。他の人間が歴史を積み重ねることに汲々としているあいだ、ただのんびりとその様子を眺める人間。

三十分後、ゴートは道具を片づけると、丸太をまるで紙粘土細工ででもあるかのように両腕で抱えて倒し、石を円形に組んだ炉のそばへ転がしていった。そしてそこに木くずを積みあげた。ゴートはドーラに、欲しいかどうかも訊かずにタバコを差しだし、細長い削りくずを燃やすと、ドーラと自分のタバコに火をつけてから、積みあげた木片の中に投げ入れた。しばらくして木くずが燃えだした。するとフランツィが駆けてきて、枯れ枝を火の中に投げ込んだ。炎がぱっと燃えあがる。フランツィは次によく乾燥した太い薪を数本持ってきた。ゴートがどこかに積んでおいたものらしい。

火はみるみる大きくなり、思わずあとずさるほど熱くなった。パチパチと音を立て、はぜた火の粉が空に昇った。フランツィは歓声を上げ、次々と薪を取ってきて、ゴートがそれを炉にくべた。いい匂いがする。煙と自由の匂いだ。ドーラが最後に焚き火を楽しんだのはいつだろう。炎を見つめているあいだは、そんなことを問うこと自体が野暮なことだ。海辺に打ち寄せる波を見ているときと同じだ。

そのうち、ゴートはフランツィが薪を取ってくるのをやめさせた。火が落ちて、熾きになると、ゴートは鎖のついた三脚と大きな焼き網を持ってきた。なんだか中世を舞台にした映画でも見ているようだ。ゴートがそれを炉の上にセットすると、ドーラが昼に買ってきた肉をフランツィが取ってきた。ゴートは素手でステーキを焼き網に載せ、フォークでときどきひっくり返した。ドーラはハイニのスペースシャトル風ガスバーベキューコンロをふと思いだした。

ステーキはすばらしかった。ドーラが最近食べたどんなものよりもおいしかった。たぶんベルリンのレストランでだされるたいていの料理に引けを取らないだろう。肉はジューシーで、つけ汁のニンニクとローズマリーの味がよく滲みていた。三人はこのあとオオカミになる予定の丸太にすわり、皿を膝に載せて、お互いに肘をぶつけながら肉の塊を大きく切りわけた。そしてゴートはときどき立って、ステーキの二枚目を裏返した。副菜はなかったし、テーブルに載っているサラダボウルにも、誰ひとり手をつけようとしなかった。ゴートはフランツィが肉を切るのを手伝い、脂身をヨッヘンに投げ与えた。ヨッヘンはゴートの足元にしゃがんで、天上から下りてきた新たな救世主でもあるかのようにゴートを見上げた。

食事のあと、フランツィはまた木彫り作業に戻ったが、ドーラとゴートは炉のそばにとどまった。ドーラは横にいるゴートの存在をひしひしと感じた。疑いの差しはさみようがなかった。そしてフランツィの存在を、つづいて自分の存在を感じた。だが心はおだやかだった。奈落の淵で目を回すのとはまるで違う。むしろ結晶化とでもいえそうな感覚だ。周囲の動きが止まって、なにもかも鮮明に見ることができた。

学生時代にドーラはハイデッガーの著作を読んだことがある。存在は不安によってのみ把握しうるものだ、とドーラは理解した。もしかしたらあれは間違いかもしれない。存在は慣れ親しんだなにかなのかもしれない。それならランタイムエラー0×0はもはやエラーではない。ただの0×0だ。すべての問いへの答え。ダグラス・アダムズの場合と同じだ。もっとも彼が描くスーパーコンピュータが、生命、宇宙、そして万物についての疑問に回答するとき算出したのは0×0ではなく、「42」〔小説『銀河ヒッチハイク・ガイド』に登場するスーパーコンピュータが同様の質問に対して算出した数字〕なのだが。

「プラウジッツの件はどういうこと？」ドーラは思わず質問した。

「はあ？」とゴート。

「ナイフの件」

「誰から聞いたんだ？」

「ザディから」

「なんであいつが」

ゴートは眉間にしわを寄せて炎を見つめた。和やかな雰囲気は吹き飛んでしまった。なかったことにするのはもうむりだ。その話題を続けるしかない。

「どういうことか話してくれない？」

ゴートはため息をついて立ちあがると、フランツィのところに行って、彫刻の仕方をアドバイスした。ゴートはフランツィの肩にやさしく手を置いた。ゴートは戻ってくると、またため息をついた。

「なにが知りたいんだ？」

「なにがあったのか知りたいの」

「あっというまのできごとだった」

「はじめから話して」

ゴートは膝に肘をついて、強い風が吹いたかのようにタバコの火口を掌で隠し、炎を見ながら話しだした。よく晴れた九月のある日のことだった。ミーケとデニスと一緒にプラウジッツにいた。仲間のクリッセの演説を聞くためだった。クリッセは拡声器を持って文化センターの外階段に立ち、アンゲラ・メルケルを罵っていた。外国人を何百人も入国させていながら、なんでここには消防団の維持費もださないんだ、と。聴衆は歓声を上げた。ゴートとふたりの仲間は瓶ビールを数本飲み干していた。問題のカップルがマルクト広場にあらわれたのはそのときだった。男のことは前から知っていた。女のほうは高そうな服を着ていた。スカートに派手な色使いのジャケット。間違いなくポツダムかベルリンの人間だ。

「女の人の名前はカレン。コッホリッツ出身よ」

「信じられないな」

「新聞に載っていた」

「新聞に載っていたら正しいのか?」

ドーラは肩をすくめ、ゴートに先を話させた。

ゴートたちはそのふたりをなんとも思っていなかった。だがそばに来たとき、女のほうが「ナチの糞」と言ったのだ。大声ではなかったが、充分聞こえる大きさだった。

「あなたたちナチは変よね」ドーラは言った。「ナチと呼ばれると、腹を立てる」

「俺たちはナチじゃない」

「ほらね！」

「俺はちょっと古い人間なだけだ」

ドーラはビールを飲んだ。

「俺は別に外国人が嫌いなわけじゃない」とゴート。「自分たちの国にいるかぎりはな。俺だって自分の国にとどまっている。みんな自分が生まれ育ったところにいるべきだ」

「それってつまり、私がブラッケンに引っ越してきたのもいけなかったってこと」

「まあ、そこはぎりぎりのところかな」

ゴートはプレハブ小屋の下に置いてあるケースから瓶ビールを二本取ってきて、栓を抜くと、一本をドーラに差しだした。コルチゾンと鎮痛剤をアルコールとちゃんぽんにしても平気だろうか、とドーラは少し考えたが、そっちに話題を変えるのはやめた。

「あんたら都会の女は、意見が違うとすぐ、ナチだって言う」

「だけど『ホルスト・ヴェッセルの歌』を歌っていたじゃない。私はこの耳でしっかり聞いたわよ」

「なんだって？」

「『ホルスト・ヴェッセル』」ドーラはそのメロディーを小さく口ずさんだ。

「ああ、なんだ。ただの歌じゃないか」

「ナチの歌よ。歌うのは禁止されてる」

「俺たちがここでこういうふうにすわっているのも禁止されているがな」

ゴートの言うとおりだ。パンデミックのことをうっかり忘れていた。新しい環境に慣れて、現実感覚を喪失しているようだ。

「あんたは都会の女じゃないからな」

「そんなことはないわ。ベルリンから来たんだもの」

「都会の女の変なところは、都会の女って言うと怒るところだ」

ドーラはまたタバコが欲しくなった。ゴートはドーラの気持ちがわかったのか、タバコを一本差しだした。

「俺たちには似たところがある」そう言うと、ゴートは瓶ビールを持ちあげて、ドーラの瓶と打ち合わせた。「俺たちはどちらも、他の奴が考えているのと違う」

言葉をつっかえることなく、ゴートの口から言葉がすらすら出てきた。もうひと口ビールを飲むと、プラウジッツの話を続けた。

デニスが突っかかっていったこと。ヨーナスが連れの女性をかばったこと。お互いに罵って、胸を突いたこと。

「三対一じゃない」とドーラ。

「俺はその場にいただけだ」

「ああ、そういうこと」

ビール瓶が地面に落ちて割れ、相手の女性が悲鳴を上げた。デニスが「左翼のメス」と怒鳴り、ヨーナスが「ナチ野郎」と叫んだ。そしてナイフ。

「ナイフ?」

「あいつが抜いた」

「あいつって? ヨーナス?」

「そうさ。ナイフをだしたのはあいつだった」

「嘘でしょ」

「そうかい?」

「新聞には、あなたの友だちのミーケがナイフを抜いたって書いてあったわよ」

「じゃあ、新聞を信じればいい。俺に聞いてどうする」

しばらくのあいだ、ふたりは押し黙った。ゴートがまた話しだした。

「裁判で、ヨーナスの野郎は、ナイフは自分のじゃないと言って、それが通った。あれはネスムクナイフ〔ブレードが幅広で反り返った形状のアウトドアナイフ〕だった。ハンドルはオリーブ材。ミーケはそんなものを持ってない」

「ナイフに詳しいのね」

「誰にだって得意なことがある」ゴートはまたビールを一口飲んで、話を続けた。「ミーケはそのナイフをすかさずあの野郎から奪った」

「そして相手を刺した」

「正当防衛だ」

「本気で言ってるの?」

「女のほうが俺たちにトウガラシスプレーをかけて、それから警察が来た」

ドーラは思わず笑いそうになった。笑いが出そうなほど、でたらめな話だ。よく晴れた九月のある日、市民がナイフとトウガラシスプレーでぶつかり合い、警察が止めに入る。これがドイツの現実だ。

「ナイフはヨーナスって人の胸に刺さったんでしょ」

「新聞にはそう書いてあるのか」

「ヨーナスって人は死ぬところだったって書いてあったわ」

「俺はなにもしなかった」

ドーラは、ゴートが悪く思われたくなくて、嘘をついているかと思った。あるいはゴートは本気で不当な判決を受けたと思っているのかもしれない。現実にはたくさんのバリエーションがあるということか。

「昔はぜんぜん違っていた。俺たちになんて、誰も見向きもしなかった。毎週末、左翼が集まって、パチパチ拍手した」

「外国人は？」

「ほとんどいなかった」

「嘘はやめて」

ゴートはにやっとした。「まあ、その話は置いておこう」

「あなたが最低っていう話はしないってことね」ドーラは言った。

ゴートとのあいだの幹の上に置いてある箱から、ドーラはもう一本タバコを取った。ゴートが熾きをかきまわして、薪をくべた。動きがいつもとまるで違う。自信に満ちて、自由な感じだ。

「変だよな？」

「なにが？」ドーラはたずねた。

「俺たちさ」

「パパ、これを見て！」フランツィが呼んだ。

ゴートはドーラの肩に手を置いてから、娘がなにを見せようとしているのか見にいった。すぐにゴートが笑って、なにかを持ちあげた。

「ドーラ。フランツィが木で骨を作った。ヨッヘン用だ！」

39
プリン

それからの数日、ドーラは日常のパターン作りに勤しんだ。正常でないことを正常だと言い張るトリックだ。外憂はパンデミック、内患は失業。そこに膠芽腫にかかったナチの隣人が加わった。最高だ。ささやかなバーベキューパーティのあと、「日」「月」「火」と日が過ぎた。日常が戻った。ゴートの錠剤ケースに自前で貼ったシールの日付に沿って。毎朝七時に目覚まし時計が鳴る。そこはドイツの多くの女性の場合と同じだ。ドーラはまず庭に出て、塀のそばに置いた椅子に乗る。ゴートはアウトドアテーブルに向かってすわり、コーヒーを飲み、タバコを吸っている。以前だったら自分からは絶対に起きてこない時間だ。まるでドーラを待っているかのようだ。ドーラが口笛を吹くと、ゴートが顔を上げ、塀のほうにやってきて、木箱に乗って錠剤をもらい、なにも言わず、水なしで錠剤をのみ込む。そのあいだ、ヨッヘンが外階段で朝日を浴び、フランツィが作ってくれた木彫りの骨をがしがし噛む。どうせあとで噛んだものを台所で吐くのに。ドーラは内心、その木彫りを「ヨッヘンの骨《クノッヘン》」と呼ぶようになっていた。

コーヒーをいれ、シャワーを浴び、朝食をすますと、ドーラは三十分ほどインターネットでニュースを読む。普通の人間が普通の朝にすることだからだ。経済と基本的人権と国民のメンタルヘルスを考慮して厳格な接触自粛と労働禁止の緩和を要求する報道機関はしばらく前までごくわずかだった。そういうことを言及したが最後、国家の敵と呼ばれ、炎上したものだが、いまではロックダウンを終了しようと、州首相たちが我先に緩和を求め、一般市民は聖霊降臨祭〔復活祭の五十日目に行われる移動祝祭日。二〇二〇年は五月三十一日〕の休みと夏休みの計画を立てている。それでもどうやら学校閉鎖、集会の禁止、ホームオフィス、経済危機はつづくようだ。だがバカンスシーズンがはじまるころ、パンデミックも休暇を取りそうだ。緩和支持派には死を、などと物騒なことを言っていた人たちも、他の大量のバカンス客とともにバルト海で合流するつもりらしい。同時に政治家たちは、世界が正常でなくなることを危惧し、アンケート調査結果の分析にしたがって正常を取りもどすことに賛成の声を上げている。正常への回帰、新たな正常、正常の早期解決、だが元の正常には戻らない。

こうした記事のもっとも興味深いところは、ドーラがそれを読むことができたことだ。胃が少しだけムズムズするのを感じたが、許容範囲内だった。馬鹿げたことに腹を立てることができなくなったようだ。そういうことは他の人間に任せればいい。同調圧力はない。逆らう必要はない。ドーラは世間の騒ぎを見て、そこから目を背けた。

日課にしたニュースを読み終えると、次は庭仕事だ。定期的に水まきをしたことで、菜園は緑のオアシスに変身した。だがそれ以外のところでは草が枯れ、地面にひびが入った。天気は植物が萎れるまで晴天を続ける決心を固めたと見える。自宅に井戸を持っているゴートは、スプリンクラーをいくつも設置した。シュッシュッというリズミカルな音が、午前中のBGMになった。

休憩したくなると、ドーラは椅子に乗って、ゴートが作業している様子を眺める。すでに尖ったふたつの耳が形をなしていた。額のあたりもできつつあった。ゴートは繰り返し後ろにさがって、静かに丸太を観察する。次にすべきことを丸太が告げるのを待つように。メッセージが届いたのか、しばらくするとゴートは道具を選んで、また作業に取りかかり、メスオオカミ像の不要な部分をていねいに削りとる。

十二時半になると、ドーラは家に入って、昼食を作る。ゴートの車で買い出しをするようになって、冷蔵庫は食べものでいっぱいだ。その代わり、二ヶ月はもつと思っていた預金が日を浴びた雪のようにどんどん目減りしてきた。ときおりラジオ広告のことが脳裏をよぎったが、行動に出ることはなかった。ヨーヨーに電話をするのも先延ばしにしていた。フライパンで油がジュウジュウ言いだし、卵を落とすと、フランツィとヨッヘンが家に駆けてくる。たいした嗅覚だ。それとも時間感覚がしっかりしているのだろうか。フランツィとヨッヘンは火照った体をひんやり冷たいタイルの床に寝転がせ、ドーラが作った昼食が出るのを待つ。食事の大半をむさぼるが、野菜はしっかり避ける。食事のあと、フランツィとヨッヘンはまた塀の向こうへ行ってしまう。そっちのほうが面白いのだ。

ドーラは、それでよかった。大事なのは、すべて滞りなく進行することだ。ドーラは機械工と同じだ。目立たないが、いまある現実がうまく機能するよう全責任を負っている存在。そして、実際そうしている。フランツィがいい証拠だ。すっかり性格が変わった。数日前から甘えた口を利かなくなった。フランツィが山のようなたくさんの料理を平らげて、ヨッヘンと一緒にまた外へ飛びだしていくのを見るたび、ドーラは幸せな気持ちになり、フランツィが自分の娘だったらと思うほどだった。

夜中にドーラが母さんの夢を見るようになったのも、フランツィが関係しているようだ。夢の中の母さんは、台所に立っている。料理をするあいだ鳥のさえずりが聞きたくて窓を開け放っている。ドーラはまだ女の子だ。フランツィくらいの年齢だ。ドア枠にもたれかかって、母さんがパンの耳やリンゴの薄切りを野鳥の餌台に載せるところを見る。クロウタドリ、アオガラ、コマドリ、アオカワラヒワがそのおいしい食べものをついばもうと、樹冠から舞い降りてくる。リビングから、生ゴミを庭に捨てたら、ネズミが来るじゃないか、と言うヨーヨーの声がする。だが母親は笑ってすました。しかも笑いすぎて顔が裂けてしまいそうだと言うように、掌を頬に当てる。ドーラは、愉快でエネルギッシュな母さんが大好きだと思う。

母さんは言った。「プリンをこしらえるわね。大きな鍋で。夕食の代わり」

夕食代わりのプリンは、母さんの機嫌がよくて、ちゃんとした夕食をこしらえる気がしないときの定番だ。アクセルとドーラは毎回、お祭り騒ぎになる。好きなだけチョコレートを加えさせてもらえた。チェリーの煮込みやバニラソースが添えられることもあった。夢の中で口によだれがたまる。母さんが、熱くてまだふわふわのプリンをスプーンですくって、味見させてくれたとき、ドーラは自分が子どもではないことに気づく。母親とドーラは目の高さが同じだ。同じ背丈。同じ年齢。もしかしたらドーラのほうが年齢が上かもしれない。そんなことがあるだろうか。自然の法則に反している。母さんはスプーンに息を吹きかけ、ドーラの目の前に差しだす。ドーラは口を開ける。プリンはほっぺたが落ちそうなほどおいしい。舌どころか、全身がその味を知っている。

「おいしい」ドーラは言った。

「あなたの子どもたちを呼びなさい」母さんは言った。「食事の時間よ」

ドーラはびくっとした。フランツィが脳裏に浮かんだ。だけどフランツィはドーラの娘じゃない。

「私に子どもはいないはずだけど」ドーラは言った。

今度は母さんがびっくりする番だ。

「なにを言ってるの？」

「本当よ」

「そんなはずないわ」

考え込んでいると、ドーラはもう一度プリンの味見をさせられる。そしてもう一度。母親はドーラの餌付けをしている。別にかまわないが、少々しつこい。

「じつは私、死んでしまって、子どもたちだけを残すのではないかと心配なの」ドーラは口をもぐもぐさせながら言う。「母さんみたいに」

母さんがぷっと吹きだす。左右のこめかみに掌を当てながらびっくりするほど激しく笑う。スプーンが床に落ちる。母親は背中を丸めて息を詰まらせる。

「あなたは……」その先が言えない。「そんなこと……」

カケスが飛んできて、窓台に止まる。警戒音を発する。母さんが台所の床にくずおれる。

「私はただ……」母さんはそれだけ言って、姿を消す。

ドーラは目を覚ました。汗をびっしょりかいていた。Tシャツを変えるしかない。幸い午前五時を過ぎていた。これなら二度寝しなくてもいい。コーヒーのカップを持って外階段にすわり、太陽が地平線に顔をだすのを待った。無意識というのはおかしなものだ。子どもを欲しがらなかったのはロベルトだったが、ドーラ自身も積極的に異を唱えなかった。そのせいで、いまは誰もいない。ドーラは生物時計を気にする女性ではないが、もう三十六歳だ。すぐに似合いの相手を見つけて、急がないと、もう子どもを作る機会を失う。孤独な田舎暮らしは自分で選んだものではあるが、足元に広いスペースができたことと、両手にマメができたこと以外、なにを得ただろう。いままでここで出会った男性といえば、ゴート、ハイニ、トムとシュテフェンくらいのものだ。あとは出会い系アプリに頼るしかない。

日が暮れると、ゴートがよく口笛を吹いて、ドーラをバーベキューに誘った。塀に鍋を置いて、ゆでたジャガイモを差し入れてくれることもあった。眠りにつく前に、ドーラは塀のところへ行って口笛を吹く。するとゴートが来て、木箱に上がった。ふたりは黙って一緒にタバコを吸った。

40　ピープス

一週間後、資金が尽きた。

土曜の朝の買い出しでは、生活必需品に絞った。大量のパスタとトマト缶。さらに牛乳、パン、ビール二ケース。レジにタバコのパックを五本置いたとき、所持金がぎりぎりだと気づいた。冷や汗ものだった。マスクのせいで息苦しくなった。そして財布からデビットカードをだそうとして下を向いた拍子に、マスクがずれて目を塞ぎ、小銭がパラパラと床に落ちた。ドーラの後ろに並んだ人たちはドーラがマスクをかけなおすのを、ブランデンブルク人らしくじっと待った。ドーラは息をつめて、デビットカードを読み取り機に差した。自分がいかさま師になったような気がした。カード読み取り機が支払いを拒否したら「どういうことかしら？」とか「おかしいわね」と言うしかない。後ろに並んだ人たちは素知らぬ顔をするだろう。マスクをつけていてよかった。イーベイで買った青いハートマークがついた白いマスクだ。決済はうまくいった。ドーラはほっと息をついた。買ったもので半分くらい埋まったカートを押してショッピングセンターをあとにした。

家に帰ってから、オンラインバンキングを開いた。マイナス四ユーロ三十四セント。更新ボタンをクリックしてみる。数字がもう一度あらわれた。マイナス四ユーロ三十四セント。それは数字というより、判決文に等しかった。支払いの延期を申請する必要がある。公共職業安定所も訪ねるほかない。ヨーヨーにも電話をする。そのうちじゃだめだ。いますぐ。

そのとき隣の庭から楽しそうな声が聞こえてきた。ドーラは塀のところへ行って、椅子に上った。サッカーの真っ最中だった。ゴート対フランツィ・ヨッヘン組。フランツィ・ヨッヘン組の作戦はゴートの足にかじりついたり、ブーツに噛みついたりして、ゴートの動きを止め、あわよくばビールのケースで作ったゴールへゴートを押し込もうというものだ。肝心のサッカーボールを二の次にして。フランツィのゲラゲラ笑う声が響いた。

そのとき、親子のあいだにあるのがなんであるかを、ドーラは自覚した。理性では推し量れないような無限の深い愛だ。だがその愛の裏側には不安が潜んでいる。それも無限の深い不安が。人ひとりでは耐えきれないような不安。むちゃくちゃな話だ。自然界に生じた事故だ。子どもを命がけで守らなければならない動物の場合はまだいいが、人間はやってられない。動物は未来を思い描くことがない。あれこれ考えず、次に何が起きるか、そのことだけに汲々として生きる。動物は将来どんな破局が待っているかなど想像だにせず、子どもの世話をし、保護する。だが進化の過程で意識を獲得し、時間の感覚やあらゆる存在の儚さを知ってしまった生きものは、その日暮らしなどできない。自然から見たら異常なことだ。人間がノイローゼになるのも無理はない。

ドーラはフランツィとゴートを見ているのが耐えられなくなって椅子から飛びおりた。

あれは私の子じゃない、夫じゃない、私は必要なものを調達する係でしかない、と自分に言い聞かす。

ドーラはヨーヨーに電話をかけることにした。ヨーヨーはすぐ電話に出た。機嫌がいいようだ。おそらく土曜の昼下がりにガウンを着たまま食事をし、フランクフルター・アルゲマイネ新聞のウィークエンド版を読んでいたに違いない。成功した人生の理想像を正確に実践しているのだ。緊急電話がないことを前提としている。うまくすれば二、三時間昼寝もするだろう。

「やあ、調子はどうだ?」

「いいわよ。最高」

ドーラは答えになっていないと気づいたが、手遅れだった。ヨーヨーのいる家を頭に思い描いた。小さな台所はもうない。かつて台所があったところはいま来客用のバスルームになり、ダイニングとリビングと廊下の一部はオープンスペースになり、そこにアイランドキッチンがある。家具は雑然としていた昔と違って、うまくコーディネートしてある。ヨーヨー好みの黒い革と銀色のパイプフレーム。壁にはジビュレの仏教趣味を反映した派手な布がかけてある。

「お願いがあるんだけど」

「お金か?」

医学では読心術も習うんじゃないかと思うことがある。脳外科だけの秘術だったりして。

「問題ない」ヨーヨーはドーラが黙っている意味も的確に解釈した。「一戸建ての持ち主だからな。労働時間が短縮されては仕方がない」

「クビになった」

ヨーヨーは電話口で聞こえるほど息をのみ、それから咳払いをした。

「しかしそこまでの支援は……。助けないとは……」いかにもヨーヨーだ。今後十年は面倒を見なければならないかと不安になっているのだ。度量が大きいことはヨーヨーの自己像の一部だが、高くつきすぎるのは望ましくないのだ。

「助けはするが、ただ……」

「わかってるわ、ヨーヨー」ドーラはすかさず言った。

「一度だけかと思ったんだ」

「私もよ」

「送金する」

「ありがとう、ヨーヨー」

「気にするな」

いくら送金してくれるか、ドーラは訊かなかった。ヨーヨーはしみったれではないが、とくに太っ腹でもない。たぶん来月末まではやっていけるだろう。電話で話すのがなんとなく気まずくなった。ヨーヨーもそう思ったのか、話題を変えた。

「お友だちの具合はどうだ?」

「サッカーをしてる」

「無理は禁物なんだがな」

ヨーヨーにも騒ぐ声が聞こえるように、スマートフォンを高く掲げようとしたが、そのとき急に頭にスイッチが入ったかのように、ドーラは腹立たしい気分になった。唐突に子どものときのエピソードが脳裏に蘇ったのだ。六、七歳のころのことだ。復活祭のときに、ドーラは馬が引く馬車のプレイモービルが庭にあるのを見つけた。うれしくて、ヨーヨーに教えようと家に駆け込んだ。ヨーヨーはそのとき言った。

「変だな。そっくりの馬車がおもちゃ屋のケーニヒにあったぞ」

ドーラは、復活祭のウサギが持ってきてくれたに違いないと言った。

「ウサギが？」ヨーヨーが言った。「おもちゃ屋のケーニヒから？ 前脚で馬車を棚からだしたというのかい？ 毛皮にお金を入れるところなんてあるかな？」

そのときの言葉を思いだすと、いまでも痛みを覚える。目に涙を浮かべるドーラを見て、ヨーヨーが笑ったのをいまでもよく覚えている。

「可能性はあるわよね」ドーラはあえてそう言った。

「なんの？」ヨーヨーがたずねた。

復活祭のウサギがおもちゃ屋のケーニヒで買ったということ、とドーラは思ったが、実際には大きな声でこう言った。

「プロクシュが回復すること。すこしのあいだでも。腫瘍に見えたのはなにか人工物だったかもしれないでしょ」

人工物をMRIで検出すると、白いシミになって見える。テクニカルな見間違い。だが人工物を膠芽腫と勘違いしなかったかとヨーヨーにたずねるのは、猫と犬の違いがわからない獣医がいると思うのと同じだ。

「ドーラ……」ヨーヨーはためらいがちに言った。「ゴートは人なつこくて、よく笑う。人が変わったの。わかる？　また木彫りをはじめた。すごくうまいんだから」

「ドーラ」

ヨーヨーがタバコに火をつけるのが聞こえた。新しいパートナーは、室内でタバコを吸うのを嫌うので、ヨーヨーはたぶん庭に出ているのだろう。馬が引く馬車のプレイモービルの手前の茂みでも見ているのかもしれない。茂みがまだあればの話だが。

「よく一緒にバーベキューをしてる。小さな娘がいて、幸せそうなの。幸せいっぱい。本当よ」

フランツィが幸せであるのがなにかの証明になるとでもいうように言った。そしてドーラは、ヨーヨーになにも言わせまいとして、矢継ぎ早にしゃべった。ヨーヨーが次になにを言うか、わかっていないかのように。

そのとき、ドーラは別のエピソードを思いだした。復活祭のウサギを信じる年齢ではなくなったとき、ピープスという名のセキセイインコをもらった。そのセキセイインコは人に馴れていて、ドーラの人差し指に止まったり、子ども部屋を歩きまわって、ベッドの金属の脚に映る自分の姿を見たりした。だがあるときを境に、ピープスは餌を食べなくなり、鳥籠から出ようとしなくなった。ピープスは病気だ、たぶん死ぬだろう、とヨーヨーは言った。ドーラは信じようとしなかった。ピープスは疲れているだけだとか、かまってあげなかったからすねているんだとかと、いろいろ理由をつけた。少ししてピープスが鳥籠の中で仰向けになって横たわっているのが見つかった。ドーラはヨーヨーのせいだと思って憎んだ。

ヨーヨーはタバコを吸い、電話を通して聞こえるくらい大きく煙を吐いた。言わないで、お願いだから、口を開かないで、とドーラは念じた。

「膠芽腫のまわりにはしばしば浮腫が生じて、脳を圧迫する」ヨーヨーは言った。「コルチゾンによって浮腫が減少すれば、ひとまず圧迫は緩和される」

ヨーヨーの言葉はドーラを吹き飛ばす手榴弾に等しかった。「ひとまず」という言葉は水素爆弾に等しい。できることなら逃げだしたかった。

「だけど、たしか……」ドーラは言葉に詰まって、咳をした。「腫瘍の成長が止まるケースがあったと言っていなかった？　その患者は何十年も生きたんでしょ。その患者はよく意識を失ったと言っていたわよね。シャワーを浴びているときとか、歩行者天国を歩いているときとか。みんな、これで最後だと思ったけど、その患者はまた意識を取りもどして生きつづけたのよね」

「そういうケースはある」ヨーヨーが認めた。「だがレアなケースだ。きわめて珍しい」

ドーラは喉が詰まるのを感じた。腫瘍ができて、窒息するのかもしれない。ジャガイモのようにいたるところに、野放図に育つかもしれない。ドーラは叫び声を上げたくなった。「ひとまず」とか「きわめて珍しい」という言葉をかき消したかった。そういうことになる世界なんて、めちゃくちゃで間違った世界だ。人間や動物がいきなり病気になって死ぬ。勘弁してほしい。家電製品が買ったばかりで動かなければ、すぐメーカーに送り返すものだ。初期不良。二週間以内に交換されたし。

「あまり責任を感じないようにしたほうがいい」ヨーヨーが言った。「プロクシュさんはおまえの隣人だ。救いの手を差し伸べるのはいいことだ。多くの人間は見て見ぬふりをするだろう。だが親身になりすぎてはいけない。本来、おまえとは関係ないことなんだから」

それは正論だ。だが納得がいかない。なにもかも自分と関係している。なんで関係ないなんて言えるだろう。結局のところ、人間はみな、自分にとっての社会の窓だ。

「わかったわ、ヨーヨー。考えてみる」

なんとかそれだけ言って、ドーラは通話終了のボタンをタップした。

41　怒鳴り声

丸太はメスのオオカミになっていった。上から下へとだんだんできていった。耳の次は額と後頭部、それから笑うように軽く口を開けた顔。ゴートが作業しているところを見るのは楽しかった。手堅く、ねばり強く、集中している。オオカミの頭を撫でる様子は、まるで生きているものに触れているかのように見える。

水曜日にまたバーベキューをした。ドーラは肉をたらふく食べた。ふうっと息をついて椅子の背にもたれかかると、おだやかだが、胃がもたれた感じがした。あれから四日が経ち、ヨーヨーとの話はすでに過去のひとコマになろうとしていた。ヨッヘンは骨をかじり、ゴートはタバコをくゆらし、フランツィはウノのカードを持ってきて、ドーラにルールを説明した。ウノは楽しかった。ゴートは瓶ビール二本とレモネード一本の栓を抜いた。ゴートはウノがうまく、プロはだしだった。三人とも、最後の一枚になると、大声で「ウノ！」と叫んだ。対戦相手の誰かが手持ちのカードを捨てられず、カードの山からカードを四枚引くことになると、いい気味だと言わんばかりにゲラゲラ笑い、自分がその憂き目に遭うと、心底悔しそうにした。ゴートは拳骨でテーブルを叩き、フランツィの上腕を肘でつつくと、フランツィは新しいレモネードとビールを取ってきた。

ゲームがお開きになったのは真夜中になるころだった。焚き火は消え、ハイニの家の前の街灯がオレンジ色の光を放っていた。ドーラは、おやすみという代わりにフランツィの頭を撫で、ゴートに手を差しだした。蚊に刺された足がかゆかった。ゲームに夢中で、刺されたことに気づかなかったのだ。ドーラはその夜、なかなか眠れなかった。虫に刺されたところがとんでもなくかゆくなり、いろいろなことがエンドレステープのように脳内を駆け巡った。それに暖かすぎた。ベッドから出て、外でタバコを吸うことにすると、ヨッヘンもついてきた。

はじめはただなにか聞こえたような気がしただけだった。すぐに声は聞こえなくなった。遠くから聞こえる怒鳴り声。そのあとは静かなものだった。ドーラは気のせいだと思った。だが次の怒鳴り声はとても大きく、疑いようがなかった。ドーラは外階段を駆けおり、庭を抜けて道路に出た。ヨッヘンもついてきた。

人の姿が遠くに見えた。トムとシュテフェンの家の前の街灯の下に立っている。大きくがっしりした体軀。逆光だったので、黒いシルエットしか見えなかったが、右腕を振りあげている。できそこないの自由の女神像。松明を持たず、拳を振りあげ、それからまっすぐ前に突きだした。

「出てこい、この野郎！」

ドーラがそばに立ったとき、玄関ドアが開いて、トムが出てきた。裸足で、上半身裸だ。黒いジョギングパンツしかはいていない。まるで柔道家のように見える。身体がしまっていて、体内に大きな力を秘めているようだ。胸元で腕を組むと、トムは静かにゴートの顔を見た。

「またかい？」

「カナッケンどもをだせ、この野郎！」ゴートが叫んだ。「全員のしてやる！」

トムは動じることなく、ゴートの腕を下ろそうとしているドーラを見つめた。だがゴートの腕を下ろさせるのは、オークの太い枝を折るのと同じくらい難しかった。そのあいだにヨッヘンはゴートにまとわりついたが、相手にされなかったので、そばを離れた。

「ホモ野郎！　カナッケンの糞野郎！」

「あんたの酔っぱらった闘犬を家に連れ帰ってくれ」トムがドーラに言った。

人間の脳は人種差別をするのに酒か腫瘍が必要なのだろうか、とドーラはふと疑問に思った。残念ながら答えはすでにわかっている。健全な頭にも差別意識は生まれる。ゴートはドーラを払いのけた。

「返事はどうした！」ゴートが怒鳴る。

「静かにしないなら、警察を呼ぶ」とトム。

「やめて」とドーラ。「警察なんて必要ないわ」

「俺は必要だと思う」

「おかま野郎！」ゴートが叫ぶ。

「ゴート」とドーラ。「こっちを見て！」

ゴートはドーラに気づいていないらしい。まるでパラレルワールドにいるかのようだ。今回は酒臭い。しかも強烈に酒臭い。このままでは、ゴートは警察に連行される。執行猶予が取り消され、刑務所行きになるだろう。ヨーヨーの診断が正しければ、刑務所から生きて出られないはずだ。ウノで楽しく遊んだのが、フランツィが父親を見た最後だなんて、そんなのはだめだ。

「来て、ゴート」ドーラはおだやかに言った。「家に帰るのよ」

ゴートがドーラに気づいた。ドーラを見て、目をすがめ、それから頭を横に振り、すこし離れて、ヨロヨロと道端のほうへ行って、なにかを探すみたいに地面をキョロキョロした。

「なにをしてるんだ?」トムがたずねた。

ドーラにはわかった。ゴートは棍棒か石を探しているのだ。

「家に入って、ドアを閉めて」ドーラはトムに言った。「少し時間をちょうだい。なにもさせないから」

トムは鼻から息をだした。誰かが外で暴れているときに家の中に閉じ籠もっているタイプではない。

「あんたはいつからゴートの女になったんだ?」

「あなたはいつから警察に頼るようになったのよ?」

ゴートがかがんで、なにかを持ちあげた。

「カナッケン、おかま野郎」ゴートがつぶやいた。

トムはジョギングパンツのポケットからスマートフォンをだした。

「やめて!」ドーラはトムのほうへ駆け寄った。その隙にヨッヘンがドアの隙間から家に入ろうとした。ドーラはトムの手からスマートフォンを奪おうとしたが、トムに乱暴に振り払われ、転びそうになって家の壁に手をついた。その瞬間、シュテフェンがドア口にあらわれた。メガネをかけず、髪もぼさぼさだ。シュテフェンは足を使って、ヨッヘンを外に追いだした。

「どうしたんだ?」

「ゴートがまた喧嘩を吹っかけてきた」とトム。「しかもドーラがナチのホステスになっちまった」

シュテフェンに追いだされたヨッヘンがうなった。

ドーラも腹が立った。ヨーヨーと電話で話したときよりも気持ちが抑えられなかった。みんな、ドーラのことをわかってくれない。なんて腐った世界だ。ヨーヨー、トムとシュテフェン、ロベルト、ズザンネ、パンデミックに膠芽腫。救いようのない馬鹿ゴート。ドーラはもういいようにされるのはごめんだと思った。トムを殴り倒せるなら、そうしたいくらいだった。だがそんな力はない。叫ぶのがやっとだった。

「それなら警察を呼びなさいよ。そしたらあなたたちが無人販売所をやってることをばらしてやる。税務署が興味を持つでしょうね」

実際にはそんなことをするつもりはなかった。本当なら八つ当たりなんかしたくない。脅すのだっていやだ。だが他に方法がなかった。なんでこうも次々と問題が起きるのだろう。

「嘘つき！」ドーラは叫んだ。「選挙で『ドイツのための選択肢《AfD》』を選んでおいて、ナチが来たからって警察を呼ぶわけ？」

トムとシュテフェンは唖然としてドーラを見つめた。ドーラはふたりに唾を吐きかけたいくらいだった。それは見物だろう。

「どうなってるんだ？」とトム。「なんであんたが割って入るんだ？」

「ゴートは病気なのよ」とドーラ。「頭の中が」

トムは笑う。「そりゃそうだ！」

「死ぬのよ」

「どうぞご勝手に！」トムの笑い声が大きくなった。

「待った」シュテフェンが笑うなとトムに合図した。「なんか変だぞ」

ドーラはそれ以上言うわけにいかなかった。成り行きで話すべきではない。ゴートは望まないだろうし、ヨーヨーも禁止した。だが警察が来るのだけは阻止しなければ。

「最後くらい家で過ごさせたいのよ。フランツィと。わかる？」

トムとシュテフェンが顔を見合わせた。愕然としている。

「いったい……どういうことなんだ？」シュテフェンがたずねた。

「あなたたちには関係ないことよ」とドーラ。「人間らしく振る舞ったらどうなの」

ゴートが急にうめいた。街灯の下で頭を抱えている。ヨッヘンが駆け寄って、ゴートの足の臭いを嗅いでいる。ゴートは地面に膝をついた。そのときまた時間が止まった。現実が固まった。夜、村の通り、街灯。ディオゲネス〔犬のような生活をしたことで知られる古代ギリシアの思想家〕と犬の像。トムとシュテフェンも、いつもと様子が違うことに気づいたようだ。黙って立ったまま成り行きを見守った。ゴートは地面に膝をつき、額に片手を当てている。誰もなにも言わなかった。ここでエンドクレジットにしなくては、とドーラは思った。もう少し様子を見て、それから立ち去る。だがそうしてはいられない。ゴートのところに駆け寄って、ゴートの肩に手を置く。ゴートが顔を上げ、虚ろな目でドーラを見る。

「行きましょう」とドーラ。

ゴートはふらつきながら立ちあがると、肩を落としてあとについていった。ふたりは一歩一歩ゆっくり歩いた。トムとシュテフェンの視線を背中に感じながら。けれども振り返りはしなかった。

42　フロイド

翌朝、ゴートはいつものようにテーブルで薬を待っていなかった。プレハブ小屋は固く閉ざされ、庭にも人の気配がなかった。オオカミ像の頭部は完成していた。まるで生きているみたいだ。すぐに首を動かし、残りの身体を丸太から解放しようとするような気がした。そのとき、母屋の裏口のそばにすわっているフランツィに気づいた。フランツィは虚ろな目をしている。ドーラもようやくなにかおかしいと思った。

ドーラはフランツィを呼んで、うちに来て、朝食にしないかと誘った。フランツィが大農場管理官屋敷に入るのを待って、ドーラはゴートの敷地へ行き、プレハブ小屋のドアハンドルを押し下げた。ドアの鍵はかかっていなかった。ドアを少しだけ開けてみる。薄暗がりの中、ゴートはベッドに横たわっていた。仰向けになり、頭の下で手を組んでいる。おだやかな光景だ。起こすべきだろうかとドーラが迷っていると、ゴートが目を開けて、ドーラを見た。ゴートはなにか言おうとしたが、言葉を発することができなかった。それから笑った。痛々しい笑みだ。愛おしくさえあった。

この笑みを見れば、ゴートが自分の置かれた状況を知っていることはあきらかだ。ドーラは寝台のそばに近寄ってしゃがんだ。なぜかすすり泣いてしまい、肩がふるえた。唇を引きしめたが、嗚咽が漏れるのを防げなかった。

そのときゴートがドーラの頭に手を乗せ、ドーラの髪の毛を撫でた。それからドーラがしゃっくりをしているとでもいうようにドーラの背中をぽんと叩いた。ドーラは立ちあがった。ズボンのポケットに薬を入れていた。流し台に置いてあったグラスに半分くらい水を注いでから、ゴートの頭を持ちあげて、薬をのむ手伝いをした。

そのあと、ワッツアップでヨーヨーにメッセージを送った。

「薬の量を増やしても平気?」

ドーラは少し片づけをして、小さな食卓に載っていた古ぼけたCDプレイヤーをオンにした。プレイヤーの横にCDのケースがあった。バンド名は「ウルフ・パレード〔カナダのロック・バンド〕」。ドーラは食器を洗いながら、窓からオスオオカミの像を見た。外階段にあるそのオオカミ像は肩から下がまだ丸太のままのメスのオオカミを見ている。


死ぬのをやめたか/いいぜ/ファイトだ/夜に怒りをぶつけよう

石でも食べたみたいに胃が重い。ドーラが最後の皿を水切りに置いたとき、スマートフォンが鳴った。ヨーヨーは手術中でなければ、自分の影よりも素早い。

「増やしてもいいが、役には立たない」

スマートフォンを床に投げつけて、虫でもあるかのようにかかとで踏みつぶしたくなった。ゴートの口元にはいまだに奇妙な笑みが浮かんでいる。ドーラはゴートに近寄って、彼の額に手を当てた。

「寝てなさい。少し休んだほうがいい」

ドーラは片手でゴートの目をつぶらせたいという衝動をぐっと抑えた。

朝食のあとはフランツィと森の散歩をした。フランツィはドーラと並んで黙って歩いた。ドーラは考えごとをしていたので、好都合だった。

それでも命がつづくことをよく知るカケスや野鳥たちを探したが、どこにも姿がなかった。それに暖かすぎた。朝から気温が高い。昼ごろには三十度になりそうだ。春はやる気をなくして、畑の世話を夏に任せるつもりらしい。

森の十字路に着くころには、Tシャツが背中に貼りついた。息が切れて、ドーラはベンチに腰かけた。フランツィとはじめて出会ったのはここだ。あのときフランツィは下草の中でゴソゴソ動き、クスクス笑い、それからヨッヘンに夢中になった。はじめて会ったのがもう何年も前のような気がする。ブラッケンに移ってきたばかりで、ロベルトとうまくいかなくなったことが最大の問題だと思っていたころだ。

フランツィが隣にすわって、両手でベンチを撫でた。ドーラは横からフランツィを見た。基本的に人生はつづく。フランツィが未来を共にする誰かが、すでにどこかをうろついているはずだ。ロックダウンをこれ幸いと、ベルリン市内にある小さなサッカーコートでボールを追いかける少年。いつかブラッケン出身の金髪の娘と結婚することになるとも知らずに。どこかで色鉛筆で絵を描いている娘がもうじきフランツィの親友になるかもしれない。マスクとヘッドホンをつけて地下鉄に乗っている若者が三十年後に起こした自動車事故で、フランツィは両腕を骨折するかもしれない。すべてがいまから決まっていて、準備が整い、実際に起きるタイミングを待っている。なにもかも勝手に動いていく。自分で操作できる歯車やレバーなどありはしない。ただなすがまま。ドーラは少しだけリラックスしたことに気づいた。

だがフランツィがなにか言おうと息を吸ったので、また赤ちゃん言葉になるのではないかと、ドーラは身構えた。だがフランツィの声は普通だった。

「これ、私のパパが作ったの」

自分で気づいてもよさそうなことだった。ベンチはゴートの作品。隣人に椅子を工面し、森にはベンチを作る。気分でそこに置いてみる。ゴートをしっかり知る前から、ドーラはここにすわることで、彼の存在を感じていたのだ。

「ここを見て」

フランツィは体を傾けて、ドーラの膝に半ば乗るような恰好になって、座面に釘付けした木の裏側を指差した。ドーラは身をかがめた。なにか彫ってある。二つの三角とその底辺を結ぶ一本の線。商標か作者のサインらしい。

「帆船?」ドーラはたずねた。

フランツィは、大人はこれだから困るというような表情をした。

「だめね。これは耳よ」

なるほど、様式化したオオカミの耳。これからなにが起きるか期待に満ちて尖らせた耳。なんとなく未来に耳を澄ましているように見える。

「昔はブラッケンに住んでいたんだ。ママとパパと私。みんなでね」

ドーラは思わず身構えた。フランツィはなにかとんでもないことを考えている。この世のすべての問題が解決する方策。だから、なにも言わず、ここまでついて来たんだ。

「結婚してあげて」

「誰と？」

「私のパパよ」

そういうことか。フランツィはそんなことを考えていたのか。ドーラは咳払いした。

「むりだと思う」

「私のパパ、好きじゃない？」

驚いたことに即答できなかった。ブラッケンに住んでからいろいろあった。村の誰かを好きになるかもしれないなんて考えたこともなかった。「好き」という感情は、もしかしたら都会人の専売特許かもしれない。

「好きよ」ドーラは言った。「それなりに好き」

「それでもだめ？」フランツィの声が大きくなった。「それじゃ足りない？」

ドーラはそう言われるのではないかと思っていた。そして事実言われた。まるで青天の霹靂のようだ。青空にさんさんと太陽が輝いているのに、いきなり黒雲に覆われて、嵐になる。フランツィはベンチから跳びはね、ドーラの前に立った。

「結婚して！　そうしたら本当の家族になれる！」

「フランツィ……」ドーラが手を伸ばすと、フランツィはその手を握った。

「いまだって家族みたいなものでしょ？　あなたとパパとヨッヘンと私」

「それは違うわ。いまはコロナだからここにいるだけ」

「コロナ禍がずっと続けばいいのに！」フランツィは地団駄を踏んだ。「ベルリンに戻りたくない！学校の子たち、私を馬鹿にするの。あっちには動物がいない。なによりエイ《ロッヘン》がいない」

ヨッヘンは自分が呼ばれたと思ったのか、そばにやってきて、フランツィのふくらはぎにすり寄った。フランツィはしゃがんで、ヨッヘンを抱きあげ、ヨッヘンの被毛に顔をうずめて泣いた。ヨッヘンはおとなしくしていた。

「赤ちゃんが生まれるかもしれないでしょ。私、前から弟が欲しいと思ってたの」

ドーラはフランツィの隣にすわった。森の地面は砂と松毬《まつかさ》と小さな枝と枯れた草に覆われていた。香水のような強い匂いがした。

「赤ちゃんを欲しくないの？」

驚いたことに、これには簡単に答えられた。

「そんなことはないわ。欲しいわよ」

「ほらね」フランツィが顔を上げた。目がうるみ、頬が濡れている。「パパだってそう思ってる」

ドーラは笑うほかなかった。いい兆候だと思ったのか、フランツィも笑いかえした。

「パパに訊いてあげようか？」

「よして。すこし考えてみる」

「約束よ」

「約束する」

フランツィは腕を伸ばし、ドーラの頬に涙で濡れた口をつけた。それからフランツィはTシャツの裾で顔を拭いて、立ちあがった。

「いらっしゃい、ヨッヘン！」

フランツィとヨッヘンは森に飛び込み、はしゃぎながら木のあいだを駆けまわった。フランツィは声を上げて笑った。がっかりした気持ちはとっくに消えていた。気持ちがころころ変われるなんて、子どもは幸せだ。ドーラは地面にすわったまま苔に触れ、すくった砂を指のあいだからこぼした。ドーラのいるところから、ベンチに刻まれた耳が見えた。

村に戻ると、遠くからチェーンソーのうなる音が聞こえた。フランツィが調光器を一気に上げたみたいにぱっと顔を輝かせて駆けだした。ヨッヘンも尻尾を振りながらそのあとにつづいた。ドーラも足早になった。

ゴートはタバコをくわえて庭に立ち、ドーラたちに手を振った。ゴートの中の怪物は影を潜めていて、親しげに「おはよう」と言った。すでに正午近かったが。

「よう、プードル！　若木を切っておいてやったぞ。ヨッヘンにいくつか骨を作ってやれ」

ゴートの足元に、細かい枝を落とし、樹皮を剝いだ若木が束ねてあった。フランツィは断食を三日続けたあとで食事をもらったみたいに、その若木の束に飛びついた。ドーラはゴートが自分の娘を

「プードル」と呼ぶのをはじめて聞いた。

ドーラは作成中のメスオオカミの像のそばに行って、しげしげと見た。首ができていて、少しだが胸毛もあった。ゴートは作業に打ち込んでいたにちがいない。オオカミはすでに堂々としている。頭を上げ、自分を観察しているドーラを静かに見つめている。オオカミの被毛は軽く波打っていて、指ですくことができそうだ。プレハブ小屋の入口に置いてあるオスのオオカミ像もうれしそうだ。つがいになれることを喜んでいるのだろう。

午後になってから、ドーラはノートパソコンを起動して、口座の残高を確かめた。午後六時ごろ、ヨーヨーからの送金があった。期待したとおり、ヨーヨーは太っ腹なところを見せた。うまく遣り繰りすれば、二ヶ月はもちそうだ。すべての問題が片づいたみたいに肩の荷が軽くなった。

ちょうどコンピュータの画面を見ていたので、ドーラはニュースポータルを開くことにした。メルケル首相と州首相とのやりとり。コロナデモ。国が割れていた。

ドーラは大事なニュースを見落とすところだった。事件は三日前に起きていたが、コロナ禍の最中でジャーナリストの注意がそっちに向かなかったようだ。ミネアポリスで警官が、四十六歳の男性が気絶するまでじつに八分も首を絞めたという短信を読んでドーラは愕然とした。男性は「やめてくれ。息ができない」と何度も訴えた。そのあと病院で死亡が確認された。その一部始終を誰かがスマートフォンで撮影していた。被害者は黒人で、加害者は白人だった。

ドーラは事件の顛末を映した映像をグーグルで検索した。本当に開くかどうか迷ったが、結局クリックした。警官に取り抑えられた男性は「息ができない」と何度も訴え、「ママ」と叫んだ。男性の首を膝で押さえ込んだ警官はゴートを連想させた。といっても、外見は似ていない。髪の毛は三分刈りで、うっすら髭を生やし、サングラスを額にかけている。そして悠然と男性の首を膝で押さえ、両手で膝をつかんでいた。ごく自然に。警官は何度も顔を上げて、まっすぐカメラを見た。微かに笑みを浮かべ、リラックスしてさえいる。もうひとりの警官もやはりのんびり道端を行ったり来たりしていた。白昼の出来事だ。通行人もいたが、誰もなにもしなかった。静かなシーン。正常運転。そのうちに、誰かが男性の脈を診て、ストレッチャーに乗せた。多少騒がしくなったが、それほどではなかった。

ドーラはもう一度見直して、両手がふるえるのを感じた。手がふるえるなんて。こんなに大きな手がふるえるとは。それから数時間、ふるえが止まらなかった。ミネアポリスで事件を起こしたのはゴートじゃない、と何度も自分に言い聞かせた。ゴートとは関係ない。大学の入門ゼミで、人種差別がドイツとアメリカでどう違うか学んだことを思いだそうとした。だがその一方で、違いなど関係がなかった。人種差別は、特定の人間に価値がないと思うときに起きる。ぞっとすることだが、世界のいたるところで起きている。

その夜遅くもう一度、塀のところへ行ってみると、ゴートの大きな図体がテーブルのそばに横たわっていた。突然、ドーラになにかが起きた。体のふるえが収まった。ドーラの両手はやはり大きかった。惚れ惚れするほど大きかった。この手があれば、問題の解決に取り組む気になれる。自分ならできる、とドーラは思った。

そのために感情は必要ない。怒りも不安も恐怖心もいらない。このろくでもない世界は本当におかしい。そこでは感情なんて役に立たない。特別なTシャツも車のステッカーも音楽もいらない。行動あるのみだ。ゴートは身じろぎひとつしない。ゴートのところに行って、首を膝で押さえつける。八分と四十六秒のあいだ。それだけ時間があれば、あたりを見まわしたり、スマートフォンのアプリで読書をしたりすることができる。それから脈を診る。問題は解決。意味のある行動と言える。自分を、フランツィを、村を、いや全世界をゴートから解放できるだろう。そうすれば、なにかもっと酷いことが起きるのを阻止できるだろう。たぶん。

だがそのときフランツィが駆けてきて、しゃがんで父親の肩を揺すった。泣きながら父親の名を呼んだ。するとまたなにかが起きた。認識のギヤが一段階上にシフトした。人にどういう能力があるかなんて問題じゃない。誰にどういう価値があるかなんて関係ない。ナチを肯定するか否定するかなど、もはやどうでもいいことだ。まじないの言葉は「それでも」。そう、それでも、やりつづける。それでも、そこにいる。とやかく言うな。そこに人がひとり倒れているのだから。

だからドーラは一気に塀を乗り越え、ゴートのところに駆け寄って脈を診た。必死に声をかけ、何度か頬を叩き、それでもだめだったので、バケツに半分ほど入っていた水をかけた。意識を取りもどしたゴートを立たせ、肩を貸してプレハブ小屋に連れていった。しまいにはゴートを背負うしかなかった。三段ある外階段を上るのに勢いをつける必要があった。ドーラはゴートをうまくベッドに寝かせられなかったので、床に寝床を作った。それから薬をのませ、「ゴートは安静にすれば、朝には元気になる」とフランツィに言った。そうあってほしいというドーラの願望でもあった。それさえ叶えば、あとはどうでもいい。

43　花咲く友情

まだ朝の六時半だというのに、ドーラは塀の向こうから聞こえるゴートの歌声に起こされた。「ぼくは一角獣として生まれた」ではない。このあいだゴートのCDプレイヤーでかけた「ウルフ・パレード」の歌だ。音程がしっかりしていて、太くて心地よい声だ。

しばらくのあいだドーラは椅子に乗って、ゴートの仕事ぶりを見ていた。ゴートは夢中でオオカミを彫っている。いままで見たことのない青と黒のチェック柄の半袖シャツを着ている。頭は剃ったばかりのようだ。遠くから見ても、まるで起きがけにホースで水を浴びたみたいに小ぎれいに見える。昨夜、芝生に倒れていたのが信じられないほどだ。

ゴートはいまオオカミの背中のラインを仕上げようとしている。だがそのとき、ドーラはオオカミの右側の足元が妙にふくらんでいることに気づいた。ゴートは余計な部分を切り落とすのを忘れたか、像のバランスを取るために台座代わりにしているのかもしれない。ドーラはなにかの機会に訊いてみることにした。

ドーラが口笛を吹くと、ゴートはすぐ塀のところへ来て、木箱に上った。ドーラが彼に薬を渡すと、ゴートは帽子をかぶってもいないのに、帽子のつばに指をかけるような仕草をして、木彫りの作業に戻った。日中、日を浴びながら作業するのはよくないのではないか、とドーラは危ぶんだ。コーヒーとビールしか飲まないのだから尚更だ。だが言っても、ゴートは聞かないだろう。

朝食をとりながら、ドーラはニュースポータルを開いた。ジョージ・フロイド関連、正確にはアメリカで広がっている反人種差別デモの記事がいくつも目にとまった。ミネソタ州知事はミネアポリスとその周辺に非常事態宣言をだし、州兵を動員した。トランプ大統領は相変わらずわけのわからないことを発言し、警察に構造的な問題があることを認めようとしなかった。ドイツの人々はいつものようにこの事態に唖然としたが、人種差別が他国のことだったので、どこか胸を撫で下ろしているようにも見えた。ドイツの一般民衆にとってはいま、コロナ危機のほうが焦眉の問題だったのだ。

ドーラはスマートフォンを置いて、ジャガイモ畑に水やりをした。台所で如雨露に水を注ぎ、菜園に運ぶ。それを十一回か十二回やったところで、腕が数センチ伸びた気がした。道路に白いボックスカーが止まるのを見て、ドーラは作業を中断できると喜んだ。如雨露を地面に置いて、道路側のフェンスに近寄った。ボックスカーはアイドリングしている。トムとシュテフェンが車から降りてフェンスに近づいてきた。ふたりは改まった様子でドーラの前に立った。

「おはよう」とシュテフェン。

「こんちは」とトム。

「水やりは夕方にしたほうがいい」とシュテフェン。

そこで間があいた。改まってなにを言われるのだろうと、ドーラは戦々恐々とした。

「買いものに行くけど」とトム。「必要なものはあるか？」

「いいえ、大丈夫」とドーラ。「ゴートの車があるから」

「あんたはあいつの……」とトム。

「黙ってろ」とシュテフェン。

また間があいた。なにか別の用件でふたりが来たのはあきらかだった。トムが咳払いした。

「あのな、ちょっと考えたんだ。パーティをしようと思う。村祭だ」

「またやってもいいことになったんだ」とシュテフェン。「ディスタンスに気をつければ」

ドーラにはわけがわからなかった。自分に村祭とどういう関係があるというのだろう。

「いいか」とトム。「ぜひとも……ゴートに来てほしいんだ」

「祭りはあの人のためだと言えばいいじゃない」

「招待なんかしたら、あいつは絶対に来ない。あんたが連れてくるんだ」

ようやく合点がいった。ゴートのための祭り。

「変な発想」ドーラは言った。「だけど悪くない」

「聖霊降臨祭のあとはどうかな？」トムがたずねた。「来週末」

ドーラはどう返事をしたらいいか迷った。シュテフェンが気持ちを察して言った。

「もっと早くしてもいい。すぐだっていい。あさってとかどうだ？」

ドーラは感激した。ふたりがこんな心遣いをしてくれるなんて。

「あさってならすばらしいわ」ドーラは言った。

「ゴートは来るかな？」

「私がなんとかする」

「よし。決まりだ」とシュテフェン。

「もうひとつあるんだ」とトム。

ローズマリーのことか、とドーラは身構えた。ローズマリーの弁償をするのをすっかり忘れていた。だが、話は別のことだった。トムがドーラに仕事の依頼をしたのだ。時給としては正当だった。トムがフェンス越しに肘をだしたので、ドーラも肘で応えた。そしてボックスカーは走り去った。

そのすぐあとドーラは外階段の椅子にすわった。如雨露をジャガイモ畑のそばに置きっぱなしにして、ミルクコーヒーを脇に置き、ノートパソコンを膝に載せていた。ドーラは一分たりとも我慢できず、トムの依頼に没頭した。頭を使うのは気分がいい。庭にだしてもらえた若い犬のようにさまざまな考えが頭の中を駆けめぐった。アイデアは揃っていた。タイトルは「花咲く友情」がいい。トムはインターネットショップで花の販売を行うつもりだと言った。きっかけはコロナだが、その後も続けるという。シュテフェンのフラワーアレンジメントは飛ぶように売れている。そこに梃子入れをするのだ。まずターゲットグループを若返らせる。誰だって花は好きだが、フラワーアレンジメントを話題にするには斬新な発想が必要だ。ドーラはすでにいいことを思いついていた。一九九〇年代の風刺番組で話題になったヘルムート・コール〔一九八〇年代から九〇年代にかけてドイツ連邦首相を務めた政治家〕人形の復活だ。コールが一九九〇年の選挙で掲げたスローガン「花咲く風景」はいまだに実現していないが、ブラッケンの花咲く友情ならすでにある。ドーラの脳内には早くも傑作な映像がいくつかできあがっていた。ドイツ統一の公約を巡ってコール人形がすったもんだするというものだ。相方は年金生活者や失業者やフルタイムの職に就く若い母親など。スポット広告の最後に、コール人形は抗議する人たちにフラワーアレンジメントを贈る。コール人形をおまけにつければ、受けること間違いなしだ。トムはこのアイデアに理解を示さないかもしれないが、シュテフェンは気に入るはずだ。

次の日も、ドーラはキャンペーン製作にかかりきりになった。隣ではゴートがオオカミを彫りつづけた。ジョージ・フロイド殺害の抗議運動も拡大の一途を辿っていた。だんだん暖かくなり、天気予報では嵐になるという話だったが、結局、嵐は来なかった。ヨーヨーが電話をかけてきて、高速道路はSUVやキャンピングトレーラーやボートや馬や飛行機でいっぱいだとこぼした。下道ではオートバイの集団が騒音をまき散らし、バルト海の海水浴場は芋を洗うような人だかりだという。

「浜辺で日向ぼっこしているのは誰だと思う？」ヨーヨーは言った。「先週までコロナ日誌をつけ、コロナ規制に従い、コロナ・トークショーを見て、コロナのことしか話題にせず、コロナ批判者に罵声を浴びせていた連中だ。だけどせっかくの休日を楽しまない手はないというわけさ」

ヨーヨーは笑う。首を横に振っているにちがいない。ドーラは突然おこったバカンス熱を滑稽だと思ったが、馬鹿にする気にはなれなかった。ヨーヨーは聖霊降臨祭のあとの火曜日に、「うまくいっているか見にいく」と言った。ドーラは感謝して電話を切り、仕事を続けた。

夕方になって、ドーラは、ヨーヨーが電話をかけてきた本当の意味に気づいた。家の前に立つブナの木にカケスが止まり、首をひねっていた。カケスが庭に来るのははじめてだ。カケスは、すべてうまくいくと言っているようだった。転換点に来た。ドーラはもう失業者ではない。田舎のワンウーマン広告代理店だ。生活費が稼げるようになり、同時に新しい故郷に貢献できる。トムとシュテフェンは敵ではなく、友人だ。ゴートのために計画しているものも、生前葬ではなく、新しい人生を迎えるためのお祭りだ。

ところで、ヨーヨーは理由なく行動することはない。ブラッケンに来るということは、なにかあるのだ。正確に言えば、救えるチャンスを嗅ぎつけたということだ。救えるチャンスがあるなら、ヨーヨーは手を抜かない。火曜日にきっと腫瘍の成長が止まっていることを確認するだろう。めったにないことだ。過大な期待をもたせはしないだろうが、至急治療をはじめたほうがいいとアドバイスするだろう。ドーラはゴートを説得して、定期的に化学療法をしに病院へ連れていくことになる。新しいルーチンワークのはじまりだ。ドーラは「花咲く友情」を成功させ、地元の中小企業からさらに依頼を受ける。そのうちに学校が再開する。フランツィは週末や長期休暇に訪ねてくるだろう。ゴートが回復すれば、完全にブラッケンに移ってくるかもしれない。カケスが笑うような声を上げた。にやっとしたのかもしれない。嘴《くちばし》ではそんな真似はできないはずだが。

44　お祭り

日曜の晩、みんな、村の広場に集まった。ゴートは両手にビールのケースを軽々と提げた。ドーラはプラウジッツのガソリンスタンドで買ってきたパンの大きな袋をふたつ腕に抱えた。手ぶらで祭りに出たくなかったからだ。ガソリンスタンドの雑誌コーナーでは、日刊紙のトップにマスクをつけた人の写真が載っていなかった。数週間ぶりのことだ。どの新聞も、夜の通りで炎上する車や、振りあげる拳や、「ブラック・ライヴズ・マター」というスローガンを記事にしている。実際、ジョージ・フロイド殺害への抗議デモは世界中に広まっていた。ベルリンでもデモの告知があった。その告知を聞いただけでも、息苦しい部屋の窓が開かれたような解放感が味わえた。

フランツィはヨッヘンにリードをつけ、道路に沿ってスキップしながら「これからパーティ、これからパーティ」と歌った。ヨッヘンはフランツィの喜びが伝染して、ピョンピョン跳ねていた。

村祭をやるというアイデアにゴートは反対しなかった。一緒に行かないかと誘うと、メスオオカミ像の頭を磨きながら、ああ、とだけ生返事した。どうせ夜はすることがないから、どうでもよかったのだ。そしていま、ゴートは走ってくる車からドーラをかばうようにして歩いている。ドーラがうっかり車道に出そうになると、すぐ押しもどした。しかも、ときどきドーラを見おろしてほくそ笑む。

ドーラはそれをどう捉えたらいいかわからなかった。ジョージ・フロイドの事件で世間が騒がしいときにナチとお祭りに出かける。正直どういう態度をとったらいいかわからず、安全なディスタンスを取っていれば間違いはないだろう、と思っていた。

村の広場は小さな通りに囲まれた、適当に刈られた草地でしかなかった。古いオークが数本生えていて、腐りかけたベンチと、壊れたサッカーのゴールがふたつあった。草地の真ん中で大きな焚き火が燃えていた。まだパーティの時間には早かったが、すでに何人かが飲みはじめていた。トムとシュテフェンが飲みものコーナーのテーブルのそばに立って、主催者のような目でまわりを眺め、大きな声で愉快なことを言って、場を和ませようとしている。ザディはコーヒーを飲んでいた。髪の色はプラチナブロンドからコバルトブルーに変わっていて、子どもたちを連れてきていた。消防団の五人はザディの近くで瓶ビールを飲んでいる。ベンチには年配の女性が数人すわっていて、おしゃべりしながら、この世のものとは思えないピンクの飲みものを小さなグラスで飲んでいた。オークの向こうの茂みでは、数人の子どもが騒いでいる。

焚き火のそばには、ハイニがスペースシャトル型のバーベキューコンロを設置し、「シリアルグリラー参上」と書かれたエプロンをつけて、ソーセージやハンバーグや豚肩ロースのステーキを焼いていた。ハイニは挨拶の代わりにドーラに言った。

「それは自分で食べるんだな」それとはガソリンスタンドで買ってきたパンのことだった。

ゴートは持ってきたビールのケースを飲みものコーナーのテーブルの下に置くと、挨拶をしてまわった。なかには肘タッチをする者や、ためらいがちに握手する者もいた。フランツィも父親の真似をした。ドーラはパーティや握手が苦手だったが、選択の余地はなかった。ゴートとフランツィについてまわって、お互いに名を名乗らず「ハロー」とか「こんばんは」と言って言葉を交わした。みんな、ドーラのことを知っているにちがいない。だがドーラは相手が誰なのかまったくわからなかった。

人がどんどん集まってきて、草地に散らばった。ドーラはバーベキューコーナーと飲みものコーナーのあいだに居場所を見つけてひと安心した。ゴートはドーラの横に立って、紙皿に載せたソーセージをテンポよく平らげていた。

「コロナなんて恐くないさ」ハイニが言った。「メイド・イン・チャイナだから、長く保つはずがない」

どうやらハイニは新しいジョークを考えたようだ。だがバーベキューをしている場所で披露するのはいかがなものだろう、とドーラは思った。

トムはゴートとおしゃべりをはじめた。ゴートはおとなしくうなずいている。話題は天気のことだ。三年連続の日照りで、収穫量が落ち、農業は苦境に立たされている。他の住人もやってきて、そこに半円を作った。

ゴート以外のみんなが、ゴートのためのパーティだと知っているようだ。ゴートはうなずいて、ハイニからまたソーセージをもらった。キクイムシの大量発生、森の枯死。土が乾燥して、肥料撒きができないこと。

「買いだめをするなら、動物の餌も忘れないようにしないとな」

ハイニの軽口がまわりを刺激したのか、みんなが口々にぼやきだした。子どもたちが学校や幼稚園に行かないから、仕事にならない。働かないで、どうやって生きのびたらいいんだ。急にみんながバカンスに行くようになった。なんのためのロックダウンだったんだ。

　ゴートはソーセージを食べながらうなずいた。ドーラの計算が正しければ、もう四本目だ。話題はディーゼル車問題に移った。もうじきディーゼル車が使えなくなるが、そうなったらどうやって働いたらいいんだと。

「みんな、そろって電気自動車を買うのさ！」消防団員のひとりが言った。みんながいっせいにゲラゲラ笑った。

　ドーラは自分の分のビールを取りにいったとき、ついでにゴートの分も持ってきた。ゴートはタバコを振りだしたとき、ドーラにも一本すすめるのを忘れなかった。ドーラもだんだん和んできた。彼女が誰で、ここでなにをしていて、ゴートとどういう関係なのかたずねる人はひとりもいなかった。

　ドーラはビールを一気飲みした。ふと見ると、ヨッヘンとフランツィが近くにいない。草むらで村の子どもたちと走りまわっている。誰かがドーラにピンクの飲みものを渡した。飲んでみると、イチゴ味のガムのような味がした。みんな、和気あいあいになり、パーティは面白くなった。

　ふたつ向こうの村にあった地元で最後のクリニックが廃業したことが話題になった。老人はこれからどこで糖尿病の処方箋をもらったらいいのかわからないという。

「でもバイエルンではコロナのPCR検査がただで受けられるんだからいいわよね」ザディがいうと、みんなが笑った〔昔から南ドイツのバイエルンとは対抗意識があり、両者のあいだで多くのジョークがある〕。

　次に、この数週間でこの界隈では食堂が三軒廃業した、と誰かがぼやいた。

「だからこうやって焚き火を囲んで飲むしかないのさ」と別の誰かが言った。

「どうせそれも禁止されるさ」

「そうしたら道端でおしゃべりすればいい」ハイニが少し不満そうに言った。みんな、大いに笑った。ふと見ると、シュテフェンがポケットから手帳をだして、こっそりメモを取っている。

「だが植物カナッケンは抜きでな」ゴートがシュテフェンを見て言った。彼が口を開いたのはこれがはじめてだった。シュテフェンは無視した。ドーラはゴートの腕を叩いて、「こらこら」と注意した。まるで食卓からハムをくすねた犬をしかるように。これがまわりに受けて、みんな、ひとしきり笑いながら「こらこら」と言った。

自分とゴートが組で笑いを取ったということは、ひょっとして友だちなのだろうか、いつのまに友だちになったのだろう、とドーラは自問した。まわりのみんながビール瓶を打ち合わせた。ドーラとも。ドーラは仲間になれたようだ。なんの仲間かよくわからないが。

普段はパーティが苦手なドーラだが、今回はなかなかいいと認めざるをえなかった。ゴートも満足そうだ。頭痛もなければ、意識が飛ぶこともないようだ。フランツィは他の子たちと広場を駆けまわっていて、ブラッケンから出ていったのが嘘のようだ。ヨッヘンも子どもたちにまじって転げまわり、仲よしのフランツィを人気者にした。

消防団員のひとりがドーラにソーセージと瓶ビールを持ってきて、うまくやったな、とでもいうようにぽんと肩を叩いた。みんなは、自宅の進入路を石畳にしたとか、納屋を新しくしたとかそういう話をし、ジャガイモの育ち具合やホームセンターの特売品も話題になった。シュテフェンは手帳をしまって他のグループのところへ歩いていった。

フランツィはプラウジッツの学校に通ったらいい。朝はドーラとヨッヘンでフランツィをバス停まで見送る。バスに乗り遅れたら、ドーラがピックアップトラックでひとっ走り町まで行く。ついでに買いものをすればいい。そのあと、褒美にコーヒーを飲み、暖房機専門工務店Wや仕立て屋Fといった地元の店の依頼をこなす。うまくすれば広告戦略だけでなく、ポストコロナ時代をにらんだ新しいビジネスモデルを開発できるかもしれない。

ゴートはベンチにネジ止めされたみたいにさっきからすわりっぱなしで、タバコを吸いながらときどきうなずいている。数日前に庭で意識を失って倒れていたのが嘘のようだ。ホメオパシーでいうところの回復するときに起きる初期悪化症状だろうか。ハイニは飛行機に乗ったサルというネタで長々とジョークを話している。誰も聞いていないのに。

聖霊降臨祭のあと、ドーラは花咲く友情のキャンペーンでトムと打ち合わせをすることになっている。ドーラの仕事に満足すれば、他の人にも推薦してくれるだろう。トムは顔が広いように見える。ドーラは最後に胃がムズムズしたのがいつか考えたが、思いだせなかった。ヨーヨーはあさって立ち寄ると言っていた。なにか新しい情報があるに違いない。MRIの検査結果をもう一度精査して、専門誌を調べ、親しい専門家に相談したのだろう。自分の頭がどうなっているのか知りたがらないプロクシュ氏に治療をすすめに来るのだ。

最新式のロボット芝刈り機の性能について話しているのを聞きながら、ドーラは実際には両極なんてほとんどありはしないと考えていた。東も西も、上も下も、右も左もない。メディアや政治がよく言う楽園も黙示録もありはしない。あるのは互いに寄りそいあう人間だ。好き嫌いはあるだろうし、会うこともあれば、別れることもある。ドーラはそのひとり、ゴートもそのひとりだ。あまり関わりあわないし、ほとんど言葉を交わさなくても。ゴートが刑務所に入っていたことを、みんなは知っているし、ドーラがゴートの新しい彼女だと思っている。それでもだ。いまここで、みんなこの地球にいるというたったひとつの真実を祝うためにパーティをしている。存在共同体として。すわっていても、立っていてもいい。黙っていても、しゃべっていてもかまわない。酒を飲んでいようと、タバコを吸っていようとおかまいなしだ。なにをしていようと、地球は自転し、太陽は沈み、火は消える。なんて不思議なのだろう。こうしてみれば、分裂しているなんて思うのはただの勘違いだろう。

ドーラは自問した。自分がゴートの命を救ったら、ゴートはいつか黒人の首を膝で押さえるだろうか。ベルリンの寿司バーに乱入して、移民を射殺するだろうか。ドーラは、野戦病院で敵兵の命を救う医者がいることを思った。システムエラーはそういう救命行為ではなく、戦争のほうだ。

焚き火が下火になり、日が沈むと、ほとんどの人が去っていった。残った人たちは焚き火のそばに集まって、熾きを見つめ、夜の闇を台無しにしたくないとでも言うように声を潜めた。そのうち小さなグラスに注いだ透明な蒸留酒がまわされた。ドーラはまわってくるたびに一気飲みした。オークのてっぺんで若いフクロウが鳴いている。コウモリの群れが音も立てずに狩りに勤しんでいる。コオロギがさかんに鳴いて、求愛している。ドーラはベンチにすわった。もしかしたらゴートが作ったものかもしれない。フランツィが近づいてきて、ドーラの膝に乗った。ドーラはフランツィの温かい体に腕を回して抱き寄せた。ヨッヘンはヘトヘトになったらしく、ドーラの足元に来て、後ろ脚を投げだして、エイのような形で地面につっぷした。ドーラとフランツィは消防団員が熾きをかきまわすたびに舞いあがる火の粉を見た。

「火は死ぬと」フランツィがたずねた。「舞いあがるんだね？　天国に行くのかな？」

「そうかもしれないわね」

「人が死んだら、やっぱり天国に行くの？」

「多くの人がそう信じているわね」

「おばさんも？」

ドーラは返答に詰まった。酒のまわった頭ではうまく考えがまとまらない。自分はなにを信じているのだろう。神の存在は信じていないが、人と人のつながりは信じている。

「自然界ではなにもなくならないと思うな。みんな、この宇宙にとどまるの。形を変えてね」

「たとえばカケスになるとか」フランツィがおだやかに言った。ドーラはフランツィをもう一度抱きしめた。

そのあとは、ふたりともなにも言わなかった。ドーラは、フランツィが眠ったと思っていたが、ゴートがそばに来て「帰るぞ」と言うと、フランツィはさっと立った。帰り道で、フランツィはドーラの手を握った。ヨッヘンはふたりのあとについてきた。ゴートは通りすぎる車からふたりをかばった。時間が時間なので、たいして車は通らなかったが。ドーラは酔ったせいで腕と足に力が入らないのを感じた。ゴートよりもたくさん飲んだかもしれない。記憶では、ゴートは蒸留酒を注いだグラスがまわってきても、飲まずに隣にまわしていた。気づくと、ドーラはゴートとフランツィと一緒にゴートの家の門をくぐっていた。

「ちょっと待ってくれ」ゴートが言った。「フランツィを寝かしつけてくる」

フランツィは腕を伸ばして、ゴートに抱えあげてもらった。ゴートは人形のようにフランツィを抱くと、いつものことだとでも言うように片方の足で母屋の裏口を開け、フランツィと一緒に家に入った。ドーラは少しふらつきながら庭に立って、ゴートが階段を上る音を聞き、フランツィを寝かしつけ、フランツィの額にキスをするところを思い描いた。少女の幸福感を、ドーラは自分のことのように感じた。

「一緒にタバコを一本吸いたい」戻ってきたゴートが言った。

「いいわよ」

「塀でいいか？」

ドーラはうなずいた。それがどういう意味かわかるまで数秒を要した。ゴートの庭から出て、道路を歩いて、自分の敷地に行く必要があるのだ。塀のところで、ドーラは椅子に上った。塀の向こうではゴートがすでに木箱に乗っていた。はじめて会ったときと同じだ。「よろしくな。俺はこのあたりでは田舎のナチで通ってる」ゴートはタバコを二本振りだして口にくわえてから火をつけて、一本をドーラに渡した。ふたりは黙ってタバコを吸った。頭上では星がたくさんまたたいている。星はとても明るくて、地球に落ちてきそうだった。ゴートは息づかいや頸動脈が脈打つ音が聞こえるほど近かった。0×0。エラーじゃない。ドーラはいろいろなことを考えなければならないと思った。けれどもうまくいかない。飲み過ぎた。フィルターのところまで吸い終わり、煙を吸えなくなると、ふたりは吸い殻を捨てた。同時に。
「オーケー」とゴートは言った。

45 シュッテ

ドーラがコーヒーをいれていると、誰かが玄関のドアを叩いた。外にゴートが立っていた。また新しいシャツを着ている。半袖で、黄色と青のストライプ柄だ。色の組み合わせがじつに醜く、ドーラはカーニバルを連想した。

「よう」

応えるかわりに、ドーラはゴートに薬を渡した。今日は自分もその薬を飲みたいくらいだった。頭痛が酷くて、こめかみの血管がドクドクして、左目を開けることができなかった。一時的に言語障害を起こしている可能性がある。村祭でどのくらい酒を飲んだか定かではない。蒸し暑い天気とたくさん吸ったタバコも影響しているだろう。昨日の夜のことは朧気にしか思いだせない。ゴートが塀でタバコをもう一本吸おうと言ったのは本当だろうか。本当だとして、よくガーデンチェアから転げ落ちなかったものだ。

ゴートはドーラの表情を見ると、顔をしかめるようにして、にやっとした。そしてどうでもいいとでもいうように薬をさっさと飲んだ。ふたりにとってはただの習慣になっていた。

「なあ」ゴートは言った。「車のキーを持ってこいよ」

ゴートを玄関に待たせて、ドーラはヤシの木の植木鉢カバーから車のキーを取りだし、テイクアウト用マグカップにコーヒーを注ぎ、バスルームの鏡の前に立って、髪を後ろで結んだ。ゴートの家にいくあいだにコーヒーをほとんど飲み干した。これで目が覚めるはずだ。門は開け放ってあった。ピックアップトラックの横で、フランツィがピョンピョン跳ねている。夜が短かったはずなのに、元気溌剌としていて、ヨッヘンへの挨拶もそこそこに「遠足、遠足！」と叫んでいた。

ドーラはベッドに戻りたかった。

ゴートが手を伸ばした。「俺が運転する」

今の状況なら、ドーラが運転するよりも、自分のほうが安全だと判断したのだろう。二日酔いであっても、ドーラにはゴートの具合がよくわかった。目が澄んでいて、落ち着いていて、下唇がすこし下がっている。元気な証拠だ。とにかくドーラよりもましな状態だ。

「どこへ行くの？」

「行けばわかる」

ゴートは運転席に乗り込んで、エンジンをかけた。ドーラはやっとの思いで助手席にすべり込んだ。フランツィとヨッヘンは後部座席に乗った。塀の上に乗っているオレンジ色の猫が馬鹿にしたようにドーラたちを見おろしていた。猫から見たら、人間のやることはまどろっこしくて、優雅さに欠けるのだろう。

ドーラたちはコッホリッツへ向かった。車のウィンドウを下げた。暖かい風が車内を抜ける。ゴートは今月の優良道路利用者になろうとでもしているかのようにゆっくりと周囲に気をつけながら車を運転した。コッホリッツの手前でゴートは曲がった。道路は森を抜けていた。しばらくして速度を落とすと、今度は左の道端に注意を向けた。どうやら分かれ道があるようだ。探していた分かれ道が見つかると、ゴートはブレーキを踏んで、その分かれ道に曲がり、森の奥へとつづくでこぼこ道を進んだ。少し前に重量級の森林作業車が路面をえぐり、太陽がその路面を焼いていた。車が荒波を行くモーターボートのように上下した。ドーラは頭をぶつけそうになってダッシュボードに両手をついた。後部座席ではフランツィがジェットコースターにでも乗っているかのように歓声を上げた。砂質の土壌の場所で、タイヤが地面にはまり、尻を振った。ドーラはそのたびに立ち往生すると思った。しかしゴートは動じず、クラッチとアクセルを切り替えながら的確にハンドルをまわして、車を固い路面に戻した。

道の状態がよくなると、ドーラはドライブを楽しんだ。午前中の太陽が林を光と影の３Ｄアートに変えた。ドーラは木の香りと乾いた苔の匂いを嗅ぎ、コーヒーの残りを一気に飲んだ。完璧な朝食だ。開け放ったウィンドウから乗りだして樹冠を眺めるフランツィがバックミラー越しに見えた。

ゴートは車を草地へ進めてエンジンを止めた。ドーラは一瞬、静けさに包まれたが、すぐに森のざわめきを意識した。葉ずれの音、虫の音、さまざまな鳥のさえずり、キツツキがドラミングをしている。ドーラたちはシートにすわったまま森のコンサートに耳を澄ました。それからフランツィがドアを開け、「遠足、遠足！」と叫んだ。

「いいところね」ドーラはゴートに言った。だがゴートは聞こえなかったように振る舞った。

フランツィとヨッヘンは森に入った。木のあいだにフランツィの派手なＴシャツがちらちら見えた。

ゴートは荷台からバスケットを取って、歩きだした。ドーラは横を歩いた。車での移動は三十分にもならないのに、そこの森はブラッケンのあたりとは違っていた。松の植林は皆無で、オークやブナやシラカバといった大きくなった古い広葉樹が生えていて、鬱蒼とした雰囲気を漂わせている。誰も足を踏み入れていないようだ。伐採された木が積まれているが、腐りかけていて、忘れ去られているようだ。すこし先に、結局作られずにおわった防獣フェンスの金網がロール状のまま転がっていて、倒れた狩猟櫓もあった。道にはシカの足跡があり、あいかわらずキツツキのドラミングが聞こえる。

草むらには車が通った跡があった。ドーラたちはその跡を辿って森に入った。二、三百メートル歩いたところで森が開けた。森の空き地ではなく、荒れ地のように草が生い茂り、あちこちに低木が生えている。あちこちに花がたくさん咲いていて、色鮮やかな水溜まりのように見え、ゼニアオイやクローバーにハチが群れている。ゴートは立ち止まった。

「昔は畑だった」腕を上げて、そのあたり全体を示した。「向こうに家畜小屋があったが、いまは基礎しか残っていない」

ゴートはドーラを連れて草地を横切った。すこし離れたところにある背の高い草むらでフランツィとヨッヘンが走りまわっている。そこはいい香りがした。まるでティーショップにでもいるかのようだ。こんなに素敵なところをドーラは他に知らない。のどかで、かぐわしく、過去と動物だけのものになっている魔法の場所。

「あそこに母屋があった」

ドーラは目に手をかざして、雑草に覆われた塀の残骸を見つけた。三本の菩提樹が天を突くように聳えている。かつて風雨から守っていた母屋よりも長生きしたことになる。

「母屋はだんだん撤去されていった。中身が空っぽになると、ブラッケンの村人たちが瓦礫を持ち帰って建築資材にした」

ゴートは比較的背の低い木が列植されているところを指差した。木は密集して生え、枝が伸び放題になっていて踏み入ることはできそうになかった。

「あそこは果樹園だった。チェリー、リンゴ、プラム」

かつての果樹園は地衣類で覆われ、枝にからまる地衣類が銀色のレースのようだった。まるでエルフやドワーフの住処のようだ。

「薪小屋、井戸、作業場、農具置き場」

ゴートはなにもないところを次々に指差した。さらにすこし歩を進めて、ドーラたちは大きなオークの切り株に腰かけた。そこは三十年前にも椅子代わりになっていたのだろう。ドーラとゴートの上腕が触れ合った。フランツィの笑い声が、太陽の光を暈にした雲まで響いた。

ドーラは0×0が表示されるのをあらかじめ察知できるようになっていた。0×0が来るのを直感する。胃が微かに重くなり、頭が軽くなって、視界が開ける。周囲を立体的に感じる。0×0は死ぬことにすこし似ている。そう感じるのはゴートと関係しているからではないだろうかと、ドーラははじめから勘ぐっていた。ゴートは目の前にあるものを引きつける重力を持っている。どんなに頭脳明晰な人間でも、ゴートのような人間がいるわけないと言い張ることはできないだろう。

「ずいぶん詳しいのね」ドーラは言った。

「ここに住んでいたからな」

気づいてもよさそうなものだった。

ゴートは子ども時代に暮らした場所にドーラを連れてきたのだ。いまはもうない両親の家に。突然、まわりが違ったものに映じた。プロジェクターにいきなり新しいスライドを差したときのように。少年時代のゴートが小麦畑を走るところ。プラムを摘んでいるところ。父親とトラクターに乗っているところ。

「ブラッケンのバラッケン《バラック》、シュッテの掘っ建て小屋《ヒュッテ》。学校ではいつもそういう歌を歌われて、馬鹿にされたもんだ。学校に通うのは大変だった」

しばらくしてドーラはウィキペディアの記事を思いだした。廃村となったシュッテ。

「ベルリンの壁が崩壊したあと、しばらくのあいだはうまくいっていた。そのあと突然、知らない奴の所有になったんだ」ゴートは草地とかつての畑を払いのけるような仕草をした。「俺が十三歳のとき、俺たちは土地を追われた」

ドーラはカケスを見つけた。なんとなく、そのうちにあらわれるのではないかと思っていた。カケスは楓の若木の枝に止まってドーラたちを見ていた。

「俺たちはプラウジッツに移り住んだ。おやじは仕事を探した。学校は近くなったけど、狭苦しい小屋で暮らすことになった。牢獄よりも酷いところだった。それでも家族水入らずだった」

カケスがピョンと跳ねて枝を移動し、ドーラたちのほうに近寄った。どうやら人間の近くがいいらしい。

「一九九二年の夏、おやじは俺をロストックに連れていってくれた。バルカス〔旧東独に存在した商用車メーカー〕に乗って、観光客みたいにな。うれしかった。やっとぼろ小屋から出られたからさ。日が暮れると焚き火をして、ビールを飲んだ。最高の気分。村祭とおんなじさ。こたえられなかった」

ゴートがなにを言っているのか、すぐにはわからなかった。だが気がつくと、ドーラは足をすくわれたような気がした。いや、高いところから突き落とされたみたいだった。ロストック＝リヒテンハーゲン、ヒマワリの家。第二次世界大戦以降もっとも激しかった人種差別暴動〔旧東独時代のベトナム人労働者の難民収容施設「ヒマワリの家」が極右活動家によって襲撃された一九九二年八月の事件〕。

「生き返ったみたいだった。ようやくなにかができるってな」

ゴートは自分を正当化するつもりなのだろうか。シュッテまで連れてきたのは、自分がどうしてナチになったのか説明するためなのか。だがそんなの、ゴートらしくない。それに問題はゴートの目的ではない。ドーラの意識が繰り返しふわふわしてしまうことだ。あいまいな自分探しの夢、ランタイムエラー、存在感。十三歳か十四歳でベトナム人労働者の収容施設に放火して、生き返ったと思っている人間のそばにいることを最高だと思うなんて。

差しだされたタバコをドーラは断った。なにごともなかったように振る舞うのはむりだ。気分が悪くなった。

それでもゴートは帝国市民《ライヒスビュルガー》じゃない、とドーラは自分に言い聞かせた。ゴートはなにも否定していない。Qアノンを信じていないし、武装地下組織のメンバーでもないし、ドイツ国家民主党〔ドイツの極右政党で、ネオナチ団体の代表格〕の党員でもない。リヒテンハーゲンの暴動からもう三十年近く経っている。

だがそういう言い訳を考えても役に立たなかった。立ちあがって、ここから去るべきだ。ブラッケンまで歩いて帰り、家に入って、ドアを閉める。なんでこんなに意志が弱いのだろう。村祭になんて行くんじゃなかった。吐き気がする。ゴートの言葉に、ドーラはすっかり落ち込んでしまった。

「リヒテンハーゲン事件のあとも、そういうのがつづいた。俺たちはあちこちに行った。まさしくツアーだった。ヴィスマール、ギュストロー、クレーペリン。湖で水浴びをして、車の中で寝た。そして日が暮れると収容施設の前で大暴れした。ポリカーボネート製の盾を通して見えるサツの顔は一生忘れられないな。あいつら、本気でびびっていた。おやじは、俺が前に出るのを止めたし、なにも投げるなと言ったけど、一度、警察車両をひっくり返すのを手伝ったことがある。おおぜいで力を合わせると簡単なんだ。そういうのを、おまえらは忘れちまったんだよな」

「おまえら」というのが誰のことなのか、ドーラにはわからなかったし、知りたいとも思わなかった。ドーラはカケスを見ていた。カケスは地面に飛びおり、餌を期待しているハトのように首を傾げた。

「なんでそんな話をするの?」ドーラはたずねた。

「友だちだと思うからさ」

「私はそういう憎しみとは無縁よ」

「誰だって、誰かを憎んでる。憎むしかない」

「馬鹿なことを言わないで」

「おまえはナチを憎んでるじゃないか」

「私は誰も憎んでいないわ」

「俺よりましな人間だっていうのか？」

ドーラはぱっと立ちあがった。いきなり抑えようのない怒りが湧きあがった。ゴートにはっきり言うべきだ。こんなところに連れてきて、お涙頂戴の話をするなんてどういうつもりだ、と。「友だちだと思うからさ」みじめったらしい田舎のナチの仲間が欲しいわけ？　ドーラはゴートがどんな酷い奴か言いたかった。人を見下し、喧嘩っ早い。ゴートが掲げる旗を道路から目にするたびに恥ずかしくなる。ゴートの友だちがユーチューブで流すくだらない主張。憎悪の垂れ流し。いっそのこと、最低の父親だと言ってやりたい。

だが、とっさに口をついて出たのは、こんな叫び声だった。

「あなたよりましな人間かですって？　私はあなたの百倍はましな人間よ！」

ゴートは反応しなかった。だがドーラは気持ちがすっきりした。言葉のとおりだ。そう叫んで、胸のすく思いがした。「あなたよりましな人間かですって？」だがその言葉をもう一度見直してみると、それはすべての問題を孕んでいた。ブラッケンの村外れでも、そしてグローバルな物差しでも。すべての人間を内側から蝕む慢性の毒だ。

ドーラは困惑してふたたび切り株にすわった。カケスはなかなか動かなかったが、最後にピョンピョン跳ねてきて、パンくずをついばみ、ドーラのスニーカーのすぐそばまでやってきた。

「泣くなよ」ゴートがささやいた。

「カケスがパンを食べるなんて知らなかった」ドーラもささやいた。

「みんな、パンを食べる」

「そして誰かを憎むのね」

「昔、俺はここでよく鳥に餌をやっていた。覚えているのかもな」

「カケスの寿命ってどのくらい？」

「長くはない」

ゴートはドーラにパンを渡した。ドーラはパンくずをすこし地面に投げ、千切ったパンを持つ手を前に差しだした。カケスはいったん跳ねてきて、また下がり、首を傾げて、その場で羽をバタバタさせ、ドーラの手からパンを取るか迷っている。不安と欲望のせめぎあいだ。

46 狩猟櫓

「こっちだ」

ゴートはずんずん先を歩き、丘を下ると、荒れ地を横切った。ドーラはそのあとに従い、フランツィとヨッヘンもついてきた。森の縁に沿って歩いてから、ドーラたちは森を抜ける砂まじりの道を少し進んだ。どうやら目的地があるらしい。森が開けると、ドーラたちは足を止めた。

「畑？」

「昔はジャガイモ畑だった」

終わりのない本のタイトルのような響きがした。少し離れたところに葦が茂っている。小さな湖があるようだ。ゴートは長い梯子がついた狩猟櫓に案内した。登る前に、ゴートは手提げバスケットから双眼鏡を三つだして、ひとつずつみんなの首にかけた。フランツィがさっそく梯子を登った。

「犬を寄こせ」

ドーラは少し迷ってから、ヨッヘンを抱えあげて、ゴートに渡した。ヨッヘンはゴートの顎をなめて、おとなしくしていた。ゴートは片手にバスケットを持ち、ヨッヘンを腕に抱えて、ゆっくり梯子を登った。ドーラが狩猟櫓に上がると、ゴートは指を口に当てた。

「静かに」

さして待つことなく、少し離れたところにアオサギのつがいが舞いおり、獲物を探しながら葦の茂みへ歩いていった。双眼鏡で見ると、鳥が手に届きそうなくらい近く見えた。付け根が黒っぽい灰色の翼、白い首。頭部の黒い筋模様は盗賊が覆面をしているかのようだ。

「コウノトリがいる！」フランツィがささやいた。

そのうちにまた別の鳥がやってきた。アオサギよりも大きく、白と黒の衣をまとい、首を下げて、赤い脚で背の高い草の中を歩いた。

次にあらわれたのはツルだ。ドーラはその大きさに驚嘆した。長い脚、頭に赤い部分があり、尾羽がふさふさしていて、じつにエキゾチックだ。一方、よく肥えたガンの群れが湖に泳ぎだし、マガモが「グェー、グェッ、グェッ」と抗議の声を上げた。

「キジだ」ゴートが言った。そのとき、オスのキジが三羽、バサバサと大きな羽音を立てて舞いあがった。

鳥がどれも大きい、とドーラは思った。母親と一緒に台所の窓から観察したシジュウカラやコマドリやミソサザイと比べたら当然だ。当時は白と黒のカササギでも、大きいと思った。

「あそこ！」ゴートがベンチからすこし腰を上げて膝立ちになり、双眼鏡を顔に押しつけたままピントを合わせた。「こりゃ、驚いた」

「なに、なに？」フランツィが声を上げたので、ゴートが声をだすなと注意した。

ドーラはゴートが見ている方向をたしかめて、双眼鏡を覗いた。褐色の斑模様の派手ではない鳥がいた。ウズラよりも小柄だ。嘴の長さは中くらいで、細くて真っ直ぐで、外科手術用の器具のように見える。その鳥は草地の地面をあちこちつついている。ゴートに言われなかったら、気にもとめなかっただろう。これといってめずらしいところはなく、シギかセキレイの仲間のようだ。

「エリマキシギだ」ゴートはささやいた。「めずらしいんだ。このあたりにはつがいが三十組くらいしかいない。ここからそう遠くないところに生息地がある。自然の中で見るのははじめてだ」

「ここにはよくバードウォッチに来るの？」ドーラはたずねた。

型どおりでとってつけたような響きがした。さっき気持ちを爆発させた余韻がまだ残っていたからだ。あなたよりましな人間かですって？　普段どおりに振る舞うのは簡単ではない。だがゴートはなに喰わぬ顔をして、娘が双眼鏡のピントを調節する手伝いをしていた。フランツィは「見える、見える！」と言ったが、ドーラはフランツィが嘘をついていると思った。

ひとしきりバードウォッチングをすると、ゴートはバスケットを膝に載せて、持ってきたものを広げた。ドーラにはコーヒーを入れた魔法瓶を、フランツィにはオレンジレモネードの瓶を渡した。他には塩っぱい粗挽きソーセージとパンがあった。そのパンはたぶん村祭のためにガソリンスタンドで買ったものだ。コーヒーは甘すぎたし、パンは固くなっていたが、とてもおいしくて、ドーラはうっとりした。

「私の人生最高の日よ」フランツィが言った。

「大げさな」とゴート。

その言葉にドーラはびくっとした。フランツィも息をのんだが、臆せず父親にすり寄った。

「たぶんね」

すると、ゴートは娘の肩を抱いて引き寄せた。ふたりがそのままじっとしているあいだ、ドーラはそばで静かにしていた。できることなら、そのまま消えてなくなりたかった。絶好のタイミングだ。帰り道でフランツィはまた車のウィンドウから身を乗りだし、でこぼこ道で車がはねるたびに楽しそうにキャアキャア叫んだ。

「人って変われるものかしらね？」ドーラはたずねた。

「死ぬことはできる」ゴートが答えた。

「そういう意味じゃない」

「かなり大きな変化だと思うがな」

ゴートはにやっとした。ゴートからいったいどんな答えを期待したのだろう。

「あんたは考えすぎるんだよ」ゴートが言った。「世界なんてどうなったっていいじゃないか」

ドーラはズボンのポケットからスマートフォンをだし、ヨーヨーにメールを書いた。

「彼は元気。悪化の徴候なし。哲学している」

すると、一分もしないうちに返事が来た。

「あす午後七時ごろに行く。寿司を持っていく」

未明の三時、ドーラは急に目が覚めて、外に出た。塀の向こうで映画撮影が行われているみたいだ。あるいはUFOが着陸したか。ゴートの庭に煌々と明かりが灯っている。樹冠にまで届くほど強く、夜の闇とのあいだにくっきりと境界線が引かれていた。魔法に引き寄せられるようにして、ドーラは塀まで歩いていき、椅子に上った。プレハブ小屋の外階段に大きなサーチライトが設置してあり、作業場全体を明るく照らしていた。ゴートはメスオオカミの像にかかりっきりだ。背中の下部、尻と尻尾をこしらえている。ゴートの上半身が腕の動きに合わせて上下している。作業に没頭していて、時間も、空間も意識から飛んでいるようだ。オオカミ像はドーラを見ていた。耳をぴんと立て、笑っているように口を開け、親しげなようにも、隙をうかがっているようにも見える。きっとゴートが脚を完成したら、一気に飛び跳ねるだろう。

ドーラは長い時間見ていた。片時も目を逸らすことがなかった。そのうち膝と背中が痛くなった。ベッドに戻ろうと思ったときには、もう午前四時を過ぎていた。ゴートはあいかわらず取り憑かれたように丸太を彫っている。数メートルほど離れた塀の上にオレンジ色の猫が横たわって、しきりに脚先の毛繕いをしていた。

47　パワー・フラワー

パワー・フラワー。この言葉がドーラの頭にこびりついて離れない。ドーラを宿主動物にして、生命エネルギーを吸う気のようだ。パワー・フラワーという言葉が脳内を駆けめぐり、あらゆる思考を汚染している。イラクサは本当に強情な敵だ。パワー・フラワー。ドーラの足はまるでピラニアに襲われたような有様になっている。パワー・フラワー。ヨーヨーは午後七時に来るという。いまは午後四時だ。パワー・フラワー。

土地の裏手の草刈りをしようなどと、なんでそんな馬鹿なことを思いついたのだろう。これだけ敷地が広いのだから、裏手など使う必要がない。裏手はチョウや貴重な昆虫の生息地で、種を安全に増やす場所だ。それに背の高いアザミが生えている。太く、とげのある四肢に、無数の頭。まるで宇宙から来襲したモンスターのようだ。裏手はドーラの領域ではない。モンスターを地面から引っこ抜こうとするたびに、そのことを実感する。パワー・フラワー。

ドーラはトムのために考案したキャンペーンをもう一度見直した。ゴム製人形のコール首相はやはりやり過ぎな気がするし、「花咲く友情」というブランド名もふざけすぎているかもしれない。ブランド名は「パワー・フラワー」がいい。明日行うプレゼンのために、コピー、ソーシャルメディア向けのコンセプト、コンテンツのアイデアなどを準備した。トムにはニュースレターを提案するつもりだ。顧客にニュースレターで新しい商品を紹介する。ビデオ広告やＤＩＹコーナーなどをネットにアップするのもよさそうだ。すでにパワー・フラワーのドメインを取得して、これしかないという気持ちになっていた。

ドーラは一日中、落ち着かなかった。あまり眠れず、食事が喉を通らず、さんさんと日の光が降りそそぐ中、植物の大群と格闘しすぎた。フランツィとヨッヘンはドーラのいらいらに嫌気がさして森に逃げだし、それっきり戻ってきていない。

誕生日になかなかプレゼントを見せてもらえず、夕方までお預けにされた子どものような心境だ。誕生日プレゼントはヨーヨーだ。その中身は、ヨーヨーがもたらすはずの情報。ドーラは一日中、ヨーヨーの来訪にたいした意味はないかもしれないのだから、そんなにそわそわするな、と自分に言い聞かせた。だが「現状が深刻なのに」、そして「こんな時期なのに」、一緒に寿司を食べるためだけに、こんな田舎くんだりまで来るはずがない。なにか考えがあるんだ。その計画ですべてが変わる可能性がある。ヨーヨーはかならずしもいい父親ではない。だが昔からすぐれた医者だった。ヨーヨーにとって救命率はマラソン選手にとってのタイムと同じだ。ゴートの治療で新境地が得られるなら、ヨーヨーはどんなに望み薄でも全力を尽くすだろう。

ドーラは鎌で、さらに数本のモンスターアザミを抹殺した。アザミは非難がましくゆっくりと地面に沈んだ。悔しいが、根っこまでは抜いていないので、いずれまた繁茂するだろう。ドーラは腕で額の汗をぬぐった。

固い地面を天地返しして、菜園にすると決意した最初の日と同じように背中が痛くなった。午後五時ごろ、シャワーを浴びた。全身に冷水を浴びるのは気持ちいい。髪についた汗が流れ、タコができた指から熱が引き、擦り傷だらけのふくらはぎからヒリヒリする感覚が消えた。ドーラは両手に水を受けて、それを飲む。鎌やシャベルで自然と格闘したことのない者に、水のよさはわからないだろう。できることなら、ヨーヨーが来るまでずっとシャワーを浴びていたいと思った。だが、しばらくすると凍えてきた。ドーラはシャワー室から出て、頭にタオルを巻き、もう一枚のタオルで濡れた体を拭いて、バスマットの上に静かにたたずんだ。突然また神経が高ぶった。

不安、恐れ、興奮がどんな形を取るか知っている。さまざまな状態を観察し、分析し、カタログ化してある。ドーラは神経の高ぶりのコレクターだ。そのうち不安博物館を開けそうなほどだ。胃がムズムズする感覚から虫酸が走るような感じや、心を蝕む不安やパニックの発作から来る破壊衝動までありとあらゆる不安をキャビネットに陳列できる。そしていま彼女の心の中に広がっているものは、いつものムズムズとは一線を画している。底知れないパニックの発作とも違う。それは根拠のある焦燥感の部類に入る。言葉を換えれば、なにか引っかかる。

ドーラは隣室に入った。そこには引っ越し用の箱が積んであって、洋服ダンス代わりにしてあった。そしてすぐに、なにに引っかかっているのかわかった。たたんで置いてあった衣類がぐしゃぐしゃになっている。しかもパンツが二枚、床に落ちている。誰かが箱を開けて、衣類をかきまわしたのだ。

信じられない気持ちで、ドーラはくしゃくしゃになっている衣類を見つめた。一瞬、自分でやったような気になったが、そんなことはない。いつだって衣服をきれいにたたんでいる。誰かが家に入ったにちがいない。庭から戻ったときは、異常に気づかなかった。もちろんバスルームに直行して、他の部屋を覗かなかった。ひととおり見てみる必要がある。アンダーウェアとジーンズ、それから縞柄のTシャツを急いで着た。最悪の場合、まだ誰かが家の中にいる恐れがある。そうは言っても、服が散らかっているのに、たいした理由はないかもしれない。たとえば、フランツィがドーラに断らずに、服を着て遊んだとか。

床が抜けるかもしれないとでもいうようにそろそろ歩きながら、まず台所に入って、数少ない家具を見てみた。すぐに変わったところがあることに気づいた。引き出しがちゃんと閉められていない。缶コーヒーの蓋が開いている。ドーラは香りが飛ばないようにいつも蓋を閉めている。新聞紙の束もいつもと積み方が違っている。

廊下では壁のフックからジャケットが落ちている。寝室ではマットレスがずれていて、毛布がベッドから落ちそうになっている。家の中にはたいしてものがなかったので、それだけでもプチ家宅捜索をされたように見えた。

とにかくフランツィの仕業とは思えない。犯人が誰か知らないが、徹底的に家探ししたのはたしかだ。家探ししたことを隠そうともしていないが、できるだけ壊さないように気をつけている。

書斎を見るのは最後にした。大事なものはすべてある。もしノートパソコン、タブレット、スマートフォンがなくなっていたら、どうしたらいいかわからない。その三つは仕事に欠かせない。だが家財保険に入っているか覚えがない。

書斎のドアが少し開いている。ドーラは足を使ってそのドアを開けた。ノートパソコンはドーラが床に置いたときのままだ。そのことでほっとしたのも束の間、すぐに愕然となった。それくらいなら、ノートパソコンがなくなっていたほうがまだよかった。それなら普通のお粗末な空き巣ということになる。警察が調書をとって、途方に暮れ、捜査でなにか明るみに出たら連絡すると約束をする。どうせ当てにならないが。

大きなヤシの木が倒れていた。広がった枝が空間の半分を占拠している。打倒されたパワー・フラワー。誰かが鉢カバーからヤシの木をだして、無造作に投げすてたのだ。よほど腕っ節が強く、探しものを見つけるための執念を持つ人物にちがいない。園芸用土が床にこぼれ、侵入者の靴跡がそこかしこについている。それが誰の靴跡か知るのに、鑑識の助けはいらなかった。なくなったのがなにかもわかったが、それでも一応確認した。鉢カバーにはなにも入っていなかった。車のキーは消えていた。

48 渋滞

たぶんちょっとどこかに出かけたかったのだろう。言ってくれればよかったのに。だが、ドーラが拒絶するとわかっていたのだろう。具合がよくなって、運転禁止に納得がいかなかったのかもしれない。きのうは一緒に森に遠出をした。ゴートがハンドルを握って、まったく問題がなかった。ナチの友人を訪ねるか、もう一度ひとりでシュッテに足を伸ばすつもりだろう。あるいはフランツィをびっくりさせようとしているのかもしれない。もうじきフランツィの誕生日が来るのだろうか？　ドーラには見当がつかなかった。あと一時間半ほどでヨーヨーが来る。ドーラは運転禁止をすこし緩和してもいいかと相談することにした。ゴートが運転したくなるたびに、家に押し入られてはたまらない。

ドーラはふっと息をつくと、バスルームに戻り、濡れた髪を梳かしたが、ドライヤーはかけなかった。ちゃんと暮らしているところを見せるため、ドーラは片づけをはじめた。片づけは意外と早く終わった。ヤシの木もなんとか立てることができた。

それから塀へ行って椅子に上り、塀の向こうを見た。ピックアップトラックはなかった。当然だ。エンジンがかかる音を耳にしなかった。といっても、ずっと敷地の裏手で植物と格闘し、そのあとは頭からシャワーを浴びていた。

フランツィが木陰にすわって、ナイフで木を削っていた。ヨッヘンもそばにいる。どうやら新しい木彫りの骨をもらえるのを待っているようだ。

「あなたのパパはどこ？」

少女と犬が顔を上げた。

「行っちゃった」

「それはわかってる」ドーラは普通に振る舞った。ことさら騒ぎたてるほどのことではなかった。たいしたことではない。まったく問題ない。「いつごろ出かけた？」

フランツィは考えてから、肩をすくめた。

「ついさっき」

答えになっていない。フランツィは木彫りに夢中になっているから、普通の時間感覚はないはずだ。なにをするかによって、五分が一時間に感じられることもあれば、その逆もありうる。楽園追放の原因はリンゴを食べたからではない。時間を発明したせいだ。

「どこへ行くか言ってた？」

フランツィは首を横に振った。別にめずらしいことではない。ゴートはよくフランツィをひとりにしてどこかに出かけ、適当なときに帰ってくる。フランツィはなにも心配しない。ふたりの関係はそういうものなのだ。ドーラにも本来、心配するいわれはない。重要なのは、ヨーヨーが来たとき、ゴートが自宅にいることだ。ヨーヨーはもう一度診察したがるはずだ。絶対に。いざとなったら、ヨーヨーには待ってもらうほかない。ヨーヨーなら、長い時間待機することに慣れている。いいワインさえあれば、真夜中まで、いや、もっと長く待たされても平気だろう。まったく酷いタイミングだが、なんとかなるだろう。ゴートがキーのことをたずねてくれれば、ドーラが解決策を見つけたのに。だがゴートはそういう奴だ。自分なりの理由があって、それを押しとおす。

これが他の人間ならすぐにスマートフォンで電話をかけるところだ。ワッツアップでメッセージを送ってもいい。「まったく、どこにいるのよ?」と。だがドーラはゴートがスマートフォンを持っているかどうかも知らない。彼はドーラが知る、デジタル通信機器と無縁なただひとりの人間だ。彼の特別な存在感の秘密もそこにありそうだ。それでも、いまはなんとしても連絡を取りたかった。

ドーラは家に戻って、ふたり分のテーブルセッティングをして、赤ワインをデキャンタに移し替えた。それがヨーヨーの好みだからだ。そのあとはやることがなくなり、じっと外の音に耳を澄ました。ヨーヨーのジャガーのエレガントなエンジン音も、ピックアップトラックのゴトゴトいう音も聞こえなかった。ドーラは落ち着かず、部屋をあちこち見て歩いた。書斎、寝室、廊下、台所、バスルーム。ここで鬼ごっこをした。ゴートとフランツィとドーラで。もう何年も前のことのような気がする。当時はまだ世界が違っていた。ドーラはコロナで避難民になった都会人で、ゴートは塀の向こうの厄介者だった。いまのドーラは少女を養子にしたひとり暮らしの自立した村人で、ゴートは癌になった友人だ。

友人。ドーラは本当にそう思った。さっきよりも早足で部屋をまわる。書斎、寝室、廊下、台所、浴室。深淵を前にしたら、日常に逃避しても解決しないと言ったのは哲学者のハイデッガーだったろうか。どうやらハイデッガーはランタイムエラー0×0を知らなかったようだ。ここでいう0×0は、ハイデッガー流の深淵のふちに置いた自作の木のベンチだ。深淵とは、すべての存在がまだ存在しないことと、もう存在しないことのあいだにあるもののことだと、知ることにほかならない。木のベンチがそこにあれば、たとえ束の間ではあっても、並んですわって、一緒に深淵を覗き込むことができる。

午後六時半を少し過ぎたとき、電話がかかってきた。

「すまない」ヨーヨーは言った。「少し遅れそうだ。連邦道路が渋滞している」

火曜日の晩だから、通勤時間帯だ、とドーラは思った。

「どうも変なんだ。いまどき通勤時間帯なんてないはずだ。働いている者はホームオフィスだろうし、他の者はバルト海でバカンスをしているはずだ」ヨーヨーは吐き捨てるように言った。「交通事故で道路が封鎖されているようだ」

連邦道路ではよく事故が起きる。連邦道路は現代の集団墓地だ。道路幅が狭く、街路樹が密植されている。トラクター、トラック、オートバイ、特殊車両がむりな追い越しをして路肩からはみだす。花やロウソクを添えられた白い十字架を道端でよく見かける。人間は病気を恐れるくせに、連邦道路では平気で時速百四十キロで走る。以前はそのことを不思議に思ったが、いまはなんとも思わない。

「寿司を少し食べてもいいかな?」ヨーヨーがたずねた。「腹ぺこなんだ」

連邦道路でいくら事故が起きようがどうでもよかった。だがいまは、いやな予感がする。

「事故現場を見てきて」ドーラは言った。

「なんだって?」

「車を降りて、前へ行って、なにが起きたか見てきて」

「急にどうしたんだ？」

「お願い」

「ドーラ、わけがわからないぞ。とんまな奴が罰金を払うだけだ。他になにが……」

「医者なんでしょ」ドーラは鋭い声で言った。「事故現場を見てきて。こんなに頼んでいるのに、できないの？」

ヨーヨーは一瞬、口をつぐんだ。

「わかった」そういうと、ヨーヨーは電話を切った。

ドーラはまた部屋を見てまわった。だが落ち着かず、裏庭に行って鎌を取り、アザミをひと株刈りとった。それでも落ち着かなかった。妄想が広がる。ヨーヨーが渋滞している車に沿って歩くところを思い浮かべた。フロントガラス越しに見えるドライバーたちの顔。いらいらしているが、車から出ようとはしない。多くのドライバーはサイドウィンドウを下げて、電子タバコを吸い、車内で火災が起きたみたいにもくもくと煙を吐きだしている。バックミラーにはマスクが映っているだろう。ヨーヨーは歩きつづける。前方に救急車と警察車両と消防車が見えてくる。ヘリコプターは出動していない。いい兆候か、悪い兆候かわからない。すぐに発進しない救急車も、いい兆候かもしれないし、悪い兆候かもしれない。路上には警官の姿があり、渋滞中の車に事故現場を迂回するよう指図している。ジャガーが通行妨害にならないようにするなら、ヨーヨーは急ぐ必要がある。ようやく事故車の後部が上を向いているのが見える。ピックアップトラックだ。奇妙な体勢のせいか、車は巨大に見える。

まるでブリキでできたいびつな彫刻だ。

ドーラは鎌を投げすてると、庭を駆け抜け、道路に出て、ゴートの家に向かった。フランツィとヨッヘンはいまだに地面にすわっていて、ドーラがあらわれても顔を上げなかった。ドーラは足に根が生えたように立ちつくした。そして塀の向こうから覗いたときに見落としていたものを発見した。メスオオカミの像がいつものところにない。絨毯のように地面を覆う木くずから、ゴートが夜通し、作業に勤しんでいたことがわかる。メスオオカミの像は元の場所から数メートル離れたプレハブ小屋の外階段でオスオオカミと並んでいた。メスのほうがすこし小柄で、痩せていて、美しい。耳をぴんと立て、顔が愉快そうに見える。そのときドーラは台座の一部がふくらんでいることに気づいた。メスの足元にオオカミの子がしゃがんでいる。もこもこしていて、かわいらしい。オオカミの子は母親をうっとり見上げている。これで母親、父親、子どもが揃った。足りないものはなにもない。今後も足りなくなることはないだろう。

オオカミの一家を見るなり、なにが起きたか、ドーラは直感した。だがその直感が正しいか確かめる必要がある。足早にプレハブ小屋のところへ行き、外階段を上ってドアハンドルを押し下げた。鍵はかかっていなかった。ドーラは中に入って、呆然となった。すべてが色彩を失い、音も聞こえなかった。プレハブ小屋はきれいに片づいていて、ベッドも整えてある。そして小さな食卓にもうひとつ木彫りが載っていた。まるでプレゼントのようだ。ドーラの掌に載るくらいの大きさだった。

パグに似た雑種犬。くるんと丸まった尻尾。腹ばいになって、観察者に顔を向けて、幸せそうに笑っている。左右の後ろ脚を投げだしているため、ずんぐりした体はエイとそっくりの三角形になっている。

その木彫りをひっくり返してみると、下側にサインが彫られていた。オオカミの耳のように並んだふたつの三角。

ゴートの馬鹿が作ったのがなにかはあきらかだ。底なしの馬鹿さ加減で、こうするのがいいと思ったのだ。

「なんて馬鹿なの」ドーラは声にだして言った。だが外に聞こえるほどの大きさではなかった。

ドーラは椅子にすわって身をこわばらせ、ヨッヘンの小さな木彫りをまるで生きているものでもあるかのように抱きしめた。衝撃はあまりに大きく、しばらくのあいだ木彫りから目が離せなかった。

スマートフォンが鳴ったとき、ドーラは目頭が熱くて、メッセージをうまく読むことができなかった。メッセージはヨーヨーからだった。

「プロクシュが死んだ」

49　プロクシュが死んだ

二時間後、ヨーヨーが持ってきた高級寿司は手をつけられないまま食卓に置いてあった。寿司を冷蔵庫に入れようという発想すら浮かばなかった。寿司に興味を示したのはヨッヘンだけで、匂いを嗅ぎつけてさっきから食卓を見上げている。ヨッヘンの気持ちとしては、この時間に人間が食べ残したものは犬のものなのだ。

ドーラの目に入るものはすべてかすんで見えた。家の輪郭はもとより、起きたことにも実感が伴わなかった。ヨーヨーまで周囲に溶け込んでいる。ヨーヨーは当然のようにバスルームを使い、断りもせずビールを手にした。ブラッケンはワインを飲む場所ではないとでも思っているのだろう。ヨーヨーはそのあとヨッヘンの飲み水用の皿に水を注いだ。ドーラの新しい家ですっかり和んでいる。肝心のドーラは、ここが自分の家かわからなくなっているというのに。このあいだ来たとき、ヨーヨーは家の中を見ていなかった。だからいま、幅広いフローリングの廊下に感心し、部屋のミニマルなしつらえや建材の良さや台所でタバコが吸えることをべた褒めしている。ヨーヨーがどっしり構えてくれているおかげで、この宇宙はかろうじて保たれていた。遺族と言葉を交わすことの多い経験豊かな医者ならではの沈着冷静モードだ。ヨーヨーはヨッヘンが寿司を狙っているのを見て、冗談まで言った。

　実際、ヨーヨーがいることで、なんとか耐えていられたが、事実を認めて落ち込まざるをえない原因でもあった。ゴートと二度と会えないなんて。数分ごとにそう思うたび、目の前が真っ暗になった。ゴートはただそこにいるだけの存在ではなかった。ドーラが知っている誰とも違っていた。その彼があっさりいなくなってしまうなんて。だめだ。ありえない。

　プロクシュが死んだなんて、なにかの間違いだ。ドーラは、勘違いではないかとヨーヨーに何度も確かめた。ヨーヨーは辛抱強く答えた。

「間違いない。車と彼を、というか、その残骸と遺体をこの目で見た」

　ドーラはそれでも信じまいとした。しかしそれも、寿司容器の横に置いた小さな犬の木彫りが目にとまるまでだった。それをつかんで、両手で包んだとき、事実だとあらためて納得した。ゴートは帰らないつもりで行ってしまったのだ。もう二度と塀をはさんで一緒にタバコを吸うことができない。一緒にバードウォッチングをすることも、車に乗ることもできないのだ。彼の傍らでフランツィがうれしそうにしているところを見ることもできないのだ。どうしてくれるんだ。

　ドーラはいろいろと自分に慰めの言葉をかけた。そもそもそんなに知らないじゃないか。これでブラッケンにはナチがいなくなった。どのみち彼を止めることはできなかった。

　なにを言ってもだめだった。ヨッヘンの木彫りに触れるたび、ドーラは深淵に落ちた。

　母親の亡骸が家に戻ってきたとき、誰も泣かなかった。みんな黙って、母親の部屋で椅子にすわり、それぞれの思いに耽った。ぞっとするほどの静寂が家を覆った。愛情、温もり、家族、そのすべてを母親があの世へ持っていってしまったかのようだった。残されたのはそうしたものの残骸と夜だけだった。庭の鳥たちまでさえずることがなかった。

だめだ。あんなことを思いだしてはいけない。過去は忘却の箱にしまっておかないと。ドーラはその箱の蓋を必死で塞いだ。ペーパーナプキンで顔を拭くと、喉がいがらっぽくなるのもかまわず、ヨーヨーのフィルターレスのタバコをもう一本吸った。

ちょうど一時間前、ドーラはハムやチーズをはさんだパンを盆に載せて、フランツィのところに持っていき、夜はドーラの家で過ごさないかと誘った。けれども、フランツィは彫刻を続けたいと言って、父親がいつ帰ってくるのか訊きもしなかった。

そのあと、ナディーネの電話番号をつきとめるようヨーヨーに言われたが、ドーラはそれを拒否して、ゴートのことをフランツィに伝えるのは自分だと言い張った。自分にはその責任がある。あの子を誰よりも知っている。この数週間、家族のように暮らしていた。今夜はフランツィを自分のところで過ごさせる。なんならコロナ休暇のあいだや夏休みのあいだ、ずっと一緒に過ごしてもいい。いや、いつまでも一緒に暮らしてもいい。プラウジッツの学校に通い、毎朝ドーラとヨッヘンがバス停まで見送る。バスに乗り遅れたら、ドーラがピックアップトラックでひと走りプラウジッツまで行く。ついでに買いものをすればいいだけのことだ。そのあと、褒美にコーヒーを飲み、地元の中小企業からもらった依頼をこなし、新しいビジネスモデルを開発する。

「フランツィはベルリンに戻りたくないと言ってるのよ!」ドーラは叫んだ。「絶対にベルリンには戻らないって」

ヨーヨーは、ドーラが正気かどうか危ぶむように見つめた。それからドーラの肩をつかんで、おまえはあの子の母親じゃないんだぞと大きな声で鋭く言った。おまえは－あの子の－母親じゃ－ないんだぞ！　すぐにナディーネという人に電話をかけなくてはいけない！

抗う気力を失うと、ドーラはトムに電話をして、ザディの電話番号を教えてもらい、プロクシュ夫人の電話番号を手に入れた。

プロクシュ夫人にはブランデンブルク方言の訛りがなかった。訛りが出ないように気をつけているようだった。新しい隣人と知り合いになれてうれしいし、フランツィが元気そうでほっとしたと言った。ドーラはナディーネと話す気がなかった。ナディーネ・プロクシュはもうゴートの妻じゃない。ナディーネ・プロクシュはなにが起きたかなにも知らない。現場にいるのはドーラだ。すべてを采配するのはドーラだ。すべてがスムーズにいくように動いているのはドーラだ。これはドーラの物語であって、ナディーネ・プロクシュの物語ではない。ヨーヨーがそこにいなかったら、すぐさま電話を切っていただろう。

ゴートが事故を起こした。

他愛なく聞こえる。些細なことのようだ。

ナディーネ・プロクシュは多くを言わず、すぐに車で駆けつけるとだけ言った。スマートフォンを手にしながら、いま玄関を出るところだとも言った。

時計をちらっと見て、ドーラは立ちあがった。ナディーネが来るまでそれほど時間はかからないだろう。ヨーヨーも家の外までついてきた。ヨッヘンは家の中に残した。そのほうがいい。ドーラたちが外階段に立っていると、赤いホンダ・シビックがプラウジッッツ街道を猛スピードで走ってきて、村に入るとブレーキをかけ、ハイニの家の前で止まった。金髪の女性が車から降りて、足早に道路を横切ってきた。長い髪を三つ編みにしている。ナディーネはドーラとヨーヨーに挨拶もしなければ、見ようともしなかった。ドーラは塀のほうへ行ってみようかと思ったが、やめることにした。ただでも耐えがたい。フランツィが驚いてママと呼ぶうれしそうな声が聞こえ、それから短い沈黙があって、激しい悲鳴が響いた。

「いや、一緒に行かない！　いやよ！」

ドーラとヨーヨーは、ナディーネ・プロクシュが泣き叫ぶ娘を引っ張って道路を渡り、むりやり車に押し込むところを見ていた。フランツィは事情を知らない。フランツィにとってはただ突然、母親が迎えにきただけだ。ベルリンに帰る。ここを離れる。ドーラとヨッヘンに別れを言う暇もない。そして父親にも。フランツィは叫び、ナディーネ・プロクシュも声を荒らげた。ようやくドアが閉まって、車が走りだした。

プロクシュが死んだというヨーヨーのメッセージはつらかった。小さな犬の彫刻は涙を誘った。だがなにより最悪なのは、フランツィが連れていかれたことだ。そのあとドーラは涙が涸れるほど泣いた。だがこんな破局を前にしては、いくら泣いても気持ちが収まるわけがない。むしろ滑稽なくらいだ。

午後十時ごろ、台所中に響くほどヨーヨーの胃が鳴った。なにか食べてもいいか、とヨーヨーはドーラにたずねた。ドーラも一緒に食卓について、寿司のプラスチック容器の蓋を開け、割り箸をだした。ドーラ自身はなにも喉を通らないとわかっていたが、わさびを醬油でといた。ドーラはもう二度となにも食べられないような気がしていたが、それでいて人生がそのまま続くことも経験から知っていた。太陽が昇って沈み、川が流れ、生きものは食事をし、睡眠をとる。前の日になにが起ころうと、その営みは続く。ヨーヨーは箸で器用ににぎり寿司と巻物を取ると、ガリを載せ、醬油にひたして口に入れた。ヨーヨーはのみ込む前にゆっくり嚙んだ。ドーラはその様子を黙って見ていた。魚もかつては生きていた。ヨーヨーはそんなことを考えもせず食べている。ヨーヨーには分別があり、こんなに酷いことが起きても寿司をたらふく食べられる。それが鎮静剤のような効果をもたらした。病院で遺族がそばにいるときも、きっといつもこうしているのだろう。遺族の前でなにかを食べてみせる。食べものを嚙むことで、人生が続くことを体現しているのだ。ヨーヨーは筋肉と同じようにその能力を鍛えていた。ヨーヨーのあらゆる仕草、意識的になにかを口にするというやり方は人生の秘密を知っているというメッセージだ。といっても、本当は秘密でもなんでもなく、死ぬまで生きつづけることが命の営みだというだけなのだが。続けることは、前へ進む気にさせる唯一意味のある答えだ。恐ろしいことと折り合いをつけるには、それしかない。

ドーラは、ヨーヨーが幸せかどうか気になった。ヨーヨーがうまいのは、そういう問いを立てないことにある。幸福を求めない者は、不幸に見舞われない。ヨーヨーのような人間は、胃がムズムズすることがない。ヨーヨーは寿司を食べながら、ビールを飲んだ。よほどおいしいのか、目をつむった。ヨーヨーは空腹だ。いま大事なのはそのことだけなのだ。ドーラの分も半分食べて、ヨッヘンにも寿司をいくつか与えた。いま容器に残っているのは二貫だけ。大事なのは食べることだ、とその二貫が主張していた。

ヨーヨーはタバコに火をつけ、天井に向けて紫煙を吐いた。室内でタバコを吸うのを楽しんでいるようだ。ちょっとした時間旅行。そのためにはブラッケンに来る必要がある。ミュンスターでも、ベルリンでも、室内でタバコが吸えないからだ。

「彼はなんであんなことをしたと思う？」ヨーヨーがたずねた。

ドーラはすぐに答えた。

「彼はなにもしてない。事故なんだから」

「じつはな、ブレーキ痕がなかったんだ」

「気を失ったのかもしれない。だからブレーキを踏まなかったのよ」

「ブレーキ痕がなく、蛇行した痕跡もなく、他の車に衝突しなかった。時速百二十キロでまっすぐ木に激突している」

ドーラはヨッヘンの小さな木彫りを見た。それは別れの贈り物だ。そういう形で自分を記憶してほしかったのだろう。その犬ころがまたうちのジャガイモを掘り返したら、踏み殺す、とはじめは言っていた。それにオオカミの一家もいる。ゴートは最後の夜、徹夜で作業した。母親と父親と子どもをなんとしても完成させたかったのだろう。

「どうせもうじき死ぬ運命だった」ヨーヨーは言った。

ドーラは笑いそうになった。ヨーヨーの言葉はコロナを巡る議論でよく口の端に載る地雷のひとつだ。よりによって医者がそういう言葉を平気で口にするとは。だが大事なのは、ゴートがその言葉に該当しないことだ。

「なんでそうはっきり言えるの？」

「それなりに専門家だからな」

「ずっと具合がよかった」

「コルチゾンの効果だ」

「薬の効果以上に具合がよかったわ！」

「あいにく一時的なものだ」

「彼のことを知らないくせに！」ドーラの声は叫び声に近くなった。「彼と一緒の時間を過ごしていないじゃない！」

「だが、他のことをいろいろ知っている」

「じゃあ、なんでここへ来たの？」完全に叫び声になっていた。一瞬、気持ちの制御ができなくなり、かえって気が楽になった。「彼を再検査するために来たんでしょ！　助けられるかもしれないと思ったからじゃないの！　からかわないでよ！」

「ドーラ」ヨーヨーはあきらかにショックを受けていた。「すべてはおまえの頭の中にある」

「どうして私なのよ？　私の頭の中になにがあるというの？」

「空間《ラウムフォルデルング》を要求しているのはおまえの頭のほうだ。あの隣人はおまえの頭には荷が重すぎた。おまえは自分の頭のためにもっと空を作るべきなのだ」

パワー・フラワー、とドーラは絶望的な気持ちで考え、思考ループを別の思考ループに置き換えようとしてみた。

「私はプロクシュ氏のことで来たのではない。おまえのためだ」ヨーヨーは両手でドーラの両手をつかんだ。「おまえを支えたいんだ。おまえはここで緩和ケアを実行した。専門家にとっても難しいことなんだ」

「緩和ケア！」

ドーラはその言葉を吐き捨てるように言った。またしてもそういう言葉で片づけるのか。人生を汚染するそういう言葉を持ってくるのは、いつだってヨーヨーだ。そういう言葉がウイルスのように蔓延する。もしかしたら新型コロナウイルスよりも、そういう言葉で死ぬ人のほうが多いのではないだろうか。

「私はなにも実行してない。バーベキューをして、バードウォッチングをしただけよ」

あれって本当にきのうのことだろうか？　シュッテへのドライブ。「きのう」という言葉にはあきらかに時間的な意味がなかった。それは別次元を指す言葉だ。ドーラはまた泣きだした。今回はさめざめといつまでも泣いた。ちょうどシトシトと降りつづける雨のように。ヨーヨーはドーラの手を撫でた。

「もしかしたら最後の数週間を苦しませたくなかったのだろう。彼の小さな娘に、そしてたぶんおまえにも。元気になったにもかかわらずではない。元気になったからそうしたんだ。まだ自分の力で行動することができるから。病み衰えるのはごめんだ。体はしっかりしているのに病院に行くなんていやだ。病院で苦痛に喘ぎながら最期を迎えるなんてもってのほかだ。死ぬときに醜いさまを見せてしまうかもしれない。そう思ったのだろう」

ドーラは両手を引こうとしたが、その力がなかった。ヨーヨーはそういうことを言うべきではないのに、それでも口にしてしまう。きっとドーラの母親のことを思いだしているのだろう。だがこんな形で思いだすなんて許せない。

「フランツィは父親を悲劇的な交通事故でなくした子になっちゃったのね。一瞬にして。さっきまであんなに楽しそうに遊んでいたのに」

「木を彫っていたんだろう?」

「そう、木を彫っていた」

しばらくのあいだふたりは押し黙った。ドーラはそのまま泣きつづけた。

「もういいじゃないか」ヨーヨーは小声で言った。「彼はおまえの隣人でしかなかった」

「あの人は私の……」ドーラはかっとしたが、すぐに怒りが収まった。ゴートをなんと呼んだらいいかわからなかったのだ。ヨーヨーを納得させられる理由も見つからなかった。

「さっき事故現場で、私がなにを思ったかわかるか?」

ドーラは首を横に振る。

「おまえのお友だちはそのうちベルリンのユダヤ教会堂の前で銃を乱射するんじゃないかと思った」

こんなことを言ったのだから、ヨーヨーはびんたをされても文句は言えない。だがドーラは涙を浮かべながら微笑むしかなかった。

「私もそういうことを考えたことがある」

ドーラがそう言うと、ヨーヨーはドーラの手を強く握った。

「愛しているからやったんだ。間違いない」

ドーラはうなずいた。

「痛みはそのうち消える。思っている以上に早くな。つらいのはきょうだけだ」

ヨーヨーはまたドーラの手を強く握りしめた。私たちは話をした。感情を吐きだした。もう正常に戻ろうと言っているような握り方だった。

ドーラは数年前に起きたちょっとしたいざこざを思いだした。ヨーヨーとアクセルが子育ての方法を巡って口論した。ヨーヨーはいつものごとく、なんでもよく知っているふうに振る舞った。ドーラは思わず、子どもを持ったことがあるのか、とヨーヨーに訊いてみたくなった。口にだす寸前に思いとどまったが。

ヨーヨーは立ちあがった。

「そろそろ行くぞ。数時間後に手術の予定がある」

ドーラは時計を見た。真夜中になろうとしている。ヨーヨーが執刀するのはベルリンだろうか、ミュンスターだろうか。ドーラはたずねなかった。ヨーヨーはどのみち時間どおりに着くだろう。ドーラはヨーヨーを玄関まで見送り、ヨーヨーが前庭を歩いていき、庭木戸を開けるのを見た。ヨーヨーは一度振り返って手を振った。ドーラは生まれてはじめて「パパ」と言ってみたくなった。そしてそのとおりにした。

「おやすみ、パパ！　運転には気をつけて」

ヨーヨーは聞いていなかった。すでに車に乗り込んで、別れの挨拶にクラクションを鳴らした。ジャガーはヨーヨーを乗せ、高速道路に向かって村の道路を走っていった。

ドーラは塀のところに行ってみたかった。小さな夜更かしのフランツィがまだ庭にいるかどうかたしかめたかった。塀の向こうににょっきり出たゴートの頭をもう一度見てみたかった。その日最後のタバコを一緒に吸いたい。だが、塀の向こうには誰もいなかった。あるのは静寂だけだった。

なにを考えているんだろう。それが望みだったはず。すべてと縁を切りたかったんじゃないのか。家族、人間関係、責任、近しいものなど神経に障るすべてと。ベルリン。ロベルト。広告代理店。コロナ。アクセルと主夫を巡るエピソード。友人知人。雑踏、無意味なおしゃべり、テレビ画面、速さとやる気。メディアの空騒ぎ。都会の傲慢さ。公園で犬をリードで縛る義務。カーシェアリング、自転車シェアリング、歩行器シェアリング。胃のムズムズと眠れない夜。そういう気に入らないものすべてと縁を切りたかった。それに塀の向こうのナチと神経に障る娘とも。なにもいらないと思っていた。やっとそうなったじゃないか。これで自由だ。

ドーラは台所に入った。ヒョウ柄のバスケットの中で、ヨッヘンがドーナツのように丸くなっている。ヨッヘンの体が微かにふるえている。気温のせいではないだろう。外は暖かい。空腹のせいではない。寿司をあれだけ食べたのだから。呼吸をするたびに微かに声を漏らしている。フランツィが恋しいのだ。いまからすでに。もしかしてゴートのことも。最後に残ったのはヨッヘンだけ。大きな解放の結果が、悲しんでいる小さな犬だけとは。

50
雨

信じられない。それでも間違いなかった。ドーラは雷鳴を聞いて目を覚ました。ベッドに横たわったまま耳を澄ます。ここに暮らすようになってからずっと耳にしなかった音だ。降りしきる雨の音、屋根を叩く雨の音、それにまじってときどき聞こえる金属がきしむような音。寝室がいつもと違って見える。淡い光が壁を灰色に染めている。数えるほどしかない家具に影がない。匂いも違う、湿っていて、メランコリック。ドーラが引っ越してきてから、ブラッケン村はずっと晴れが続いていた。雲と風と雨は都会にしかないのではないかと思えてくるほどに。あるいは、この村に内側を青く塗った大きな釣り鐘がかぶさっているかのように。数ヶ月にわたって日照りだったのに、よりによってきょう、雨が降るとは。葬儀の日だというのに。天気予報のアプリは雨を予報していなかった。すじ雲は消え、南風も吹かず、ツバメが低空飛行せず、遠くが見えない。前の晩の夕暮れはいつものように見事だった。これはなにかの間違いだ。

ドーラはベッドから出て、窓辺に立った。間違いなかった。雨だ。糸のように長い雨が空から少し斜めに降ってくる。木の葉が雨の滴に当たって小刻みにふるえている。砂混じりの土地は黒く濡れ、重くなっている。鳥は沈黙した。たぶん巣の中に籠もって翼を閉じ、羽を広げて雨粒をはじいているのだろう。

村祭で天気が話題になったとき、ひとりの女性が言っていた。ブラッケンは普段、砂漠と変わらないけど、雨が降ると、自然が爆発したみたいになって、風景が一変する。そのうち、あなたも経験する、と。

ドーラは、そんなものを経験するとは思っていなかった。これからどう人生を続けていったらいいかもわからない。この数日、この日曜日のことばかり考えていた。その次の月曜日は来やしないとでもいうように。この六月の雨模様の日曜日で、物語に終止符が打たれるとでもいうように。ドーラがブラッケンに来たのは、ゴットフリート・プロクシュに会うためではない。だがいまとなっては、彼なしでどう人生を続けていったらいいかわからない。

ドーラは玄関ドアへ行き、嫌がるのもかまわず、ヨッヘン・デア・ロッヘンを足で押して雨に濡れそぼった屋外に追いだした。ドーラは大きく息を吸って、濡れた庭の匂いを嗅いだ。その匂いはドーラを子ども時代への時間旅行に誘った。「ミュンスターには雨か教会の鐘の音しかない」当時、そんな言葉を聞いたことがある。雨つづきの日々がどんなものか、いまでも覚えている。単調な雨の音、靄にかすむ日の光、悪天候のせいでなにも期待できない、まったりした気分。なにか意味のあることができないかなどと自分に問うこともない細々とした暮らし。雨は世界を待機状態にする。ドーラは、アクセルと並んでママの車の後部座席に乗り、午後のピアノのレッスンや体操教室に向かったのを覚えている。リズミカルにきしむワイパーには催眠効果があり、退屈で眠気を催した。雨に濡れたウィンドウガラスのせいで、信号の色が拡散し、まるで星がまたたいているようだった。ドーラはよく、ウィンドウを伝う雨水の流れを、内側から指でなぞったものだ。車は濡れた動物の匂いがした。そこにラジオから聞こえるしゃべり声と、他のドライバーの運転にいらつくママの声が加わる。退屈さと不機嫌な気分も、故郷の一部になりうるのだ。

ドーラはヨッヘンが家に逃げ込むのを許し、台所でコーヒーをいれることにした。ドーラは自分が粉々に壊れてしまったように感じていた。この数日はいろいろ処理することに没頭していた。ヨーヨーの指示がなかったら、どこから手をつけたらいいかわからなかっただろう。ヨーヨーからはワッツアップのメッセージ機能で指示が送られてきて、ドーラはありがたいと思いつつそのとおりにした。はじめにこの状況でもトムとシュテフェンにパワー・フラワーのプレゼンテーションをしろと言われた。トムがドーラのアイデアに感激し、実現するよう依頼したが、ドーラは気もそぞろだった。それでもヨーヨーが立てた段取りに合わせて、葬儀が終わったらすぐ仕事に取りかかるつもりだ。それから、プロクシュ夫人としてプラウジッツ病院に電話をかけた。誰も疑わなかった。病院からは、ゴートがいまも霊安室に安置されていて、収容できる遺体の数に限界があるので、できるだけ早く引き取ってくれと言われた。司法解剖は行われないらしい。警察は当初の判断に疑いを持たなかったようだ。時速百二十七キロ、街路樹に激突、事故に巻き込まれた者はゼロ。あきらかに事故だ。病院は、「いいかげん」葬儀社に連絡をしてもらいたいと「長いあいだ」待っていたという。

ドーラは電話を切った。解剖が行われないのなら、ゴートの秘密は隠されたままになる。本人もそれを望んでいたに違いない。ヨーヨーが言ったように「どうせもうじき死ぬ運命だった」ことを、誰も知らずに終わる。

そこからは「最期の旅」という名の葬儀社の出番だ。ヨーヨーの指示で、身分の確認をされないように、ドーラは電話口でおいおい泣いてみせた。それからコロナ禍の最中だからと言って、手続きはすべて電話かEメールで済ませたいと告げた。「最期の旅」もそれを快諾した。棺、花輪、花輪に添える言葉、死亡通知カードのデザインはインターネットで選べた。ゴート――死んでからは「プロクシュ」と呼んでいた――が遺体の安置も弔辞も新聞告知も望んでいないと言って、オプションを次々断ったので、「最期の旅」はあきらかにやる気を削がれた。このときドーラは、結婚式を計画しているような感覚に襲われた。もちろん「こういう時代」なので小規模な結婚式だが。ドーラは人妻になったことがないから、未亡人になりようもない。だがゴートが死んでからは、自分がその両方のような気がしてならなかった。

「最期の旅」はブラッケン村の墓地を手配してくれた。葬儀の日時を決め、葬儀社は契約書を郵便でゴートの住所に送った。ドーラは身分証明書の写しを送るように言われていたが、忘れたことにした。

トムとシュテフェンが来て、花輪を寄付したいと言った。

「くそったれだったが」シュテフェンが言った。「俺たちの仲間だった」

花輪に添えるリボンの言葉を巡って、トムは「ひとり減った」がいいと言い、ドーラは「田舎のナチ、ここに眠る」にこだわった。ふたりは一緒になって笑い、ずいぶん気が晴れた。結局、ふたりは「私たちの友人にして隣人」という無難な言葉にし、さらにもうひとつ小さなリボンを加えて、「愛するパパへ、フランツィより」と書くことになった。

ドーラが花輪をキャンセルしたので、「最期の旅」は完全にやる気を失った。棺も一番安いパイン材だったからだ。ブナ材やオーク材のほうがゴートの好みだろうが、ドーラは資金繰りに困っていた。

葬儀社から発送してもらうことにした案内状の宛先が、ドーラには一番悩ましかった。思いつくのは「ナディーネ・プロクシュとフランツィスカ・プロクシュ」「ザディ」「トム／シュテフェン」「ハインリヒ氏」くらいのものだ。そしてナディーネ・プロクシュがショートメールで、ゴートの両親はすでに他界していて、兄とももう何年も接点がないと教えてもらった。ドーラはフランツィの様子をたずねてみたが、そのことについては返事がなかった。そのあと村の中を散歩して、郵便受けを参考にして数人の氏名と住所をメモした結果、案内状の送付先リストは十人になった。コロナ禍のおかげで、人数が少なくても、さびしいということはなく、適切なように思われた。

ヨーヨーの次の指示は、感嘆符付きで「家を徹底的に片づけて、必要書類を探すこと！」

これは本当に大変だった。二日がかりになった。家の中を片づけ、食品を処分し、母屋とプレハブ小屋の拭き掃除をした。そして残りの鍵を持ち帰り、水道を止めた。必要書類はうまく見つかった。ファイルにきれいにまとめてあった。自動車証、土地登記簿の写し、離婚訴訟の記録文書、古い年金手帳、身分証明書。利用した形跡のないパスポートまであった。ドーラはすべて持ち帰って、午後いっぱいかけて分類し、あちこち電話をかけて、いくつかの契約を解約した。こうしてゴートは生きている者たちの世界からログアウトした。ヨッヘンの小さな木彫りはあれからノートパソコンのすぐそばに飾っている。まるで一緒に画面を覗こうとしているかのように見える。

そのあいだもドーラはいろいろ考えを巡らした。たとえば愛情について。映画や小説が「愛」と呼ぶものなど実際には存在しない、と日ごろから思っていた。いずれにせよ、そういう風に描かれた形では。ドーラにとって、運命の出会いだと思うような人間などこの世にはいない。死ぬまで離れることがない人、互いに相手を幸せにする人、見るだけでドキドキする人、喧嘩をしても、また仲直りできる人、いつでも最高のセックスができる人、しばらく会わないだけで憧れが募る人、老いても公園のベンチに並んですわり、手をつなげる人。ドーラはロベルトを本気で愛したか自信がなかった。彼女が知るカップルに、本気で愛し合っている者がいるかどうか知らない。肝心なのは、誰と誰が似合うかだ。同じような学歴、同じような外見、スポーツや音楽や政治の好みが似ている。格づけとか、パラメーターとか、パーセンテージと同じだ。彼と彼女はぜんぜん相性が合わないとか、彼女は別の男とのほうが相性が合うだろうとか、彼は相性の合う女性を見つけられるだろうとか、そういうことを考える。

ドーラは、母親が死んで、自分の中のなにかが壊れたと思っている。いつか命が尽きるとわかっていても、その人を心から愛する力。それが壊れたのだ。ドーラは、二十一世紀がいけないと思うこともある。格づけとランキング、マッチするか、イマイチか。けれども、小説や映画は嘘をついている、とドーラは思っている。

ドーラとロベルトは相性がマッチした。相手がよく理解できたし、素敵な住居も見つかった。それでもなにかが足りなかった。ふたりの歯車はうまく嚙み合っていたが、中心が空洞だった。そして結局、歯車までもが嚙み合わなくなった。

それからドーラの人生に隣人がまぎれ込んできた。塀の向こうのナチ。彼は見た目が悪く、体臭も酷かった。彼が製品だったら、アマゾンのカスタマーレビューで星をひとつしかもらえないだろう。彼の友だちもとんでもない連中だ。彼は酒飲みで、殺人未遂で前科者になっていた。好きにはなれないし、恐いとさえ思った。ふたりの相性が合うわけがなかった。出会い系アプリを介していたら、絶対に出会わなかっただろう。アルゴリズムがそういう結果をだす。

けれどもゴートは無残なほどの相性指数であっても、消え去ることがなかった。ゴートはゴートでありつづけた。ドーラはそのうちに、存在することと、存在しつづけることになにかを感じた。それは分かち合えるものだ。分かち合うことで、ゴートの存在がドーラに伝わった。ゴートはそれをドーラと分かち合った。最後には一緒に存在し合った。ふたりを分かつ塀によってつながったのだ。

ゴートは行ってしまったが、なにかを残した。ゴートにさえ出会えたくらいなのだから、まだ誰かに巡り会えるはずだというささやかだが、新たな確信を。

ポイントやパーセンテージや星の数を気にしないのなら、きっとどこかにドーラに合う人がいるはずだ。その人はいまケルンのアパートでホームスクーリングを巡って子どもたちと口論しているかもしれない。その人はライプツィヒ空港で旅客機の貨物室に大きな荷物を載せているところかもしれない。あるいはモルディブでウェットスーツを洗っているところかもしれない。いつの日か邂逅することをまだ知らない誰か。

村でホイールローダーを乗りまわしているのが誰か、ハイニから教えてもらった。少し話すだけで充分だった。金曜の夕方、轟音を響かせてホイールローダーがやってきた。ドーラは、オオカミ一家が巨大なショベルですくいあげられて、村の中心にある墓地に運ばれるのを見守った。ゴートならこのアイデアを気に入るだろうと、ドーラは確信していた。

きのうは庭でバーベキューをしてみた。だが火がうまくつかず、ビールを半分飲んだだけで、豚肩ロースのステーキはヨッヘンに与えた。ステーキはちっともおいしくなかった。

ドーラはベッドに入る前に、何度か塀のそばに置いたガーデンチェアに乗って、タバコを吸った。塀の向こうにゴートとフランツィはいない。そしていまはオオカミ一家も。ドーラはタバコをやめようと思った。喪に服さないと。

雨が降っている。ドーラがコーヒーを飲んでいるあいだに、雨脚が強くなった。ドーラは窓辺に立って、コーヒーを片手に雨を見て、少し凍えるのはちょうどいいと思った。生きていることを実感できる。もちろん、ドーラは傘を持っていない。レインコートもない。それどころかゴム長靴も帽子もない。

家を出る時間になると、分厚いスウェットシャツを着込み、スーパーの袋を頭にかぶった。袋は紙製だ。庭木戸へ歩くあいだに、これはむりだとわかった。数分でびしょ濡れになるだろう。気温は十度だ。ヨッヘンが歩くのをいやがったので、リードを引っ張るしかなかった。

少し迷ってからドーラは道を横切って、ハイニの家のベルを押した。ハイニが待っていたかのようにすぐにドアを開けた。ハイニの背後で、奥さんが廊下を横切り、「こんにちは」と言ってまた姿を消した。会うのははじめてのはずだ。職場が夜勤なのかもしれない。あるいは秘密の恋人とか。勘違いでなければ、奥さんはハイニより頭ひとつ背が高い。

「くそっ」ハイニは言った。「最低だ」

ドーラは最初、雨のことを言っているのかと思った。あるいはゴートのことかもしれない。ハイニはドーラを抱きしめそうに見えた。だが新型コロナウイルスのことがハイニの脳裏をよぎったようだ。あるいは、自分が男で、しかもブランデンブルクの人間だという事実に気づいたのか、ドーラを抱きそうになって、途中でやめた。ドーラが雨具を貸してくれないかとたずねると、ハイニは家の中に戻ってしばらく戻ってこなかった。ドーラは玄関のひさしを叩く雨音を聞きながらちらっと時計を見た。

「俺たちが行かないうちははじまらないさ」戻ってきたハイニが言った。ジョークなのかどうかわからなかった。

ハイニはジャケットとズボンの上に黄色いレインコートを着て、同じ色のゴム長靴をはいていた。レインコートのフードはすでに頭にかぶっている。彼の後ろから大柄の女性があらわれた。深緑色の蠟引き加工のコートを着て、つばの広い帽子をかぶっている。まるで狩りに出かけようとしているイギリスの貴族のようだ。ハイニが自分と同じ黄色のゴム長靴とレインコートをドーラに差しだした。ドーラはさらに黄色い防水帽も渡された。それを身につけると、ドーラはヨッヘンを抱きあげて、レインコートの中に入れた。三人は一緒に歩きだした。ブラッケンには歩道がないので、歩いたのは道端だった。

道路には排水口がないので、路面は川と同じ状態になって、雨水は村の中心へと流れていた。ハイニとその奥さんと並んで歩いていると、ドーラは自分が両親とシュピーカーオーグ島〔ドイツの北海沿岸にある東フリージア諸島の島〕のアザラシ生息地を見にいこうとしている小さな少女のような気がした。

だが墓地に着くと、そうした空想は一気に吹き飛んだ。口を開けた墓穴を見るなり、ドーラはショックを受けた。この数日悲しみに暮れてきたので、いまさらこんなショックを受けるとは思わなかった。朝方、ヨーヨーからメッセージが届いていた。

「死を受け入れる者は、死とともに生きることができる」

そのときは、ヨーヨーの言うとおりだ、自分ならきっと乗り越えられる、と思った。

けれどもそういう言葉をもってしても、墓穴を塞ぐことはできない。墓穴はぱっくり口を開けて、人々を笑いとばす。ヨッヘンの小さな暖かい体がそのあざけり笑う墓穴から自分を守ってくれるとでもいうように、ドーラはヨッヘンを抱きしめた。

ドーラが選んだ棺はストレッチャーの上に載っていて、たくさんの花で覆われていた。トムとシュテフェンはいい仕事をしてくれた。二頭のオオカミと早く来すぎた参列者が墓穴の頭側にいた。

ドーラは、ゴートが本当にここにいることが信じられなかった。ゴートに決まっているのだが。人気のない墓地にぽつんと置かれた棺はまるで小道具のように見えた。もしかしたら墓穴も舞台装置のひとつかもしれない。ここで寸劇が予定されていたのに、雨のせいでキャンセルされた感じだ。ドーラは家に帰りたくなった。公演は中止されたのだから。

ところがそのとき、自然石で建てられた教会の壁から、雨宿りしていたらしい数人の人影が離れた。その人たちは傘をさしたり、フードの紐をしっかり結わえていた。何人いるだろうと思ってそっちを見るなり、ドーラは暖かい気持ちになった。その光景がそんなに大切に思えるとは思ってもみなかった。トムとシュテフェンが手をつないでいる。そんなところを見るのははじめてだ。ザディは村祭に顔をだしていたふたりの女性を連れてきていた。消防団の人たちもいる。それから黒い傘をさして近づいてくるふたりの人物。髭面でジャケットを着ている。どうやってゴートの死を聞きつけたのだろう。この土地では砂混じりの地面に耳がついているようだ。ふたりはみんなに向かって神妙に会釈をし、コロナ規格のソーシャル・ディスタンスを守った。調整モードのアウトローたち。クリッセなど、こっそり目頭を拭いている。

参列者たちはじっと墓穴を囲んだ。背後でオオカミが笑っている。雨が小降りになり、雨粒も細かくなって、上から降ってくるというより、噴霧器から噴出されたようにたゆたっていた。あとは牧師を待つだけだ。牧師を頼むのを忘れたような気がして、ドーラはぎょっとした。だがそのとき、「最期の旅」から連絡をもらっていたことを思いだした。プロクシュ氏が無宗教でも、プロテスタント教会は葬儀を執りおこなってくれるという話だった。牧師のハインリヒ女史が引き受けてくれたという。ドーラはあたりを見まわし、時計を見て、レインコートの中でもぞもぞしているヨッヘンを地面に下ろした。隣で人の動く気配がして、大柄の女性がレインハットを脱ぎ、ハイニに渡した。その人の髪にはフラワーアレンジメントがとめてあり、すぐに細かい雨粒に濡れた。その人が蠟引き加工のコートのボタンをはずすと、黒いガウンと首にかけた白い帯が見えた。この変身には面食らった。ハインリヒ牧師とシリアルグリラーの取り合わせ。出会い系アプリではまずマッチングするはずがない。アルゴリズムがそんなことをするわけがない。

「私たちはここに集い」ハインリヒ牧師が言った。ドーラは突然、自分の隣にぽっかり穴が開いていることに気づいた。ダークマターのような質量をもって。そこが不在なのは自然に反する。そしてそのダークマターの輪郭が小さな少女の形をとった。〝待って。まだはじめられないわ！〟とドーラが言おうとしたとき、車が走ってきて、急ブレーキをかけた。赤いホンダ・シビックが墓地を囲むフェンスのそばに止まった。助手席側のドアが開くと、ヨッヘンがリードを引っ張った。首輪から首が抜けそうな勢いだった。フランツィは門をくぐって、参列者のいるところに向かって砂利道を飛ぶように駆けてきた。ライラック色のソフトシェルジャケットを着て、長い金髪をフードで完全に覆っている。それにカットオフジーンズとピンクのスニーカーが、ドーラやハイニのレインコートと好対照だった。ハインリヒ牧師は少女に微笑みかけ、ヨッヘンが挨拶をしたがって、ピョンピョン跳ねた。ドーラはこの小さな友だちを抱く機会が欲しかったが、それは望み薄だった。

その場が落ち着くと、ドーラはフランツィにヨッヘンのリードを渡した。フランツィは虚ろな笑みを浮かべてリードを受けとった。フランツィはまるで月にでもいるかのように遠く感じた。ベルリンが吐きだしたのはフランツィの体だけで、それもすぐにまた吸い込もうとしている。ドーラは森の木々のあいだにちらちら見えた金色のお下げ髪を思いだした。草地を照らす木漏れ日と草地を一緒になって駆けまわるフランツィとヨッヘンがまぶたに浮かんだ。樅の葉やキノコの匂いもした。ホンダのエンジンはアイドリングしている。これほど忌まわしい音を聞いたことがない。

「私たちはここに集いました。一緒に別れを告げましょう」

誰も泣かなかった。みんな、石にでもなったかのように沈黙し、背後でオオカミ一家の母親と父親と子どもが微笑んでいる。女性牧師の言葉を聞きながら、ドーラはベルリンにはどんな種類の鳥がいるか考えた。たくさんいるだろうが、ハトやスズメのように多すぎて意識されない鳥は多くないだろう。だがミソサザイのように、珍しすぎてその存在が忘れられている鳥も少なくない。クロウタドリはどうだろう？　絶滅危惧種だ。カラスは？　うるさいし、わずらわしいし、多すぎる。カササギは？　すぐ喧嘩腰になる。ツバメは？　高いところばかり飛んでいる。チョウゲンボウは？　なかなか見分けがつかない。

ドーラは墓地に生えている背の高いトウヒの一本に生きものの気配を感じ、答えが見つかった。ドーラはフランツィの腕をつかんだ。

「あそこを見て」

酷い天気なのに、トウヒの枝にオレンジ色のリスがいて、黒いつぶらな瞳で葬儀の様子を見ていた。

「あなたのパパね」ドーラはささやいた。「きっと頻繁にあなたを訪ねてくるわよ。いつもあなたを気にかけてくれるはず。あなたをものすごく愛しているから」

フランツィはじっと木を見つめた。ドーラの話を聞いていないかったかもしれない。フランツィはドーラを見ず、オオカミの一家にも気づいていないようだった。虚ろな目をしたまま牧師の言葉に耳を傾け、フランツィの膝をなめているヨッヘンのことも無視していた。

式が終わると、四人の男性が長いロープで吊った棺を墓穴に下ろした。参列者たちが順に土を穴に投げ入れた。フランツィもスコップで大きな土の塊を穴に落とした。土は棺の蓋に当たって大きな音を立てた。ドーラはフランツィのほうに身をかがめた。

「いつでも来ていいわよ。私とヨッヘンのところに。長期休暇のときだけでなく、来たいときはいつ来てもいい。歓迎する」

フランツィはうなずいた。その瞬間、もうフランツィに会うことはないだろう、とドーラは思った。

ホンダのクラクションが鳴った。フランツィはリードをドーラの手に握らせると、さっと離れて、車のところへ走っていった。ドーラは背を向けた。フランツィが車に乗り込むところを見ることができなかった。エンジンがうなる音を聞きたくなくて、耳を塞ぎたいくらいだった。

他のみんなが、ドーラのところにやってきて、握手の代わりに会釈をし、ドーラがプロクシュ未亡人ででもあるかのようにお悔やみの言葉を述べていった。

「ありがとう、ドーラ」トムが言った。ドーラははじめ、トムがなにを言わんとしているかわからなかったが、あとになってなんとなく気持ちがわかった。

帰りはひとりで歩いた。ハイニは奥さんに従って教会へ行き、他の参列者は散っていった。ヨッヘンはドーラの後ろを歩き、これで乾いた場所に行けると喜んでいた。きょうは薪ストーブを試すのにちょうどいい日だ。ゴートがいたら、手伝ってくれただろう。ドーラがたずねるよりも先に、薪の束を運んできて、火をつけてくれたはずだ。

雨がさらに小降りになり、霧に変わって、しめった膜のように顔や手にまとわりついた。道路を流れる水もなくなっていた。まわりの木から滴がポタポタ落ちてくる。さっそく何羽かの鳥がさえずりはじめた。どこからかコウノトリが嘴を叩く音が聞こえた。トムとシュテフェンの家の前では、ポルトガル人がふたり、大きな水たまりのそばでタバコを吸いながらおしゃべりに興じていて、ドーラがそばを通ると、手を上げて挨拶してきた。ゴートの家はしんとしていた。

そのうちこの村に暮らす誰かがゴートの家の面倒を見なければならなくなるだろう。毎週金曜日に窓から中を覗く。換気をしたり、暖房を入れたり、蛇口を開け閉めしたりする。具体的な管理の仕方は、インターネットを調べればわかる。鍵はドーラが持っている。塀の上にオレンジ色の猫がいて、ドーラのほうを見ていた。

訳者あとがき

ドイツ発ウィズコロナ小説をお届けする。二〇二一年三月、新型コロナウイルスが世界に蔓延してちょうど一年が経った頃にドイツで出版され、ベストセラーになった小説だ。ドイツのアマゾンでは読者評が五千八百件（二〇二三年七月現在）を超えており、それだけでも評判の高さがわかるだろう。

ベルリンの広告代理店でコピーライターとして働く三十代の女性を主人公に、医者の父親や、環境活動家グレタ・トゥンベリに傾倒するフリージャーナリストであるパートナーなどの登場人物を配して、新型コロナウイルスによるロックダウン下の二〇二〇年四月から六月にかけての出来事が語られる。この登場人物の社会的立ち位置の配し方が秀逸だ。新型コロナウイルスをめぐって、まずは父親を通して医療の側面からの視点があり、また主人公のパートナーは一躍、政治的なオピニオンリーダーになっていく。そして主人公はコピーライターとして、経済活動に深く関わっている。つまりパンデミックによって変貌する社会と個人を医療、政治とメディア、経済の側面から照らしだそうとする意欲作といえる。

だがこの作品はパンデミックを射程に入れるだけでは終わらない。物語は主人公ドーラがベルリン郊外に手に入れた田舎家の庭を耕す場面からはじまる。表面的にはロックダウンしたベルリンから、人の少ない田舎に避難したように見えるが、本当の動機はもっと複雑なものだ。コロナ禍がひどくなる以前から、パートナーのロベルトとのあいだには隙間風が吹いていた。父親とも、主人公が小さい頃に死別した母親を巡ってわだかまりがある。主人公の行動の原点には、そうした心の問題がある。では、田舎でひとり暮らしをすれば、そうしたしがらみから抜けだせるかというと、そうは問屋が卸さない。移り住んだ先のブラッケン村（架空の村）にも、ひと筋縄ではいかない人々が住んでいたからだ。とくに隣人のゴートがマッチョなネオナチで、かつて村の幼稚園だったという主人公の家の鍵をまだ持っていて、勝手に出入りするなど、主人公の田舎暮らしはカルチャーショックの連続だ。

だが主人公は、この田舎でいつまでも「異人」として暮らしつづけることはできない。はじめは「パンデミックをきっかけにした田舎でのサバティカル」という気分だった田舎暮らしにもしだいに変化が訪れる。

（都会では）外を出歩けないせいで、頭も心もザワザワし、人生の意味とか自死とかについて考え込む。一方、ドーラはブラッケンの森を散歩し、庭で過ごし、塀の向こうのナチにやきもきしている。新型コロナウイルスは特権を再分配した。ベルリンをちょっと歩くだけで、そのことがわかる。（二四〇ページ）

「特権の再分配」とは言いえて妙だ。たしかにコロナ禍は、それまで自明だった社会のあり方をリセットし、発想の転換を生んだ。しかし主人公の意識はこうした都市VS郊外、中心VS周縁という二項対立にとどまることなく、さらに先へ行くことになる。隣人のゴートはその生い立ちも心情も主人公とはまったく違う存在で、互いの家の境界線上に立つ塀は当初、両者の二項対立の象徴となる。しかしその塀越しに、ふたりの一風変わった交流がはじまる。そして隣人が重い病にかかっていることが判明すると、ふたりの関係は大きく変わっていく。主人公のドーラはこう思う。

ゴートは無残なほどの相性指数であっても、消え去ることがなかった。ゴートはゴートでありつづけた。ドーラはそのうちに、存在することと、存在しつづけることになにかを感じた。それは分かち合えるものだ。分かち合うことで、ゴートの存在がドーラに伝わった。ゴートはそれをドーラと分かち合った。最後には一緒に存在し合った。ふたりを分かつ塀によってつながったのだ。(三九五ページ)

こうして見ると、たしかにトルコの作家オルハン・パムクが論考「偉大なパンデミック文学が私たちに教えてくれること」(藤井光訳「文藝」二〇二〇年秋号)で書いていたことが脳裏をよぎる。パムクはこう書いていている。

ペストや伝染病を描く文学の多くは、権力の座にある者たちの怠慢や無能さや自分勝手な振る舞いを、民衆の怒りに油を注ぐただひとつの要因として提示する。だが、デフォーやカミュといった最良の作家たちは、人々の怒りの根底にある政治以外のなにものか、人間であることが抱え込んだなにものかを、読者に垣間見せてくれる。

「人間であることが抱え込んだなにものか」が本書の場合なんであるかは、原出版社ルフターハント社のキャッチコピーから読み取れる。曰く「わたしたちには人間である勇気があるか?」(Trauen wir uns, Menschen zu sein?)。自分とまったく違う人間と生を「分かち合う」境地に達するにはたしかに「勇気」が必要だろう。なんとも挑発的なキャッチコピーだ。

挑発的なのは本書のタイトルも同じだ。ドイツ語の原タイトルは *Über Menschen*。これはじつに多義的だ。文脈抜きに素直に訳せば「人間について」となる。スペースをなくしてÜbermenschenとすれば、ニーチェのあの有名な概念「超人」の複数形になる。のちにナチ党によって「劣等人種」(Untermensch)と対で人種差別の根拠として恣意的に援用された概念でもある。また über という前置詞には「〜について」という意味の他にも、「〜を越えて」という意味がある。Über Menschen という言葉は作中で、主人公の隣人となるカバレット芸人がドイツのシンガーソングライター、ラインハルト・マイの代表作、「雲の彼方、自由は無限につづく」と歌う『雲の彼方』をもじった演目として出てくる。「不安な市民/その愚かさは無限につづく」というように。こちらの意味は明らかに「〜を越えて」に通じる。そこで本書のタイトルはこれに拠ることにした。

新型コロナウイルスを文学作品に取り込む流れ、つまり二十一世紀のパンデミック文学は、コロナ禍の拡大が顕著になった頃から、さまざまな言語圏で試みられている。日本でも、卒業を控えた大学生の男女(恋人)の視点を交差させながら若者が抱える生き甲斐や絶望感がコロナ禍でクローズアップされていく金原ひとみの「アンソーシャル ディスタンス」(『新潮』二〇二〇年六月号初出、二〇二一年単行本)のようなシリアス系や、小林エリカの「脱皮」(『群像』二〇二〇年六月号)のようなパンデミックの状況を風刺した作品が初期の作例として記憶されるだろう。おそらく二〇二〇/二一年を舞台に小説を書くとき、コロナ禍を避けて通ることは不可能に近いだろう。東野圭吾のこの状況を逆手にとったミステリ『ブラック・ショーマンと名もなき町の殺人』(二〇二〇年十月刊)やコロナ禍の中で生きる高校生たちの姿を活写した辻村深月の『この夏の星を見る』(二〇二三年六月刊)のような作品もあるし、ドイツのミステリでもマスク着用やソーシャル・ディスタンスが作中で重要な役割を担う作品があらわれている。比べて読むと、お国柄の違いも見えてきておもしろいだろう。

とはいえ、コロナ禍に振りまわされたわたしたちの状況は世界共通というわけでもない。医療体制(たとえば病床数)や政治体制(ロックダウンをするかしないかなどの強制と自由の匙加減)や経済・社会の状況(ソーシャル・ディスタンス、ステイホーム、解雇などの生活への影響の多寡)により、コロナ禍の受け止め方は国ごとにさまざまだ。

ドイツではどうだっただろう。ドイツ人の死者がはじめて出たのは二〇二〇年三月九日だ。メルケル首相(当時)は「ドイツにとって戦後最大の危機である」として三月二十二日から全国で約二ヶ月間のロックダウンをはじめた。第一波ではイタリアやフランスなどと比べて死者数を大幅に抑えることに成功し、ドイツはコロナ対策の優等生と目された。二〇二一年に入って新型コロナウイルスの感染が拡大するなど紆余曲折はあったが、二〇二三年四月七日に、新型コロナウイルス感染拡大の防止策をすべて終わらせている。

この間、各国は経済に深刻な打撃を受け、さまざまなレベルで救済措置、経済支援が模索されたことは、みなさんもよく知るところだろう。そしてこの支援を巡って、ドイツ連邦文化・メディア大臣モニカ・グリュッタース（当時）の言動が日本でも注目されたことを記憶する人もいるのではないだろうか。ターゲスシュピーゲル紙（二〇二〇年五月九日付）に載ったグリュッタースの記事の日本語訳が、ゲーテ・インスティトゥートのウェブ上で公開されている。タイトルは Demokratie braucht Beatmung - Warum Kunst gerade in der Krise unverzichtbar ist（「民主主義には人工呼吸が必要、なぜ芸術が危機の時代に不可欠なのか」）。そこから一部を引用しよう。

芸術とは、人間の生存という根本的な問題に向かい合う上で不可欠なものであり、特に今のように、確実性が崩壊し、社会的基盤の脆さが露呈し始めている時代には欠かせないものです。近年、民主主義が荒れ狂う大海原を航行するような状況にあった時、その道案内となったのはまさに芸術や文化でした。

本書も、「芸術とは、人間の生存という根本的な問題に向かい合う上で不可欠なものである」という高い見識を持つドイツだからこそ生まれたウィズコロナ小説ではないかと思う。日本でも二〇二三年五月八日をもって政府の新型コロナウイルス対策の「基本的対処方針」が廃止されたが、政治の思惑とウイルスの蔓延は一致するものではない。これをアフターコロナのはじまりと取るか。ウィズコロナのつづきと認識するかは人それぞれかもしれないが、そうした状況下で本書が日本の読者にどのように読まれるのか、その反応がいまから楽しみだ。

さて、作者についても紹介しておこう。ユーリ・ツェーは一九七四年、西ドイツ（当時）のボンに生まれる。現在はベルリンの西に位置するブランデンブルク州ハーフェルラント郡のバルネヴィッツ村で暮らしている。ツェーはパッサウ大学、クラクフ大学、ニューヨーク大学、ライプツィヒ大学で国際法を中心に法学を学び、国連で研修を受けたのち、二〇一〇年、ザールラント大学で法学博士号を取得した。二〇一八年からはブランデンブルク州憲法裁判所の名誉裁判官を務めている。その一方で、文学への関心は早くからあり、一九九六年には設立間もないライプツィヒ・ドイツ文学研究所で創作ゼミナールに参加している。夫は同じ研究所出身の作家ダーフィト・フィンクで、夫妻には子どもがふたりいる。

小説家としてのデビュー作は二〇〇一年に出版した *Adler und Engel*（鷲と天使）だ。これは弁護士と麻薬シンジケートが絡む政治サスペンスで、ドイツ書籍賞、ラウリス文学賞、ブレーメン文学賞新人賞を受賞して注目を集めた。それからしばらくはサスペンスものをシェフリング社から出版した。タイトルを出版年順に列記しておく。

二〇〇四年　*Spieltrieb*（遊戯衝動）
二〇〇七年　*Schilf*『シルフ警視と宇宙の謎』（浅井晶子訳、早川書房）
二〇〇九年　*Corpus Delicti: Ein Prozess*（他殺死体　訴訟）二〇〇七年執筆の同名戯曲のノベライズ。
二〇一二年　*Nullzeit*（零時）

このあとツェーは作家ギュンター・グラスやクリスタ・ヴォルフの版元として知られる老舗のルフターハント文芸出版社に移り、二〇一六年に発表した*Unterleuten*（ウンターロイテン）で話題を呼ぶ。この作品はブランデンブルク州の架空の村ウンターロイテンを舞台に風力発電開発の話が持ち上がったことで起きるさまざまな人間模様を描いた六四〇頁を超える社会派の長篇小説だ。タイトルのUnterleutenは「人々の中」とも読める掛詞で、作品の設定も本書と近似している。その後の小説作品は次のとおりだ。

二〇一七年　*Leere Herzen*（空虚な心）
二〇一八年　*Neujahr*（新年）
二〇二一年　本書
二〇二三年　*Zwischen Welten*（ふたつの世界のはざまで）これは作家ジーモン・ウルバンとの共作で、本書でも話題になる架空の村シュッテを舞台に、環境問題や人種差別をテーマにしている。

またツェーはテュービンゲン大学（二〇一〇年）、フランクフルト大学（二〇一三年）、カッセル大学（二〇一七年）で文学講義を行い、トーマス・マン賞（二〇一三年）、ホフマン・フォン・ファラースレーベン賞（二〇一四年）、ハインリヒ・ベル賞（二〇一九年）など多くの文学賞を受賞した。本書もバイエルン書籍賞のバイエルン放送2視聴者賞に輝いている。そして二〇二三年にはドイツ文学への優れた功績に対してハンブルク作家協会が主催するハンネローレ＝グレーフェ文学賞を受けている。日本ではまだ紹介が遅れているが、ドイツ語圏の現代文学を代表する作家のひとりといえるだろう。

二〇二三年七月

酒寄進一

［著者紹介］

一九七四年、ドイツのボンに生まれる。パッサウ大学とライプツィヒ大学で法学専攻。専門は国際法。ニューヨークやクラクフにも留学している。現在はブランデンブルク州ハーフェルラントの村で暮らしている。法学博士で、二〇一八年にブランデンブルク州憲法裁判所名誉裁判官に就任している。デビュー作『鷲と天使』（二〇〇一年）で作家活動をはじめ、これまで書いた小説は三十五ヵ国語に翻訳され、ヘルダーリン奨励賞（二〇〇三年）、エルンスト・トラー賞（二〇〇三年）、トーマス・マン賞（二〇一三年）、ヒルデガルト・フォン・ビンゲン賞（二〇一五年）、ケルン市ハインリヒ・ベル賞（二〇一九年）など多くの文学賞を受賞し、二〇一八年にはドイツ連邦共和国功労勲章を受け、本書も二〇二一年にバイエルン書籍賞のバイエルン放送2視聴者賞に輝いている。代表作には本書の他、ブランデンブルク州の架空の村を舞台にした社会小説『ウンターロイテン』（二〇一六年）があり、邦訳には『シルフ警視と宇宙の謎』（早川書房）がある。

［訳者紹介］

一九五八年生まれ。ドイツ文学翻訳家、和光大学教授。シーラッハ『犯罪』で二〇一二年本屋大賞「翻訳小説部門」第一位を受賞。主な訳書にシーラッハ『刑罰』、ゼーターラー『キオスク』、ケストナー『終戦日記一九四五』、ヘッセ『デーミアン』、カシュニッツ『その昔、N市では』などがある。

人間の彼方

2023年11月6日　第1刷発行

著者
ユーリ・ツェー

訳者
酒寄進一（さかよりしんいち）

発行者
田邊紀美恵

発行所
有限会社 東宣出版
東京都千代田区神田神保町2－44　郵便番号 101－0051
電話 (03) 3263－0997

装画
新目恵

ブックデザイン
塙浩孝（ハナワアンドサンズ）

印刷所
株式会社 エーヴィスシステムズ

ISBN978-4-88588-112-1

ここから見えるもの

マリアナ・レーキー

遠山明子訳

ルイーゼの祖母ゼルマがオカピの夢を見るたびに、なぜか村の誰かが死ぬ。それも二十四時間以内に。彼女がオカピの夢を見たその日、夢の話は瞬く間に村中に知れわたり、死を免れる魔除けをもとめる者や、今まで隠していた秘密を明かそうとする者で騒然となる。が、しかし死神は、無常にも予期せぬ者の命を奪っていった——ドイツの片田舎の村の群像を通し、人生、愛、死、希望を、ユーモアを織りこんだ軽妙な文体で描く、魔法のような物語。ドイツで80万部を超えるベストセラー、世界24か国で翻訳された話題の小説。

四六判・351頁・定価2700円＋税